Mary Torjussen

Schlaf schön, solange du noch kannst

MARY TORJUSSEN

SCHLAF SCHÖN

SOLANGE DU NOCH KANNST

Psychothriller

Deutsch von Thomas Bauer

blanvalet

Die Originalausgabe erschien 2018 unter dem Titel »The Girl I Used To Be« bei
Headline Publishing Group, London.

FSC
www.fsc.org
MIX
Papier aus verantwortungsvollen Quellen
FSC® C014496

Verlagsgruppe Random House FSC® N001967

1. Auflage

Redaktion: Alexander Groß
Umschlaggestaltung: © Johannes Wiebel | punchdesign,
unter Verwendung von Motiven von time./Photocase.de
NG · Herstellung: kw
Satz: Mediengestaltung Vornehm GmbH, München
Druck und Bindung: GGP Media GmbH, Pößneck
Printed in Germany
ISBN 978-3-7341-0719-1

www.blanvalet.de

Für Rosie und Louis
und für meine Mutter und meinen verstorbenen Vater
Mit Liebe

Prolog

Fünfzehn Jahre zuvor
Donnerstag, 15. August

Wenn ich heute an jenen Abend zurückdenke, erinnere ich mich an die drückende feuchte Hitze auf meiner Haut und an die fiebrige Spannung, die in der Luft lag. Ich erinnere mich an die Taxifahrt zur Party mit meiner Freundin Lauren, ihr Körper weich und parfümiert an meinen gepresst, während wir gemeinsam mit ihrem Freund Tom dicht an dicht auf der Rückbank saßen. Die Fenster waren geöffnet, und »London Calling« ertönte aus dem Radio. Ich erinnere mich an das Glücksgefühl, das mich damals überkam; ich hatte gerade eine Zusage von der London University bekommen und würde in weniger als einem Monat dort mein Studium beginnen. Wenn ich heute diesen Song höre, versetzt mich das jedes Mal zurück zu jener Taxifahrt zu Alex' Haus. Dann ist es, als wäre ich noch dieses Mädchen, das Mädchen, das ich früher einmal war.

Doch das bin ich nicht.

Ich spüre noch die Sandalen, die ich damals trug, als würde ich sie heute tragen. Ich konnte kaum in ihnen gehen; an jenem Abend hatte ich sie zum ersten Mal an und lief mir schon nach einer Stunde Blasen. Ich erinnere mich daran, wie sich mein Kleid anfühlte, wie sein weicher Baumwollstoff meine Haut streifte. Wenn ich die Augen schließe, spüre ich, wie die Brise mein Haar anhob. Ich rieche das Parfüm, das ich trug, schmecke den Lipgloss auf meinem Mund.

Und immer, immer, wenn ich mich an jenen Abend zurückerinnere, muss ich an Alex denken.

Es war Mitte August in dem Sommer, in dem wir achtzehn waren, und wir wollten mit über zweihundert Mitschülern auf Alex Clarkes Party unsere Prüfungsergebnisse feiern. Lauren und ich hatten uns bei ihr zu Hause hergerichtet, und ich war in mein kurzes pinkfarbenes Kleid geschlüpft. Ich hatte es mir von dem Geld gekauft, das ich eigentlich für mein Studium hätte sparen sollen. Wir waren gebräunt von der Sommersonne; wir arbeiteten jeden Tag bis in den Nachmittag hinein in dem Café in unserem Heimatort, dann streiften wir unsere nassgeschwitzten Nylon-Overalls ab, zogen unsere Shorts an und verbrachten den Rest des Tages unten am Strand. An jenem Nachmittag hatten wir etwa eine Stunde darauf verwendet, unsere Bräune aufzufrischen, bevor wir zu Lauren nach Hause gingen, um uns dort für den bevorstehenden Abend fertig zu machen. Dieser Abend war der Beginn vom Rest unseres Lebens, sagten wir uns. Wir wollten anders aussehen, um zu zeigen, dass wir bereit waren für unser neues Leben auf eigenen Füßen.

Wir fingen schon an zu trinken, bevor wir auf die Party gingen. Laurens Mutter kam mit einer Flasche Champagner ins Zimmer, um mit uns auf unsere Ergebnisse anzustoßen, und bestand darauf, uns immer wieder nachzuschenken, wenn unsere Gläser leer waren. Wir sagten ihr nicht, dass wir bereits Tequila getrunken hatten. Lauren trank mehr als ich, aber das tat sie damals immer. Als ich siebzehn wurde, machte ich sofort meinen Führerschein, und mein Vater kaufte mir einen kleinen Gebrauchtwagen, damit ich ihn nicht bitten musste, mich durch die Gegend zu kutschieren. Ich fuhr leidenschaftlich gerne Auto, und es machte mir nichts aus, keinen Alkohol zu trinken und alle herumzuchauffieren. Wahrscheinlich war ich deshalb so betrunken an jenem Abend.

Es war ein Donnerstag Mitte August, und am Morgen mussten wir als Erstes ins Schulsekretariat, um unsere Noten zu erfahren. Uns kam es so vor, als würden sie über Leben oder Tod entscheiden: Wenn sie so ausfielen, wie wir es uns wünschten, würden sich die Türen zu den besten Universitäten öffnen, zu den besten Studiengängen und einer verheißungsvollen Zukunft. Nur eine Note schlechter, und alles wäre dahin. Das Leben, auf das wir gehofft hatten, würde einfach nicht stattfinden. Das glaubten wir zumindest. Und obwohl wir wussten – man hatte es uns oft genug gesagt –, dass schon alles gut werden würde, dass auch andere Universitäten gut seien, waren wir jung genug, um zu glauben, dass sich tatsächlich nicht alles in Wohlgefallen auflösen würde. Wir kannten alle jemanden, der es nicht an die Universität seiner Wahl geschafft hatte und noch Jahre später darüber sprach.

Doch dieses Schicksal blieb uns in jenem Sommer erspart. Die Sterne standen gut. Jeder schien das Ergebnis bekommen zu haben, das er brauchte, um tun zu können, was er wollte. Es war berauschend, als wir unsere Umschläge öffneten und schrien, einer nach dem anderen.

Und ich erinnere mich, wie Alex und seine Freunde, die alle nach Oxford oder Cambridge gehen würden, versuchten, ihre Freude hinter einer coolen Fassade zu verbergen. Doch sie machten niemandem etwas vor. Sie hatten sich immer als etwas Besonderes betrachtet – sie *wussten*, sie waren anders als die Übrigen von uns –, und jetzt hielten sie den Beweis dafür in Händen, dass sie recht gehabt hatten. Zumindest sah ich es damals so. Ich kannte Alex nicht einmal; ich hatte nur ein einziges Mal mit ihm gesprochen, doch das war der Eindruck, den er und seine Freunde vermittelten.

Lauren und ich standen an jenem Morgen in der Schlange für die Prüfungsergebnisse hinter ihnen und hörten Alex' Freund Theo fragen: »Die Party findet also statt?«

Alex nickte. »Sagt es weiter. Aber nur Leute von hier. Sonst niemand.«

Ich stieß Lauren an, und sie kicherte. Wir freuten uns schon seit Monaten darauf und hatten alles durchgeplant, bis hin zum Nagellack, mit dem wir uns die Zehennägel lackieren würden.

Die Lokalpresse war an jenem Morgen vollzählig vertreten, was von der Schule arrangiert worden war, und es wurden Fotos von uns allen gemacht, in Gruppen, mit glücklichem und unbeschwertem Gesichtsausdruck. Unsere Lehrer standen neben uns, ihre Gesichter so gebräunt und entspannt, dass ich sie kaum erkannte. Die Erleichterung aller war spürbar.

Alex' Elternhaus befand sich mitten auf dem Land, zehn

Meilen außerhalb der Stadt. Wir hatten es uns größer vorgestellt, luxuriöser, und doch waren wir von seinen Dimensionen überrascht. Es handelte sich um ein frei stehendes Haus, das sich am Rand einer Ortschaft befand und einen wunderschön angelegten Garten besaß. Unmittelbare Nachbarn gab es keine; der Garten war von Feldern umgeben, hinter denen wir einen Blick auf den Fluss erhaschten.

Alex und Theo standen an der Haustür, als wir ankamen, und vergewisserten sich, dass sie uns alle kannten. In jenem Sommer war in den Nachrichten über Partys berichtet worden, bei denen Scharen von ungebetenen Gästen hereingeplatzt waren und die Polizei gerufen werden musste. An der Art und Weise, wie Alex jeden unter die Lupe nahm, der die Zufahrt heraufkam, war klar zu erkennen, dass er davor auf der Hut war.

»Hi«, sagte er. »Kommt rein!«

Hinter Alex stand Jack Howard, ein Freund von ihm, der jeden beim Betreten des Hauses fotografierte. Wir wussten schon lange, dass er eine Schwäche für Lauren hatte, und als er uns sah, errötete er und machte sich an seiner Kamera zu schaffen. Lauren schlang die Arme um Tom und mich, und wir posierten auf der Türschwelle, aufgedreht und voller Vorfreude auf den bevorstehenden Abend. Nachdem Tom durch die Eingangstür gegangen war, drehte sie sich um, warf Jack eine Kusshand zu und zwinkerte mir zu.

Jedes Mal, wenn ich an Lauren denke, höre ich uns kichern. Uns brachte fast alles zum Lachen. Nachdem Alex uns begrüßt hatte, kicherten wir und stupsten uns an und gingen durch den großen Flur in die Küche im hinteren Bereich des Hauses. Sie war voll mit Essen und Alkohol. Die

Leute hatten es übertrieben und Hochprozentiges, kistenweise Bier und Unmengen von Weinflaschen mitgebracht. Ich hörte Jack sagen, dass Alex' Eltern im Urlaub waren; sie hatten eingewilligt, dass er eine Party feiern dürfe, wenn er Bestnoten bekäme – mit denen er in Oxford angenommen werden würde – und anschließend eine gründliche Reinigung bezahlte. Sie würden in ein paar Tagen zurückkommen und wollten keine Anzeichen sehen, dass überhaupt eine Party stattgefunden hatte. Das war etwas optimistisch, wie ich fand.

Auf die Party waren alle aus unserem Jahrgang eingeladen, und die meisten waren gekommen. Viele von ihnen kannte ich nur vom Sehen, doch wir waren so euphorisch, dass wir bald alle und jeden küssten und Leuten gratulierten, die wir kaum kannten, aus Dankbarkeit darüber, dass wir gut abgeschnitten und die Gelegenheit bekommen hatten, das Weite zu suchen. Man hätte denken können, dass wir in einem Dreckloch lebten, so wie wir uns benahmen, als bestünde unsere einzige Chance auf ein gutes Leben darin, unser altes Leben hinter uns zu lassen.

Lauren und ich hatten gut abgeschnitten; Tom ebenfalls. In einem Monat würden wir alle zu unterschiedlichen Universitäten aufbrechen. Lauren und ich waren seit dem Kindergarten miteinander befreundet, und sie und Tom würden das erste Mal in den zwei Jahren, seit sie ihn kannte, länger als vierundzwanzig Stunden getrennt sein. Ich glaubte, dass unsere Freundschaft die Trennung überstehen würde, und ging davon aus, dass auch die Beziehung von Lauren und Tom halten würde; die beiden besaßen eine Vertrautheit, um die ich sie beneidete. An jenem Abend hatten sie die Arme umeinandergelegt, und mir fiel auf, dass Lauren nicht von Tom abließ, wenn sie jemanden küsste, sodass sie den Betreffenden gemeinsam umarmten, als wären sie beide eine Person.

Ich trank an jenem Abend eine Menge. Das taten wir alle. Wir hatten uns zum ersten Mal alle zusammengefunden, und uns war bewusst, dass es auch das letzte Mal sein würde. Trotzdem wirkte niemand betrunken. Nicht wirklich. Niemand torkelte oder fiel hin, und außer meiner Freundin Lizzie, die sich noch vor Einbruch der Dunkelheit in einen Zier-Lorbeerbaum auf der Terrasse übergab, wurde niemandem schlecht. Wir hielten uns alle im Freien auf, und dann drehte jemand die Musik lauter, und alle fingen an zu tanzen. Irgendwann im Lauf des Abends verlor ich Lauren und Tom aus den Augen. Als ich sie später wiedersah, war Laurens Kleid falsch geknöpft, und sie hatte einen frischen Knutschfleck am Hals. Sie sagte gerade zu jemandem, mit dem sie noch nie ein Wort gewechselt hatte, dass sie ihn immer vermissen würde.

Nach Mitternacht machte sich dann plötzlich der Alkohol bemerkbar. Mir wurde bewusst, dass ich betrunkener war als jemals zuvor. Ich hatte im Lauf des Abends mehr und mehr getrunken, und das meiste davon war Punsch aus einer riesigen Schüssel gewesen, um den sich einer von Alex' Freunden kümmerte. Weiß Gott, was sich darin alles befunden hatte – es lagen alle erdenklichen Spirituosen- und Likörflaschen herum, und ich war mir sicher, dass der Großteil davon in jener Schüssel gelandet war. Lauren und Tom lagen inzwischen in einer Hängematte. Als ich mich zu ihnen umdrehte und mich dabei an der Lehne eines

Gartenstuhls festhielt, um nicht das Gleichgewicht zu verlieren, lächelte Lauren träge und schloss die Augen. Mir war klar, dass sie noch nicht nach Hause gehen wollte. Wir hatten vereinbart, dass ich bei ihr übernachtete, und wir wollten uns ein Taxi teilen. Ihre Mutter hatte versprochen, Geld neben der Haustür zu deponieren und den Schlüssel unter die Fußmatte zu legen, damit wir keine Handtasche mitzunehmen brauchten.

Ich gab die Hoffnung auf. Es konnte noch Stunden dauern, bis Lauren aufbrechen wollte. Ich ging zurück zum Haus, geriet ins Taumeln und fiel in einen Busch. Es machte mir nichts aus; ich fand es lustig. Eine meiner Mitschülerinnen zog mich wieder hoch und fragte mich, ob alles in Ordnung sei. Ich nickte. Ich glaube nicht, dass ich etwas hätte sagen können, wenn ich gewollt hätte.

Als ich beim Haus ankam, musste ich plötzlich ganz dringend auf die Toilette. Am unteren Ende des Gartens standen mehrere mobile Toiletten, doch ich fürchtete, dass ich sie nicht rechtzeitig erreichen würde. Deshalb suchte ich im Haus nach einem Klo, entdeckte eine Tür unter der Treppe und vermutete, dass ich fündig geworden war. Als ich versuchte, sie zu öffnen, hörte ich einen Jungen lachen und ein Mädchen »Pst« sagen, und mir wurde bewusst, was vor sich ging. Ich stieß einen tiefen Seufzer aus, da ich mir darüber im Klaren war, dass es keinen Sinn hatte zu warten, und drang weiter ins Haus vor. Inzwischen sah ich nur noch verschwommen und lächelte fast jeden an. Die Stimmung war gut, die Stimmen waren laut, alle waren glücklich.

Am Fuß der Treppe standen zwei Stühle mit der Mitteilung, dass dort oben niemand etwas zu suchen hätte. Mittlerweile konnte ich allerdings nicht mehr warten, weshalb ich mich an ihnen vorbeischob. Gleich am oberen Ende der Treppe entdeckte ich ein Badezimmer, stolperte hinein und setzte mich so überstürzt hin, dass ich beinahe den Sitz verschoben hätte. Das fand ich lustig, und ich fragte mich, was wohl in dem Punsch gewesen sein mochte. Ich war allerdings nicht so betrunken, dass ich mir nicht die Hände wusch, und sah im Badezimmerspiegel, dass mein Gesicht gerötet war und meine Augen glasig und halb geschlossen waren. Ich wusste, ich würde am nächsten Tag leiden; das wäre aber auch der Fall gewesen, wenn ich nach dem Champagner und dem Tequila bei Lauren zu Hause aufgehört hätte. Ich erinnere mich, dass ich eine Grimasse schnitt, als ich an die Kopfschmerzen dachte, die ich haben würde. Am folgenden Nachmittag würde ich mit meinen Eltern für zwei Wochen nach Frankreich in den Urlaub fahren, und ich fürchtete mich schon jetzt vor der langen Autofahrt mit einem Kater.

Als ich mich vom Waschbecken wegdrehte, rutschte ich auf einem Handtuch aus, das jemand auf dem Badezimmerfußboden hatte liegen lassen. Wahrscheinlich hätte ich es aufheben sollen, doch mir wurde ziemlich schnell bewusst, dass ich hingefallen wäre, wenn ich mich gebückt hätte. Ich bezweifelte, dass ich es geschafft hätte, allein wieder aufzustehen, wenn das passiert wäre, deshalb kickte ich das Handtuch einfach beiseite und öffnete die Badezimmertür. Hier oben war es ruhig, ich hörte jedoch die Geräusche der Party, die im Erdgeschoss und im Garten andauerte. Ich stolperte am oberen Ende der Treppe und musste mich am Geländer festhalten. Ich glaubte nicht, dass ich es nach unten schaffen würde, ohne hinzufallen. Mir drehte sich alles, und plötzlich sah ich mich kopfüber die Stufen hinunterstürzen.

Ich wich von der Treppe zurück und stolperte rückwärts gegen eine Tür. Sie ging hinter mir auf. Eine Lampe brannte neben einem Doppelbett. Der an die Wand gelehnte Hockeyschläger verriet mir, dass es sich um Alex' Zimmer handelte. Er spielte in der Schulmannschaft; ich hatte bislang nur ein einziges Mal mit ihm gesprochen, als er zu einem Match eilte und ihm seine Ausrüstung herunterfiel. An der Wand in seinem Zimmer hingen Poster vom Glastonbury-Musikfestival, auf dem er in jenem Sommer gewesen war. Ich wusste, dass er es unmittelbar nach den Prüfungen besucht hatte. Lauren hatte ihn mit Theo darüber sprechen gehört, als sie alle Schlange standen und darauf warteten, nach ihrer letzten Prüfung den Raum verlassen zu können. Eine Band aus dem Ort, The Coral, spielte in jenem Jahr in Glastonbury, und Alex trug ihr T-Shirt auf der Party. In einer Zimmerecke stand ein Schlagzeug neben einer Gitarre und einem riesigen Verstärker. Ich erinnere mich, dass ich mich fragte, ob er damit umzugehen wusste, und zu dem Schluss kam, dass er nicht spielen würde, wenn er es nicht konnte.

Ich setzte mich aufs Bett. Mit einem Mal war ich so erschöpft, dass ich nur noch schlafen wollte. Alles drehte sich und war verschwommen. Ich brachte nicht mehr die Energie auf, um wieder nach unten zu gehen, und mir war klar, wenn ich es tat, würde Lauren noch bleiben und sich nicht mit mir abgeben wollen. Erst an diesem Abend hatte sie gesagt, Tom und ihr würden nur noch drei Wochen bleiben und sie würden jede einzelne Minute miteinander verbringen.

Also legte ich mich hin. Das Bett war wunderbar weich, und seine Bezüge waren sauber und dufteten. Es roch wie mein eigenes Bett, wenn es frisch bezogen war. Ich liebte den Duft frischer Bettwäsche. Und ich wusste, Alex würde nicht bemerken, dass ich hier gewesen war – er war ein Partylöwe und würde bis zum Morgengrauen feiern.

Ich ließ den Kopf auf sein Kissen sinken. Dabei dachte ich flüchtig daran, dass mein Make-up auf den Kopfkissenbezug geraten würde, doch das war mir in diesem Moment egal. Die Tür stand halb offen, und ich war mir sicher, Lauren würde irgendwann kommen und mich finden. Ihr wäre klar, dass ich nicht nach Hause gegangen war – wie auch? Ich hatte kein Geld bei mir, und so betrunken, wie ich war, hätte ich nicht zu Fuß bis zu mir nach Hause gehen können. Die Nachttischlampe warf einen matten Schein auf das Zimmer, und das Licht im Flur flutete den Eingangsbereich. *Sie wird mich schon hier sehen*, dachte ich. *Sie wird mir schon Bescheid sagen, wenn es Zeit ist, nach Hause zu fahren.*

Ich drehte mich von der Lampe weg, da ich es noch nie mochte, wenn mir beim Schlafen Licht ins Gesicht scheint. Als ich mich umdrehte, spürte ich mein Kleid hochrutschen, und ich unternahm einen halbherzigen Versuch, es wieder herunterzuziehen. Der Duft des Kissens und der Alkohol in meinem Blut, die späte Stunde und die Tatsache, dass ich in der Nacht zuvor bis zum Morgengrauen wach gelegen und mir Sorgen wegen meiner Prüfungsergebnisse gemacht hatte, sorgten dafür, dass ich mich völlig entspannte, als ich mich wieder zurückdrehte, den Kopf ins Kissen vergraben. Ich erinnere mich noch, dass ich seufzte, bevor ich einschlief.

Es war ein toller Abend gewesen. Ein wirklich toller Abend.

1. Teil

1

Heute
Freitag, 16. Juni

Als ich ihn das erste Mal sah, dachte ich nicht, dass er Probleme machen würde. Er war groß und breitschultrig, gebaut wie ein Rugbyspieler, ganz ansehnlich, aber nicht unbedingt ein Mann, nach dem man sich auf der Straße umgedreht hätte. Auf den ersten Blick wirkte er ziemlich harmlos. So funktionieren Männer wie er, nehme ich an.

Ich sah ihn an jenem Morgen die Immobilienangebote im Schaufenster des Maklerbüros betrachten, das mir gehört, doch zunächst schenkte ich ihm nicht viel Beachtung. Im Lauf eines Tages sahen sich bestimmt hundert Leute die Angebote an und versuchten, sich zu entscheiden, welches Haus sie kaufen würden, wenn sie die Möglichkeit hätten, und ich habe schnell gelernt, dass ein interessierter Gesichtsausdruck noch lange keinen Verkauf bedeutete. Er ließ sich Zeit und wanderte von den günstigsten Häusern zu den teuersten. Ich erinnere mich, dass ich mich gedankenverloren fragte, wonach er wohl suchte.

Als er schließlich hereinkam, blieb er eine Weile im Eingangsbereich stehen, als wartete er auf jemanden. Ich blickte mich um und sah, dass Rachel, die für Immobilienverkäufe zuständig ist, am Fotokopierer stand und Brian, der sich um die Vermietungen kümmert, gerade mit einem Mieter beschäftigt war. Normalerweise lassen wir die Kunden sich ein wenig umschauen, doch er wirkte unsicher, deshalb versuchte ich, seinen Blick auf mich zu ziehen, und lächelte.

»Guten Morgen«, sagte ich. »Kann ich Ihnen irgendwie behilflich sein?«

»Ich bin David Sanderson«, erwiderte er und kam auf meinen Schreibtisch zu, um sich zu setzen. »Ich habe einen Termin.«

»Oh, ja«, sagte ich verlegen. Er war eine Stunde früher dran als erwartet, und ich hatte mich eigentlich mit meiner Freundin Grace für eine halbe Stunde auf einen Kaffee treffen wollen. »Hi, ich bin Gemma Brogan.« Wir gaben uns die Hand. »Einen Moment, ich rufe Ihre Angaben auf.«

Während ich das tat, schickte ich Grace heimlich eine kurze E-Mail: Sorry, muss absagen. Ein andermal?

»Sie suchen also nach etwas im Stadtzentrum«, sagte ich. »Wie ich sehe, haben Sie bereits ein paar Objekte ausgewählt, die Ihnen zusagen.«

»Ich bin mir immer noch nicht sicher, ob es eine Wohnung oder ein Haus werden soll«, sagte er. Dann lächelte er, ein tolles Lächeln, das sein Gesicht aufleuchten ließ. Es verwandelte ihn von jemandem, den man kaum wahrnahm, in jemanden, an den man sich auf jeden Fall erinnern würde. Ich konnte nicht umhin, sein Lächeln zu erwidern. »Ich bin mir nicht sicher, ob ich schon für ein Haus bereit bin. Ich würde lieber in der Nähe von ein paar Bars und einem Fitnessstudio wohnen.«

»Kaufen Sie für sich allein?«

Ich sah wie Sophie, unsere Junior-Hausverwalterin, die stets auf der Suche nach einem festen Freund war, Rachel einen Blick von der Seite zuwarf. Die Tatsache, dass sie beide plötzlich ganz still wurden, verriet mir, dass sie auf seine Antwort warteten.

»Ja, ich bin Single«, sagte er. »Ich suche nur etwas für mich allein.«

Ich schätzte, er war ungefähr in meinem Alter, Mitte dreißig. Jetzt, als er sich zu entspannen schien und lächelte, konnte man kaum glauben, dass er noch nicht vergeben war, wobei es natürlich auch sein konnte, dass er bereits eine Scheidung hinter sich hatte.

»Sind Sie aus Chester?«, fragte ich. »Ich versuche gerade, Ihren Akzent einzuordnen.«

»Ich bin im Nordwesten aufgewachsen, habe aber die letzten zehn Jahre drüben in den Staaten gearbeitet. In Boston. Meine Firma hat mich für eine Weile hierher versetzt. Für ein paar Jahre, nehme ich an. Ich habe mein Haus drüben verkauft. Hätte keinen Sinn gehabt, es zu behalten.«

»Wo arbeiten Sie denn?«

»Bei Barford's. Ich bin im Vertrieb.«

Ich nickte. Barford's war ein großer Pharmakonzern, dessen Hauptniederlassung sich in einem Industriegebiet unmittelbar außerhalb von Chester befand. Ich hatte schon für ein paar Leute dort Immobilien gefunden; dem Vernehmen nach war die Firma ein toller Arbeitgeber.

Er stellte klar, wie viel er ausgeben wollte. Die Summe lag am oberen Ende des Spektrums von Immobilien in Chester, und bei mir machte sich langsam Begeisterung breit. Wir hatten eine ganze Menge Objekte in unserem

Portfolio. Auf dem Markt war es ruhiger als gewöhnlich, und ich hatte keine Zweifel, dass ich etwas für ihn finden würde. Er hatte eine ansehnliche Summe genannt und war nicht auf eine bestimmte Gegend festgelegt. Ich *musste* ihm etwas verkaufen. Ich wollte nicht ins Büro zurückkommen und meinen Angestellten sagen müssen, dass er beschlossen hatte, sich an jemand anderen zu wenden.

»Ich sammle schnell noch ein paar Informationen«, sagte ich. »Dauert nicht lange.« Ich sah, dass Sophie mit einem Kunden beschäftigt war, deshalb rief ich Rachel, die gerade Prospekte ins Schaufenster hängte. »Rachel, würden Sie Mr. Sanderson bitte etwas zu trinken bringen?« Das war zwar nicht ihre Aufgabe, doch in einem so kleinen Büro wie unserem musste jeder diesen Job einmal übernehmen, wenn die anderen gerade beschäftigt waren.

Sie kam zu meinem Schreibtisch herüber. »Möchten Sie Tee oder Kaffee?«

»Ich nehme Kaffee, bitte«, entgegnete er.

»Wie hätten Sie ihn denn gern?«

Ich warf ihr einen Blick zu und musste mir ein Lachen verkneifen. Sie war knallrot im Gesicht und brachte es nicht über sich, ihm in die Augen zu sehen. Sie und Sophie verhielten sich immer gleich, wenn ein gut aussehender Mann das Büro betrat. Beide waren jung und Single, wobei Sophie Nerven aus Stahl hatte, was die Partnersuche betraf, während Rachel schüchtern und nervös wirkte.

Er lächelte sie an. »Milch, keinen Zucker, danke.«

Sie lief abermals rot an und verschwand in der winzigen Küche hinter dem Büro. Sophie eilte ihr hinterher, und ich hörte gedämpftes Kichern.

Wir tranken den Kaffee und gingen die Details zu einigen der Immobilien durch, die ich anzubieten hatte. Er schien sich besonders für die Wohnungen mit Blick auf den River Dee sowie für welche im Stadtzentrum zu interessieren.

Ich warf einen Blick in unseren Online-Büroterminkalender. Normalerweise hätte ich Rachel losgeschickt, doch sie hatte an diesem Vormittag einen anderen Termin. Ich selbst hatte in ein paar Stunden, um sechzehn Uhr, eine Wertermittlung. »In Ihrer E-Mail haben Sie geschrieben, Sie hätten bis fünfzehn Uhr Zeit. Ich könnte Ihnen jetzt ein paar Objekte zeigen, wenn Sie mögen.«

»Das wäre toll«, sagte er. »Ich würde mich sehr gern in dieser Gegend umsehen. Ich kenne sie nämlich nicht besonders gut.«

»Geben Sie mir nur ein paar Minuten«, sagte ich. »Ich mache ein paar Anrufe und hole meine Schlüssel.«

»Ich kann fahren, wenn Sie möchten.«

»Schon gut, danke«, sagte ich. »Es ist einfacher, wenn ich fahre. Ich kenne die Schleichwege.«

Ich bat Sophie, ein paar Daten von ihm aufzunehmen, und er stand auf, um sich zu ihr zu setzen. Sophie war erst achtzehn, kam frisch von der Schule und war noch dabei, sich einzuarbeiten. Ich hatte Erfahrung gegen Kosten abwägen müssen, als ich sie einstellte, und war mir immer noch nicht sicher, ob ich die richtige Entscheidung getroffen hatte. Während ich telefonierte, sah ich, wie sie David mit vor Aufregung gerötetem Gesicht nach dessen Daten fragte und diese umständlich am Computer eingab.

Ich hole Kunden immer vor dem Büro ab, damit sie nicht durch den Hinterausgang auf den Parkplatz gehen müssen. Als sich David Sanderson in meinen kleinen Wagen setzte, wurde mir bewusst, dass ich bei ihm hätte mitfahren sollen. Mit seinen eins fünfundachtzig und seinen langen Beinen und breiten Schultern wirkte er auf dem Beifahrersitz ziemlich eingeengt.

»Tut mir leid«, sagte ich, als er sich mit dem Sicherheitsgurt abmühte. »Sollen wir doch mit Ihrem Auto fahren? Ich kann Sie lotsen.«

»Schon gut.« Er drehte sich zu mir und grinste mich an. »Ich bin früher einen Mini gefahren.«

Ich lachte.

»Meine Mutter hat sich einen gekauft, als ich siebzehn war«, sagte er. »Wahrscheinlich dachte sie, das würde mich davon abhalten, ihn mir auszuleihen.«

»Und hat es das?«

»Nein, aber ich habe viel schneller für ein eigenes Auto gespart, als ich es getan hätte, wenn ihres größer gewesen wäre.«

»Clever von ihr. Daran muss ich mich erinnern, wenn mein Sohn alt genug ist, um Auto zu fahren.«

»Wie alt ist er jetzt?«

»Drei.« Ich lächelte. Jedes Mal, wenn ich an Rory dachte, musste ich lächeln. »Ist noch eine ganze Weile hin.«

Das erste Objekt, das ich ihm zeigte, befand sich in einer geschlossenen Wohnanlage innerhalb der Stadtmauern. Während ich dorthin fuhr, stellte er Fragen zur Umgebung, und ich erzählte ihm von der alten römischen Mauer, von der die Stadt umgeben war.

»An der Stadtmauer entlangzugehen ist eine tolle Möglichkeit, um Chester kennenzulernen«, sagte ich. »Es sind ungefähr zwei Meilen, wenn man der Mauer folgt – sie ist fast vollständig erhalten. Man sieht die Pferderennbahn, das Schloss, die Kathedrale und den River Dee. Wie Sie sehen, ist die Stadt ziemlich klein, aber sie hat eine Menge Vorteile.«

»Leben Sie schon lange hier?«, erkundigte er sich.

Ich nickte und erzählte ihm, dass ich auf der Wirral-Halbinsel aufgewachsen war, fünfundzwanzig Meilen nördlich von Chester. »Fürs Studium bin ich nach London gezogen, und danach bin ich hierhergekommen.«

»Sie waren in London? Da war ich auch. Imperial College. Ich habe Mathematik studiert. Und Sie?«

»Queen Mary. BWL. Ich habe 2005 meinen Abschluss gemacht.«

»Ich auch!« Er grinste mich an. »Das ist ja ein Zufall. Und dann sind Sie wieder nach Norden gegangen?«

»Ich wollte schon immer selbstständig sein, aber in London ist das praktisch unmöglich, deshalb bin ich vor ungefähr sieben Jahren hierhergezogen, als ich beschloss, mein eigenes Geschäft zu eröffnen. Ich fühle mich hier sehr wohl.«

»Das Immobilienbüro gehört Ihnen? Dann waren Sie ja richtig erfolgreich.«

»Danke. Ich finde es toll, mein eigener Chef zu sein.«

Ich war wirklich stolz darauf, mein eigenes Geschäft zu leiten. Das war immer mein Traum gewesen. Unmittelbar nach meinem Studium begann ich eine Maklerausbildung und arbeitete dann ein paar Jahre lang in London. Die Verkaufszahlen waren damals hoch und meine Provisionen dadurch ebenfalls, und weil ich mich später selbstständig machen wollte, sparte ich, so viel ich konnte. Als ich Joe kennenlernte, beschlossen wir, Richtung Norden zu ziehen, damit ich mich niederlassen konnte. Ich besitze auch ein paar Immobilien, die ich gekauft habe, um sie zu vermieten. Es schien verrückt, nicht zuzuschlagen, als Häuser günstig versteigert wurden. Wir sind für einige Vermieter als Hausverwalter tätig, deshalb stellt es kein Problem dar, gleichzeitig auch meine Objekte zu verwalten.

»Das ist aber eine große Verantwortung, oder?«

Ich nickte. »Manchmal ist es eine Menge Arbeit, aber ich arbeite lieber für mich selbst.«

»Das würde ich auch gern tun«, sagte er. »Ich habe einen tollen Job, aber es hat schon was, selbstständig zu sein … Ich würde es echt gern ausprobieren. Haben Sie ein bestehendes Maklerbüro gekauft?«

»Ja, ich habe eins gekauft, das es schon ein paar Jahre gab.«

»Und wie haben Sie das mit den Angestellten geregelt?«

»Brian, den älteren Mitarbeiter, der im Büro war, als Sie kamen, habe ich übernommen. Er war meine Rettung. Er ist seit Jahren in der Vermietung tätig und kennt sämtliche Vermieter und Geschäftsleute in der Gegend. Alles, was mit Vermietung zu tun hat, überlasse ich ihm, allerdings geht er bald in Rente und arbeitet nicht mehr Vollzeit. Vermutlich werde ich mich bald nach einem Ersatz für ihn umsehen müssen. Meine Mitarbeiterinnen habe ich selber eingestellt.«

Wir kamen bei dem ersten Mehrfamilienhaus an und

fuhren mit dem Aufzug in die fünfte Etage. Da die Eigentümer bereits ausgezogen waren, konnte der Verkauf schnell über die Bühne gehen.

»Hm, die gefällt mir ziemlich gut«, sagte er. »Wie lange steht sie schon leer?«

»Die Eigentümer sind gerade erst ausgezogen«, erklärte ich. »Letzten Monat. Im Mai. Umso besser, dass sie frei ist: Sie könnten in ein paar Wochen einziehen. Wahrscheinlich lässt sich beim Preis auch noch handeln. Falls die Eigentümer noch eine Hypothek abzahlen, möchten sie bestimmt schnell verkaufen.«

Er ging zum Fenster hinüber und öffnete die Tür zum Balkon mit Blick auf den Innenhof. Auf dem Balkon war Platz für einen kleinen Tisch und zwei Stühle. Er machte die Tür kommentarlos wieder zu, dann ging er ins Badezimmer. Dort gab es nichts zu beanstanden, und er ging in die Küche, zog Schubladen auf und öffnete Schranktüren. Alles war qualitativ hochwertig. Ich ging davon aus, dass die Wohnung genau seinen Vorstellungen entsprach.

»Was denken Sie?« Er lächelte mich an. »Können Sie sich mich hier vorstellen?«

Ich lachte. »Das ist eine tolle Innenstadtwohnung. Na ja, am Stadtrand, was eigentlich noch besser ist. Man bekommt den Lärm nicht mit.«

»Oh, ich weiß nicht«, entgegnete er. »Es ist ganz schön laut, wenn die Balkontür offen ist.«

»Finden Sie? Mir kommt es leise vor. Na ja, es ist mitten am Tag, also sind eine Menge Touristen und Einkäufer unterwegs. Nachts ist es bestimmt viel stiller.«

Er nickte. »Gehen wir. Wohin als Nächstes?«

Unsere nächste Station war ein Haus in einer beliebten Gegend ein paar Meilen vom Stadtkern entfernt. Diese hatte ihr eigenes belebtes Zentrum mit Bars und Restaurants, Fitnessstudios und Geschäften.

»Häuser gehen hier schnell weg«, sagte ich, als ich ihn herumführte. »Dieses ist erst seit ein paar Tagen auf dem Markt, und ich rechne damit, dass es bis Monatsende verkauft ist.«

»Klingt toll«, sagte er. »Ich könnte in zwei Monaten hier wohnen.«

Ich lächelte und war mir absolut sicher, dass er ziemlich bald ein Angebot für eine unserer Immobilien machen würde.

Bis zum Nachmittag zeigte ich ihm sechs Objekte, und er schien von allen begeistert zu sein. Als ich ihn beim Büro absetzte, deutete er trotzdem durch nichts an, dass er bei einem davon Nägel mit Köpfen machen würde.

»Ich melde mich in den nächsten Tagen«, sagte er.

»Großartig.« Ich lächelte ihn an. »Ich freue mich darauf.«

»Hat's geklappt?«, fragte Sophie, als ich das Büro betrat.

Ich runzelte die Stirn. Ein paar Leute, die gerade Immobilienangebote im Aushang betrachteten, blickten interessiert auf, als sie ihre Frage hörten.

»Kann ich Sie kurz sprechen?«, fragte ich und ging in die Küche, um dort auf sie zu warten. Sie kam munter herein, doch das Lächeln verschwand aus ihrem Gesicht, als ich sie daran erinnerte, im Büro nicht laut zu rufen. »Schreiben Sie mir einfach eine E-Mail oder fragen Sie mich leise, wenn da draußen viel los ist.«

Sie wand sich vor Verlegenheit. »Entschuldigung.«

Rachel kam in die Küche und füllte den Wasserkocher, um Tee zu machen.

Ich sagte zu Sophie: »Schon okay«, da ich sie nicht in Gegenwart einer anderen Person maßregeln wollte.

Sie war allerdings nur kurz geknickt, bevor sie mich anstupste und fragte: »Wie ist es denn mit dem Typen gelaufen? Er war nett, oder?«

Ich lachte. »Mir ist schon aufgefallen, dass er Ihnen gefällt.«

»Groß, dunkel und gut aussehend«, sagte sie schwelgerisch. »Und durchtrainiert. Umwerfend. Das hat Rachel auch gefunden.«

»Stimmt gar nicht!«

»Doch, hast du. Schade, dass er zu alt für uns ist.«

Ich runzelte die Stirn. »Er ist in meinem Alter, danke.«

»Das meine ich ja.«

Rachel, deren Gesicht inzwischen scharlachrot angelaufen war, stieß sie an, und ich überließ die beiden sich selbst.

Doch später, bevor wir das Büro schlossen, berief ich ein Meeting ein, damit wir ein paar Ideen sammeln konnten, welche Objekte sich für David eignen könnten. Wir stellten eine Liste mit sechs weiteren Immobilien zusammen, von denen wir annahmen, dass sie ihm gefallen würden, und dann mailte ich ihm, um in Erfahrung zu bringen, ob er sich welche davon ansehen wollte.

Er antwortete sofort:

Die hören sich toll an. Mir hat vor allem die dritte Wohnung gefallen, die wir uns heute angesehen haben – diejenige mit Blick auf die Pferderennbahn. Ich muss aber erst noch meine Finanzierung klären. Ich melde mich bald.

Ich seufzte. Er hatte mir gesagt, er hätte seine Finanzierung bereits geklärt. Es hatte beinahe den Anschein, als würde er sich als ein weiterer Kunde entpuppen, der nur meine Zeit stahl. Ich wusste aus Erfahrung, dass jemand, der noch keine Finanzierungszusage hatte, auch nicht ernsthaft auf der Suche war. Vermutlich würden wir ihn nicht mehr zu Gesicht bekommen. Ich schrieb aber trotzdem zurück, er möge mich wissen lassen, wenn ich ihm einen Finanzberater empfehlen sollte.

Er antwortete:

Mache ich. Bis bald.

2

Als ich zu Hause ankam, ging ich durchs Haus auf die fröhlichen Geräusche zu, die ich im Garten hörte. Ich blieb unbemerkt an der Terrassentür stehen und beobachtete Rory dabei, wie er über den Rasen ins Planschbecken lief und dabei Wasser verspritzte und kreischte. Der Gartenschlauch lag im Gras und füllte das Becken wieder auf, das jedes Mal, wenn er hineinsprang, leerer wurde. Joe saß auf der Terrasse, ein Bier in der Hand und nur mit Shorts bekleidet. Sein Kindle lag vor ihm auf dem Tisch, und er hatte ein Auge auf das Display gerichtet und das andere auf Rory.

»Hey«, sagte ich, und er zuckte zusammen. Ich küsste ihn auf die Wange. »Meine beiden Jungs.«

»Hi.« Er stellte die Flasche auf dem Boden ab, und ich bückte mich, um sie wieder aufzuheben und auf den Tisch zu stellen. »Wie war dein Tag?«

»Ganz okay.« Ich setzte mich neben ihn und nippte an seinem Bier. »Ich habe Stunden damit zugebracht, einem Typen einen Haufen Immobilien zu zeigen, die er wahrscheinlich nicht kaufen wird.«

»Ah, ein Zeitverschwender«, sagte Joe. »Aber so ist das nun mal, nehme ich an.«

»Du hast ja auch nicht deine Zeit verschwendet!«, entgegnete ich und sah Joe direkt in die Augen. »Wenigstens war er sehr attraktiv …«

Er lachte. »Ein Vorteil deines Jobs.«

Joe war Hausmann und Vater. Wir waren bereits ein paar Jahre verheiratet, als ich mit Rory schwanger wurde, aber es war trotzdem unerwartet gewesen. Joe arbeitete damals in der IT-Branche, und obwohl er gut bezahlt wurde, machte ihm sein Job keinen Spaß, und er wünschte sich eine Veränderung, während ich mit meiner Arbeit richtig glücklich war und ein ganzes Stück mehr im Monat verdiente als er. Ich wollte keinen Geschäftsführer engagieren und die Kontrolle über das Büro verlieren, deshalb ergriff ich die Gelegenheit beim Schopf, als Joe vorschlug, dass er zu Hause bei unserem Baby bleiben könnte. Ich hatte ungewöhnliche Arbeitszeiten und war mir darüber im Klaren, dass ich niemals eine Tagesmutter oder eine Kindertagesstätte finden würde, die Rory kurzfristig länger dabehalten konnte. Wir waren typische angehende Eltern gewesen, indem wir dachten, unser Leben würde sich nach der Geburt unseres Kindes nicht stark verändern. Joe war sich sicher gewesen, er wäre in der Lage, Teilzeit zu arbeiten, während Rory schlief, und ich hatte ihm geglaubt. Das erste Jahr war eine gewaltige Lernkurve für uns beide gewesen.

Und jetzt, nun ja, waren die Immobilienverkäufe landesweit zurückgegangen, und es hatte nicht den Anschein, als würde sich das bald ändern. Ich musste immer länger arbeiten, um meine Kunden bei Laune zu halten und um mit möglichst wenig Personal auszukommen. Meine Pläne, mir hin und wieder einen Tag freizunehmen, um mich um Rory kümmern zu können, konnte ich mir plötzlich an den

Hut stecken. Erst zwei Tage zuvor hatte Joe mir eröffnet, dass seine Kenntnisse inzwischen drei Jahre veraltet seien und er festgestellt habe, er könne sich für bestimmte Jobs nicht mehr bewerben, selbst wenn er wollte, da sich die Technologie so rasant weiterentwickelt habe. Der Gedanke, Alleinverdienerin zu sein, ließ mich in Panik geraten. Prinzipiell hatte ich nichts dagegen, aber Immobilien schienen momentan einfach nicht den Besitzer zu wechseln, und ich hatte keine Idee, wie ich meinen Umsatz hätte steigern können. Außerdem machte ich mir Sorgen um meine Mietimmobilien, die bis zum Anschlag mit Hypotheken belastet waren. Ein säumiger Mieter hätte genügt, und wir hätten jeden Monat hunderte von Pfund verloren. Und wenn sich Immobilien nicht mehr verkaufen ließen, würde ich meine auch nicht verkaufen können. Zumindest nicht ohne Verlust. Der Gedanke daran hielt mich nachts wach. Und Joe … Ich hatte den schrecklichen Verdacht, dass er aufgehört hatte, sich nach Arbeit umzusehen. Er wechselte jedes Mal das Thema, wenn ich darauf zu sprechen kam, und ich brachte es nie übers Herz nachzubohren.

Dann sah mich Rory, und all diese Gedanken verflogen. Er schrie vor Freude und kam mit ausgestreckten Armen auf mich zugerannt.

Ich beugte mich hinunter, um ihn zu küssen, und vergrub das Gesicht in seinem Haar. »Hallo, mein Schatz. Hattest du einen schönen Tag?«

»Ich war den ganzen Tag im Planschbecken«, rief er. »Aber ich bin am Verhungern! Was gibt's zum Abendessen?«

»Ist im Ofen«, sagte Joe. »Lasagne. Dauert nur noch ein

paar Minuten. Los, wir stecken dich in die Badewanne, dann ist sie fertig, wenn du wieder draußen bist.«

»Ich bade ihn«, sagte ich schnell. »Komm mit, Rory, gehen wir.«

Rory stand zwischen uns, mit unentschlossenem Gesichtsausdruck. »Ich will, dass Dad mich badet.«

Ich spürte einen vertrauten, prickelnden Schmerz. »Komm schon, mein Schatz, ich habe dich den ganzen Tag nicht gesehen! Du kannst mir erzählen, was du gemacht hast.«

»Geh mit Mum nach oben, Rory«, sagte Joe. »Komm schon, sei brav!«

Meine Augen brannten. Mein eigenes Kind sollte nicht dazu überredet werden müssen, Zeit mit mir zu verbringen.

»Aber …«, setzte Rory an, dann sah er mir ins Gesicht, und ich wusste, dass er den Schmerz darin erkannte. »Okay, aber spielst du Löwe? Du musst so knurren wie Dad.«

»Ich werde es versuchen«, versprach ich, doch als ich es tat, wurde ich den Erwartungen nicht gerecht.

Er bedachte mich mit einem mitleidigen Blick. »Lass gut sein, Mum«, sagte er. »Dad kann es machen, wenn wir wieder unten sind.«

Ich ließ für Rory das Badewasser ein und setzte mich zu ihm, während er spielte, sang und planschte. Hoffentlich hatte er vergessen, dass ihm nur seine zweite Wahl Gesellschaft leistete. Meine Gedanken kreisten um die Arbeit, die ich an diesem Tag noch zu erledigen hatte. Ich versuchte immer, sofort nach Hause zu fahren, wenn das Büro um siebzehn Uhr schloss, um noch Zeit mit Rory verbringen zu können, bevor er ins Bett ging, wenngleich mir oft Besichtigungstermine am Abend einen Strich durch die Rechnung machten. Der Preis dafür war, dass ich spätabends noch einmal arbeiten musste. Sobald Rory im Bett war, beantwortete ich E-Mails, tätigte Anrufe, versuchte, Kunden Immobilien zuzuordnen, die ihnen gefallen könnten, verschaffte mir einen Überblick über die Finanzen und bereitete das Meeting vor, das wir jeden Morgen als Erstes abhielten. Auch aus juristischer Sicht musste alles auf dem neuesten Stand sein, und darum kümmerte ich mich meistens zu Hause, da es mir dort leichter fiel, mich zu konzentrieren, als im Büro. Oft blickte ich spätabends von meinem Laptop auf und sah Joe auf dem Sofa schlafen, während im Fernsehen etwas ohne Ton lief, was sich keiner von uns beiden angesehen hatte.

Rory war inzwischen drei, und ich war mir darüber im Klaren, dass Joe möglichst bald noch ein Baby mit mir wollte, damit die Kinder gemeinsam aufwachsen konnten. Er genoss es, mit Rory zu Hause zu sein, doch ich machte mir Sorgen, dass er überhaupt keine Arbeit mehr finden würde, wenn er noch ein paar Jahre wartete, nachdem er jetzt schon Probleme hatte. Und was würden wir tun, falls der Immobilienmarkt dann immer noch in der Krise steckte? In der wenigen Zeit, die ich jeden Abend mit Rory hatte, versuchte ich, diese Probleme auszublenden, doch in meinem Hinterkopf waren sie immer präsent.

Nachdem Rory zu Abend gegessen hatte, brachte ich ihn nach oben ins Bett und legte mich neben ihn, um ihm ein paar Geschichten vorzulesen.

»Mach die Stimmen nach«, drängte er mich. »Lass sie unheimlich klingen!«

Ich gab mir alle Mühe, doch er seufzte. »Nein, mach es so wie Dad, damit ich Gänsehaut bekomme!«

Ich versuchte es noch einmal, mit mehr Nachdruck, doch er lachte nur und sagte bestimmt: »Sag Dad, er soll raufkommen und es machen.«

Beschämt rief ich Joe, der daraufhin auf allen vieren knurrend und fauchend ins Zimmer kam, sodass Rory vor Begeisterung schrie. Ich stand da und sah zu, und obwohl es mir gefiel, war ich auch verletzt, dass er Joe mir vorzog.

Später, als Rory schlief, setzte mich an meinen Laptop und tippte ein paar Notizen ab, die ich bei der Immobilien-Wertermittlung gemacht hatte, nachdem ich David abgesetzt hatte. Ich wollte gerade Kunden mailen, die mir am Nachmittag Nachrichten geschickt hatten, als Joe aus dem Fitnessstudio zurückkam.

»Es stört dich doch nicht, wenn ich mir das anschaue, oder?«, fragte er und schaltete den Fernseher ein. Der Beginn eines Fußballspiels stand unmittelbar bevor. Großartig.

Da ich mich bei Hintergrundgeräuschen überhaupt nicht konzentrieren konnte, ging ich mit meinem Laptop in die Küche und setzte mich an den Esstisch. Joe kam herein und holte eine Flasche Wein aus dem Kühlschrank. Er hob ein Glas hoch, um mir etwas davon anzubieten, doch ich schüttelte vehement den Kopf.

»Komm schon, Gem«, sagte er. »Es ist Freitagabend. Das Wochenende fängt an.«

Ich war versucht zu fragen: *Welches Wochenende?*, und offenbar deutete Joe meinen Gesichtsausdruck richtig, denn er stellte den Wein zurück in den Kühlschrank und setzte sich neben mich.

»Gib mir eine Aufgabe«, sagte er. »Irgendeine Aufgabe. Komm schon, ich kriege das hin.«

Ich lachte, und er stieß mich an, sein gebräuntes Bein fest an meinem. Ich stupste zurück, und als sich unsere Körper berührten, spürte ich einen Schauer von Verlangen. »Ich habe hier sämtliche Kontoauszüge«, sagte ich. »Und hier ist eine Liste mit allen Honorarzahlungen an Anwälte. Ich muss sie zuordnen und nach ausstehenden Forderungen suchen. Du würdest das nicht für mich übernehmen, oder?«

Er rückte ein Stück näher an mich heran. »Vielleicht. Was ist es dir denn wert?«

Ich beugte mich hinüber und flüsterte ihm ins Ohr.

»Gib mir den Ordner und meinen Laptop«, sagte er. »Und gib mir eine halbe Stunde, dann nehme ich dich beim Wort.«

3

Montag, 19. Juni

»Dann können Sie also am Freitagnachmittag ganz sicher arbeiten?«, fragte ich Rachel am darauffolgenden Montag.

Sie nickte. »Das Seminar findet am Samstag statt?«

»Ja, in einem Hotel in London, Covent Garden. Ich fahre am Freitag am Spätnachmittag hin und komme am Samstagabend zurück.«

Sie betrachtete den Dienstplan, der vor uns lag. »Und Sie arbeiten am Sonntag? Sind Sie sicher, dass Sie nicht einen Tag zu Hause bleiben wollen?«

»Das geht nicht. Brian hat am Sonntag frei. Nehmen Sie statt Freitag den Mittwoch frei?«

So ging das jede Woche. Wir waren unterbesetzt, doch wenn sich die Situation auf dem Immobilienmarkt nicht bald änderte, konnte ich es mir nicht leisten, noch jemanden einzustellen. Ich musste mit dem Dienstplan jonglieren, um es allen recht zu machen und dafür zu sorgen, dass das Büro immer besetzt war. Das war das Problem daran, ein Geschäft zu besitzen, das an jedem Wochentag geöffnet sein musste. Ich arbeitete an den meisten Tagen, und wann immer es möglich war, nahm ich mir einen halben Tag frei. Trotzdem war es hart, und ich fühlte mich ständig erschöpft.

Ich hatte nichts dagegen, Überstunden zu machen, aber ich vermisste Rory und liebte nichts mehr, als einfach nur mit ihm allein zu sein. Ich genoss die Zeit mit ihm im Park oder im Schwimmbad oder im Café um die Ecke, wenn wir einen Milchshake tranken. Joe kam meistens auch mit, und das gefiel mir, wirklich, aber manchmal … nun ja, wenn Joe dabei war, ging Rory oft zu ihm, wenn er aufgelöst war, und ich stand da und fühlte mich nutzlos. Wenn wir alleine waren, war er dagegen ganz auf mich angewiesen. Das mag egoistisch klingen, aber es ist hart für eine Mutter, mit ansehen zu müssen, wenn ihr Kind bei jemand anderem Hilfe sucht, selbst wenn es sich bei dieser Person um seinen Vater handelt.

Oft malte ich mir aus, wie es einmal sein würde, wenn Rory älter war, wenn er nach der Schule allein zu mir ins Büro kommen konnte, um dort eine Stunde lang Hausaufgaben zu machen, während er darauf wartete, bis ich fertig war. Joe war bei der Arbeit, und später war ich in meinen Tagträumen mit Rory allein in der Küche, wo wir gemeinsam das Abendessen zubereiteten, während er mir von seinem Tag erzählte.

Mir war bewusst, dass es sich dabei um eine seltsame Fantasie handelte. Die momentane Situation war schließlich nicht schlecht, ich hatte aber dennoch das Gefühl, dass ich die wunderbare Zeit zu zweit verpasst hatte, die den meisten anderen Müttern vergönnt war. Ich schüttelte mich. Ich liebte Joe. Ich liebte Rory. Ich liebte meinen Job – zumindest meistens. Es gab keinen Grund, in einer Fantasiewelt zu leben.

Als ich aufblickte, bemerkte ich, dass Rachel mich anstarrte.

»Entschuldigung!«, sagte ich. »Ich war gerade ganz weit weg.«

»Irgendwo, wo es schön ist?«

Ich schüttelte den Kopf. »Ich habe an Rory gedacht und ihn mir als Teenager vorgestellt. Im Gymnasium.«

Sophie erkannte die Chance auf Tratsch und kam herbeigeeilt. »Er wird bestimmt umwerfend aussehen. Absolut umwerfend.«

Ich betrachtete das Foto auf meinem Schreibtisch. Rory fuhr darauf mit seinem Dreirad im Park, mit ernstem und konzentriertem Gesichtsausdruck. Sein Haar war blond, wallend und glänzend und viel, viel zu lang. Das Foto war einen Monat zuvor entstanden, als der Sommer gerade begonnen hatte, und schon war seine Haut gebräunt gewesen, sein Körper gelenkig. Joe und Rory hatten mir das Foto überreicht, als ich von der Arbeit nach Hause kam. Rory war gerade auf dem Weg ins Bett gewesen, und als er eingeschlafen war, hatte ich angefangen zu weinen, weil mir so viel entging.

»Er sieht aus wie Joe, nicht wahr?«, stellte Sophie fest.

Ich lächelte. »Ja, wunderschön!«

Die beiden lachten.

»Möchten Sie noch ein zweites Kind?«, fragte Rachel aus heiterem Himmel. Sie errötete, da sie vermutlich glaubte, zu direkt gewesen zu sein.

Die beiden sahen mich erwartungsvoll an.

»Ich bin mir nicht sicher«, sagte ich langsam. »Aber ich denke schon. Ich glaube, Rory hätte sehr gern ein kleines Geschwisterchen.«

»Und das würde ihn lieben«, sagte Sophie mit sentimentalem Gesichtsausdruck.

»Eigentlich wollte ich kein zweites Kind, nachdem ich Vollzeit arbeite«, erklärte ich. »Aber meine Mutter hat mich ins Grübeln gebracht.« Ich dachte an Weihnachten zurück, als sie und mein Vater uns besucht hatten. »Sie meinte, das beste Geschenk, das ich Rory machen könnte, wäre ein Bruder oder eine Schwester. Ich habe einen älteren Bruder, und wir haben uns als Kinder richtig gut verstanden. Er arbeitet jetzt in Edinburgh, deshalb sehe ich ihn nicht so oft, wie ich gerne möchte, aber wir sind nach wie vor dicke Freunde.«

»Sie hat recht!«, sagte Sophie. »Er hätte einen Freund fürs Leben.«

Ich lächelte. »Das ist ein schöner Gedanke.«

Rachel sammelte die Kaffeebecher ein. »Ich spüle ab«, sagte sie und ging in die Küche.

»Dann haben Sie sich also dagegen entschieden, nur für den einen Tag hinzufahren?«, fragte Sophie.

»Ich konnte mich einfach nicht überwinden, den Sechs-Uhr-Zug zu nehmen. Joe wollte, dass ich es mache, damit er am Freitagabend in den Pub gehen kann, aber ich konnte mich nicht dazu durchringen.« Ich machte eine Pause, dann gab ich zu: »Also habe ich ihm gesagt, dass ich so nicht rechtzeitig ankommen würde.«

Sie lachte.

Rachel kam wieder herein, um die Keksdose aufzuräumen. »Was haben Sie ihm denn gesagt, wann es losgeht?«

»Neun Uhr statt halb zehn. Der Zug kommt um zehn vor neun an, also müsste ich mich sehr beeilen, um rechtzeitig da zu sein.«

Sie schüttelte mit gespielter Entrüstung den Kopf. »Den eigenen Ehemann anlügen. Und was kommt als Nächstes?«

Ich lachte mit den beiden, war mir aber darüber im Klaren, dass ich Joe in letzter Zeit immer häufiger anlog. In manchen Nächten schlief ich im Gästezimmer und sagte ihm, ich hätte Kopfschmerzen, obwohl ich nur eine Weile allein sein wollte. Oder ich schlich mich zu Rory ins Zimmer, nur um etwas Zeit mit ihm zu verbringen, auch wenn er schlief. Und mir war bewusst, Joe hatte den Verdacht, dass ich nicht glücklich war. Manchmal fiel mir auf, dass er mich beobachtete, und wenn ich ihn dann anlächelte, wirkte er gedankenverloren und brauchte einige Zeit, bis er reagierte.

Als wir am Abend zuvor im Bett lagen, hatte ich das Gefühl, dass er mich jeden Moment danach fragen würde, und plötzlich dachte ich mir: *Ich sage es ihm einfach, sage ihm genau, was ich empfinde*, doch dann drehte er sich von mir weg und schlief ein. Ich saß noch aufrecht da, weil ich gerade meine Gesichtscreme auftrug, und hätte mich gern zu ihm hinübergebeugt und ihn auf die Wange geküsst, um einen Teil unserer Nähe zurückzugewinnen, brachte es aber einfach nicht fertig. Deshalb drehte ich mich ebenfalls von ihm weg, konnte jedoch nicht einschlafen.

Ich hatte das Gefühl, mich von jemandem, der immer ehrlich gewesen war, in jemanden verwandelt zu haben, der sagte, was auch immer nötig war, um sich das Leben leicht zu machen. Wie es dazu hatte kommen können, war mir ein Rätsel.

4

Am Abend ging ich auf Joes Angebot ein, Wein zu trinken. Es war Montag, lautete seine Ausrede, und mir wurde bewusst, dass er in letzter Zeit fast jeden Abend irgendeine Ausrede gehabt hatte, um eine Flasche aufzumachen. »Es ist Donnerstag!«, rief er zum Beispiel aus der Küche. »Fast schon Wochenende! Komm schon, trinken wir ein Gläschen.« Er war allerdings ziemlich gut darin, sich mit einem oder zwei Gläsern zu begnügen, und ich inzwischen ebenfalls. Das war bei mir nicht immer der Fall gewesen.

An diesem Montagabend schenkte Joe uns beiden also ein Glas Wein ein, und wir taten, was wir am liebsten taten, machten es uns jeder an einem Ende des Sofas bequem, die Beine miteinander verflochten, und unterhielten uns. Wir legten Musik auf und zündeten ein paar Kerzen an, und eine Zeit lang existierte nichts außer uns. Außer unserer Familie. Wir sprachen über alles und nichts, wie wir es immer taten, doch das Gespräch kehrte immer wieder zu Rory zurück. Er war unser Lieblingsthema, das bei mir stets für gute Laune sorgte. Joe erzählte mir vom Schwimmbad und vom Park und dass Rory Freundschaft mit dem Hund von gegenüber geschlossen hatte, und ich saugte diese Geschichten auf. Ich konnte nie genug davon hören.

Ich erzählte ihm, was meine Mitarbeiterinnen über ein

zweites Kind gesagt hatten. »Denkst du, wir sollten noch eines bekommen?«, fragte ich ihn in einem plötzlichen Anflug von Sentimentalität. »Meinst du, Rory würde sich über ein kleines Geschwisterchen freuen?«

Joe wirkte überrascht. »Natürlich! Sehr sogar. *Ich* würde mich auch freuen!« Er streckte die Arme aus und zog mich zu sich. »Ich dachte, du möchtest nicht. Du hast deine Mutter richtig angefahren, als sie es erwähnt hat, weißt du noch?«

Ich zuckte zusammen, als ich mich an den schockierten Gesichtsausdruck meiner Mutter an Weihnachten erinnerte, nachdem sie mir einen Rat gegeben und ich aus beiden Läufen zurückgefeuert hatte. Sie hatte den Blick sofort auf das Glas in meiner Hand gesenkt, und ich wusste, dass sie dachte, ich würde zu viel trinken. Das hatte mich noch wütender gemacht. Rückblickend konnte ich mir nicht erklären, warum ich so reagiert hatte. Ich hatte bei der Arbeit enorm unter Druck gestanden, und die Vorstellung, dazu auch noch schwanger zu werden, hatte das Fass anscheinend zum Überlaufen gebracht.

Doch jetzt, bei Kerzenschein, während Rory in seinem Bett schlief und meine Arbeit für diesen Abend erledigt war, kam diese Mischung von Wut und Frustration nicht wieder auf.

»Was hat dich dazu gebracht, deine Meinung zu ändern?«, wollte Joe wissen.

Ich schüttelte den Kopf. »Meine Mitarbeiterinnen, glaube ich. Sophie … sie hat meiner Mum recht gegeben. Sie meinte, er hätte dann einen Freund fürs Leben, und das stimmt. Sieh dir Caitlin und dich an. Oder sieh dir Brendan und dich an.«

Joe lachte. Er war vermutlich der größte Fan seines älteren Bruders; wenn die beiden zusammen waren, war er so glücklich wie sonst nie. »Einen wie ihn würde ich nicht haben wollen. Das wäre ein Albtraum.«

Trotz des Schleiers von Wein und Sentimentalität konnte ich mir den Gedanken nicht verkneifen, wie hart ich würde arbeiten müssen, um das nötige Geld für eine größere Familie zu verdienen. Vielleicht konnte ich das Geschäft noch ausbauen? Doch wie sollte das funktionieren, wo sich Immobilien momentan kaum verkaufen ließen? Mein Mut sank. Ich war ohnehin bereits erschöpft, auch ohne mich noch mehr unter Druck zu setzen.

Und dann dachte ich an die Zeit zurück, als ich mit Rory schwanger gewesen war. Es war das erste Mal gewesen, dass ich mich in meinem Körper wohlgefühlt hatte, seit … tja, ich konnte mich nicht mehr erinnern. Das Gefühl, ein Kind in mir zu tragen, die ersten zaghaften Bewegungen, die ich schon früh gespürt hatte wie Schmetterlingsküsse. Von jenem Moment an hatte ich ihn geliebt. Eigentlich schon davor. Er war damals bereits ein Teil von mir gewesen; er wird immer ein Teil von mir sein. Und der Gedanke, das alles noch einmal zu erleben, war beglückend.

»Denkst du, wir könnten ein anderes Kind genauso lieben?«, fragte ich.

»Natürlich könnten wir das.« Joes Hände waren in meinem Haar, und ich schloss die Augen, als er mich küsste. »Vor allem, wenn es ein Rotschopf wird.« Er fuhr mir mit den Fingern durchs Haar und küsste mich noch einmal. »Ein Rotschopf mit grünen Augen, genau wie du.«

»Vielleicht können wir uns das später im Jahr noch mal durch den Kopf gehen lassen«, sagte ich.

»Das wäre großartig.«

»Und vielleicht könnte ich versuchen, meine Stunden zu reduzieren, damit ich mehr Zeit zu Hause verbringen kann.«

Ich verfing mich in seiner Umarmung, doch später, als wir im Bett lagen und er fest neben mir schlief, war ich wach und zerbrach mir den Kopf, wie ich es schaffen könnte, weniger zu arbeiten. Als Joe mich geküsst hatte, war ich abgelenkt gewesen; erst später wurde mir bewusst, dass er mir nicht zugestimmt hatte.

5

Freitag, 23. Juni

Am folgenden Freitag nahm ich den Nachmittagszug von Chester nach London, und dieser war brechend voll. Als ich durch das vergleichsweise leere Erste-Klasse-Abteil eilte, sah ich zwei Frauen, die sich auf den großen, bequemen Sitzen entspannten, beide bereits mit einem Glas Gin Tonic in der Hand, und wünschte mir, ich hätte beim Kauf meines Tickets den Aufpreis bezahlt. Das hätte ich allerdings nicht rechtfertigen können; das Geschäft lief nicht so gut, dass ich Geld zum Fenster hinauswerfen konnte.

In Euston sank mein Mut, als ich Scharen von Leuten am Aufzug zur U-Bahn Schlange stehen sah. Einem Aushang zufolge war eine der U-Bahn-Linien außer Betrieb, und ich wusste, dass Chaos herrschen würde. Der Bahnhof war proppenvoll und stickig in der sommerlichen Hitze. Bis ich beim Aufzug angelangte, war mir deshalb so heiß, dass ich beschloss, stattdessen zu Fuß zu gehen.

Ich trat vor die Tür auf den Euston Square. Inzwischen war früher Abend, und ich ging die Tottenham Court Road zu meinem Hotel in Covent Garden hinunter. Scharen von Büroangestellten vermischten sich mit den Touristen. Ich dachte an die Tage zurück, als ich mit Anfang zwanzig hier gearbeitet hatte. Ich vermisste diese Zeit. Damals arbeitete ich für einen Immobilienmakler im Norden von London, und es ging richtig rund, bevor der Abschwung begann. Wohnungen und Häuser ließen sich schnell für mehr als den ursprünglich geforderten Preis verkaufen, und die Maklerfirma konnte es sich leisten, großzügig zu sein mit Boni und Freigetränken nach der Arbeit.

Mir war bewusst gewesen, dass es nicht so weitergehen würde, wenn ich nach Chester zog. Und als ich Joe kennenlernte, war ich bereit, den nächsten Schritt zu machen. Ich war damals sechsundzwanzig, hatte fünf Jahre Berufserfahrung auf dem Konto und war bereit für eine Herausforderung.

Wir hatten eine tolle Zeit in jenen frühen Tagen. Ich lernte Joe kennen, als ich zu Brendans Hochzeit in Irland war; Caitlin hatte mich eingeladen, und wir waren am Abend unserer Ankunft in den Pub in ihrem Heimatort gegangen. Ich war davor schon ein paar Mal in den langen Sommerferien bei ihr zu Hause in Irland gewesen, doch Joe war in diesen Sommern immer mit dem Rucksack unterwegs gewesen, sodass ich ihn nie kennengelernt hatte. Als Caitlin und ich an jenem Abend den Pub betraten, blieb sie am Eingang stehen und unterhielt sich mit einer alten Freundin. Ich ging zur Bar, um uns etwas zu trinken zu besorgen, und sah der Band zu, die miserabel auf einer provisorischen Bühne spielte. Joe sah ebenfalls zu. Wir waren einander noch nicht vorgestellt worden, doch ich wusste sofort, dass er mit Caitlin verwandt war: Die beiden hatten das gleiche zerzauste blonde Haar, die gleichen blauen Augen, und außerdem hatte mir seine Mutter genug Familienfotos gezeigt, dass ich ihn erkannte. Er zuckte bei jedem falschen Ton zusammen, und als er bemerkte, dass ich ihn musterte, lachte er.

Ich sagte: »So schlimm, hm?«

»Das ist der jüngste Bruder von einem Freund von mir«, erwiderte er. »Ich glaube nicht, dass er schon das Zeug zum Star hat.«

Ich warf einen Blick auf den Gitarristen, der den Kopf gesenkt hatte, damit niemand sein Gesicht sehen konnte. Man merkte ihm an, dass er wusste, wie schlecht er spielte.

»Armer Kerl«, sagte Joe.

Als die Band von der Bühne kam, ging er auf den Gitarristen zu und klopfte ihm auf die Schulter. Ich erkannte, dass er irgendetwas Nettes zu ihm sagte und den Kopf schüttelte, als der junge Mann protestierte. »Das sind die Nerven«, hörte ich Joe sagen. »Beim nächsten Mal wird es besser.«

Dann kam er zu mir herüber und sagte: »Du bist also Gemma.« Ich erinnere mich, dass ich daraufhin rot wurde, und er fügte hinzu: »Ich habe schon viel von dir gehört.«

Wir standen an jenem Abend stundenlang an der Ecke der Bar, und erst als der Pub zumachte, drehte ich mich um und sah, wie Caitlin uns anlächelte. Sie bugsierte mich auf die Damentoilette, bevor wir gingen, und sobald wir allein waren, sagte sie: »Ich wusste, du würdest ihn mögen!«

Das konnte ich nicht bestreiten. Ich konnte auch nicht aufhören zu lächeln. »Warum hast du ihn mir denn nicht schon früher vorgestellt?«

Sie zögerte, und ich wusste sofort, was sie gleich sagen würde. »Jetzt ist der richtige Zeitpunkt«, erklärte sie schließlich. Ich wusste, sie meinte damit, dass sie es früher nicht hätte riskieren können. Sie hatte recht. Ich war jahrelang in einem ziemlich schlimmen Zustand gewesen, doch sie hatte mir dabei geholfen, wieder auf die Beine zu kommen.

»Du hast das geplant?«, fragte ich.

Sie grinste mich an und weigerte sich, darauf zu antworten.

Joe wohnte bei einem Freund im Ort, da das Haus seiner Eltern, in dem ich untergebracht war, voll mit Freunden und Verwandten auf Besuch war. Er bot mir damals an, mich dorthin zu begleiten, doch als wir ankamen, waren wir so ins Gespräch vertieft, dass er mich nicht gehen lassen wollte. Er schlug vor, mir seine alten Lieblingsorte zu zeigen, und wir gingen meilenweit durch die leeren Straßen seines Viertels. Ich glaube, ich wusste bereits an jenem Abend, dass er immer zu meinem Leben gehören würde.

Als ich mich jetzt dem Hotel näherte, blieb ich stehen, um ihm eine Nachricht zu schreiben:

Gehe gerade durch Covent Garden. Ich weiß, es ist nicht Dublin, aber ich muss trotzdem an den Abend denken, an dem wir uns kennengelernt haben. xx

Er antwortete:

Ja, das war ein toller Abend. Einer der besten Abende meines Lebens. Der gestrige Abend war aber auch ziemlich schön. xx

Ich errötete. Das konnte man wohl sagen.

Finde ich auch. Ich vermisse euch beide. xxx

6

Der Abend war heiß, und ich fühlte mich nach der Zugfahrt und dem Fußmarsch zum Hotel fürchterlich klebrig. Eine große Eckbadewanne lockte mich, doch als ich unten auf der Terrasse Leute reden und lachen hörte, beschloss ich, stattdessen zu duschen und anschließend hinunter in die Bar zu gehen, um nachzusehen, ob jemand da war, den ich kannte. Wenn nicht, wollte ich wieder nach oben gehen, mir etwas zu essen und Wein bestellen, ein langes Bad nehmen und früh ins Bett gehen.

Nach einer kurzen Dusche schlüpfte ich in ein dunkelgrünes Kleid aus Seide mit Spaghettiträgern, das ich mitgenommen hatte, falls ich zum Abendessen ausgehen sollte, schminkte mich ein wenig, zog meine Sandalen an und fragte mich, wer wohl da sein würde. Ich musste hin und wieder an solchen Fortbildungsseminaren teilnehmen und traf dabei immer wieder bekannte Gesichter. Außerhalb dieser Veranstaltungen pflegten wir zwar keinen Kontakt, doch nach all den Jahren fühlten wir uns irgendwie voneinander angezogen, wenn wir uns begegneten. Diejenigen von uns, die ihr eigenes Maklerbüro besaßen, hatten Verständnis für die Probleme der anderen, und es war immer gut, sich offen unterhalten zu können, was ich mit den Leuten, die mir in Chester begegneten, nicht tat. Schließlich wollte ich nicht, dass Einheimische von meinen beruflichen Sorgen erfuhren.

Ich schaltete beide Nachttischlampen an, damit es bei meiner Rückkehr nicht dunkel war, und machte mich auf den Weg hinunter in die Bar.

»Einen Gin Tonic, bitte«, sagte ich zum Barkeeper.

»Einen einfachen oder einen doppelten?« Ich zögerte, und er sagte: »Warum nicht? Mit Schwung ins Wochenende!«

Ich lachte. »Also meinetwegen.«

Mit meinem Getränk in der Hand drehte ich mich um, um zu sehen, wer da war. Die Bar war brechend voll, und an den Umhängebändern und Ansteckschildchen erkannte ich, dass an diesem Wochenende etliche Veranstaltungen stattfanden. Ich drehte eine Runde im Raum, entdeckte aber kein bekanntes Gesicht. Während ich versuchte, meine Enttäuschung zu unterdrücken, wurde mir bewusst, dass die meisten wahrscheinlich erst am nächsten Morgen anreisen würden, anstatt zu übernachten. Normalerweise dauerten solche Fortbildungsseminare zwei Tage, sodass alle Teilnehmer einmal übernachten mussten.

Ich trank meinen Gin Tonic und bestellte mir noch einen, und ja, es handelte sich noch einmal um einen doppelten. Es war ein heißer Sommerabend, genau das richtige Wetter für Gin Tonic, und ich hatte niemanden dabei, für den ich verantwortlich war. Wenn ich Lust auf einen Drink hatte, dachte ich, dann würde ich mir verdammt noch mal einen genehmigen.

Genau in dem Moment, in dem ich den Entschluss fasste, wieder auf mein Zimmer zu gehen, piepste mein Telefon in meiner Handtasche. Ich checkte meine Mitteilungen und hoffte, dass Rory bereit war, kurz mit mir zu reden, bevor er ins Bett ging. Er war bei einem Freund zu Besuch gewesen, deshalb hatten wir vereinbart, dass er mich zur Bettgehzeit anrufen würde.

Hi, Gem, lässt du es dir gut gehen? Rory hat gerade gebadet und ist schon eingeschlafen. Tut mir leid, er wollte dich anrufen. Sollen wir kurz quatschen? xx

Ich starrte auf mein Telefon. Das war das Einzige an diesem Abend, worum ich ihn gebeten hatte. Er wusste, wie sehr ich Rory vermisste. Ich hatte keine Lust, jetzt mit Joe zu reden; ich wäre nur wütend geworden. Und ich hatte schon etwas getrunken und wusste, er würde es bemerken. Ich wollte darüber nicht mit ihm diskutieren. Ich war drauf und dran, seine Nachricht zu ignorieren, wusste jedoch, dass es dann weitere hageln und ich ihn letzten Endes anschnauzen würde, deshalb schrieb ich ihm:

Sitze gerade in der Badewanne, danach gehe ich schlafen. Rufe dich morgen an. Küss Rory von mir. xx

Binnen Sekunden antwortete er:

Aha, ok. Hoffe, du schläfst gut. xx

Ich spürte seine Enttäuschung darüber, dass ich nicht mit ihm reden wollte, und bekam sofort ein schlechtes Gewissen, bremste mich jedoch selbst. Wenn er über Nacht unterwegs war, schickte ich ihm nur manchmal eine SMS, sobald ich dagegen einmal wegfuhr, hing er ununterbrochen am Telefon. Ich ignorierte die Tatsache, dass ich darüber normalerweise wirklich froh war, und trank noch einen Schluck Gin.

Nachdem ich eine Runde in der Bar gedreht hatte, ging ich ins Foyer. Auch hier kannte ich niemanden. Dann sah ich eine Gruppe von Männern mittleren Alters durch die Drehtür hereinkommen, und mir rutschte das Herz in die Hose. Einer von ihnen, Liam Fossett, gehörte zu den langweiligsten Menschen, die ich kannte. Ich hätte damit rechnen müssen, dass er hier sein würde: Da er im Nordosten arbeitete, musste er übernachten. Als er mich bemerkte, hellte sich sein Gesicht auf. Er winkte, und ich richtete den Blick an ihm vorbei, als hätte ich ihn nicht gesehen. Aus dem Augenwinkel erkannte ich jedoch, dass er sich einen Weg durch die Menge zu mir bahnte.

Ohne lange zu überlegen, beschloss ich, auf mein Zimmer zu flüchten. Ich drehte mich um und stieß mit einem Mann zusammen, der in einer Gruppe von Leuten hinter mir stand. Er streckte die Hand aus, um mich vor einem Sturz zu bewahren.

»Vorsicht!«, sagte er.

»Oh, entschuldigen Sie vielmals«, erwiderte ich. »Ich habe Sie nicht gesehen.«

Ich warf einen Blick auf sein Glas, aus dem Rotwein auf den Fußboden geschwappt war, dann blickte ich zu ihm auf.

»Sie sind Gemma, hab ich recht?«, sagte er. »Gemma Brogan? David Sanderson. Sie haben mir neulich ein paar Immobilien in Chester gezeigt.«

»Oh, natürlich! Ich habe Sie in dieser fremden Umgebung gar nicht erkannt«, sagte ich und trat einen Schritt von dem verschütteten Wein zurück. »Tut mir wirklich leid, dass ich gegen Ihr Glas gestoßen bin. Ich hole Ihnen ein neues.«

»Kein Problem«, entgegnete er. »Was machen Sie denn hier?«

»Ich nehme an einem Fortbildungsseminar teil«, erklärte ich. »Über neue Bestimmungen bezüglich Geldwäsche. Es ist einfacher, an einem Seminar teilzunehmen, in dem man sämtliche Unterlagen bekommt, als sich alles selber zusammenzureimen.«

»Und es ist bestimmt auch ganz nett, mal für ein Wochenende rauszukommen, oder?«

Ich lachte. »Ja, ab und zu kann eine Auszeit nicht schaden. Wenn man berufstätig ist und ein kleines Kind hat, ist es ziemlich hektisch.«

»Sind Sie mit Ihrer Familie hier?«

Ich schüttelte den Kopf. »Nein. Mein Sohn ist erst drei. Ich habe es nicht gewagt, ihm zu sagen, dass ich mit dem Zug fahre. Er hätte ewig auf mich eingeredet, dass ich ihn mitnehmen soll.«

Er lachte. »Ich war als Kind auch so. Das Beste an jedem Urlaub war die Anreise.«

Ich spürte, wie mir jemand auf die Schulter tippte, und zuckte zusammen. Mir war klar, um wen es sich handelte.

»Hi, Liam.« Ich versuchte, seinem feuchten Kuss auf meine Wange auszuweichen, was mir jedoch nicht ganz gelang. Dann spürte ich, wie Davids Arm meinen ganz kurz streifte, und wusste, dass er meine Reaktion bemerkt hatte. »Wie geht's Ihnen denn?«

»Ausgezeichnet, danke, Gem«, erwiderte er. »Wir gehen bald zum Abendessen rein. Leisten Sie uns Gesellschaft?«

Ich sah ihn an, blickte in sein gerötetes, leicht schweißglänzendes Gesicht. Mir fiel nichts ein, was ich weniger gern getan hätte.

»Oh, tut mir leid«, sagte David. »Gemma isst mit mir zu Abend.«

Ich warf ihm einen Blick zu. *Tue ich das?* Ich verzog keine Miene.

Liam sah David an, dann mich. »Möchten Sie uns auch Gesellschaft leisten?«

David schüttelte den Kopf. »Tut mir leid, es ist geschäftlich. Ich brauche ihren Rat. Ich fürchte, sie wird die nächsten Stunden beschäftigt sein.«

Liam nickte zögernd. »In Ordnung. Vielleicht später einen Drink?«

Ich lächelte. »Vielleicht.«

Wir blickten ihm hinterher, als er zurück zu seinen Freunden ging. Dann beugte sich David zu mir und flüsterte mir ins Ohr: »Sie sind mir was schuldig.«

Ich lachte. »Sie haben mir das Leben gerettet.«

Er lächelte. »Sie haben Glück, dass ich hier bin.«

»Das kann man wohl sagen! Was machen Sie hier eigentlich?«

»Oh, ich war geschäftlich in London.«

»Für Barford's?«

»Sie haben ein gutes Gedächtnis! Ja, ich habe mich mit

Zulieferern getroffen. Ich bin schon die ganze Woche hier und habe morgen früh noch einen Termin. Anschließend fahre ich dann zurück in den Norden.«

»Immer noch auf der Suche nach einem Haus?« Ich lächelte ihn an und hoffte, nicht zu unverschämt zu klingen.

Er lachte. »Ja, tut mir leid, dass ich mich nicht mehr gemeldet habe. Es gab ein Problem mit der Finanzierung, weil ich noch auf das Geld aus meinem Hausverkauf in Boston warten musste, aber inzwischen ist alles da, und die Bank kann das Ganze jetzt in die Wege leiten.«

»Tja, dann melden Sie sich, wenn Sie so weit sind«, sagte ich. »Ich finde bestimmt ein Schnäppchen für Sie.« Mein Gesicht fühlte sich heiß an, und ich war mir nicht sicher, ob das am Alkohol lag. Ich stellte mein leeres Glas auf einem Beistelltisch ab und drehte mich um, um zu gehen. »Danke, dass Sie mir bei Liam aus der Patsche geholfen haben.«

»Sie möchten nicht vielleicht *wirklich* mit mir zu Abend essen, oder?« Er sah, dass ich zögerte, und fügte schnell hinzu: »Sie würden mir damit einen riesigen Gefallen tun. Ich habe hier jeden Abend alleine dagesessen.« Er grinste. »Und ich möchte auf gar keinen Fall, dass der Typ denkt, Sie hätten mich versetzt.«

Ich hielt inne. Eigentlich hatte ich gerade auf mein Zimmer gehen wollen. Ich dachte an meinen ursprünglichen Plan, mir etwas aufs Zimmer zu bestellen und in Ruhe ein langes Bad zu nehmen. Nach der vergangenen Arbeitswoche war ich völlig erschöpft.

Und dann dachte ich an den potenziellen Verkauf. Sicher, er war ein gut aussehender Typ, und er brachte mich zum

Lachen, doch ich verließ mich auf meinen Geschäftssinn, als ich sagte: »Okay, aber ich zahle.« Er wollte protestieren, doch ich fügte hinzu: »Das ist eine Betriebsausgabe. Sie sind mein Kunde.« Eigentlich konnte ich mir diese Ausgabe nicht leisten, aber wenn sie zu einem Verkauf führte, würde sie sich auf jeden Fall lohnen. Es war sozusagen eine Investition.

Er lachte. »Tja, das ist sehr nett von Ihnen. Vielen Dank.«

Ich sah, dass Liam mich beobachtete. »Wollen wir gleich essen?« Ich winkte ihm zu, als David und ich durch die Bar zum Restaurant gingen.

7

Der Abend verging wie im Flug. Ich war schon lange nicht mehr allein mit einem Mann beim Abendessen gewesen, und ich war überrascht, wie wohl ich mich dabei fühlte. Der Kellner kam zu uns und erkundigte sich, was wir trinken wollten.

Ich warf einen Blick in die Weinkarte. »Sie haben vorher Rotwein getrunken, oder?«, fragte ich David. »Soll ich eine Flasche bestellen?«

»Das wäre toll, danke.«

Ich bestellte eine Flasche Barolo, und David schenkte uns beiden ein Glas ein, während er für mich die Speisekarte durchging und mir sagte, welche Gerichte er bereits gegessen hatte, seit er hier war. Dann erzählte er mir, wo er im Ausland gelebt hatte: Boston, Dallas und Hongkong.

»Sie sind im Vertrieb, richtig?«, fragte ich.

»Ja. Nicht jedermanns Sache, aber ich fühle mich in dieser Umgebung wohl. Sofern es sich um ein seriöses Unternehmen handelt. Man muss an die Produkte glauben.«

»Und Barford's ist ein gutes Unternehmen?«

»Großartig. Sie haben mich schon überallhin geschickt. Das finde ich klasse.«

»Ich wünschte, ich hätte in meinen Zwanzigern im Ausland gearbeitet«, sagte ich. »Als ich noch kinderlos war, war mir nicht bewusst, dass ich so viel wie möglich hätte reisen sollen.«

»Ständig umziehen zu müssen hat aber auch seine Tücken. Man verliert seine alten Freunde aus den Augen, und man kann jederzeit wieder versetzt werden. Manchmal ist es schwierig, sich zu integrieren.«

»Das kann ich mir vorstellen.«

»Aber Ihre jetzige Situation ist doch toll. Sie haben Familie, und Ihr Business läuft anscheinend auch gut.«

Ich zögerte, da ich nicht zugeben wollte, dass in der momentanen konjunkturellen Lage kaum jemand Immobilien kaufen wollte. Natürlich wollten die Leute bei jedem wirtschaftlichen Klima günstig kaufen und teuer verkaufen, doch momentan bekam ich es stärker zu spüren als je zuvor. Da David ein potenzieller Kunde war, sagte ich nur: »Ja, es läuft gut. Ich kann mich wirklich glücklich schätzen.«

»Sie wirken müde. Anstrengende Woche?«

Ich nickte. »Immer.«

»Warum vergessen Sie die Arbeit nicht für eine Weile? Nehmen Sie sich einen Abend frei.« Er griff nach der Weinflasche, die wir bestellt hatten. »Darf ich Ihnen nachschenken?«

Ich warf einen Blick auf die Flasche und sah dann wieder David an. Ich war bereits leicht angetrunken und spürte meine Haut kribbeln. Mit dem, was ich bisher getrunken hatte, war mein Limit erreicht; ich hätte mich hüten sollen weiterzutrinken, doch plötzlich war die Verlockung von ein paar Gläsern und etwas unbeschwerter Unterhaltung mit einem anderen Erwachsenen – oder vielmehr mit einem anderen Mann – einfach zu groß.

Ich schob ihm mein Glas hin. »Warum nicht?«

Wir blieben ein paar Stunden im Restaurant, genossen unser Essen und einige Gläser Wein. David erzählte von seinen Auslandsaufenthalten und seinem Studentenleben in London. Ich fühlte mich in seiner Gesellschaft außerordentlich wohl. Er war unterhaltsam und witzig, und ich war mir sicher, er würde in den nächsten Wochen wieder bei mir im Büro auftauchen, um sich noch ein paar Immobilien anzusehen. Ich machte mir in Gedanken die Notiz, meine Mitarbeiter darauf anzusetzen, nach einem geeigneten Objekt Ausschau zu halten. Nach unserer Unterhaltung hatte ich eine ziemlich genaue Vorstellung, welche Art von Lifestyle er bevorzugte.

Am Ende des Abends dauerte es eine Weile, bis uns die Rechnung gebracht wurde, und als sie schließlich kam, blieb der Kellner am anderen Ende des Restaurants, um sich mit einer Bedienung zu unterhalten, und wurde trotz meines Winkens nicht auf mich aufmerksam. Ich seufzte und ging zu ihm hinüber, um ihn zu bitten, das Kartenlesegerät zu bringen. Als ich wieder an unseren Tisch zurückkam, schenkte David gerade den restlichen Wein in unsere Gläser.

»Danke für das Essen«, sagte er und hob sein Glas. »Cheers!«

Ich stieß automatisch mit ihm an. »Gern geschehen«, erwiderte ich und trank meinen Wein. Dann warf ich einen Blick auf die Uhr. »Ich muss gehen. Das Seminar fängt morgen recht früh an.« Als ich aufstand, fühlte ich mich wacklig auf den Beinen. »Meine Güte, ich habe viel zu viel getrunken!« Ich blickte auf den Tisch hinunter und runzelte die Stirn. Dort standen zwei leere Flaschen Wein – ich glaubte, nicht mehr als zwei Gläser getrunken zu haben. »Haben wir das alles getrunken?«

Er lachte. »Ich fürchte schon. Aber es ist Freitagabend, da kann man sich ein bisschen gehen lassen«, sagte er. »Es ist meine Schuld, glaube ich. Ich habe viel mehr getrunken als Sie.«

Ich schloss fest die Augen. »Oje, ich werde einen Riesenkater haben.«

»Trinken Sie unbedingt eine Menge Wasser«, riet er mir. »Haben Sie Schmerztabletten dabei? Vielleicht sollten Sie vorm Schlafengehen welche nehmen.«

Ich nickte. »Mache ich.«

Wir gingen zum Aufzug hinüber. Die Bar war immer noch brechend voll, und nur ein älteres Ehepaar wartete auf den Aufzug.

David stand bei den Aufzugsknöpfen. »Auf welche Etage möchten Sie denn?«, fragte er das Paar. Er drückte für die beiden auf einen Knopf, dann sagte er zu mir: »Und was ist mit Ihnen?«

Einen Moment lang konnte ich mich nicht erinnern und suchte in meiner Handtasche nach dem kleinen Umschlag, in dem sich meine Schüsselkarte befand.

Er warf einen Blick darauf und sagte: »In die neunte Etage? Ich bin in der zehnten.«

Nachdem das Paar auf seiner Etage ausgestiegen war, standen David und ich schweigend da. Während der wenigen Sekunden, die der Aufzug brauchte, uns hinauf in die neunte Etage zu bringen, hatte ich das Gefühl, wochenlang schlafen zu können. Ich fragte mich, was passieren würde, wenn ich nicht an dem Fortbildungsseminar teilnehmen würde. Würde das eine Rolle spielen? In diesem Augenblick konnte ich mich kaum noch an den Titel der Veranstaltung erinnern. Fand sie in diesem Hotel statt?

Als sich die Tür in der neunten Etage öffnete, stolperte ich aus dem Aufzug. David packte mich am Arm.

»Vorsicht!«, sagte er lachend. »Langsam, Schätzchen.«

Ich starrte ihn verwirrt an.

»Wie lautet Ihre Zimmernummer?«

Ich war nicht in der Lage zu antworten. Ich versuchte es, versuchte, etwas zu sagen, konnte jedoch keinen klaren Gedanken fassen, und meine Zunge fühlte sich in meinem Mund dick und geschwollen an.

Er nahm mir den Umschlag mit der Schlüsselkarte aus der Hand. »912«, sagte er und lachte erneut. »Sie haben tatsächlich zu viel getrunken, oder?«

Ich versuchte zu lächeln, schaffte es aber nicht. Mein einziger Gedanke war, ins Bett zu gehen.

David blieb abrupt vor einer Hotelzimmertür stehen. Ich torkelte gegen ihn und versuchte, mich zu entschuldigen, brachte aber nichts heraus.

Ich stand mit dem Rücken zur Tür, und er streckte die Hand aus und berührte mein Haar. »Bettgehzeit«, sagte er, und plötzlich schien sich die Stimmung zu ändern.

Er beugte sich vor. Ich drehte den Kopf weg und sah am anderen Ende des Korridors eine Frau stehen. Sie streckte gerade die Hand aus, um auf den Knopf an der Wand zu drücken und den Aufzug zu holen. Ich versuchte, mich von David wegzubewegen, um den Abstand zwischen uns zu wahren, doch ich stieß dabei gegen die Tür, und dann legte er mir die Hand an die Wange und drehte meinen Kopf zu sich. Ich war nicht in der Lage, den Blick von ihm zu lösen.

Und dann küsste er mich.

8

Samstag, 24. Juni

Am nächsten Morgen war mir so kalt, als hätte ich die Nacht auf einem Steinboden geschlafen. Als ich die Augen öffnete, schien ein Sonnenstrahl grell durch einen Spalt zwischen den Vorhängen. Meine Augen schmerzten allein vom Öffnen. Ein Blick auf meine Uhr verriet mir, dass es neun Uhr morgens war. Ich musste aufstehen; ich hatte meinen Wecker im Schlaf überhört. Mir war bewusst, dass ich nach unten in den Konferenzraum gehen musste, doch mein Kopf pochte erbarmungslos. Mein Mund war unerträglich trocken. Ich brauchte Wasser.

Ich stemmte mich aus dem Bett und torkelte ins Bad, wobei ich das Kleid wegkickte, das ich am Abend zuvor auf dem Badezimmerfußboden hatte liegen lassen. Einen Moment lang glaubte ich, ich wäre über den Berg, doch die Sonne schien durchs Fenster auf die Badezimmerfliesen, die so strahlend, so blendend weiß waren, dass mein Kopf schmerzte. Ich übergab mich sofort in die Toilette. Anschließend pochte mein Kopf derart heftig, dass ich Sternchen sah. Ich wusch mir das Gesicht im Waschbecken, vermied jedoch, mein Spiegelbild zu betrachten. Ich wusste, dass ich schrecklich aussah. Im Zimmer gab es eine Minibar, und ich nahm eine Flasche Wasser heraus und trank sie mit zitternden Händen in einem Zug aus. Ich putzte mir energisch die Zähne, hatte aber trotzdem noch einen widerlichen Geschmack im Mund. In diesem Zustand konnte ich nicht nach unten gehen.

Draußen vor der Tür bewegte sich der Rollwagen der Reinigungskraft quietschend den Korridor entlang. Das Geräusch ließ mich zusammenzucken: Es sollte doch bestimmt nicht so laut sein. Am liebsten hätte ich ein paar Schmerztabletten genommen und mich wieder ins Bett gelegt, doch das Seminar begann um halb zehn, und bis zehn musste ich ohnehin auschecken, also wurde es Zeit, dass ich mich in Bewegung setzte.

Mir blieb nichts anderes übrig, als nach unten zu gehen, wo das Seminar stattfand. Ich zog meine Unterwäsche aus – allem Anschein nach hatte ich mir am Abend zuvor nicht die Mühe gemacht, mich vollständig zu entkleiden, geschweige denn, meinen Pyjama anzuziehen – und stieg unter die Dusche. Jede Bewegung war mit einer enormen Anstrengung verbunden, als wären meine Gliedmaßen schwer und schwach. Letzten Endes war ich sauber und trocken und bekleidet, sah jedoch alles andere als gut aus. Ich verbrachte mehr Zeit als sonst mit meinem Make-up und gab mir Mühe, mich nüchtern und adrett aussehen zu lassen, bezweifelte allerdings, dass ich irgendjemandem etwas vormachen konnte. Meine Augen waren rot umrandet und taten weh, und ich setzte meine Sonnenbrille auf, um zu verbergen, dass ich einen Kater hatte. Ich war wütend auf mich selbst, weil ich zu viel getrunken hatte; es war, als hätte ich keinen Filter gehabt, kein Maß, das mir Einhalt geboten hätte.

Unten angekommen, holte ich mir am Buffet eine Tasse Kaffee und zwei Flaschen Wasser. Etwas essen konnte ich auf keinen Fall; allein bei dem Gedanken wurde mir übel. Am Kiosk kaufte ich mir Pfefferminzbonbons und eine Zeitung. Ich hatte nicht die Absicht, die Zeitung zu lesen, wollte mich aber hinter etwas verstecken können. Als ich eine SMS von Joe bekam, in der er mir einen guten Morgen wünschte, zuckte ich vor Scham zusammen. Wann würde ich es endlich lernen? So viel hatte ich seit Jahren nicht mehr getrunken, seit meiner Studentenzeit nicht mehr. Er hatte mich so nie erlebt, wusste allerdings, dass ich damals eine schwere Zeit durchgemacht hatte. Als ich Joe kennenlernte, hatte ich mich sofort wohl bei ihm gefühlt und ihm alles über meine Vergangenheit erzählt. Ich war bereit gewesen, alles hinter mir zu lassen, bereit für einen Neubeginn. Eines meiner Versprechen an mich selbst lautete, dass ich nicht zu viel trinken würde. Bis jetzt hatte ich mich an dieses Versprechen auch gehalten. Ich scheute mich davor, ihm zu sagen, dass ich einen Kater hatte; schließlich hatte ich ihm am frühen Abend gesagt, ich würde zeitig ins Bett gehen.

»Schlecht geschlafen?« Helen, eine Frau aus Cornwall, die ich hin und wieder bei Veranstaltungen dieser Art traf, setzte sich neben mich. Ihr Gesichtsausdruck war mitfühlend. »Sie sehen echt müde aus.«

»Ich fühle mich schrecklich«, sagte ich. »Ich habe gestern Abend viel zu viel getrunken. Würden Sie mich bitte entschuldigen, wenn ich fluchtartig den Raum verlassen muss?«

Sie lächelte. »So schlimm, was?«

»Noch schlimmer.«

»Möchten Sie ein paar Schmerztabletten?«

»Gern, meine sind mir ausgegangen.« Ich nahm die Tabletten dankbar entgegen und spülte zwei Stück mit Wasser hinunter. Meine Hand zitterte so stark, dass ich etwas davon auf meiner Zeitung verschüttete.

»Wow, Sie hat es ja übel erwischt!«, stellte Helen fest. »Die restlichen Tabletten können Sie behalten. Vielleicht brauchen Sie sie später noch.«

»Danke«, sagte ich beschämt. »Ich trinke normalerweise nicht viel. Schon seit Jahren nicht mehr. Gestern Abend habe ich es wohl übertrieben.«

Im Raum wurde es leise, als Philip Doyle, der Seminarleiter, nach vorne trat und auf sein Mikrofon klopfte. Das Geräusch ließ mich zusammenzucken.

»Dann haben Sie also hier übernachtet?«, flüsterte Helen. »Ich war bei einer Freundin in Surrey. Wer war denn sonst noch hier?«

Ich konnte mich nicht erinnern. Wer war da gewesen? Ich blickte mich im Raum um und sah ein Meer von Gesichtern. Zunächst erkannte ich niemanden, dann sah ich Liam bei seinen Kollegen sitzen und über irgendetwas lachen, was einer von ihnen gesagt hatte. Er wirkte ebenfalls ziemlich mitgenommen, war jedoch in der Lage, ein riesiges Sandwich zu vertilgen. Anscheinend hatte er wie ich das Frühstück verpasst. Ich drehte mich weg, da ich nicht imstande war, ihm dabei zuzusehen.

»Es war ziemlich viel los«, sagte ich. »Liam Fossett war jedenfalls hier. Ich erinnere mich, dass ich ihn und seine ganze Clique gesehen habe.«

»Oje, Sie mussten hoffentlich nicht viel Zeit mit ihnen verbringen, oder?«

»Nein«, sagte ich. »Ein Kunde von mir war hier. Ich habe mit ihm zu Abend gegessen. Er ist schon die ganze Woche hier, weil er verschiedene Termine hat.«

Sie lächelte mich an. »Nett?«

In diesem Moment tauchte Davids Gesicht vor meinem inneren Auge auf und wie sich sein Mund auf meinen senkte. Ich schauderte. Wie betrunken war ich gewesen? Ich schüttelte den Kopf, um das Bild zu verscheuchen. »Ja, er ist in Ordnung. Jedenfalls besser als Liam. Aber wir haben zu viel getrunken. Das muss ich jetzt büßen.«

»Das liegt an unserem Alter«, erwiderte sie. »Erinnern Sie sich noch, als man so viel trinken konnte, wie man wollte, ohne es am nächsten Tag zu merken?«

»Ja, aber das vermisse ich gar nicht. Beim Ausgehen wünsche ich mir immer schon nach der Hälfte des Abends, ich würde in meinem Schlafanzug im Bett liegen.«

Philip Doyle begann damit, die Tagesordnung zu präsentieren. Ich konnte mich überhaupt nicht darauf konzentrieren, was er sagte; es war, als würde ich versuchen, durch dichten Nebel hindurch zu denken. Ich trank noch mehr Wasser, dann versuchte ich, den Keks zu essen, der auf dem Unterteller der Kaffeetasse lag, doch sobald ich die trockenen, süßlichen Krümel im Mund spürte, musste ich aufspringen und zur nächsten Toilette rennen.

Später am Bahnhof Euston warf ich einen Blick auf die Menschenmassen, die auf den Zug nach Chester warteten, und zahlte den Zuschlag für die erste Klasse nach, wo es ruhig war. Kurz vor der Abfahrt sagte ich der Zugbegleiterin, dass ich mich nicht wohlfühlen würde und schlafen müsse. Sie setzte mich ans hintere Ende des Abteils, weg von den anderen Fahrgästen, und gab mir eine Decke, in die ich mich einwickeln konnte. Ich schlief während der gesamten Rückfahrt.

Rory und Joe holten mich vom Bahnhof ab.

»Mummy!«, kreischte Rory. Er rannte auf mich zu und sprang mir in die Arme. »Ich habe dich vermisst!«

Ich küsste ihn auf den Kopf und roch den frischen Duft seines Apfel-Shampoos. Ihn an mich drücken zu können sorgte allein schon dafür, dass es mir besser ging.

»Ich habe dich auch vermisst«, erwiderte ich. »Sehr sogar.«

Joe sah mich seltsam an. »Alles in Ordnung mit dir?«

»Ich fühle mich nicht gut«, antwortete ich. Ich brachte es nicht über mich, ihm zu sagen, dass ich zu viel getrunken hatte. »Ich fühle mich schon den ganzen Tag nicht gut.«

Er legte den Arm um mich. »Warum denn, mein Schatz? Du hast doch keinen Kater, oder? Ich dachte, du bist früh ins Bett.«

Ich dachte an die SMS, in der ich ihm geschrieben hatte, ich säße in der Badewanne. Da ich fürchtete, dass ich womöglich nach Alkohol roch, sagte ich: »Ich habe in meinem Zimmer was getrunken. Wahrscheinlich liegt es daran. Ich habe zu schnell getrunken und mich dann schlafen gelegt. Trotzdem bin ich hundemüde.«

»Das wird schon wieder«, sagte er. »Geh einfach noch mal früh ins Bett. Ich gehe mit Mike aus, erinnerst du dich?«

Als Joe eingewilligt hatte, zu Hause bei Rory zu bleiben,

hatten wir vereinbart, dass er sich einmal in der Woche mit seinen Freunden treffen konnte. Mike war ein ehemaliger Arbeitskollege von Joe. Er wohnte eine halbe Meile von uns entfernt, und die beiden gingen oft gemeinsam laufen oder etwas trinken. Dafür hatte ich Verständnis: Ich verbrachte den ganzen Tag mit anderen Erwachsenen, und mir war bewusst, dass er seine Freunde sehen musste. Allerdings hatte ich vergessen, dass er an diesem Abend ausgehen wollte.

Rory hüpfte herum und zog an meinem Arm. »Nur du und ich, Mum. Du hast mir versprochen, dass du Swingball mit mir spielst, bevor ich ins Bett muss!«

Mein Kopf pochte bei dieser Vorstellung. Ich blickte zu Joe und gab die Hoffnung nicht auf, dass er mir anbieten würde, zu Hause zu bleiben, doch sein Blick war in die Ferne gerichtet. Er wusste genau, was ich mir wünschte, wusste aber auch, dass ich nicht danach fragen würde. Schließlich hatten wir es so vereinbart.

»Also dann, Swingball«, sagte ich mit schwacher Stimme und plante bereits, sofort ins Bett zu gehen, wenn Rory in seinem lag.

9

Freitag, 21. Juli

Einen Monat später war ich gerade im Büro, als die Post kam. Zu uns kommt jeden Tag derselbe Postbote, und Sophie ist natürlich in ihn verschossen. Ich glaube, ich habe noch keinen Typen unter fünfundzwanzig gesehen, in den sie nicht verschossen ist. In diesem Fall ist es allerdings verständlich: Er ist groß und gebräunt, ein Surfertyp, obwohl er weit weg von irgendwelchen Wellen ist. Sie hatte seinem Eintreffen schon den ganzen Vormittag entgegengefiebert, und mir waren der heimlich aufgetragene Lippenstift und der Duft ihres neuen Parfüms aufgefallen. Sie sprang auf, als er das Büro betrat und mir die Post überreichte. Der Tag war bereits heiß, und durch die geöffnete Tür wehte eine sanfte Brise herein.

Im Büro hielten sich keine Kunden auf. Rachel arbeitete am Computer, und Sophie holte für den Postboten eine Flasche Wasser aus dem Kühlschrank. Diese ließ sie nicht los, während sie sich mit ihm unterhielt – eine List, um ihn davon abzuhalten zu gehen. Es war ein ganz normaler Tag.

Ich sah die Post durch. Sie enthielt ein paar Briefe von Rechtsanwälten, in denen sie mir mitteilten, dass sie Kunden vertraten. In einem anderen Brief informierte mich ein Rechtsanwalt über den Abschluss eines Verkaufs. Ein Verkäufer hatte eine unterzeichnete und beglaubigte Auflistung der Details seiner Immobilie geschickt. Wie gewöhnlich handelte es sich bei dem Großteil der Post allerdings um Werbesendungen und Take-away-Speisekarten.

»Kaffee?«, fragte Rachel.

»Danke, gern.«

Ich war gerade dabei, die Werbesendungen einzusammeln, um sie wegzuwerfen, als ich darunter einen weiteren Umschlag entdeckte. Ich vergewisserte mich, dass er für mich bestimmt war, dann öffnete ich ihn genau in dem Moment, als Rachel mit einem Becher Kaffee an meinen Schreibtisch kam. »Keks?«, fragte sie und stellte die Dose neben meinen Kaffee auf den Schreibtisch.

»Nein, danke«, erwiderte ich. In dem Umschlag steckte ein in der Mitte gefaltetes Blatt Papier. Ich faltete es auf, da ich es für einen Flyer hielt, aber es handelte sich um die Fotokopie einer Rechnung. Ich warf noch einmal einen Blick in den Umschlag, um nachzusehen, ob er einen Empfehlungszettel enthielt, doch er war leer.

»Was ist das?«, fragte Rachel.

»Ich weiß nicht«, sagte ich langsam. »Eine Rechnung für irgendwas.« Ich betrachtete mit zusammengekniffenen Augen das Logo. »Oh, das ist vom Shaftesbury Hotel.«

»Vom Shaftesbury Hotel?«, fragte sie. »Das ist aber nicht hier in der Gegend, oder?«

Ich schüttelte den Kopf. »Nein, das ist das Hotel, in dem ich übernachtet habe, als ich in London war.«

Sie nahm die Rechnung in die Hand und studierte sie.

»Das ist vom Restaurant. Steak. Barolo. Zwei Flaschen? Nicht schlecht.«

Ich nahm sie ihr verärgert aus der Hand. Bei der Arbeit hatte man nie Privatsphäre. Jeder wollte immer genau wissen, was los war.

Der Postbote war inzwischen gegangen, und Sophie hatte sich wieder zu uns begeben. Sie versuchte ebenfalls, einen Blick auf die Rechnung zu erhaschen, doch ich drehte sie von ihr weg. Sie sagte: »Ich dachte, Sie wollten sich das Essen aufs Zimmer bestellen und früh ins Bett gehen?«

»Wollte ich auch«, entgegnete ich. »Aber ich habe es mir anders überlegt.«

»Hier stehen zwei Essen drauf«, stellte Rachel fest. »Haben Sie für jemand anderen mitbezahlt?«

Ich gab mir Mühe, mir meine Verärgerung nicht an meiner Stimme anmerken zu lassen, als ich erwiderte: »Ich habe dort einen Kunden getroffen. Ich habe das Essen bezahlt.«

Aus dem Augenwinkel sah ich, wie Sophie und Rachel sich zuerst gegenseitig anstarrten und dann mich.

»Warum wurde Ihnen die Rechnung denn zugeschickt?«, wollte Sophie wissen.

»Aus steuerlichen Gründen«, sagte Brian. Mir war gar nicht bewusst gewesen, dass er uns zugehört hatte. »Man muss seine Rechnungen aufbewahren, damit man sie steuerlich geltend machen kann.«

»Das ist echt nett von ihnen«, sagte ich und steckte die Kopie in die Mappe, in der ich Rechnungen für meine Steuererklärung aufbewahrte.

Doch später, als alle beschäftigt waren und ich ein paar Momente für mich allein hatte, nahm ich die Rechnung wieder heraus und sah sie mir noch einmal an. Warum war sie mir zugeschickt worden? Und warum als Kopie? Schließlich brauchten sie das Original nicht aufzubewahren. Die Rechnung war dort bestimmt im System gespeichert. Wenn sie auf dem Tisch liegen geblieben war, hätte sie doch bestimmt jemand weggeworfen?

Ich versuchte, nicht an den Abend mit David im Restaurant zu denken. Ich hatte geglaubt, die Zeiten, in denen ich zu viel trank und mit fremden Männern in heikle Situationen geriet, wären vorbei. All das hatte ich bereits hinter mir gelassen, als ich mit Mitte zwanzig Joe kennenlernte. Doch an dem Abend, als mir David begegnet war, hatte ich so viel getrunken, dass ich mich nicht mehr an alles erinnern konnte. Warum hatte ich das getan? Während sich Rachel um einen Kunden kümmerte und Sophie mit einem Anwalt telefonierte, zwang ich mich nachzudenken.

Ich konnte mich daran erinnern, dass ich David versehentlich angerempelt und er sein Getränk dabei auf dem Fußboden verschüttet hatte. Und ich konnte mich erinnern, wie mir bewusst geworden war, dass es sich um ihn handelte. Er hatte mich davor gerettet, mich mit jemand anderem unterhalten zu müssen. Ich dachte angestrengt nach. Liam, er war es gewesen. Ich war froh, dass David mich gerettet hatte. Und wir hatten zusammen gegessen. Vor dem Essen hatte ich zwei Drinks gehabt, das wusste ich noch. Ich konnte mich daran erinnern, beim Barkeeper Gin Tonic bestellt zu haben. Dann schoss mir ein Bild durch den Kopf: zwei leere Flaschen Rotwein auf unserem Tisch. Normalerweise trank ich nie mehr als zwei kleine Gläser, vielleicht einmal eine halbe Flasche, und ganz sicher nicht so viel, wenn ich davor Gin getrunken hatte. Wie viel hatte ich getrunken? Ich ertrug es nicht, daran zu denken, wie schlecht mir am nächsten Morgen gewesen war. Sich zu übergeben, nachdem man zu viel getrunken hatte, war etwas, was Teenager taten, nicht Erwachsene. So viel hatte ich doch bestimmt nicht getrunken, oder? Doch ich hatte am nächsten Tag schreckliche Kopfschmerzen gehabt … Anscheinend hatte ich völlig neben mir gestanden. Ich zuckte vor Scham zusammen. Seit jenem Abend hatte ich keinen Alkohol mehr getrunken, und ich nahm mir vor, es dabei zu belassen.

Aber ich kehrte immer wieder zu einer Frage zurück: Warum sollte das Hotel mir die Rechnung zusenden? Ich hatte so etwas noch nie erlebt. Wenn man in einem Geschäft seine Rechnung liegen ließ, landete sie auch einfach im Papierkorb. Warum hätte jemand Zeit und Geld dafür verwenden sollen, sie mir zukommen zu lassen?

Genau in diesem Moment ging die Tür auf, und Joes Schwester Caitlin kam herein. Ich steckte die Rechnung wieder in die Mappe und stand auf, um sie zu umarmen.

»Schönen Urlaub gehabt?«, fragte ich. Sie war am Wochenende zuvor von einem Italienurlaub mit ihrem Mann Ben zurückgekommen. »Schön braun bist du.«

»Danke. Es war hart, diese Woche wieder zur Arbeit zu gehen.«

»Ist Ben schon wieder in Dubai?«

»Ja. Ich sehe ihn erst in zwei Wochen.« Sie wirkte einen Moment lang verloren, dann riss sie sich zusammen. »Ich hatte gerade einen Termin in Wrexham. Es lohnt sich nicht, jetzt zurück nach Liverpool zu fahren, deshalb dachte ich mir, ich komme vorbei und schaue, was du so treibst.« Caitlin arbeitete im Personalwesen und war für eine Reihe von Büros im Nordwesten von England verantwortlich. »Alles in Ordnung bei dir? Du hast besorgt ausgesehen, als ich reingekommen bin.«

»Mir geht's gut, danke. Alles okay.«

»Und bei Joe? Rory?«

»Ja, denen geht's prima.«

»Ich habe vor unserem Urlaub bei den beiden vorbeigeschaut«, sagte sie. »Du warst gerade in London. Rory und Joe hatten eine Menge Spaß.«

»Ich wollte dich deshalb anrufen«, sagte ich, da ich sofort ein schlechtes Gewissen bekam. »Die beiden haben mir erzählt, dass du da warst. Hast du dich dazu breitschlagen lassen, sie zu bekochen?«

»Oh, Rory hat mich überredet, ihm einen Apfelkuchen zu backen«, antwortete sie. »Er meinte, er hätte seit Ewigkeiten keinen mehr gegessen.«

»Er hat dich an der Nase rumgeführt«, sagte ich. »Joe backt ihm ständig welche.«

Sie lachte. »Er war sehr überzeugend. Hat behauptet, er hätte seit Jahren keinen mehr gegessen.«

Ich lachte. »Er hat überhaupt keinen Zeitbegriff.«

»Es hat mir nichts ausgemacht. Ich habe mich gefreut, die beiden zu sehen. Hattest du eine gute Zeit?«

Ich zog eine Grimasse. »Das Seminar war okay, aber am Samstag ging es mir nicht gut. Ich musste immer wieder raus auf die Toilette rennen.« Mein Gesicht brannte bei der Erinnerung an meine Sprints aus dem Raum und die wissenden Blicke von einigen Männern, die mich vermutlich am Abend zuvor in der Bar gesehen hatten.

»Oh, das klingt ja schrecklich. Hast du zu viel getrunken? Wolltest du nicht einfach einen ruhigen Abend haben?« Wir hatten in der Woche vor dem Seminar darüber gesprochen, wie sehr ich mich darauf freute, allein einen entspannten Abend zu verbringen.

Ich zögerte, doch sie schien es glücklicherweise nicht zu bemerken. »Ich glaube, ich habe mir den Magen verdorben.«

Ich wusste nicht, warum ich mich ihr nicht anvertraute. Wir hatten uns immer alles erzählt, von unserer ersten Nacht im Studentenwohnheim an. Wir hatten uns immer nahegestanden, und ich mochte die Tatsache sehr, dass sie Joes Schwester war. Seine Familie war meine geworden und meine seine – das war perfekt für uns. Doch das … darüber konnte ich nicht mit ihr reden. Ich hasste den Gedanken, dass sie sich mich stolpernd und lallend vorstellte, betrunken und handlungsunfähig, wie ich es ganz bestimmt gewesen war. Und wie sie mich schon so viele Male zuvor erlebt hatte.

10

Caitlin kam uns an diesem Abend besuchen. Ich wusste, dass sie sich zu Hause langweilte und ein bisschen einsam fühlte, seit Ben im Ausland arbeitete. Die beiden waren, ein paar Jahre nachdem wir uns im Nordwesten niedergelassen hatten, nach Liverpool umgezogen und wohnten jetzt dreißig Meilen von uns entfernt. Normalerweise sahen wir Caitlin mindestens einmal pro Woche, vor allem, wenn Ben unterwegs war.

Sie kam mit mir nach oben, und wir setzten uns im Badezimmer auf den Fußboden, während Rory in der Badewanne spielte.

Es war Freitagabend, und Joe hatte sich auf den Weg gemacht, um Pizza zu holen. Ich saß mit dem Rücken gegen die Fliesen gelehnt und schloss die Augen. Die spätsommerliche Sonne schien durch das Buntglasfenster, und die Luft roch nach Rorys Schaumbad. Er sang ein kleines Lied vor sich hin, das er diese Woche in der Kindertagesstätte gelernt hatte.

Ich tätschelte Caitlin die Hand. »Du passt auf Rory auf, falls ich einschlafe, ja?«

»Natürlich tue ich das. Ich bin doch seinetwegen hier! Aber warum legst du dich nicht ein bisschen hin? Er ist bei mir gut aufgehoben.«

Ich schüttelte den Kopf. »Ich bekomme ihn zurzeit zu wenig zu sehen.«

»Du siehst wirklich müde aus. Arbeitest du morgen?«

Ich zog eine Grimasse. »Ja. Aber erst am Nachmittag. Ich muss um zwölf da sein.«

»Und am Sonntag?«

»Da arbeite ich am Vormittag. Oder vielmehr bis zwei.«

»Und wann hast du mal frei?«

»Gar nicht. Das kann ich mir nicht erlauben. Aber ich arbeite nicht jeden Tag von neun bis fünf. Hin und wieder arbeite ich nur halbtags. Na ja, eher dreivierteltags. Manchmal gehe ich erst am späten Vormittag rein oder mache früher Schluss und komme dann noch mal, um zuzuschließen. Oder ich fahre für eine längere Mittagspause nach Hause.« Ich hielt inne, da ich mich selbst durcheinanderbrachte.

»Dann bist du also jeden Tag in der Arbeit?« Ihr Tonfall wurde weicher, und meine Augen füllten sich umgehend mit Tränen. »Du musst ja völlig erschöpft sein.«

»Das ist es nicht«, widersprach ich. »Ich bin müde. Ich bin ständig müde. Ich vermisse Rory. In manchen Wochen arbeite ich an ein paar Abenden hintereinander bis um sieben, wenn Kunden späte Besichtigungstermine wollen oder wenn ich den Wert einer Immobilie schätzen soll. Er geht um halb acht ins Bett, also bekomme ich ihn kaum zu sehen.«

»Am Samstag erst um acht«, meldete sich Rory zu Wort.

Mir war nicht bewusst gewesen, dass er uns Beachtung schenkte, und ich schüttelte den Kopf in Caitlins Richtung. »*Pas devant l'enfant.*«

»Wusstest du, dass ich Französisch sprechen kann?«, fragte Rory Caitlin. »Das bedeutet: ›Nicht vor dem Kind.‹«

Sie lachte. »Komm schon, Mister«, sagte sie. »Ich habe deinen Dad gerade zurückkommen hören. Lass uns runtergehen und Pizza essen.«

Später am selben Abend saßen Caitlin und ich mit Joe auf der Terrasse. Die beiden tranken Wein, ich dagegen schenkte mir Perrier ein.

»Wie kommt's, dass du nichts trinkst?«, wollte Caitlin wissen, und dann lachte sie. »Hoppla, tut mir leid, ich hätte nicht fragen sollen.«

»Was soll das heißen?«, fragte Joe.

Sie schüttelte den Kopf. »Es geht mich nichts an, ob sie was trinkt oder nicht.«

»Sie fragt sich, ob ich schwanger bin«, erklärte ich Joe. »Wenn jemand an einem Freitagabend Alkohol ablehnt, ist das immer verdächtig. Sie ist diskret.«

»Ich habe es versucht!«

Joe sagte: »Das bist du aber nicht, oder?«

Ich lachte. »Natürlich nicht. Glaubst du, das hätte ich dir nicht gesagt?«

Er streckte den Arm aus und legte ihn um mich. »Das will ich doch hoffen!« Er küsste mich auf die Wange. »Eines Tages vielleicht.«

Ich lächelte ihn an. »Vielleicht.« Ich trank noch einen Schluck Perrier, dann sagte ich: »Seit ein paar Wochen ist mir einfach nicht nach Alkohol. Aber ja, wir haben darüber gesprochen, noch ein Kind zu bekommen, allerdings nicht sofort. Nächstes Jahr könnte es passen. Aber das ist natürlich alles noch nicht sicher.«

»Du Glückspilz«, sagte Caitlin. Einen Moment lang

wirkte sie bedrückt. »Dass ich schwanger werde, hat ja keinen Sinn, wo Ben die ganze Zeit im Ausland ist.«

»Du könntest ihn doch begleiten.«

»Was, und Anhängsel-Ehefrau spielen? Er wäre vierzehn Stunden am Tag nicht zu Hause, und ich hätte nichts zu tun. Nein, danke.«

Ben war Ingenieur und arbeitete oft mehrere Monate am Stück im Ausland. Auf der einen Seite konnten die beiden deshalb im Eiltempo ihre Hypothek abbezahlen, doch auf der anderen war ich mir nicht ganz sicher, wie lange ihre Beziehung es aushalten würde, dass sie sich kaum sahen. Ich war immer dankbar, Joe zu haben, wenn ich an ihre Beziehung mit Ben dachte. Es machte ihr sehr zu schaffen, nur so wenig Zeit mit ihm verbringen zu können.

Dann unterhielten wir uns darüber, dass sie ihn im August in Dubai besuchen würde, und die Tatsache, dass ich nichts trank, kam nicht mehr zur Sprache.

Als ich nach oben ins Bett ging, dachte ich darüber nach, wie anders dieser Abend war als der Freitag, den ich in London verbracht hatte. Ich hasste das Gefühl, mich nicht unter Kontrolle zu haben. Mir war bewusst, dass ich die Gin Tonics an jenem Abend viel zu schnell getrunken hatte, und es tauchte abermals das Bild von den beiden leeren Flaschen auf dem Tisch vor meinem inneren Auge auf. Ich schüttelte den Kopf. Ich durfte nie wieder so viel trinken.

Während Joe im Badezimmer war, ging ich wieder nach unten, um meine Handtasche zu suchen. In dem Innenfach mit Reißverschluss befand sich die Rechnung für das Essen im Hotel, die ich per Post erhalten hatte. Ich nahm sie heraus und sah sie mir noch einmal an.

Pastete und Räucherlachs. Das waren die Vorspeisen. Anschließend Steak und Hühnchen.

Ich schloss die Augen. Was hatte ich gegessen? Ich hatte keine Ahnung mehr. Wie war das möglich? Wie oft ich die Gerichte auf der Rechnung auch betrachtete, ich konnte mich nicht daran erinnern, irgendetwas davon gegessen zu haben.

Als ich die zwei Flaschen Barolo sah, zuckte ich zusammen. Zwei Flaschen. Wie vielen Gläsern entsprach das, zwanzig? Und davor hatte ich bereits Gin Tonic getrunken. Wie viele es gewesen waren, wusste ich nicht mehr. Ich griff zu meinem Telefon und suchte die Hotelrechnung. Mir war automatisch eine Quittung zugesandt worden, nachdem ich am Samstagmorgen bezahlt hatte. Ich wusste noch, dass ich die Drinks an der Bar auf mein Zimmer hatte schreiben lassen. Die Quittung verriet, dass ich um neunzehn Uhr fünfzehn einen doppelten Gin Tonic bestellt hatte und um neunzehn Uhr fünfundvierzig einen weiteren. Außerdem hatte ich drei Flaschen Wasser aus der Minibar genommen. Zumindest hatte ich nichts mehr getrunken, nachdem ich auf mein Zimmer zurückgekehrt war.

Ich runzelte die Stirn.

Woran ich mich erinnern konnte, war, dass ich eine Flasche Wasser getrunken hatte, nachdem ich an jenem Morgen aufgewacht war. Von Rotwein bekam ich immer großen Durst. Eine weitere Flasche hatte ich mit nach unten genommen und sie ausgetrunken, bis ich beim Konferenzraum angelangt war. Dort waren auf einem Tisch kalte und warme Getränke bereitgestellt worden, und ich hatte mir zwei Flaschen genommen, um für den Vormittag versorgt zu sein.

Hatte ich nachts eine weitere Flasche getrunken? Als ich am Morgen aufgewacht war, hatte durch den Spalt zwischen den Vorhängen Licht geschienen, sodass ich alles ziemlich deutlich hatte sehen können. Ich hatte extremen Durst gehabt. Eine Flasche Wasser auf dem Nachttisch wäre mir doch bestimmt aufgefallen, oder?

Ich erinnerte mich, wie ich mit meiner Reisetasche bei der Tür gestanden hatte, bevor ich aus dem Zimmer ging. Neben der Tür hatte ein Abfalleimer gestanden, und ich erinnerte mich, dass ich die Glasflasche hineingeworfen hatte und zusammengezuckt war, als sie auf dem Metall landete. Ich hatte einen Blick in den Abfalleiner geworfen, um nachzusehen, ob sie zerbrochen war. Eine zweite Flasche hatte sich nicht darin befunden.

Doch dann kam ich zur Vernunft. Meine Kleidungsstücke vom Vorabend waren im ganzen Zimmer verstreut gewesen, und meine Handtasche war umgekippt. Wahrscheinlich hatte ich eine Flasche getrunken, als ich zurückgekommen war, und sie auf dem Fußboden liegen lassen.

Ich schaltete mein Telefon aus, verstaute es in meiner Handtasche und steckte die Rechnung wieder in das Innenfach. Ich war so froh, dass ich seit jenem Abend nichts mehr getrunken hatte. In einen solchen Zustand wollte ich nie wieder geraten.

11

Samstag, 22. Juli

Caitlin übernachtete an diesem Abend in unserem Gästezimmer, das praktisch zu ihrem Zimmer geworden war, seit Ben so oft weg war.

Als ich um sieben Uhr von selbst aufwachte, war es im Haus düster und still. Joe lag neben mir, sein Körper schwer und apathisch. Ich wusste, er würde so daliegen, bis ich mit Rory aufstand; daran war ich inzwischen gewöhnt. Als ich das vertraute Geräusch vernahm, mit dem Rory aus dem Bett sprang, und ihn in den Flur kommen hörte, setzte ich mich auf, um ihn zu mir ins Zimmer zu rufen, doch dann hörte ich Caitlin sagen: »Komm hier rein, mein Schatz. Lassen wir Mummy noch schlafen, ja?«, und legte mich schnell wieder hin.

Ich liebe diese Frau.

Caitlin fragte: »Hat jemand Lust auf Pfannkuchen?«, und Rorys Jubel schallte durchs ganze Haus. Ich kuschelte mich an Joe, der nicht aufgewacht war, und versuchte, nicht darüber nachzudenken, dass er auch gar nicht aufzuwachen brauchte. Er wusste, dass Caitlin oder ich mich um Rory kümmern würde. Ich musste jede Minute nutzen, die ich mit meinem Sohn verbringen konnte.

Ich zwang mich, damit aufzuhören, so zu denken, da mir bewusst war, dass Groll eine Ehe zerfressen konnte. Ich schloss die Augen und gab mir Mühe, mich glücklicheren Gedanken hinzugeben, und ehe ich mich's versah, drang Sonnenlicht durch die Vorhänge, und der Wecker auf meinem Nachttisch zeigte zehn Uhr an. Ich hörte Rory im Garten und Caitlin nach ihm rufen. Joe lag neben mir, still und regungslos, als sei er entschlossen, nicht als Erster aufzustehen. Wie ich vermutet hatte, gähnte er, drehte sich um und streckte sich im Bett aus, als er spürte, dass ich aufstand.

»Ich komme gleich«, sagte er und schenkte mir ein träges Lächeln. »Es sei denn, du kommst wieder zurück.«

»Genau«, entgegnete ich. »Weil zehn Uhr noch nicht spät genug ist?«

»O nein, ist es schon so spät?« Er sprang aus dem Bett und stolperte ins angrenzende Badezimmer. »Ich treffe mich mit Mike zum Laufen.«

»Vergiss nicht, dass ich später arbeite.«

Er nickte, wobei ich nicht den Eindruck hatte, dass er mir viel Beachtung schenkte. Dann stellte er die Dusche an.

Ich schlüpfte in meinen Morgenmantel, um nach unten zu gehen. Caitlin und Rory waren draußen im Garten und gossen sein kleines Gemüsebeet. Er zeigte ihr mit ernster Miene die Kräuter, die er angepflanzt hatte, und sie bewunderte seine Arbeit.

Sie blickte auf und winkte, als sie mich sah. »Gut geschlafen?«

»Du bist ein Engel«, entgegnete ich. »Vielen Dank.«

Rory eilte zu mir und verpasste mir einen dicken Kuss auf die Wange. »Setz dich hin, Mum, wir machen Frühstück für dich!«

Ich ließ mich nicht zweimal bitten. Als Joe herunterkam, saß ich am Terrassentisch, aß Pfannkuchen mit Erdbeeren und trank Kaffee und Orangensaft, was ich Caitlin und Rory zu verdanken hatte.

»Sieh dich an, du und deine Diener«, sagte Joe. Er beugte sich zu mir und küsste mich. »Die Lady lebt in Muße.«

»Ja«, sagte ich. »Ich lebe den Traum. Du bist um halb zwölf wieder zurück, ja?«

Er warf einen Blick auf die Uhr. »Warum denn?«

»Weil ich in die Arbeit muss! Ich habe gesagt, ich bin bis spätestens zwölf da.«

»Oh, Herrgott noch mal«, murmelte er. »Dann bleibt mir nur eine Stunde.«

»Schon okay«, sagte Caitlin. »Ich kann bei Rory bleiben, bis du zurück bist. Ich habe nichts vor.«

Ich biss mir auf die Zunge und war entschlossen, kein Wort zu sagen. Caitlin war sich dessen bewusst und Joe offenbar ebenfalls, denn er polterte in der Küche herum und suchte seine Sachen zusammen, dann erklärte er knapp: »Ich gehe dann mal«, bevor er die Haustür hinter sich zuschlug.

»Ich verstehe das nicht«, sagte ich. »Ich muss zur Arbeit – ich tue das schließlich nicht zum Vergnügen.«

»Er geht eben samstagvormittags immer mit Mike laufen«, stellte Caitlin taktvoll fest. »Das tut ihm gut. Das weißt du doch.«

»Tja, ich bin früher samstagnachmittags in der Stadt

shoppen gegangen und habe anschließend Cocktails getrunken«, sagte ich. »Und das hat mir auch gutgetan.«

Sie grinste. »Ich erinnere mich. Die guten alten Zeiten.«

»Die Dinge ändern sich, wenn man Kinder hat. Und er hat jede Menge Freizeit, in der er laufen gehen könnte. Rory ist drei Nachmittage in der Woche in der Kita.«

»Ich nehme an, da hat Mike keine Zeit«, sagte sie. »Alleine zu gehen ist was anderes.«

»Ich weiß«, räumte ich ein. Ich wollte Joe gegenüber fair sein. »Und wir haben es vereinbart, als wir Rory bekommen haben. Joe kennt niemanden, der Hausmann und Vater ist, und den Müttergruppen fühlt er sich nicht zugehörig. Er muss sich ab und zu mit seinen Freunden treffen.«

Caitlin nickte. »Du musst dich trotzdem ein bisschen mehr behaupten«, sagte sie. »Wir haben doch schon darüber gesprochen, Gem. Du musst Joe gegenüber selbstbewusster auftreten. Du kannst es im Job, und du musst darauf achten, dass du es zu Hause auch tust.«

Wir hatten darüber schon oft diskutiert. Sie hatte recht: Bei der Arbeit hatte ich kein Problem damit, selbstbewusst aufzutreten. Ich wusste, was zu tun war, und tat mein Möglichstes, um es umzusetzen. Im Job hatte ich das Gefühl, alles unter Kontrolle zu haben. Zu Hause dagegen … hatte ich manchmal noch immer Schwierigkeiten zu sagen, was ich wollte. Und ich war mir darüber im Klaren, warum ich damit zu kämpfen hatte, was das Ganze jedoch auch nicht leichter machte.

Caitlin rutschte mit ihrem Stuhl näher zu mir, damit Rory uns nicht hören konnte. »Du kommst schon noch damit klar, dass Joe zu Hause bei Rory bleibt, oder? Es ist doch viel einfacher, als wenn du jeden Abend zur Kita hasten müsstest, um Rory abzuholen. Stell dir das mal vor, wenn du ein Kundengespräch hättest. Wenn Joe in Liverpool oder Manchester arbeiten würde, hättest du fürchterlichen Druck, sowohl für Rory da sein zu müssen als auch im Büro.«

Ich nickte. »Ich weiß, und es funktioniert auch gut, aber … Natürlich ist es einfacher, wenn Joe zu Hause bleibt, aber momentan ist es echt hart. Ich arbeite jeden Tag und verbringe meine gesamte Freizeit mit Rory, doch das bedeutet, dass mir keine Minute für irgendetwas anderes bleibt.«

»Wie sieht's denn abends aus? Würdest du da gerne was unternehmen? Ich könnte hier übernachten. Oder ich könnte babysitten, während du mit Joe ausgehst.«

»Das würde ich sehr gerne. Aber normalerweise arbeite ich ziemlich lang. Ich glaube nicht, dass ich da auch noch ausgehen könnte.« Ich lachte. »Ich wüsste gar nicht, was ich mit meiner Freizeit anfangen sollte, wenn ich welche hätte. Interessen oder Hobbys habe ich allem Anschein nach keine. Ich kann mich nicht mehr erinnern, wann ich das letzte Mal ein Buch zu Ende gelesen habe.« Ich sah die Sorge in ihrem Gesicht. »Entschuldige, Caitlin, ich wollte nicht so viel rumjammern. Ich bin einfach müde.«

Die Sonne stand inzwischen hoch am Himmel und versengte uns. Es war elf Uhr, und ich trug immer noch meinen Morgenmantel. Zeit, zu duschen und mich für den Tag fertig zu machen.

»Früher warst du nicht so müde«, sagte sie. »Ich weiß, ich habe dich ein paar Wochen nicht gesehen, weil ich weg war, aber davor hast du einen ganz normalen Eindruck gemacht. Ist alles in Ordnung?«

Ich sah sie an, ihr liebenswertes, besorgtes Gesicht. Wir hatten so viel gemeinsam erlebt und uns nie unterkriegen lassen. Sie war in meiner dunkelsten Zeit für mich da gewesen, und bis jetzt hatte ich geglaubt, ihr alles anvertrauen zu können.

Ich wollte ihr unbedingt von dem Wochenende in London erzählen, wollte ihr sagen, wie betrunken ich gewesen war und dass David mich geküsst hatte, doch irgendetwas hielt mich davon ab. Als ich Joe geheiratet hatte, waren Caitlin und ich Schwägerinnen geworden, und obwohl uns das nichts als Freude beschert hatte, wurde mir schlagartig klar, dass sie zu Joe halten würde und nicht zu mir.

Dieser Gedanke war in diesem Moment zu viel für mich. Ich sprang von meinem Stuhl auf und fing an, das Geschirr vom Tisch abzuräumen. »Alles in Ordnung. Mach dir keine Sorgen.«

»Lass das stehen«, sagte Caitlin. »Ich mache das schon. Geh du nach oben und steig unter die Dusche. Ich behalte Rory im Auge, während ich in der Küche aufräume.«

Ich küsste sie auf die Wange.

»Ich auch!«, schrie Rory und rannte auf seinen kleinen stämmigen Beinen den Gartenweg entlang. »Ich will auch einen Kuss!«

Ich drückte ihn an mich und inhalierte den Geruch von Erdbeeren, Gras und Milch. Ich warf einen Blick auf Caitlin, die mich mit sehnsüchtigem Gesichtsausdruck ansah.

»Du hast so ein Glück, Gem«, sagte sie. Sie kam zu uns herüber und legte die Arme um uns. »Ich würde alles dafür geben, das zu haben, was du hast.« Als Rory sich loswand und zu seinem Zelt auf dem Rasen zurückkehrte, erklärte sie: »Ich liebe dich und Joe, weißt du? Und Rory natürlich auch. Ihr seid für mich die wichtigsten Menschen auf der Welt.« Sie küsste mich auf die Wange und flüsterte: »Ich bin so froh, dass ihr beiden zusammen seid.«

Ich lächelte und umarmte sie. Dabei wurde ich von meinem schlechten Gewissen beinahe überwältigt, weil ich vor ihr und Joe Geheimnisse hatte.

12

Donnerstag, 27. Juli

In der folgenden Woche war in der Arbeit noch mehr los. Sophie meldete sich am Montagmorgen telefonisch krank, und ein oder zwei Tage lang glaubte ich, wir würden auch ohne sie zurechtkommen; nachdem ich am Dienstagabend aber erst um zwanzig Uhr Feierabend machte, gab ich mich geschlagen und rief Lucy an, als ich nach Hause kam, um sie zu fragen, ob sie uns aushelfen könne. Lucy hatte früher bei uns gearbeitet, sich jedoch nach der Geburt ihrer Tochter Maisie vor vier Jahren dafür entschieden, bei ihr zu Hause zu bleiben. Wir waren in Kontakt geblieben, und Lucy hatte in den vergangenen Jahren immer ausgeholfen, wenn ich sie brauchte. Wir vereinbarten, dass sie für den Rest der Woche während der Schulzeiten arbeiten würde.

Am Donnerstagvormittag war ich mit einem vor kurzem in Rente gegangenen Paar unterwegs und zeigte den beiden verschiedene Immobilien etwas weiter außerhalb der Stadt. Wir fuhren von Haus zu Haus, und ihnen gefielen alle. Ich wusste instinktiv, dass sie keines kaufen würden. Für die beiden schien das Ganze so etwas wie ein Ausflug zu sein, eine Gelegenheit, sich im Zuhause anderer Leute umzusehen. Sie kamen anschließend noch mit ins Büro, um sich weitere Informationen geben zu lassen, dann machten sie sich angeregt über die gerade besichtigten Objekte plaudernd auf den Weg zum Mittagessen.

»Keinen Erfolg gehabt?«, fragte Rachel.

Ich schüttelte den Kopf. »Schaulustige.«

Sie schnitt eine Grimasse. »Verkaufen sie auch?«

»Tun sie, aber nicht hier. Sie sind aus Nottingham, und ihr Sohn lebt hier mit seiner Familie. Ich habe das Gefühl, dass sie das ab und zu zum Spaß machen.«

»Wohl eher, um ihren Sohn zu drangsalieren.«

»Ja, sie haben die Prospekte mit nach Hause genommen, um sie ihm und seiner Frau zu zeigen. Wahrscheinlich droht sie gerade mit der Scheidung.«

Wir lachten.

»Die Armen«, sagte Lucy.

Ich machte mir einen Kaffee, setzte mich an meinen Schreibtisch und sah nach meinen E-Mails. Dann zog ich den Ablagekasten mit der Post, die im Büro abgegeben worden war, zu mir her.

»Um das meiste habe ich mich schon gekümmert«, rief Rachel. »Es ist allerdings auch was dabei, das an Sie persönlich adressiert ist. Das habe ich natürlich nicht geöffnet.«

Ich nahm einen großen weißen Umschlag in die Hand. Auf ihm klebte ein gedrucktes Etikett, und über meinem Namen stand »Persönlich«. Ich riss ihn auf. Er enthielt ein Stück Papier, etwa zehn auf fünfzehn Zentimeter groß. Es handelte sich um ein Foto, Hochglanz und in Farbe: ein Foto von David, wie er mich vor meiner Hotelzimmertür küsst.

Meine Hand zuckte, und mein Kaffeebecher flog über den Schreibtisch. Ich schnappte das Foto und warf es in eine Schublade, als Rachel und Lucy mit einer Küchenrolle zu mir eilten.

»Alles in Ordnung?«, fragte Rachel. »Sie haben sich doch nicht verbrannt, oder?«

»Nein, alles okay.« Ich nahm ihr die Küchenrolle ab. »Ich mache das schon, danke.«

»Ist was auf Ihre Unterlagen geraten?«, erkundigte sich Lucy.

»Nein, die habe ich noch rechtzeitig erwischt.« Ich klang barsch, konnte jedoch nichts dagegen tun. Ich wollte das Foto wieder aus der Schublade holen und es mir noch einmal ansehen, konnte das aber nicht, solange die beiden da waren. Unser Büro bestand aus nur einem Raum, mit einer kleinen Küche hinter einer Trennwand im hinteren Bereich. Man hatte überhaupt keine Privatsphäre. Bislang war das kein Problem gewesen, doch jetzt hätte ich alles für ein eigenes Zimmer gegeben, um herauszufinden, was in aller Welt vor sich ging.

Am Nachmittag saß ich an meinem Schreibtisch, sprach am Telefon mit neuen Kunden und vereinbarte Termine, während ich in Gedanken die ganze Zeit bei dem Foto war, das neben mir in der Schublade lag. Wer hatte es gemacht? Warum war es mir zugesandt worden?

In den vergangenen Wochen hatte ich es mir nicht gestattet, darüber nachzudenken, was vor meiner Hotelzimmertür passiert war. Es war zu erwarten gewesen, war aber dennoch unerwartet gekommen. Wäre ich Single gewesen, hätte ich damit gerechnet, dass er mich küssen würde. Unsere Unterhaltung war darauf hinausgelaufen. Wir waren beide betrunken, hatten viel gelacht und waren sehr, sehr entspannt. Doch er wusste, dass ich verheiratet bin. Ich hatte ihm von Joe erzählt.

Ich brannte darauf, mit irgendjemandem darüber zu sprechen. Mit Caitlin konnte ich nicht darüber reden. Mit Joe konnte ich natürlich auch nicht darüber reden. Meine Mutter wäre schockiert, dass ich einen anderen Mann geküsst hatte.

Ich sah zu Lucy hinüber. Sie war äußerst unterhaltsam und eine gute Freundin. Sehr verständnisvoll, liebenswürdig und loyal. Aber ich war ihre Chefin. Es gab doch bestimmt Grenzen, was ich ihr erzählen konnte? Manchmal gingen wir gemeinsam laufen, und wir hatten eine Zeit lang einen Yogakurs besucht, doch obwohl wir uns hin und wieder über unsere Ehemänner beklagten, ging es dabei nie um etwas Ernstes. Und ich machte mir Sorgen, dass mein Urteilsvermögen womöglich getrübt war: Ich stellte mir vor, dass ich das Büro betrat und alle anderen von der Sache wussten und darüber gesprochen hatten, während ich unterwegs gewesen war. Bei diesem Gedanken krampfte sich mein Magen zusammen.

»Alles in Ordnung?«, erkundigte sich Rachel. »Geht's Ihnen gut?«

Ich zwang mich zu einem Lächeln. »Ja, alles bestens, danke. Nur ein bisschen müde.«

»Es wird bald Zeit, nach Hause zu gehen«, sagte sie. »Nicht mehr lange.« Sie war auf der Toilette gewesen und sah genauso makellos aus wie am Morgen, als sie zur Arbeit erschienen war. Ihr hochgestecktes Haar glänzte stets, und ihr Make-up war immer frisch.

»Sie sehen toll aus«, stellte ich fest. »Gehen Sie aus?«

Sie errötete. »Nein, ich fahre heim. Wieder ein Abend zu Hause.«

»Bei mir auch.« Ich stellte mir vor, wie ich zu Hause ankam und Rory in die Arme schloss. Allein der Gedanke ließ meinen Blutdruck sinken. Ich wünschte mir nichts mehr, als ihn an mich zu drücken, ihn zum Lachen zu bringen. Ihn zu küssen, bis er um Gnade flehte. Bei dieser Vorstellung entspannte ich mich. Ich warf einen Blick auf die Uhr: noch zwei Minuten bis Geschäftsschluss. »Kommt, Leute«, sagte ich, »lasst uns heute pünktlich von hier verschwinden.«

Es folgte ein kurzes, wildes Durcheinander, als alle ihre Schreibtische aufräumten und ihre Becher abspülten. Während sie sich in der Küche aufhielten, schnappte ich mir eine Mappe und steckte das Foto mit Umschlag hinein, das mit der Post gekommen war.

»Nehmen Sie sich Arbeit mit nach Hause?«, fragte Rachel, als sie die Mappe auf meinem Schreibtisch liegen sah. »Sie sind müde; Sie sollten sich heute Abend ausruhen.«

»Irgendwas gibt es immer zu tun.«

Sie hielt meine Handtasche und die Mappe, während ich die Tür abschloss und die Rollläden herunterzog. Rachel und ich gingen zum Parkplatz hinter unserem Büro, die anderen hatten die entgegengesetzte Richtung eingeschlagen. Als ich auf dem stillen Parkplatz neben ihr stand, dachte ich einen verrückten Augenblick lang: *Soll ich* sie *um Rat fragen, was ich tun soll?*

Rachel wirkte immer so kompetent und vernünftig. Sie war ein stiller Typ; wenn man sie dazu ermunterte, schloss sie sich der Gruppe zwar an, hielt sich jedoch trotzdem meistens im Hintergrund. Vielleicht bedeutete das, dass bei ihr die Wahrscheinlichkeit geringer war, dass sie es ausplauderte. Ich musste unbedingt mit jemandem darüber reden.

»Rachel?«, sagte ich, als sie in ihren Wagen stieg und ihre Handtasche auf den Beifahrersitz stellte. »Kann ich kurz mit Ihnen sprechen?«

Sie blickte erschrocken auf. »Was, jetzt?«

Dann gewann mein gesunder Menschenverstand die Oberhand. Ich konnte mit ihr nicht über David sprechen. Sie war zu jung, und ich war ihre Chefin.

Ich schüttelte den Kopf. »Schon okay. Nichts, was nicht bis morgen warten könnte.«

Sie wirkte erleichtert, und mir wurde bewusst, dass ich nicht die Einzige war, die schnell nach Hause kommen wollte. Ich winkte zum Abschied und stieg in meinen eigenen Wagen.

13

Obwohl ich eigentlich vorgehabt hatte, direkt nach Hause zu fahren, ertappte ich mich dabei, wie ich die entgegengesetzte Richtung einschlug, hinunter zum River Dee. Die Parkplätze dort leerten sich inzwischen, und ich suchte mir eine ruhige Ecke auf dem Castle-Parkplatz. Ich wollte mir das Foto ungestört ansehen.

Ich zog es aus dem Umschlag und betrachtete es noch einmal.

Am unteren Rand des Fotos waren das Datum und die Uhrzeit seiner Entstehung vermerkt: 23. Juni um 22:45 Uhr. Das war der Freitagabend, an dem ich mich in London aufgehalten hatte. Ich erinnerte mich, dass es so heiß und schwül gewesen war, als ich im Hotel ankam, dass ich geduscht und mir die Haare gewaschen hatte, bevor ich in die Bar ging. Mein Haar glänzte, und mein Make-up befand sich noch an Ort und Stelle. Mein Lidstrich umrandete meine Augen in einer gleichmäßigen Linie, unangetastet vom Abend, doch mein Gesicht war gerötet und hatte einen Glanz, von dem ich hoffte, dass er normalerweise nicht vorhanden war. Man konnte unschwer erkennen, dass ich getrunken hatte.

Meine Augen waren fast geschlossen, und ich hatte den Kopf in den Nacken gelegt. Ich wurde von einem Mann mit dunklem Haar geküsst, der mein Gesicht berührte, als wären wir ein Liebespaar. Sein Gesicht lag im Schatten, war unkenntlich.

Ich wusste jedoch, um wen es sich handelte: Es war David.

Und ich dachte: *Was würde Joe tun, wenn er dieses Foto zu sehen bekäme? Würde er mich verlassen?*

Bei der Vorstellung, dass ich die Hälfte der Woche allein leben würde, dass ich nicht in der Lage wäre, Rory jeden Tag zu sehen oder mit Joe zu sprechen, wann immer ich wollte, spürte ich Panik in mir aufsteigen. Ich lief Gefahr, wegen dieser Sache alles zu verlieren.

Ich lehnte den Kopf an den Autositz und schloss die Augen. Was ging da vor sich? Warum hatte mich an jenem Abend jemand fotografiert, und warum hatte derjenige mir die Aufnahme zugeschickt?

Bei der Vorstellung, dass Joe das Foto zu sehen bekam, fühlte es sich an, als würde sich ein Band um meine Stirn zusammenziehen. Er würde mir niemals glauben, wenn ich ihm sagte, ich könne mich an das Geschehene nicht erinnern. Er ging davon aus, dass ich zum fraglichen Zeitpunkt im Bett gelegen und geschlafen hatte. Das hatte ich schließlich behauptet! Und ich hatte es ihm per SMS mitgeteilt, sodass ich es nicht abstreiten konnte. Mein Herz klopfte heftig, als ich dachte: *Was ist an jenem Abend passiert? Was ist passiert, nachdem wir uns geküsst hatten?* Ich war völlig frustriert. Ich konnte mich an überhaupt nichts mehr erinnern. Hatten wir miteinander geschlafen? Ganz sicher nicht! Wie hätte ich das vergessen können? Ich war wütend auf mich selbst, dass ich so viel getrunken hatte, und jedes Mal, wenn ich mir vorstellte, dass Joe das Foto zu sehen bekam und erfuhr, was an jenem Abend vorgefallen war, wurde mir übel.

Und dann wurde mir bewusst, dass ich David erreichen und ihn fragen musste, was eigentlich vor sich ging.

Binnen Minuten war ich zurück im Büro. Ich öffnete die Rollläden, sperrte die Tür auf und fuhr meinen Computer hoch.

Es war kurz vor achtzehn Uhr, und ich hatte Joe gesagt, ich würde heute Abend früh nach Hause kommen. Ich loggte mich rasch in die Datenbank ein, in der alle unsere Kunden gespeichert waren, und suchte nach David Sanderson. Dann klickte ich auf seinen Namen, holte mein Handy aus meiner Handtasche und sah, dass ich drei Anrufe von Joe verpasst hatte. Ich verspürte heftige Schuldgefühle und wählte Davids Nummer.

Als das Freizeichen zu hören war, hielt ich den Atem an. Es ertönte acht Mal, dann verstummte es. Eine Mailbox meldete sich nicht. Ich versuchte es noch einmal und dann noch einmal. Warum ging er nicht ans Telefon? Kontrollierte er eingehende Anrufe?

Ich rief ihn daraufhin vom Bürotelefon an und unterdrückte die Nummer, damit er nicht sah, dass es sich um mich handelte. Wieder ertönte das Freizeichen. Keine Antwort.

In der Datenbank war seine E-Mail-Adresse gespeichert, und ich öffnete meinen Arbeitsaccount, um ihm eine kurze Nachricht zu senden:

Hi David, Gemma von Chester Homes. Würden Sie sich bitte so schnell wie möglich mit mir in Verbindung setzen? Ich muss kurz mit Ihnen sprechen. Danke.

Ich warf noch einmal einen Blick auf seine E-Mail-Adresse. Es handelte sich um einen Gmail-Account. Was wäre, wenn er meine E-Mail nicht sah? Ich schickte ihm sicherheitshalber noch eine SMS mit dem gleichen Text. Ich musste mich unbedingt mit ihm unterhalten.

Joe wartete an der Eingangstür, als ich zu Hause ankam.

»Du hattest doch gesagt, du kommst früh nach Hause!« Er schob sich an mir vorbei und schnappte sich seine Sporttasche aus der Garderobe. »Ich komme zu spät zum Fußball!«

»Tut mir echt leid. Ich war in der Arbeit. Wenn du dich beeilst, schaffst du es noch rechtzeitig.«

»Ich habe dich dort angerufen, aber es ist niemand drangegangen.«

»Ich war schon auf halbem Weg nach Hause, dann ist mir eingefallen, dass ich was vergessen habe«, sagte ich. »Ich musste noch mal zurückfahren. Entschuldige. Dass heute Fußball ist, hatte ich vergessen.«

Er nahm mir die Autoschlüssel aus der Hand. »Du hast mich eingeparkt. Ich nehme dein Auto.«

Mit einem Knallen der Eingangstür war er verschwunden. Erst als ich Rory badete, fiel mir ein, dass ich die Mappe mit dem Foto, auf dem David mich küsste, auf dem Vordersitz meines Wagens hatte liegen lassen.

Joe kam an diesem Abend spät nach Hause, nachdem ich schon längst im Bett war. Ich nahm an, er war nach dem Fußballspielen mit seinen Freunden in den Pub gegangen. Wenn er unterwegs war, konnte ich nie schlafen; ich hatte immer Schwierigkeiten, mich zu entspannen, wenn ich wusste, dass ich wieder aufgeweckt werden würde.

An diesem Abend war überhaupt nicht an Schlaf zu denken. Ich lag stundenlang wach, starr vor Sorge. Ich hatte nicht damit gerechnet, dass er meinen Wagen nehmen würde, und konnte mich nicht mehr erinnern, ob ich alles zurück in die Mappe gesteckt hatte oder ob das Foto und der Umschlag nur darunterlagen. Würde er es entdecken? Würde er hereinstürmen und wissen wollen, was da vor sich ging?

Ich erschreckte mich beinahe zu Tode, als ich die Eingangstür aufgehen hörte. Es ertönte ein Klimpern, als Joe meinen Autoschlüssel in die Schale auf dem Tisch im Flur warf, dann ein leises Knarren der Treppenstufen, als er nach oben kam. Er warf zuerst einen Blick in Rorys Zimmer, und als er schließlich unser Schlafzimmer betrat, war mir bereits bewusst, dass er natürlich nichts gefunden hatte. Er warf zu Hause nie einen Blick in meine Mappen, es sei denn, ich bat ihn darum. Er war nicht besonders ordentlich und räumte sie nicht einmal weg, wenn ich sie auf dem Couchtisch liegen ließ, oder hob sie auf, wenn sie auf dem Fußboden herumlagen. Wenn er es eilig hatte, zum Fußball zu kommen, würde er sich niemals die Mühe machen, sich eine anzusehen.

»Hey«, sagte er und lächelte. Seine Wut von vorhin war vergessen. »Tut mir leid, dass ich so spät komme. Ich habe nicht auf die Uhr geschaut.«

»Hattest du einen schönen Abend?«

»Ja, es war super. Wir haben zwei zu null gewonnen, dann sind wir auf ein paar Bier ins Crown.« Das Crown ist der Pub am Ende unserer Straße. »Ich habe dein Auto nach dem Fußball zurückgebracht und bin mit Mike zu Fuß hin.«

Ich hätte mir die Haare raufen können, dass ich nicht gehört hatte, wie er den Wagen abgestellt hatte. Hätte ich es bemerkt, hätte ich nach draußen gehen und nachsehen können, ob er das Foto in der Hand gehabt hatte.

Als er sich schließlich ins Bett legte, redeten wir über Mike und dessen Familie, und dann sagte Joe: »Er hat mir von einem Bekannten von ihm erzählt, der nach Irland zieht.«

Er stieß einen tiefen Seufzer aus, und mir wurde schwer ums Herz. Joe stammt aus einer irischen Großfamilie, in der sich alle sehr nahestehen. Ein paar von seinen Geschwistern leben noch immer dort. Wenn er etwas getrunken hat, spricht er jedes Mal davon, wieder zurück in seine Heimat zu ziehen.

»Was hat er da denn vor?«

»Er verlegt sein Geschäft dorthin«, entgegnete Joe. »Er ist Installateur und meint, er kann seinen Beruf dort genauso ausüben wie irgendwo sonst. Er sagt, dass sich in Irland momentan viele Möglichkeiten bieten.«

Eine Sache, die ich an Joe liebte und hasste, war sein bedingungsloser, uneingeschränkter Optimismus. Das Problem war, dass er sich die ganze Nacht unterhalten konnte.

Ich gähnte. »Kannst du mir das morgen erzählen? Ich bin am Einschlafen.«

»Tut mir leid, Schatz. Ich dachte nur, wir könnten das auch machen.«

Ich konnte ihm nicht mehr folgen. »Was machen?«

»Zurück nach Irland ziehen.«

»Zurück? Ich war doch noch kaum dort!«

»Du weißt schon, was ich meine. Letzten Endes zieht es jeden zurück in die Heimat, oder etwa nicht?«

»Aber Irland ist nicht meine Heimat.« Ich löste mich von ihm. »Und was ist mit meinem Business? Und den Mietwohnungen?«

»Ach, das könntest du doch überall machen«, sagte er voller Zuversicht. »Ein Dach über dem Kopf braucht schließlich jeder. Und du könntest dir jemanden suchen, der sich um die Mietwohnungen kümmert. Du könntest dir sogar jemanden suchen, der sich ums Büro kümmert, und drüben ein zweites eröffnen.« Er drehte sich zu mir, voller Begeisterung. »Das würden wir schon hinkriegen, Gem!«

Alles in mir, jede Zelle meines Körpers, warnte mich davor, ihm die Frage zu stellen, doch ich konnte nicht widerstehen: »Und was würdest du in Irland machen?«

»Ich?« Er klang verdutzt. »Ich würde mich natürlich um Rory kümmern. Und hoffentlich bekommen wir bald noch ein Kind. Oder mehr als eins.« Er streichelte meinen Bauch. »Wer weiß, wir könnten eine ganze Fußballmannschaft bekommen!«

Er kuschelte sich an mich und träumte seine glücklichen Träume. Meine glücklichen Träume drehten sich darum, einmal im Leben einen ganzen Tag freinehmen zu können. Ich rutschte langsam von ihm weg und gelobte, nicht schwanger zu werden, bevor wir nicht beide denselben Traum träumten.

Und dann, während ich dalag und das vertraute Gewicht von Joes Arm um meine Taille spürte, seinen warmen Atem an meinem Hals, dachte ich wieder an das Foto und an die Lügen, die ich ihm aufgetischt hatte. Wenn Joe es zu Gesicht bekäme, würde er womöglich einfach ohne mich nach Irland gehen. Und womöglich würde er Rory mitnehmen.

14

Sonntag, 30. Juli

Am Sonntag erschien Sophie wieder zur Arbeit. Ihre grenzenlose Energie ließ mich an ihrer Erkrankung zu Beginn der Woche zweifeln, die sie angeblich glauben gemacht hatte, sie würde sterben. Ich kam zu dem Schluss, dass ich nicht die Energie aufbringen konnte, um mich darüber aufzuregen. Während es ihr gelang, ihre Notizen abzutippen und dabei ohne Unterbrechung einen Bewusstseinsstrom-Monolog zu halten, saß ich an meinem Schreibtisch und versuchte, mir zusammenzureimen, was vor sich ging. Da ich keinen klaren Gedanken fassen konnte, schickte ich sie letzten Endes zum Laden an der Ecke, um Milch zu kaufen, weil ich wusste, dieser Auftrag würde mir zwanzig Minuten Frieden verschaffen.

Sobald sie gegangen war, wählte ich Davids Nummer. Niemand hob ab, und es meldete sich kein Anrufbeantworter. Ich versuchte es immer und immer wieder. Aus Frust schickte ich ihm ein paar SMS, eine hysterischer als die vorhergehende, bis ich mich selbst bremste, um mich nicht völlig lächerlich zu machen.

Sophie kam zurück und kochte Kaffee. Ich drehte heimlich ein wenig meinen Computermonitor, damit sie nicht sehen konnte, was auf meinem Bildschirm passierte, dann öffnete ich meinen privaten E-Mail-Account. Am Abend zuvor hatte ich diesen auf meinem Telefon deaktiviert, falls in Joes Anwesenheit eine E-Mail eingehen sollte. Ich hatte mich dabei schmutzig gefühlt, als hätte ich eine Affäre. Auf meine E-Mail an David hatte ich keine Antwort erhalten. Ich blickte mich um: Im Büro war nichts los. Ich nahm mein Telefon und meinen Autoschlüssel und ging hinaus zu meinem Wagen. Dann googelte ich das Hotel in London, in dem ich gewohnt hatte, und rief dort an.

»Hi, hier spricht Gemma Brogan«, sagte ich. »Ich habe am Freitag, den dreiundzwanzigsten Juni, bei Ihnen im Hotel übernachtet.«

»Hallo«, entgegnete die Rezeptionistin. »Wie kann ich Ihnen helfen?«

»Ich habe mich an diesem Abend mit einem potenziellen Kunden getroffen. Soweit ich weiß, hat er um dieses Datum herum ein paar Tage bei Ihnen gewohnt. Er hat mir seine Visitenkarte gegeben, aber ich habe sie leider verloren. Wäre es möglich, dass Sie mir seine Kontaktdaten geben?«

»Tut mir leid«, erwiderte sie. »Wir dürfen keine persönlichen Daten herausgeben.«

Mir wurde schwer ums Herz. Ich hatte damit gerechnet, dass sie das sagen würde. »Sie könnten nicht vielleicht eine Nachricht weiterleiten, oder?«

»Doch, selbstverständlich kann ich das tun, sofern er uns seine Kontaktdaten gegeben hat«, erklärte sie. »Lassen Sie mich nachsehen. Wie lautet sein Name?«

»David Sanderson.«

»Und wann, sagten Sie, waren Sie hier? Am dreiundzwanzigsten Juni?«

»Ja. Das war ein Freitagabend. Er war die ganze Woche da.«

»Tut mir leid«, sagte sie, nachdem sie auf ihrem Computer nachgesehen hatte. »Ich würde Ihnen gerne helfen, aber er muss irgendwo anders gewohnt haben. Von einem Aufenthalt hier ist nichts vermerkt.«

Und dann fiel mir ein, dass er gesagt hatte: *Ich bin in der zehnten Etage.*

Ich bedankte mich bei ihr und beendete das Gespräch, dann lehnte ich mich verwirrt zurück. Ich erinnerte mich, dass er gesagt hatte, er sei die ganze Woche im Hotel gewesen. Er hatte mir erzählt, er habe die meisten Gerichte auf der Speisekarte des Restaurants probiert.

Ich runzelte die Stirn. Ich wusste, er hatte gleich am Anfang gesagt, er wäre allein da und hätte sich jeden Abend gelangweilt. Hatte er damit einfach nur gemeint, er sei schon die ganze Woche in London? Ich hatte ihn auf jeden Fall so verstanden, dass er im Shaftesbury untergebracht war.

Es klopfte an meine Autoscheibe, und ich zuckte vor Schreck zusammen. Rachel stand da.

»Tut mir leid, dass ich Sie störe«, sagte sie, als ich aus meinem Wagen stieg. »Paula James ist am Telefon. Sie sagt, sie zieht in Erwägung, bei dem Kauf einen Rückzieher zu machen. Könnten Sie mit ihr sprechen?«

Ich ging rasch zurück ins Büro, um Paula, die fast täglich anrief, zu versichern, dass alles nach Plan lief und ein Hauskauf immer etwas Zeit in Anspruch nahm. Während ich weiterarbeitete, gingen mir unzählige quälende Fragen durch den Kopf.

Warum in aller Welt hatte er behauptet, er würde im Hotel wohnen, wenn es nicht stimmte? Wer hatte das Foto gemacht? Warum war es mir zugesandt worden? Hatte dieselbe Person mir auch die Rechnung geschickt?

Ich hatte das dringende Bedürfnis, mit jemandem darüber zu reden, aber mit wem? Während Sophie mit Kunden beschäftigt war, öffnete ich meine Schreibtischschublade und holte die Mappe heraus. Ich griff nach oben und nahm einen Aktenordner aus dem Regal hinter mir, mit dem ich die Mappe abschirmte, dann ließ ich das Foto herausgleiten und starrte es an.

Ich erinnerte mich zurück, als ich mit Caitlin während unserer Studentenzeit ausgegangen war. Sie trank nur wenig, wohingegen ich immer bis zum Schluss weitertrank. Wenn ich dann am nächsten Tag in unserem Studentenwohnheim auf dem Sofa lag und mich an die dummen Dinge erinnerte, die ich im betrunkenen Zustand gesagt oder getan hatte, überkam mich jedes Mal »die große Scham«, wie sie es nannte. Währenddessen schien ich sämtliche Hemmungen zu verlieren, doch anschließend igelte ich mich jedes Mal ein und schauderte, wenn Erinnerungen aufflackerten. Caitlin sagte immer, wie froh sie sei, verhältnismäßig nüchtern geblieben zu sein. Sie versuchte, auf mich aufzupassen, mich zu kontrollieren, wenn wir ausgingen, und stellte sicher, dass ich mich nicht entfernte und auf eigene Faust irgendetwas Verrücktes anstellte. Dabei hatte sie allerdings nicht immer Erfolg gehabt.

Und hier war ich wieder – Jahre, nachdem ich zur Ruhe

gekommen war –, war mit dem einen Mann verheiratet und küsste im Suff einen anderen. Ich konnte mich nicht einmal mehr daran erinnern, dass ich es getan hatte. David war recht sympathisch, aber nüchtern hatte ich keinerlei Absichten gehabt, ihn zu küssen. Seit ich Joe kennengelernt hatte, war er der einzige Mann, den ich küssen wollte, und damit war ich zufrieden. Er bedeutete mir alles. Er war meine Familie. Ich liebte ihn.

Es ließ sich jedoch nicht leugnen: Hier war der Beweis dafür, dass ich ihn betrogen hatte. Wenn ich das Foto betrachtete, empfand ich eine tiefere Scham, als ich sie jemals zuvor gespürt hatte. Die Vorstellung, dass Joe es zu sehen bekam, war unerträglich für mich. Nachdem wir uns ineinander verliebt hatten, hatten wir uns gegenseitig versprochen, dass wir uns immer treu sein würden. Dass es nur ihn und mich geben würde. Und jetzt sah es so aus, als hätte ich unsere Beziehung zerstört, und zwar – was alles noch schlimmer machte – ganz beiläufig. Als sei sie wertlos.

Ich warf einen Blick auf die Daten, die ins System eingegeben worden waren, als David das erste Mal bei uns im Büro aufgetaucht war. Er hatte eine Adresse zwanzig Meilen südlich von Chester genannt. Ich runzelte die Stirn, als ich sie sah: Warum wohnte er dort, wenn es so viele Mietwohnungen im Stadtzentrum gab? Ich wollte gerade die Straße bei Google Street View eingeben, als Rachel von einem Besichtigungstermin mit Kaufinteressenten für ein Haus in der Nähe zurückkam. Ich nutzte die Gelegenheit, dass alles ruhig war, um hinzufahren und nachzusehen. Es war Sonntagnachmittag; wahrscheinlich war er zu Hause.

»Ich muss eine Weile weg«, sagte ich. »Sie halten die

Stellung, Rachel, okay? Es dauert nicht lange. Rufen Sie mich an, falls Sie irgendwas brauchen.«

Ich hatte keinen Zweifel daran, dass Sophie zum Laden gehen und Zeitschriften und Süßigkeiten für einen geruhsamen Nachmittag kaufen würde, sobald ich mit meinem Wagen von unserem Parkplatz gefahren war, und ich stellte fest, dass es mich nicht wirklich störte. Ich konnte an nichts anderes denken, als David zu erreichen und ihn zu fragen, was das Ganze sollte.

Auf der Fahrt überlegte ich mir, was ich zu ihm sagen würde. Würde er mir antworten? Würde er abstreiten, irgendetwas davon zu wissen? Mein Magen krampfte sich bei dem Gedanken an eine Konfrontation zusammen, doch ich musste wissen, wer das Foto gemacht hatte. Als ich ihn getroffen hatte, war er in Begleitung mehrerer Männer gewesen, aber hatten sie ein Foto von uns beiden gemacht? Warum hätten sie das tun sollen? Und hatten sie sich gemeinsam mit ihm im Hotel aufgehalten, oder hatte es sich nur um eine zufällige Unterhaltung gehandelt? Ich konnte mich beim besten Willen nicht mehr erinnern. Gekannt hatte ich sie nicht. Er hatte uns einander nicht vorgestellt oder sie auch nur erwähnt. Nachdem er sich mir zugewandt und angefangen hatte, sich mit mir zu unterhalten, hatte sein Fokus ausschließlich auf mir gelegen.

Ich rühmte mich stets für mein Gedächtnis. Bevor wir Rory bekamen, waren Joe und ich jeden Donnerstagabend zum Pub-Quiz ins Crown gegangen, und Joe hatte immer gelacht, da ich mir die absurdesten Sachen merken konnte – Dinge, die ich Jahre zuvor ein Mal gehört hatte.

Das war natürlich sowohl ein Segen als auch ein Fluch: An manche Dinge wollte ich mich wirklich nicht erinnern, doch ich hatte keine Wahl, deshalb musste ich lernen, sie auszublenden. Trotzdem konnte ich mich an jenen Abend zumindest teilweise weniger gut erinnern als an andere, die Jahre zurücklagen. Allerdings war ich jetzt auch müder. Vielleicht lag es daran.

Als ich zu Davids Haus fuhr, fiel mir ein, dass er gesagt hatte, er würde für Barford's am Stadtrand von Chester arbeiten. Genau in diesem Moment läutete mein Telefon. Ich sah, dass Rachel anrief, und hielt in einer Parkbucht, um mit ihr zu sprechen. Sie hatte eine kurze Frage zu einem Verkauf, in den ich involviert war, und bevor sie auflegen konnte, fragte ich: »Haben Sie gerade viel zu tun?«

»Nein, abgesehen von dieser Anfrage ist es ruhig. Kann ich etwas für Sie erledigen?«

»Erinnern Sie sich noch an den Kunden, der vor ein paar Wochen zu uns gekommen ist? David Sanderson. Ich habe ihm ein paar Wohnungen unten am Fluss gezeigt. Könnten Sie bitte seine Daten für mich aufrufen?«

Ich hörte das Klicken ihrer Maus, als sie die Datenbank durchsuchte.

»Einen Moment«, sagte sie. »Oh, ich glaube, ich erinnere mich an ihn. Gut aussehender Typ?«

Ich zuckte zusammen. »Könnte man sagen. Dunkelhaarig. Groß.«

»Augenblick, das System ist langsam«, sagte sie. »Ich glaube, jetzt habe ich ihn. Möchten Sie seine Nummer?«

»Nein, die habe ich. Bei welcher Firma arbeitet er gleich wieder?«

»Hier steht, er arbeitet bei Barford's.«

Ich nickte. Das war der Name, den ich in Erinnerung gehabt hatte. »Hat er die Firmenadresse hinterlassen?«

»Nein.« Ihre Neugier war erwacht, und ich hätte mich schwarzärgern können. »Warum brauchen Sie denn seine Firmenadresse?«

»Ist nicht so wichtig«, sagte ich. »Ich versuche nur, ihn zu erreichen. Hat er seine Telefonnummer bei Barford's hinterlassen?«

Sie las sie mir vor. »Kann ich irgendwas tun, Gemma? Wo sind Sie denn?«

»Schon gut. Ich bin in einer Stunde zurück.« Ich beendete das Gespräch, bevor sie weitere Fragen stellen konnte. Mir war klar, dass sie und Sophie jetzt über mich reden und sich fragen würden, was ich im Schilde führte.

Bei meinem Anruf meldete sich eine Bandansage: »Sie sind mit Thompson and Sons verbunden. Unser Büro ist heute geschlossen. Bitte rufen Sie von Montag bis Freitag zwischen neun und siebzehn Uhr an.«

Ich starrte mein Telefon und dann meinen Notizblock an. Er hatte gesagt, er würde bei Barford's arbeiten, doch diese Firma hieß Thompson. Es handelte sich dabei um eine Baufirma, und ja, ihre Telefonnummer lautete genauso wie diejenige, die er uns gegeben hatte.

Ich googelte nach der richtigen Nummer von Barford's und rief dort an. Zum Glück hatte jemand Dienst und nahm meinen Anruf entgegen. Unter den Mitarbeitern befand sich niemand mit dem Namen David Sanderson.

15

Bei der Straße, die David als Adresse angegeben hatte, handelte es sich um eine Sackgasse, die sich um ein schönes, mit Bäumen und Blumen bepflanztes Stück Land krümmte. Die Häuser besaßen Eingangsportale, und an den hellen gepflegten Gärten befanden sich elegante Tore. Ich erinnerte mich, dass David gesagt hatte, er sei noch nicht bereit, in ein Haus zu ziehen, und bevorzuge deshalb eine Wohnung. Hier handelte es sich um Einfamilienhäuser, genau das Gegenteil von dem, was er wollte.

Vor der Garage stand ein roter Toyota, und mir fiel auf, dass ich nicht wusste, mit welchem Auto David zu uns gekommen war. Auf unserem kleinen Privatparkplatz war eine Überwachungskamera installiert, seit jemand dort geparkt und mein Auto angefahren hatte. Ich holte meinen Notizblock hervor und schrieb mir *Überwachungskamera kontrollieren* auf, damit ich es nicht vergaß.

Mein Magen krampfte sich zusammen, als ich an der Tür klingelte. Ich wusste nicht, was ich zu ihm sagen würde. Was konnte ich sagen? Einen Moment lang zog ich in Erwägung umzukehren, zurück zu meinem Auto zu rennen und wieder in die Arbeit zu fahren, doch dann erschien eine Gestalt hinter dem Buntglas der Windfangtür, und ich war nicht in der Lage, mich von der Stelle zu rühren.

Eine Frau in meinem Alter öffnete die Tür, und ich geriet sofort in Panik. Wie sollte ich ihn in ihrem Beisein wegen des Fotos zur Rede stellen?

Sie blickte die Straße in beide Richtungen entlang, als frage sie sich, warum ich da war und ob ich etwas verkaufen wollte. »Hallo?«

Ich riss mich zusammen und lächelte sie beruhigend an. »Ich möchte zu David Sanderson«, sagte ich. »Ist er zu Hause?«

Sie runzelte die Stirn. »Wer?«

»David Sanderson.«

»Der wohnt hier nicht«, erwiderte sie. »Der Name sagt mir gar nichts.« Einen Moment lang fragte ich mich, ob sie log, doch dann drehte sie sich in den Flur und rief: »Neville!« Ein paar Sekunden später tauchte ein Mann auf. Er war ungefähr so groß wie ich, blond und untersetzt. »Diese Dame sucht jemanden namens David Sanderson. Kennst du ihn?«

Er schüttelte den Kopf. »Tut mir leid, nie gehört.«

»Er hat mir diese Adresse gegeben«, sagte ich mit schwacher Stimme. »Er hat behauptet, er würde hier wohnen.«

Die beiden sahen sich sichtlich verdutzt an. »Wir wohnen hier schon seit über zehn Jahren«, sagte die Frau. »Und wir kennen alle unsere Nachbarn. In dieser Sackgasse wohnt niemand, der so heißt.«

Ihr Mann stimmte ihr zu. »Tut uns leid. Sie haben anscheinend eine falsche Adresse.«

Die beiden wirkten so aufrichtig und ehrlich, dass ich nicht weiter nachhaken wollte, deshalb bedankte ich mich bei ihnen und ging zurück zu meinem Wagen. Ich fuhr aus der Sackgasse hinaus und zurück auf die Hauptstraße, dann parkte ich und loggte mich bei Facebook ein. Dort gab es etliche Männer mit demselben Namen, doch bei keinem von denen, die ein Foto von sich eingestellt hatten, handelte es sich um ihn, und diejenigen ohne Foto lebten allesamt im Ausland. Bei Twitter sah ich ebenfalls nach, aber auch dort war er nicht zu finden.

Er hatte behauptet, er würde im Vertrieb arbeiten. Also war er doch bestimmt bei LinkedIn? Ich sah nach, aber bei keinem der David Sandersons dort handelte es sich um den Mann, den ich kennengelernt hatte. Ich gab seinen Namen bei Google ein, doch dieser war ziemlich häufig, und obwohl ich Seite um Seite hinunterscrollte, fand ich überhaupt nichts über ihn. Ich lehnte mich zurück, schloss die Augen und versuchte verzweifelt nachzudenken. Als ich ihn angerufen hatte, war das Freizeichen zu hören gewesen; eine Nachricht hatte ich nicht hinterlassen können. Meine E-Mails waren unbeantwortet geblieben. Er wohnte und arbeitete nicht dort, wo er gesagt hatte, so viel stand fest.

Genau in diesem Augenblick ertönte auf meinem Telefon das Mitteilungssignal, während ich es in der Hand hielt. Ich erschrak. Es handelte sich um eine Instagram-Nachricht. Ich kommunizierte nur mit wenigen Leuten über Instagram, und auf dem Display hieß es, dass die Nachricht von jemandem stammte, dem ich nicht folgte. Ich warf einen Blick auf den Namen des Absenders; er lautete *WatchingYou*. Neben dem Namen befand sich anstelle eines Fotos eine kleine Zeichentrickfigur. Ich runzelte die Stirn und klickte die Nachricht an.

Zunächst hatte es den Anschein, als hätte sie keinen Inhalt. Als ich mein Telefon gerade ausschalten wollte, erschien jedoch ein Video.

Es war ein Video von mir.

Als ich meine eigene Stimme hörte, erschreckte ich mich beinahe zu Tode.

»Ich weiß nicht. Ich bin mir nicht sicher, ob ich ihn geheiratet hätte, wenn ich das gewusst hätte.« Meine Wangen waren gerötet, und ein Blick in meine Augen verriet, dass ich betrunken war. »Er ist nicht unbedingt faul«, hörte ich mich sagen. Mein Tonfall war vertraulich, als würde ich ein Geheimnis preisgeben, und meine Stimme klang heiser. »Na ja, manchmal ist er schon faul!« In dem Video lachte ich, ein kleines bisschen zu laut, und hielt mir die Hand vor den Mund, um mich zu bremsen. »Mein Gott, manchmal ist er echt faul.« Nun klang ich eher verärgert als liebevoll. »Als er gesagt hat, er bleibt zu Hause bei Rory, dachte ich nicht, dass er für immer meint! Ich wünschte nur …« Jetzt wurde mein Tonfall nachdenklich. »Ich wünschte nur, ich hätte auch zu Hause bleiben können. Anstelle von ihm. Ich wünschte, ich hätte die Möglichkeit gehabt.« Ich blickte zu der Person auf, mit der ich mich unterhielt. »Schließlich bekommt jeder nur eine Chance, oder?«

Auf dem Display war zu sehen, wie ich mein Glas anhob und daraus trank. Auf meinen Lippen erschien ein kleines Wein-Lächeln. Ich sagte: »Was?«, dann lachte ich und wischte es mit einer Serviette fort.

Mein Gegenüber sagte etwas. Ich lauschte angestrengt, verstand es im Auto aber nicht. Auf dem Display erwiderte ich: »Tja, das möchte er. Und er möchte jetzt auch noch ein zweites Kind. Ich mache mir nur Sorgen, dass er nie wieder arbeiten gehen wird.« Die andere Person sagte abermals etwas. Ich sah mein eigenes Gesicht in dem Video, sah, wie ich mich betrunken auf das konzentrierte, was gesagt wurde. Dann erwiderte ich: »Ich weiß nicht. Ich bin mir echt nicht sicher, ob ich ihn noch mal heiraten würde, wenn ich wüsste, wie es ist.«

An dieser Stelle stoppte das Video, fror ein mit meinem zur Grimasse verzogenen Gesicht und dem Glas in meiner Hand.

Ich starrte auf das Display, und mir dröhnte der Kopf. Was, in aller Welt, war das? Ich hatte keine Erinnerung daran, all das zu irgendjemandem gesagt zu haben. Ich hatte es nicht einmal gedacht, oder zumindest schon seit einer Weile nicht mehr, und dann auch nur, wenn ich wütend war. Ich wollte es mir noch einmal ansehen, doch jetzt erschien die Liste mit meinen empfangenen Nachrichten, und neben *WatchingYou* stand *Video nicht verfügbar*.

Ich scrollte durch die Nachrichten. Die letzte, die ich vor dieser bekommen hatte, war ein paar Tage alt und stammte von Caitlin. Sie hatte mir einige Fotos von Spielsachen und Kleidungsstücken geschickt und von mir wissen wollen, was sich davon als Geburtstagsgeschenk für Rory eignen würde. Diese Fotos waren noch da.

Ich schloss die Instagram-App auf meinem Display, dann öffnete ich sie wieder. Man konnte immer noch sehen, dass *WatchingYou* mir ein Video geschickt hatte, doch dieses war nicht mehr verfügbar.

Ich war kurz davor zu hyperventilieren. Wo war die Nachricht? Wer hatte sie mir geschickt?

Und dann ging mir ein Licht auf. In dem Video trug ich das Kleid, das ich in London bei meinem Abendessen mit David getragen hatte. Obwohl darin fast nur mein Gesicht zu sehen war, gab es eine Stelle, an der ich mein Glas in die Hand nahm und für einen Augenblick ein dunkelgrüner Schulterträger zu erkennen war. Der andere musste mir von der Schulter gerutscht sein – das tat er immer –, sodass es beinahe den Anschein hatte, als wäre ich nackt.

Ich fuhr langsam nach Chester zurück, während meine Gedanken rasten. Bei meiner Rückkehr war alles ruhig. Als ich das Büro betrat, kam mir ein Pärchen entgegen, die Hände voller Prospekte. Ich zwang mich, die beiden anzulächeln und zu fragen, ob sie erhalten hätten, weswegen sie gekommen waren, und sie versprachen, sich zu melden, sobald sie sich die Exposés angesehen hätten. Ich dachte die ganze Zeit über an das Video und wie ich darin gewirkt hatte. Betrunken. Kokett. Als würde ich meinen Ehemann ohne jeden Skrupel betrügen.

Brian war am Telefon und sprach offenbar mit einem Mieter über ausstehende Mietzahlungen. Ich sah ihn an, wohl wissend, dass ich ihn hätte fragen sollen, was los war, doch ich konnte mich auf nichts anderes konzentrieren als auf meine eigenen Ängste. Er signalisierte mir, dass alles in Ordnung war, deshalb ließ ich es dabei bewenden. Ich wusste, er würde auch ohne meine Hilfe zurechtkommen.

Rachel tippte auf ihrer Computertastatur, und Sophie spülte in der Küche ein paar Tassen ab. Ich nahm eine Flasche Wasser aus dem Kühlschrank, kramte meine Schmerztabletten aus der Schublade hervor und ließ mich auf meinen Schreibtischstuhl sinken.

»Sie sehen müde aus«, stellte Rachel fest. »Ist alles okay?« Ich wusste nicht, wo ich hätte anfangen sollen. Ich blickte zu ihr hinüber, brannte darauf, mich jemandem anzuvertrauen. Sie lächelte mich an. »Alles okay mit Rory?«

Rory war so ungefähr das Einzige, was okay war, dachte ich. Ich fragte mich, was Rachel wohl sagen würde, wenn ich erwidern würde: *Ja, ihm geht's gut, aber alles andere geht den Bach runter.* Ich stellte mir ihren Gesichtsausdruck vor, wenn ich ihr gesagt hätte, was tatsächlich los war, und dachte mir, es wäre nur eine Frage von Sekunden, bis sie es Sophie erzählen würde.

Mir war bewusst, dass Joe und Caitlin die einzigen Menschen waren, denen ich wirklich vertraute und mit denen ich gerne geredet hätte. Gleichzeitig waren sie aber auch die beiden Menschen, die auf keinen Fall erfahren durften, was los war.

16

Mit der Begründung, dass es mir nichts ausmachen würde abzuschließen, schickte ich alle im Büro ein paar Minuten früher nach Hause. Ich hängte das *Geschlossen*-Schild an die Tür und schob den Riegel nach unten, dann ging ich nach hinten und vergewisserte mich, dass die Tür zu dem kleinen Hinterhof ebenfalls abgeschlossen war. Als ich mir sicher war, dass sich außer mir niemand mehr im Büro aufhielt und auch niemand mehr hereinkommen konnte, setzte ich mich an meinen Schreibtisch und lud das Bildmaterial der Überwachungskamera auf dem Parkplatz herunter.

Der winzige Parkbereich hinter dem Büro gehörte mir. Aufgrund der installierten Alarmanlage mussten wir die Hintertür abschließen und das Büro durch den Vordereingang verlassen, um dann um die Ecke zum Parkplatz zu gehen. Es war nur für sechs Autos Platz, und die Stellplätze waren deutlich markiert. Nachdem im Jahr zuvor mein Wagen angefahren worden war, hatte ich eine billige Überwachungskamera anbringen lassen, um sämtliche Fahrzeuge zu filmen, die auf den Parkplatz fuhren und ihn wieder verließen. Ich fragte mich, ob David seinen Wagen dort abgestellt hatte, als er ins Büro gekommen war. Ich konnte mich nicht erinnern, ob ich ihn gefragt hatte, wo er geparkt habe, als wir losfuhren.

Ich spielte die Aufnahme der Überwachungskamera ab. Das grießige Bild tat mir von Anfang an in den Augen weh. Ich versuchte, mich zu erinnern, zu welcher Uhrzeit er erschienen war, beschloss dann aber, die Aufzeichnung um acht Uhr zu starten, falls er früher angekommen und zuerst einen Kaffee trinken gegangen war.

Bis halb neun, als ich beim Büro ankam, tat sich überhaupt nichts.

Auf dem Bildschirm sah ich meinen Wagen auf den leeren Parkplatz fahren. Ich beobachtete, wie ich ausstieg, mein Auto mit dem Funkschlüssel abschloss und dann den Parkplatz verließ und zum Büro abbog. Eine Viertelstunde später kam Rachel hereingefahren und parkte elegant rückwärts auf dem Stellplatz neben meinem ein. Sie blieb ein paar Minuten im Auto sitzen – ich konnte nicht sehen, was sie tat, vermutete jedoch, dass sie ihr Make-up kontrollierte oder ihr Telefon –, dann stieg sie aus und winkte jemandem auf der Straße zu. Wahrscheinlich handelte es sich um Sophie; die beiden kamen gewöhnlich ungefähr zur selben Zeit. Zwei Minuten später fuhr Brians Wagen auf den Parkplatz. Er parkte am nächsten an der Ausfahrt, da er meistens mehrmals am Tag hinaus- und wieder hereinfuhr.

In den nächsten zwei Stunden tat sich nichts. Um halb elf sah ich dann mich selbst ins Bild kommen, meine Handtasche auf den Rücksitz meines Wagens werfen und wegfahren. Es bestand kein Zweifel daran, dass David dort nicht geparkt hatte.

Ich schaltete die Überwachungskamera aus und überlegte, was ich tun sollte. Mein Büro lag an einer Ecke, der Parkplatz unmittelbar dahinter. Gegenüber befand sich ein

Restaurant, und ich wusste, dass es dort keine Kameras gab. Auf der anderen Straßenseite befand sich eine gemeinnützige Buchhandlung – auch dort keine Kameras. Wenn man allerdings die Straße ein Stück hinunterging, bis zur nächsten Querstraße, gab es dort einen kleinen Laden, in dem Zeitungen und Lebensmittel verkauft wurden. Den Eigentümer und Geschäftsführer Michael kannte ich seit einigen Jahren über unseren örtlichen Kleinunternehmerverband. Ich ging davon aus, dass er Überwachungskameras hatte installieren lassen, da er manchmal Probleme mit Ladendieben hatte.

Ich schloss das Büro ab und ging die Straße hinunter zu Michaels Laden. Dort musste ich zunächst eine Weile hinter Kunden warten, die Lebensmittel einkauften, dann fragte ich die Verkäuferin, ob Michael zu sprechen sei. Als sie ihn rief, kam er aus seinem Büro im hinteren Bereich des Ladens und winkte mich zu sich.

»Funktionieren Ihre Überwachungskameras?«, erkundigte ich mich. Ich erklärte, dass ich wegen eines unserer Kunden besorgt sei, ging aber nicht näher darauf ein. Ich sagte, ich wolle schauen, ob er auf dem Bildschirm zu sehen war, da ich die Absicht hätte, mich seinetwegen an die Polizei zu wenden. Michael runzelte daraufhin die Stirn, führte mich aber in sein Büro und schaltete sein Gerät ein.

»An welchem Tag möchten Sie denn nachsehen?«

»Am sechzehnten Juni«, entgegnete ich.

Er drückte sofort die Stopp-Taste. »Tut mir leid, Gemma, aber wir heben die Aufzeichnungen nur eine Woche auf. Das ist ein altes System, bei dem auf überschreibbaren Discs gespeichert wird. Jede Woche lösche ich alles und fange neu an. Es bringt nichts, das länger aufzuheben, wenn es keine Probleme gegeben hat. Was hat er denn gemacht?«

Ich zögerte. Ich wollte ihm natürlich nicht die ganze Geschichte erzählen, doch er musste verstehen, warum ich nachsehen wollte. »Wir hatten einen Kunden, der sich irgendwie komisch benommen hat«, sagte ich. »Er hat mir ein bisschen Angst eingejagt. Ich habe seine Kontaktdaten geprüft und festgestellt, dass er gelogen hat, was seine Person anbelangt. Ich wollte nachschauen, ob ich ein Bild von ihm finde.«

»Das kann ich Ihnen nicht verdenken. Erinnern Sie sich noch an Suzy Lamplugh?«

Ich zuckte zusammen. Suzy Lamplugh war eine Londoner Immobilienmaklerin gewesen, die spurlos verschwunden war, nachdem sie einem Interessenten ein Objekt gezeigt hatte. Später hatte sich herausgestellt, dass der Interessent bei der Terminvereinbarung einen falschen Namen genannt hatte. Jedes Mal, wenn ich an David dachte, war ich mir dieser Geschichte nur allzu bewusst. Die Verantwortung, die ich meinen Mitarbeiterinnen gegenüber hatte, wenn ich sie mit fremden Leuten in leerstehende Immobilien schickte, war riesig. Ich beschloss, sie am nächsten Tag zu bitten, nach einem amtlichen Ausweis zu fragen, bevor sie Interessenten eine Immobilie zeigten. Ich würde sie auffordern, diesen zu fotokopieren, damit die Polizei zumindest wusste, wer verantwortlich war, falls etwas passierte.

»Deshalb muss ich wissen, wer er ist«, sagte ich. »Ich muss meine Mitarbeiterinnen schützen.«

Und ich musste auch mich selbst schützen.

17

Montag, 31. Juli

Am nächsten Morgen schreckte ich aus dem Schlaf hoch. Ich bildete mir ein, jemand hätte mich an der Schulter und an der Hüfte gepackt und im Bett umgedreht. Das Gefühl war äußerst seltsam, als könnte ich noch die Hände spüren, die mich fest umklammert und dann wieder losgelassen hatten, als ich mit dem Gesicht voran auf dem Bett gelandet war. Ich konnte keinen Widerstand leisten, konnte nur tun, wozu mich die Hände zwangen. Mein Herz klopfte heftig, und ich schnappte nach Luft.

Als ich die Augen öffnete, sah ich, dass es im Zimmer hell war; es wurde Zeit aufzustehen. »Joe?« Ich berührte ihn an der Schulter, doch er stöhnte nur und drehte sich weg. »Joe, hast du mich gerade bewegt?«

»Hä?« Er wurde langsam wach und drehte sich zu mir hin. »Was?«

»Hast du mich im Bett umgedreht?«

Er sah mich verdutzt an. »Ich habe geschlafen, Gem. Ich habe gar nichts gemacht.«

»Das war total komisch. Bist du dir sicher?«

Ich hatte noch immer Herzklopfen von dem Gefühl, bewegt worden zu sein, und drehte mich auf die Seite, von Joe abgewendet, während ich versuchte, mich zu beruhigen. Es war ein Traum gewesen; es musste ein Traum gewesen sein.

Dann ging die Schlafzimmertür auf, und Rory kam herein. Ich hob die Decke an, damit er neben mir ins Bett schlüpfen konnte, drückte ihn an mich und küsste ihn auf die Stirn. Sie war heiß und feucht.

»Alles in Ordnung, mein Schatz?«, flüsterte ich.

Er schüttelte den Kopf und fasste sich an den Hals. »Der tut ganz arg weh.«

In diesem Moment ertönte mein Wecker. Ich streckte die Hand aus, um ihn auszuschalten. Rory klammerte sich an mich.

»Bleibst du heute zu Hause, Mum?«

Ich zögerte. »Eigentlich muss ich zur Arbeit, Schatz.«

Seine Unterlippe zitterte, und er klammerte sich noch fester an mich. Ich sah zu ihm hinunter und dachte: *Welchen Sinn hat es für mich, selbstständig zu sein, wenn ich mir nicht freinehmen kann, wenn mein Kind krank ist?*

»Ich bleibe heute zu Hause«, flüsterte ich. »Ich bleibe zu Hause, bis es dir besser geht.«

Eine Stunde später lag Rory unter seiner Bettdecke auf dem Sofa, seinen flauschigen Hasen Buffy neben sich. Er döste vor sich hin, während im Fernsehen seine Lieblings-Zeichentrickserie lief.

»Soll ich im Büro anrufen und ihnen sagen, dass du nicht kommst?«, erkundigte sich Joe.

»Ich werde Lucy anrufen und sie fragen, ob sie heute kommen kann.« Ich stöhnte. »Sie hat eine neue Nummer, und ich habe vergessen, sie auf meinem Handy zu speichern. Ich muss ins Büro fahren, um sie anzurufen. Dauert nicht lange.«

»Ich fahre für dich hin, Schatz«, sagte er. »Du bleibst hier bei Rory, und ich hole die Nummer.« Er schnappte sich die Schlüssel für seinen Wagen und fürs Büro. »Wo finde ich sie? Auf deinem Schreibtisch?«

Ich erstarrte. Lucys neue Nummer stand auf einem Zettel, der in meiner Schreibtischschublade lag, und dort befanden sich auch das Foto und die Rechnung. Joe durfte auf keinen Fall diese Schublade öffnen. Zum Glück war sie abgeschlossen, sodass sie auch keine meiner Mitarbeiterinnen öffnen konnte.

»Schon okay«, sagte ich. »Ich muss sowieso ein paar Dinge besprechen. Ich fahre schnell hin und bin in einer halben Stunde wieder da.«

Rachel wartete draußen auf mich. Sie hielt einen Becher Kaffee aus dem Café in unserer Straße in der Hand und warf einen Blick auf die Uhr, als ich mich der Tür zum Büro näherte.

»Tut mir leid, dass ich zu spät komme«, sagte ich. »Rory geht's nicht gut. Ich muss Lucy anrufen und sie fragen, ob sie zwei oder drei Tage für mich einspringen kann.«

»Oh, der arme Junge. Aber warum haben Sie denn Lucy nicht von zu Hause aus angerufen?«

»Sie hat mir ihre neue Nummer aufgeschrieben, und ich habe vergessen, sic auf meinem Handy zu speichern.« Ich öffnete die Tür zum Büro und ging geradewegs zu meinem Schreibtisch, um mich an meinem Computer einzuloggen. Rachel stand neben mir, während ich wie auf glühenden

Kohlen dasaß, weil ich die Schreibtischschublade aufmachen wollte, aber nicht wollte, dass sie das Foto sah, das darin lag. Mir dröhnte der Kopf, als ich darüber nachdachte, was ich damit tun sollte. Ich konnte nicht riskieren, es mit nach Hause zu nehmen, im Büro wollte ich es allerdings auch nicht lassen. Jeder von uns hatte seinen eigenen Schreibtisch, doch Lucy würde an diesem Tag meinen benutzen, und es gab keinen Grund, weshalb ich die Schublade abgeschlossen lassen sollte. »Ist alles okay?«, fragte ich Rachel. »Brauchen Sie irgendwas?«

Sie griff nach meiner Maus und klickte auf den Online-Terminkalender, auf den alle Zugriff hatten. Dieser enthielt nichts Persönliches; wir sahen immer gegenseitig in unseren Kalendern nach, wenn wir außer Haus mussten. »Ich wollte nur nachschauen, ob Sie heute irgendwelche Termine haben«, sagte sie. »Ich habe erst am Spätnachmittag welche, also kann ich mir Ihre mit Lucy teilen.«

»Danke.«

Ich war heilfroh, dass Rachel an diesem Tag arbeitete und nicht Sophie. Sie hatte eine besonnene Art, die einen zuversichtlich stimmte. Ich wusste, ich konnte mich darauf verlassen, dass sie und Lucy hervorragend zusammenarbeiteten. Brian würde sich um die Mietobjekte kümmern; er wusste genau, was er tat. Und ich hatte keine Bedenken, Lucy und Rachel mit dem Verkauf zu betrauen.

»Wissen Sie schon, wie lange Sie fehlen werden?«, erkundigte sie sich. Sie scrollte durch meinen Terminkalender. »Da ist ein Termin mit der Steuerberaterin, den Sie vielleicht verschieben sollten, wenn Sie nicht da sind. Lucy kann Bewertungen durchführen, oder?«

»Ich nehme mir frei, bis es ihm besser geht. Wahrscheinlich zwei Tage.« Mein Traum, eine Zeit lang nicht zu arbeiten, wurde auf Kosten von Rorys Mandeln wahr. Der Arme. »Um die Steuerberaterin kümmere ich mich. Ich werde sie von zu Hause anrufen. Lucy kann sämtliche Bewertungen übernehmen, und die anderen Termine können Sie sich untereinander aufteilen. Geben Sie mir einfach Bescheid, wenn Sie irgendwo nicht weiterkommen. Ich nehme meinen Laptop mit und kann mich um alle Probleme kümmern. Wahrscheinlich sitze ich sowieso den ganzen Tag auf dem Sofa.«

»Sie Glückliche«, sagte sie und fügte dann hastig hinzu: »Aber der arme Rory. Haben Sie Lucys neue Nummer? Ich kann sie für Sie anrufen.«

»Schon okay, das mache ich schon, danke«, erwiderte ich. »Ich habe sie hier irgendwo.« Ich schloss die Schublade auf und holte den Zettel heraus, auf dem ihre Nummer stand. Dann schnappte ich mir heimlich das Foto und die Rechnung und steckte beide in einen Umschlag. Als mir bewusst wurde, dass Rachel zurück an meinen Schreibtisch gekommen war, zuckte ich zusammen und schob den Umschlag unter eine Mappe. »Das ist nur was, worum ich mich später kümmern muss.«

»Kommt das in die Post?« Sie streckte die Hand aus. »Ich schicke es für Sie ab.«

Ich winkte ungeduldig ab. »Nein, schon gut. Es ist was Privates.« Und dann, weil ich nicht wollte, dass sie sich fragte, worum es sich handeln mochte, fügte ich hinzu: »Ich brauche es für die Steuerberaterin.«

Ich rief Lucy an; sie hatte gerade Maisie zur Schule

gebracht und war nur fünf Minuten entfernt. Sie versprach einzuspringen und sagte, sie würde ihre Mutter bitten, Maisie am Nachmittag abzuholen.

Ich steckte den Umschlag in das Innenfach meiner Handtasche, dann stellte ich mir vor, dass Joe ihn fand. Panik stieg in mir auf. Er durfte weder das Foto noch die Rechnung zu Gesicht bekommen. Ich zog den Umschlag wieder heraus, ging mit ihm zum Reißwolf und drückte ihn so fest hinein, dass der Motor dröhnte.

Als ich mich umdrehte, um zu meinem Schreibtisch zurückzugehen, runzelte Rachel die Stirn, sagte aber nichts. Die Tür ging auf, und Lucy kam herein.

»Ist mit Rory alles in Ordnung?« Sie klang so besorgt, dass es in meinen Augen sofort zu kribbeln begann. »Sie fahren jetzt nach Hause und bleiben bei ihm.« Sie verstaute ihre Handtasche in meiner Schreibtischschublade – nachdem ich die Beweisstücke vernichtet hatte, brauchte ich sie nicht mehr abzuschließen – und sagte: »Ich war gerade im Zeitschriftenladen. Michael hat erzählt, Sie wollten die Aufzeichnung seiner Überwachungskamera sehen.«

»Die Aufzeichnung der Überwachungskamera?«, fragte Brian, der gerade hereingekommen war und den Schluss des Gesprächs mitgehört hatte. »Was ist los? Gab es einen Einbruch?«

Alle starrten mich an. Ich hätte mir einen Tritt verpassen können. Und Michael ebenfalls. Warum hatte er das meinen Angestellten erzählen müssen?

»Heute Morgen hatte es nicht den Anschein, als würde irgendetwas nicht stimmen«, sagte Rachel. »Weshalb wollten Sie sich die Aufzeichnung der Überwachungskamera denn ansehen?«

Ich warf Lucy einen frustrierten Blick zu und versuchte, ihr zu verstehen zu geben, dass sie den Mund halten solle, ohne die Worte auszusprechen. Sie nahm davon überhaupt keine Notiz. »Er hat irgendwas vom Parkplatz gesagt«, fügte sie hinzu. »Er war allerdings beschäftigt, deshalb konnte er mir nicht viel erzählen. Hatten Sie hier Schwierigkeiten?«

Ich nahm meine Handtasche und ging zur Tür. »Nein, keine Schwierigkeiten. Ich dachte, ich hätte neulich am Abend ein paar Jugendliche bei meinem Auto rumhängen sehen. Ich wollte von ihm wissen, ob er sie auch gesehen hat. Ihm ist aber nichts aufgefallen. Spielt keine Rolle. Ich bezweifle, dass sie sich noch mal blicken lassen.«

»Ich werde nach ihnen Ausschau halten«, versprach Brian.

»Ich auch«, sagte Rachel. »Wenn jemand mein Auto anfasst, möchte ich das wissen.«

Ich verabschiedete mich, dann blieb ich im Eingang stehen und sagte beiläufig: »Oh, und übrigens, falls irgendwas mit der Post kommt, das an mich persönlich adressiert ist, bewahren Sie es bitte für mich auf, ja? Nicht nötig, es zu öffnen. Legen Sie es einfach in meine Schreibtischschublade, dann kümmere ich mich drum, wenn ich wieder da bin.« Keiner von ihnen hätte an mich persönlich adressierte Post geöffnet, doch ich durfte kein Risiko eingehen. Die Vorstellung, dass sie irgendetwas Verfängliches zu sehen bekamen, ließ mich in Angstschweiß ausbrechen. »Wenn ein Firmenabsender draufsteht und es eindeutig für einen

Kunden bestimmt ist, dann können Sie es öffnen, ansonsten legen Sie es einfach für mich beiseite.« Sie blickten mich verdutzt an, doch ich lächelte breit und sagte: »Prima, danke!«, und verließ das Büro.

18

Dienstag, 1. August

Ich nahm mir zwei Tage frei und war dankbar für die Pause und die Zeit, die ich mit Rory verbringen konnte. Er war ziemlich lethargisch, und ich blieb bei ihm auf dem Sofa, las ihm Geschichten vor, sah Filme mit ihm an und legte mich neben ihn, wenn er schlief. Joe nutzte die Gelegenheit, dass ich zu Hause war, ging laufen oder ins Fitnessstudio und ließ mir jede Menge Zeit, damit ich mir Sorgen machen konnte. Meine Gedanken kreisten ausschließlich um das Foto, auf dem David mich küsste, und um das Video, in dem ich mich Joe hatte kritisieren sehen. Warum hatte ich das getan? Ich musste betrunken gewesen sein. Und, ja, alles, was ich über ihn gesagt hatte, war wahr, aber ich liebte ihn. Ich liebte unsere Familie. Die Vorstellung, dass Joe herausfinden könnte, was ich gesagt und getan hatte, war unerträglich.

Mein Kopf schmerzte, als ich mich fragte, wer mir die beiden Dinge geschickt hatte. War es David gewesen? Doch wer hatte uns aufgenommen? Wie war es dazu gekommen? Ich erinnerte mich, dass David irgendwann sein Telefon hervorgeholt und nach seinen Nachrichten gesehen hatte. Hatte er mich bei dieser Gelegenheit gefilmt? Doch dann fiel mir ein, dass ich währenddessen selbst mein Telefon herausgeholt und Joe geschrieben hatte, ich hätte mich bereits schlafen gelegt. Bei dem Gedanken an diese Nachricht zuckte ich zusammen. Warum hatte ich ihn angelogen? Als ich mein Telefon wieder verschwinden ließ, hatte David seines bereits in die Tasche gesteckt. Bei dieser Gelegenheit konnte er mich also nicht gefilmt haben. Und er konnte mich auf gar keinen Fall fotografiert haben, als er mich geküsst hatte.

Dennoch war er zweifellos involviert. Er hatte in allen Punkten gelogen. Wahrscheinlich hatte er sogar gelogen, was seinen Namen betraf. Er mochte mich zwar nicht fotografiert haben, doch ich hätte gewettet, dass er wusste, wer es getan hatte.

Erst als Rory aufwachte und Joe mit einem Tablett mit kalten Getränken ins Wohnzimmer kam und »Zimmerservice!« rief, wurde mir die Bedeutung der Rechnung bewusst.

Ich hatte Joe an jenem Abend im Hotel gesagt, dass ich mir etwas zu essen aufs Zimmer bestellen würde. Ich erinnerte mich, dass ich in der Woche; bevor ich dort hingefahren war, gesagt hatte: »Ich kann's kaum erwarten, mal früh ins Bett zu gehen. Zimmerservice, irgendwas im Fernsehen anschauen und ausschlafen. Mehr will ich nicht.« Ich hatte mich so sehr auf dieses kleine Vergnügen gefreut, dass ich mehr darüber geredet hatte, als es die meisten anderen getan hätten, doch sobald ich in London ankam, war mir bewusst geworden, dass ich mich nicht in einem heißen Zimmer verstecken wollte. Der Klang des Anstoßens von Gläsern auf der Terrasse unter mir hatte mich gelockt, und ich hatte mich erinnert, wie lange ich abends schon nicht mehr ausgegangen war.

Die Rechnung verriet, dass ich Joe angelogen hatte. Und sie verriet, dass der Absender es ebenfalls wusste.

Während ich am Dienstagnachmittag im Obergeschoss mit Rory spielte, hörte ich unten ein Mitteilungssignal, und eine Minute später kam Joe mit seinem Telefon in der Hand ins Zimmer.

»Meine Mum möchte wissen, ob wir sie für ein paar Tage besuchen kommen wollen.«

»Was, jetzt? Hast du ihr gesagt, dass es Rory nicht gut geht?«

»Ich fühle mich schon besser«, sagte Rory.

Ich sah ihn an; seine Haut war zweifellos nicht mehr so blass und feucht. »Aber nicht gut genug, um nach Irland zu fahren, Schatz.«

»Ich nehme an, dass er bis Donnerstag wieder fit ist. Meine Mum sagt, das Wetter ist super, und Brendan kommt auch mit seinen Jungs.« Joes älterer Bruder Brendan lebte in der Nähe von Glasgow, und wir sahen ihn normalerweise zwei bis drei Mal im Jahr.

»Fahren wir, Dad?«, fragte Rory.

Joe lachte und zerzauste ihm das Haar. »Ich würde sehr gern. Mal sehen, was Mum meint.«

Na toll, mach mich wieder zur Spielverderberin.

»Ich weiß nicht«, sagte ich. »Ich kann mir nicht einfach so freinehmen. Kommen Sarah und Caitlin auch?«

»Nein, Caitlin fliegt doch zu Ben, erinnerst du dich? Und Sarah muss arbeiten. Komm schon, Gem, das wird bestimmt toll.«

Um ehrlich zu sein, würde es ganz und gar kein toller

Urlaub werden. Für Joe vielleicht, aber nicht für mich. Wenn wir bei ihm zu Hause wären, würde ich Rory überhaupt nicht zu Gesicht bekommen; er würde jede Minute mit seinen Cousins verbringen wollen. Joe würde ich auch nicht sehen, da er mit seinem Dad und mit seinem Bruder unterwegs wäre. Ich hätte seine Mutter am Hals, die zwar sehr nett war, doch wir würden den ganzen Tag für ihre »Jungs« kochen und putzen. Vermutlich glaubte sie, es wäre eine Ehre, das für sie zu tun. Wenn Caitlin oder Sarah gekommen wären, hätte ich mich wenigstens mit jemandem unterhalten oder mit jemandem ausgehen können, aber wenn nur Joe und Brendan da waren, würde ich nicht wissen, was ich tun sollte.

Joe sah mich an und lachte. »Du möchtest nicht fahren, oder?«

»Nicht wirklich. Für mich wäre es kein großer Spaß, oder? Ich würde allein mitten im Nirgendwo festsitzen und hinter euch her putzen.«

»Ach, jetzt komm schon! Wir wären doch da. Wir könnten dir helfen.«

Bei »helfen« runzelte ich die Stirn, und er hatte zumindest den Anstand, verlegen dreinzublicken. »Du würdest mit Brendan zum Golfspielen gehen«, sagte ich. »Aber du solltest mit Rory fahren. Einen Männerurlaub machen.«

»Würde dir das gefallen, Rory?«, fragte er. »Wenn nur wir beide einen kleinen Urlaub machen würden?«

Rory blickte verwirrt drein. »Ohne Mummy?«

»Nur du und ich und Brendan und die Jungs. Und Grandad.«

»Und Nanny würde sich um dich kümmern«, sagte ich. »Das würde sie sehr gern tun.«

»Komm, Rory, wir rufen Nanny gleich an und erzählen es ihr.«

Er setzte sich neben Rory auf dessen Bett, und ich hörte, wie begeistert die Stimme von Joes Mutter klang, als ihr bewusst wurde, dass ihre Jungs nach Hause kommen würden.

Ich schickte Brendans Frau Sarah eine SMS:

Wie es scheint, werden sich die Jungs zu Hause bestens amüsieren.

Sie antwortete umgehend:

Mammy wird begeistert sein.

Ich lachte. Wir verstanden uns beide gut mit Joes Mutter, doch ich wusste, es war ihr am liebsten, wenn nur ihre Söhne bei ihr zu Hause waren. Dieses Mal würde sie zum ersten Mal die alleinige Verantwortung für ihre Söhne und Enkel haben; ein größeres Geschenk hätten wir ihr vermutlich nicht machen können.

Binnen Minuten erhielt ich auch von Caitlin eine SMS:

Sie hat es mir gerade gesagt. Ganz schön clever von dir. Was hast du denn vor, während die beiden weg sind?

Arbeiten.

Sie antwortete eine Weile nicht, dann erhielt ich eine SMS:

Tut mir leid, ich besuche Ben in Dubai, sonst würde ich vorbeikommen und dir Gesellschaft leisten.

Ich hatte dabei gemischte Gefühle. Wenn sie gekommen wäre, hätte ich ihr vermutlich alles erzählt. Doch das durfte ich auf keinen Fall tun.

Am Nachmittag fuhr ich für ein paar Stunden ins Büro. Alles war ruhig; Lucy saß bei meinem Eintreffen noch an meinem Schreibtisch, und Rachel und Sophie plauderten in der Küche. Brian war unterwegs; die anderen sagten mir, dass er einem neuen Mieter ein paar Wohnungen im Stadtzentrum zeigte.

»Wie geht's Rory?«, erkundigte sich Lucy.

»Immer besser, danke. Joe nimmt ihn am Donnerstag für ein paar Tage mit nach Irland. Die beiden werden dort bestimmt eine tolle Zeit haben.«

»Wollten Sie nicht mit?«, fragte Lucy.

Ich warf ihr einen Blick zu, und sie lachte.

»Joes Bruder kommt auch mit seinen Jungs, also hat Rory tolle Spielkameraden. Er liebt seine Cousins. Wenn die beiden zurückkommen, werden sie wahrscheinlich auf mich einreden, dass ich noch ein Kind kriegen soll.«

»Man bekommt nicht immer, was man will«, stellte Lucy fest.

Ich nickte verlegen, da ich wusste, dass sie gerne mehr Kinder gehabt hätte. »Ich weiß; wenn es nur so einfach wäre …«

»Meine Schwestern treiben mich in den Wahnsinn«, sagte Sophie. »Ich wünschte, ich wäre ein Einzelkind.«

Rachel erhob sich und sammelte mit einem Tablett alle Becher ein. »Das tust du nicht«, sagte sie.

Lucy und ich sprachen dann über den neuen Dienstplan. »Während Joe und Rory weg sind, arbeite ich Vollzeit«, sagte ich, »aber ich nehme mir einen Tag frei, wenn sie zurückkommen.«

»Kein Problem. Solange ich Maisie zur Schule bringen und wieder abholen kann, kann ich arbeiten, wann immer Sie wollen.«

Wir vereinbarten die Schichten für die folgende Woche, und ich buchte mich an allen Tagen ganztägig ein, da ich mir dachte, dass ich Joes und Rorys Abwesenheit am besten voll ausnutzen sollte.

19

Donnerstag, 3. August

In den Tagen vor Joes und Rorys Abfahrt herrschte Hektik mit Wäschewaschen und Zusammensuchen der Sachen, die sie für die Reise brauchten, doch schon bald war Donnerstagmorgen, das Auto war gepackt, und ich winkte den beiden zum Abschied. Ich fotografierte sie, als sie im Auto saßen, bereit loszufahren, ein breites Lächeln im Gesicht. Normalerweise besuchten wir Joes Eltern ein paar Mal im Jahr, doch wir waren seit Neujahr nicht mehr dort gewesen, und die beiden fieberten dem Trip entgegen. Rory war inzwischen wieder ganz gesund und saß in seinen Kindersitz geschnallt auf der Rückbank hinter dem Beifahrersitz, damit Joe sich mit einem Blick vergewissern konnte, dass bei ihm alles in Ordnung war. Auf dem Beifahrersitz stand eine Kühlbox voller Getränke und Snacks, und Rory hatte Kopfhörer und Joes iPad, damit er sich Filme ansehen konnte, wenn ihm langweilig wurde. Ich wusste, die beiden würden eine tolle Zeit haben; das hatten sie immer.

Bevor Joe ins Auto stieg, umarmte er mich und küsste mich zum Abschied.

»Erhol dich gut«, sagte er, da ihm anscheinend nicht bewusst war, dass ich jeden Tag zur Arbeit gehen würde und er mir das Haus in einem chaotischen Zustand hinterlassen hatte. »Wir rufen dich jeden Morgen an und jeden Abend, wenn Rory ins Bett geht.« Er küsste mich noch einmal, und ich klammerte mich an ihn und wünschte mir, die beiden würden dableiben.

Als Sophie erfuhr, dass Joe unser Haus in Unordnung zurückgelassen hatte, war sie außer sich. »Sie müssen sich eine Putzhilfe holen«, sagte sie. »Sie können auf keinen Fall nach Hause fahren und Joes Chaos für ihn in Ordnung bringen!« Sie holte ihr Telefon hervor und schickte ihrer Mutter eine SMS. »Ich gebe Ihnen die Nummer unserer Putzfirma. Die machen tolle Arbeit.«

»Und«, schlug Rachel vor, »Sie können Joe sagen, Sie hätten es selber gemacht.« Sie lachte. »Es sei denn, Sie lügen Ihren Mann grundsätzlich nicht an.«

»Das ist eigentlich eine gute Idee. Er ist ziemlich gut darin, ein schlechtes Gewissen zu haben. Normalerweise lüge ich nicht, aber manchmal …«

»Manchmal lügen Sie ihn an?«, fragte Sophie mit großen Augen.

»Nein«, entgegnete ich ungeduldig. »Natürlich lüge ich ihn nicht an. Aber …«

»Aber Sie sagen nicht immer die ganze Wahrheit?«, vermutete Rachel.

Ich lachte. »Es ist kompliziert. Verheiratet zu sein ist kompliziert.«

»Das brauchen Sie mir nicht zu erzählen«, sagte Brian.

In diesem Moment piepste Sophies Telefon. »Hier ist die Nummer«, sagte sie. »Falls Sie sie haben möchten.« Sie leitete sie mir weiter, und ich speicherte sie in meiner Kontaktliste, fest entschlossen, dort möglichst bald anzurufen.

Später schlich ich mich auf den Parkplatz und rief bei der Putzfirma an. Die Inhaberin freute sich über die Empfehlung und versprach, später am Abend bei mir zu Hause vorbeizukommen, um sich anzusehen, was ich erledigt haben wollte. Sie konnte mich am nächsten Tag hineinschieben, sodass mir nur noch ein Abend im Chaos bevorstand. Bevor ich zurück ins Büro ging, schickte ich Joe eine SMS und wünschte den beiden einen schönen Urlaub. Während ich auf seine Antwort wartete, scrollte ich nach oben und sah mir die SMS an, die wir uns im Lauf der letzten Monate geschickt hatten. Als ich bei den Nachrichten angelangte, die ich ihm an meinem Abend in London geschickt hatte, hielt ich inne.

Da war es, schwarz auf weiß. Um achtzehn Uhr dreißig hatte ich geschrieben:

> Sitze gerade in der Badewanne, danach gehe ich schlafen. Rufe dich morgen an. Küss Rory von mir. xx

Er hatte geantwortet:

> Aha, ok. Hoffe, du schläfst gut. xx

Darauf hatte ich geschrieben:

> Keine Sorge, das werde ich! Ich bestelle mir was zu essen und schaue fern. xx

Das hatte ich tatsächlich vorgehabt, doch das war nicht das Problem. Jeder ändert hin und wieder seine Meinung. Ich hatte mich in meinem leeren Zimmer umgeblickt, hatte durch das offene Fenster die Leute draußen auf der Terrasse gehört und beschlossen, auf ein Getränk hinunterzugehen, anstatt allein im Zimmer zu bleiben. Das war noch in Ordnung. Doch dann hatte er um halb zehn geschrieben:

Hoffe, du hattest einen schönen Abend. Was hast du dir angesehen? xx

Und da war meine Antwort, schwarz auf weiß:

Habe lieber gelesen. Bin jetzt bettreif. Nacht. xxx

Ich fröstelte, als ich die Nachricht las. Warum hatte ich ihm das geschrieben? Ich erinnerte mich, dass ich mit David dagesessen und mich bestens unterhalten hatte, als mein Telefon piepste. Wenn ich mit Freunden ausging, fing Joe oft an, mir Nachrichten zu schreiben, und wollte eine SMS-Kommunikation mit mir führen. Wenn ich ihm geschrieben hätte, dass ich in die Bar hinuntergehe, hätte er von mir wissen wollen, mit wem und worüber wir uns unterhielten … Er war weder besitzergreifend noch eifersüchtig, er war nur interessiert, doch es verdarb mir oft den Abend, wenn er mich mit SMS bombardierte, während ich versuchte, mich mit jemandem zu unterhalten. Und mir war bewusst gewesen, dass er im Wohnzimmer gesessen und sich gelangweilt und einsam gefühlt hatte, während Rory schlief. Er liebte Gesellschaft, liebte es, sich zu unterhalten. Ein Abend allein, nachdem er sich den ganzen Tag um Rory gekümmert hatte, war nicht das, was er sich unter Spaß vorstellte.

Ich hätte wieder auf mein Zimmer gehen und mit ihm reden können, doch das hatte ich nicht getan. Stattdessen hatte ich mit jemandem weitergetrunken, den ich kaum kannte. Ich hatte ihm sogar sein Abendessen bezahlt. Ich hatte mich dafür entschieden, anstatt mit meinem Ehemann zu sprechen.

Ich dachte an das Foto, das ich zugeschickt bekommen hatte, das Foto, auf dem ich David küsste oder auf dem David mich küsste, wie auch immer es sich zugetragen hatte. Und ich dachte an die Rechnung, das Beweisstück, dass ich mit jemand anderem zum Essen gegangen war, obwohl ich behauptet hatte, allein in meinem Zimmer zu sein. Dann wurde mir bewusst: Es hatte sich nur um eine Fotokopie gehandelt.

Wo befand sich das Original?

20

Am Abend kam Janet Boyd vorbei, die Inhaberin der von Sophies Mutter empfohlenen Putzfirma, und wir lernten uns bei der Besichtigung des Zustands meines Hauses kennen. Sie war eine ruhige, effiziente Frau, die mich sofort überzeugte.

»Wir kümmern uns für Sie darum«, sagte sie. »Machen Sie sich keine Gedanken. Gehen Sie am Morgen zur Arbeit, und wenn Sie zurückkommen, sieht hier alles aus wie neu. Wenn Sie mir jetzt einen Ersatzschlüssel geben, sorge ich dafür, dass er zur Rechnung gelegt wird.«

Es munterte mich auf, das zu hören. Meine eigene Unordnung zu beseitigen war schlimm genug, doch wohin ich auch blickte, sah ich, wo Joe in den vergangenen Tagen seine Finger gehabt hatte. Alles war halb fertig, halb aufgegessen, halb ausgetrunken. Er hatte die besten Absichten, aber was Hausarbeit anbelangte, besaß er die Aufmerksamkeitsspanne einer Mücke.

Rory rief mich an und erzählte mir vom Wiedersehen mit seinen Cousins; er war vor Aufregung völlig außer Atem, als er von ihren gemeinsamen Abenteuern berichtete, und er sagte mir, sein Dad würde mich später anrufen.

Ich arbeitete zu Hause bis in den Abend hinein, dann bestellte ich mir eine Pizza und beruhigte mein schlechtes

Gewissen wegen meiner ungesunden Ernährung, indem ich eine Vitamintablette nahm. Während ich auf die Essenslieferung wartete, legte ich mich aufs Sofa und starrte den Fernseher an; ich hätte nicht sagen können, was lief.

Das Festnetztelefon läutete. Erschrocken sprang ich vom Sofa auf und nahm den Hörer ab.

»Mum?«, sagte ich. Außer ihr rief mich niemand auf unserem Festnetzanschluss an.

Stille.

Ich sagte: »Hallo?«, erhielt aber immer noch keine Antwort. Ich warf einen Blick auf das Display und sah, dass die Nummer unterdrückt wurde. Ich seufzte. Wahrscheinlich handelte es sich um ein Schadensbüro, das mich überreden wollte, Schadensansprüche wegen eines Unfalls zu stellen, den ich gar nicht gehabt hatte. Einen Moment lang lauschte ich, ob die Hintergrundgeräusche eines Callcenters zu hören waren, doch es herrschte völlige Stille. Mit einem Stirnrunzeln legte ich auf. Es fing sofort wieder an zu läuten, ich hob ab und sagte abermals »Hallo?«, aber niemand antwortete.

Ich warf einen Blick auf die Uhr. Es war nach einundzwanzig Uhr. Callcenter durften doch zu dieser Tageszeit bestimmt nicht mehr anrufen? Dann klingelte es an der Haustür, und ich zuckte zusammen. Ich spähte durch das Guckloch, um nachzuschauen, wer es war – was ich selten tat, wenn Joe zu Hause war –, und sah, dass es sich nur um den Pizzalieferanten handelte. Ich nahm die Schachtel mit ins Wohnzimmer und wandte mich wieder dem Fernseher zu, hatte jedoch keinen Hunger mehr. Obwohl es noch früh war, hatte ich das Bedürfnis zu schlafen, deshalb stellte ich den Rest der Pizza in den Kühlschrank, schenkte mir ein Glas Wasser ein und ging nach oben.

Ohne Joe und Rory fühlte sich das Haus seltsam an. Ich stand in Rorys Zimmer und betrachtete seine Spielsachen, sein kleines Holzbett und sein Regal, das von Büchern überquoll, an die ich mich aus meiner eigenen Kindheit erinnerte. In diesem Moment hätte ich alles dafür gegeben, ihn dazuhaben, ihn küssen zu können, während er schlief, zu spüren, wie er sich wand und dann unter meiner Berührung zur Ruhe kam. Ich setzte mich kurz auf sein Bett und hielt mir sein Kopfkissen ins Gesicht, um den vertrauten Geruch einzuatmen, drückte es anstelle von ihm fest an mich. Als ich aufstand, um es zurückzulegen und seine Decke zu glätten, sah ich, dass sein kleiner Stoffhase Buffy noch da war, eingeklemmt zwischen Bett und Wand. Rory hatte jede Nacht seines Lebens mit diesem Hasen verbracht. Es musste ein Albtraum für Joe gewesen sein, ihn am heutigen Abend ohne ihn ins Bett zu bringen.

Nach einer raschen Dusche war ich bettfertig. Ich schaltete die Lampen auf beiden Seiten des Bettes an und rollte mich mit Buffy in den Armen unter der Decke ein. Dann rief ich Joe an, doch er hob nicht ab, und ich vermutete, dass er inzwischen mit Brendan und seinem Dad im Pub war, während seine glückliche Mum bei den Kindern blieb. Ich machte ein Foto von mir mit Buffy im Arm und schickte es Joe per MMS mit der Nachricht:

Sag Rory, dass ich gut auf Buffy aufpasse und dass wir es kaum erwarten können, bis ihr beiden wieder nach Hause kommt. xxx

Ich rechnete nicht mit einer Antwort an diesem Abend. Er hatte Brendan seit Monaten nicht mehr gesehen, und die beiden würden sich die ganze Nacht unterhalten. Ich schaltete meinen Kindle ein und fing an zu lesen, da ich wusste, ich würde binnen Minuten einschlafen.

Als ich gerade vom Schlaf übermannt wurde, ertönte auf meinem Telefon ein lautes Signal, das mich abrupt wieder zu Bewusstsein kommen ließ. In dem Glauben, dass Joe auf meine Nachricht antwortete, griff ich nach dem Telefon und hoffte, dass er mir ebenfalls ein Foto geschickt hatte.

Das hatte er nicht.

Das Display zeigte eine neue Instagram-Nachricht. Als ich den Absender sah, spürte ich Übelkeit in mir aufsteigen: *WatchingYou*. Wieder hieß es, die Person, die mir die Nachricht sendete, würde nur dann erfahren, dass ich ihre Anfrage gesehen hatte, wenn ich »zulassen« wählte.

Ich setzte mich im Bett auf, mein Magen vor Panik zusammengekrampft. Ich hielt den Atem an und wählte »zulassen«. Ich konnte mir die Nachricht unmöglich *nicht* ansehen.

Auf dem Display erschien ein Bild. Es handelte sich um ein Foto von mir, in einem Bett liegend. Meine Augen waren geschlossen, und ich sah aus, als würde ich schlafen.

Ein Laken war locker um meine Taille und um meine Beine gewickelt, und ich hatte nichts an – überhaupt nichts.

Das Foto war ungefähr fünf Sekunden lang auf meinem Display zu sehen, ehe es verschwand. Zurück blieben nur *WatchingYou* und *Foto nicht verfügbar*.

Meine Hände begannen zu zittern. Wann war dieses

Foto gemacht worden? Es handelte sich nicht um mein Bett zu Hause, so viel war sicher. Wir hatten ein weißes schmiedeeisernes Bettgestell, und das Bett auf dem Foto sah völlig anders aus.

Und dann wusste ich Bescheid. Vermutlich hatte ich es schon in dem Moment gewusst, in dem ich das Foto sah, hatte mich aber geweigert, es zu glauben. Ich legte mich im Bett wieder hin und vergrub das Gesicht im Kopfkissen. Es handelte sich um das Hotelzimmer, in dem ich in London gewohnt hatte, daran bestand für mich kein Zweifel. Das Bett dort hatte ein braunes Veloursleder-Kopfende gehabt, und bei dem Bett auf dem Foto handelte es sich eindeutig um dasselbe.

Ich konnte mich nicht erinnern, dass dieses Foto gemacht worden war. Wie viel hatte ich getrunken? Wie viel musste ich getrunken haben, dass ich mich vor einem anderen Mann entblößt hatte? Treue war Joe und mir enorm wichtig. Wir waren in der Vergangenheit beide betrogen worden; Treue war die eine Sache, bei der wir uns einig waren.

Sobald es dazu kommt, ist die Beziehung vorbei, ob der andere davon weiß oder nicht, hatte Joe gesagt, und ich hatte ihm zugestimmt.

Hieß das, dass meine Ehe vorbei war?

Dieser Gedanke brachte mich in Bewegung. Ich würde meine Ehe nicht sterben lassen, ohne mich zur Wehr zu setzen. Ich musste hinfahren. Ich musste noch einmal in dieses Hotelzimmer und herausfinden, woran ich mich erinnern konnte.

21

Freitag, 4. August

Am nächsten Tag war ich schon früh in der Arbeit. Ich hatte den größten Teil der Nacht wach gelegen und mir Sorgen wegen der Geschehnisse gemacht. Immer und immer wieder ging mir alles, was passiert war, durch den Kopf. Die Fotokopie der Rechnung. Das Foto, auf dem David mich küsste. Das Video von mir, in dem ich schreckliche Dinge über Joe sagte. Und jetzt das Nacktfoto. Ich hätte schreien können.

Um acht Uhr hatte ich Lucy angerufen.

»Lucy, ich bin's, Gemma. Ich muss Sie um einen riesigen Gefallen bitten. Hätten Sie heute Zeit?«

»Soll ich reinkommen? Ich kann meine Mutter bitten, Maisie nach der Schule zu sich zu nehmen. Ich könnte um zehn da sein, falls das was bringt.«

»Würden Sie das tun? Das wäre toll. Brian ist da, aber Sophie hat heute frei, und ich möchte nicht, dass Rachel bei den Verkäufen auf sich allein gestellt ist.«

Sie stimmte mir zu, und kurz nach zehn war sie tatsächlich da und bereit, den Tag zu beginnen.

»Ich muss wieder nach Hause«, sagte ich, als alle anwesend waren. »Meine Mum hat einen Termin im Krankenhaus, und ich habe ihr versprochen, sie zu begleiten. Das hatte ich völlig vergessen.«

»Nach Wirral?«, fragte Rachel. »In welchem Krankenhaus?«

Rachel und ich waren in derselben Stadt aufgewachsen, wobei ich sie damals nicht gekannt hatte, da ich acht Jahre älter war als sie und wir auf unterschiedliche Schulen gegangen waren. Als sie vor sechs Monaten zum Vorstellungsgespräch gekommen war, hatte ich ihren Bewerbungsbogen durchgelesen und die Schule erkannt, auf die sie gegangen war. Wir hatten uns eine Weile über die Gegend unterhalten. Sie hatte in Liverpool studiert, während ich unbedingt von dort wegwollte und nur für gelegentliche Besuche zurückkehrte.

»Arrowe Park.« Aus dem Stegreif fiel mir kein anderes Krankenhaus ein.

»Kennen Sie sich in der Gegend aus, Rachel?«, fragte Lucy.

Rachel nickte. »Wir kommen beide aus New Brighton.«

»Tatsächlich? Das wusste ich gar nicht. Kannten Sie sich schon, bevor Sie hier angefangen haben zu arbeiten?«

»Nein«, entgegnete ich. »Ich bin ein gutes Stück älter, und wir sind auf unterschiedliche Schulen gegangen.«

»Fahren Sie noch oft dorthin?«, wollte Lucy von Rachel wissen. »Wohnen Ihre Eltern noch dort?«

»Nein, meine Mum …« Rachel lief plötzlich knallrot an und sah aus, als würde sie jeden Moment anfangen zu weinen. »Meine Mum ist vor ein paar Monaten gestorben.«

»Rachel ist nicht lange nach dem Tod ihrer Mutter zum Arbeiten hier runtergekommen«, erklärte ich Lucy. Ich wollte es Rachel ersparen, etwas dazu sagen zu müssen, wenn sie nicht wollte. »Es ist noch ganz frisch.« Ich sah Rachel mitfühlend an. »Das muss wirklich hart gewesen sein.«

»Das war es.« Sie begegnete meinem Blick und wirkte dabei stolz und verletzlich zugleich. »Das kann sich keiner vorstellen.«

Lucy machte eine Bewegung, als wolle sie Rachel umarmen, doch die eilte in Richtung Toilette davon.

»Was ist mit ihrem Dad?«, fragte Lucy mit leiser Stimme.

»Ihre Eltern waren geschieden, und er lebt mit seiner zweiten Frau inzwischen im Ausland«, flüsterte ich. »In Neuseeland, glaube ich. Sie sieht ihn nicht.«

Lucy zuckte zusammen. »Ich weiß nicht, wie man so etwas als Elternteil tun kann. Arme Rachel, sie ist doch noch keine dreißig.«

Ich nickte. »Sie hat es mir beim Vorstellungsgespräch erzählt. Ich glaube nicht, dass sie etwas sagen wollte, aber als wir uns anschließend unterhielten, fragte ich sie, wie es war, während ihres Studiums zu Hause zu wohnen. Sie erzählte mir, dass sie ihre Mutter bis zu deren Tod ein paar Monate zuvor gepflegt hatte.« Ich dachte an Rachel an jenem Tag. Sie war so jung gewesen, gerade einmal vierundzwanzig, aber perfekt gekleidet, mit einem Hosenanzug und hohen Absätzen. Man hatte ihr angemerkt, dass sie Angst hatte zu scheitern. Ich hatte damals Mitleid mit ihr gehabt, dass sie ohne ihre Eltern zurechtkommen musste. Sie brachte alle Voraussetzungen für den Job mit, und ich bot ihn ihr an Ort und Stelle an. Jetzt hatte ich richtige Gewissensbisse, dass ich damals nicht mehr mit ihr über ihre familiäre

Situation gesprochen hatte, doch sie war so zurückhaltend gewesen, dass es einfach nicht angebracht schien. »Ich muss los, Lucy. Kümmern Sie sich um sie?«

Sie nickte. »Natürlich, keine Sorge. Gehen Sie nur.«

Ich rief den anderen zum Abschied zu und machte mich auf den Weg, wobei ich mich schuldig fühlte, weil ich sie angelogen hatte, was mein Ziel anbelangte. Als ich in meinem Wagen saß und Richtung Bahnhof fuhr, vergaß ich sie jedoch sofort. Ich hatte etwas zu erledigen.

22

Es war wie eine Wiederholung des Tages vor sechs Wochen, an dem ich den Zug von Chester nach London genommen hatte. Der Zug zur Euston Station war genauso überfüllt, und ich saß eingequetscht neben einer Mutter mit zwei Kindern, die mehr herumzappelten als alle Kinder, die ich kannte. Als ich zusah, wie die Mutter den beiden aus einem Buch vorlas und sie sich dabei an ihren Armen festklammerten, sodass sie kaum umblättern konnte, sehnte ich mich nach Rory. Ich musste ihn unbedingt sehen.

Ich schickte Joe eine Nachricht:

> Vermisse euch beide. Habt ihr eine gute Zeit? Machst du bitte ein Foto von Rory für mich? xx

Er antwortete sofort:

> Vermisse dich auch. Gehe gleich mit Brendan aus. Mum passt auf die Kids auf. Sie hat sie mit in die Stadt genommen und dann in ein Café zum Mittagessen. Schicke später ein Foto. xx

Ich warf einen Blick auf die Uhr. Vor neunzehn Uhr würde ich nicht wieder zu Hause sein. Ich würde seine Mutter anrufen, wenn die Kinder im Bett waren, da ich sie nicht stören wollte, während sie Zeit mit ihnen allein verbrachte. Ich versuchte, den Gedanken auszublenden, dass ich die einzige Person zu sein schien, die nie Zeit alleine mit Rory verbringen konnte.

Tränen kribbelten in meinen Augen, als ich eine weitere Nachricht schickte:

> Ist mit Rory alles in Ordnung? Ist er glücklich? Konnte er letzte Nacht schlafen? xx

Binnen Sekunden vibrierte mein Telefon.

> Glücklich? Er ist in Ekstase. Muss los, bis heute Abend. xx

Ich schloss die Augen und stellte mir vor, wie Rory mit seinen älteren Cousins herumtobte. Joe hatte recht: Rory war sicher in seinem Element.

Und dann überlegte ich, wie Joe reagieren würde, wenn er erfuhr, was mir in London zugestoßen war. Panik stieg in mir auf, als ich mir seinen Gesichtsausdruck vorstellte, wenn er das Foto zu sehen bekäme, das ich am Abend zuvor erhalten hatte. Ich durfte es nicht dazu kommen lassen.

Von der Euston Station ging ich auf direktem Weg zum Hotel, die Tottenham Court Road entlang wie ein paar Wochen zuvor. Meine Stimmung war dieses Mal anders. Ich wusste, dass ich mit den Informationen, die ich hatte, irgendetwas tun musste, was auch immer heute passieren würde. Ich wusste, dass ich zur Polizei gehen sollte, doch dann würde Joe von der Sache erfahren. Das wäre unvermeidlich. Ich würde alles tun, um das zu verhindern.

An der Rezeption des Hotels war viel Betrieb, als ich dort ankam. Ich stand eine Zeit lang am Eingang herum, dann beschloss ich, einen Blick in die Bar zu werfen, bevor ich mit der Rezeptionistin sprach, die gerade Dienst hatte.

Die Bar war öffentlich zugänglich. Es gab keine Bedienung, nur einen riesigen Mahagoni-Tresen, der an einer Wand entlang verlief. Ich hielt nach Angestellten Ausschau, die mir bekannt vorkamen, sah jedoch niemanden, und außerdem hätten sie mich ohnehin nicht erkannt. Bei meinem letzten Besuch hatten sich wahrscheinlich ein paar hundert Leute in der Bar gedrängt; es gab keinen Grund, weshalb sich jemand an mich hätte erinnern sollen.

Heute war genug Platz, da nur kleine Gruppen von Geschäftsleuten und Touristen im Raum verstreut waren. Ich bestellte einen Orangensaft und setzte mich an einen Tisch an der Wand. An jenem Abend war ich nach unten gegangen, um nachzusehen, ob jemand da war, den ich kannte. Als ich Liam entdeckte, hatte ich mir bereits zwei Drinks geholt gehabt, und ich erinnerte mich, wie ich versucht hatte, mich vor ihm zu verstecken. Jetzt wünschte ich mir, ich hätte mich mit ihm unterhalten, hätte mich zu seinen Kollegen gestellt und zugehört, wie sie mit Verkaufszahlen prahlten, anstatt mich mit David zu betrinken. Was hatte ich mir dabei gedacht?

Nachdem ich meinen Orangensaft ausgetrunken hatte, ging ich ins Restaurant hinüber, das sich auf der anderen Seite des Rezeptionsbereichs befand. Ich blieb im Eingang stehen und warf einen Blick hinein. Ich glaubte, noch zu wissen, wo ich gesessen hatte, doch dann wurde mir bewusst, dass ich mir nicht sicher war, und ich runzelte die Stirn. Wie war es möglich, dass ich mich daran nicht erinnern konnte? Wenn Kunden ins Büro kamen, erinnerte ich mich noch Jahre später, welches Haus ich ihnen verkauft hatte und zu welchem Preis. Warum wusste ich nach gerade einmal sechs Wochen nicht mehr, an welchem Tisch ich gesessen hatte?

Ich nahm die Speisekarte in die Hand, die auf dem freien Tisch neben mir lag, und studierte sie. Es war, als hätte ich sie noch nie zuvor gesehen. Ich dachte an die Gerichte auf der Rechnung, an das Hühnchen und das Steak. Ich konnte mich nicht mehr erinnern, was davon ich gegessen hatte und was David. Am liebsten hätte ich beide Gerichte bestellt, nur um zu sehen, ob ich mich erinnern konnte, wenn ich sie vor mir hatte, doch allein bei der Vorstellung wurde mir übel.

Ich verließ das Restaurant und wartete am Empfangstresen, bis die Rezeptionistin frei war.

»Dürfte ich den Hotelmanager bitte kurz unter vier Augen sprechen?«, fragte ich.

Sie runzelte die Stirn, ging dann jedoch durch eine Tür hinter der Rezeption und kam wenig später mit einer Frau mit eleganter silbergrauer Kurzhaarfrisur und gehetztem Gesichtsausdruck wieder heraus, die mich grüßte und in ein kleines Büro seitlich neben dem Empfangstresen bugsierte.

»Wie kann ich Ihnen helfen?«

»Ich habe eine ungewöhnliche Bitte, fürchte ich. Ich frage mich, ob es vielleicht möglich wäre, das Material aus ihrer Videoüberwachung zu sichten. Ich habe vor einiger Zeit hier übernachtet und muss einen Mann identifizieren, mit dem ich zu Abend gegessen habe.«

Sie wirkte überrascht. »Ihn identifizieren?«

Ich schluckte. Ich wusste nicht, wie ich es anders formulieren sollte. »Ich dachte, ich wüsste, wer er ist, aber ich habe mich anscheinend getäuscht.«

Jetzt wirkte sie völlig verwirrt.

»Ich war für ein Fortbildungsseminar am vierundzwanzigsten Juni hier«, erklärte ich. »Ich habe am dreiundzwanzigsten hier übernachtet und bin am Abend einem Mann begegnet, den ich von zu Hause kannte. Ich bin Immobilienmaklerin, und er ist ein Kunde von mir.« Ich zögerte. Mein Gesicht brannte. »Und ich glaube, an jenem Abend ist etwas passiert. Ich glaube, er war in meinem Zimmer.«

»Ohne Ihr Einverständnis?«

»Die Sache ist die, ich war ziemlich betrunken. Normalerweise trinke ich nicht viel, aber ich war richtig, richtig betrunken. Am nächsten Tag habe ich mich schrecklich gefühlt.«

Sie zuckte zusammen. »Und Sie denken, er ist anschließend mit auf Ihr Zimmer gekommen? Hat er Sie verletzt?«

»Nein, nicht verletzt. Ich hatte am nächsten Tag einen Kater. Es ist nur …« Plötzlich hatte ich das Bedürfnis, ihr alles zu erzählen. Ich wollte es irgendjemandem erzählen. Ich hatte es satt, dass mir ständig diese Gedanken durch den Kopf gingen. »Er hat mir Fotos geschickt«, sagte ich schnell. »Ich muss ihn kontaktieren und ihm sagen, dass er sie löschen soll.«

»Fotos?« Sie sah meinen Gesichtsausdruck und verstand. »Verfängliche Fotos?«

Ich nickte beschämt. »Ich war nackt.«

»Und Sie haben dem nicht zugestimmt?«

»Um Himmels willen, nein!«, sagte ich. »Ich kann mich nicht einmal erinnern, dass er sie gemacht hat.«

Sie war sichtlich entsetzt. »Ist Ihnen bewusst, dass er gegen das Gesetz verstoßen hat? Sie sollten zur Polizei gehen.«

»Nein. Das geht nicht.«

Sie warf einen Blick auf meinen Ehering. »Man kann das auch diskret handhaben.«

»Es wäre etwas anderes, wenn ich der Polizei ein Bild von ihm zeigen könnte. Was er mir gesagt hat, war alles gelogen: sein Name, seine Adresse, seine Telefonnummer … Wenn ich ein Foto von ihm hätte, würde mir das wirklich helfen. Und deshalb habe ich mich gefragt, ob Sie Überwachungsvideos von jenem Abend haben.«

»Vom dreiundzwanzigsten Juni?« Sie schüttelte den Kopf. »Tut mir leid, aber das war vor über einem Monat. Wir bewahren die Aufzeichnungen einunddreißig Tage auf, und dann werden sie gelöscht. Das tun wir auf Anraten der Polizei. Unser System ist so programmiert, dass nach diesem Zeitraum alles automatisch gelöscht wird.«

Meine Gedanken überschlugen sich. Er hatte mir das Foto und das Video mehr als einen Monat nach meiner Rückkehr aus London geschickt. Offenbar hatte er gehofft, dass ich dann nicht mehr in der Lage wäre, an Überwachungsvideos zu gelangen.

»Tut mir wirklich leid«, sagte sie. »Ehrlich. Was er getan

hat, ist schockierend. Illegal. Ich habe Verständnis dafür, dass es Ihnen widerstrebt, die Polizei einzuschalten, aber ich finde, Sie sollten es unbedingt tun.«

»Ich überlege es mir.« Ich erhob mich, um zu gehen. »Trotzdem danke.« Ich nahm meine Handtasche, dann fiel mir noch etwas ein. »Ich weiß nicht, ob Sie darüber Bescheid wissen: Ich habe hier im Restaurant ein Abendessen bezahlt und offenbar vergessen, die Rechnung mitzunehmen. Vier Wochen nach meinem Aufenthalt wurde mir eine Fotokopie der Rechnung zugeschickt.«

Als ich mich das sagen hörte, wurde mir plötzlich bewusst, dass ich sie nicht vom Hotel zugesandt bekommen hatte. Warum hätten sie vier Wochen warten sollen, um einem Gast, den sie nicht einmal kannten, eine Rechnung zuzusenden?

Sie runzelte die Stirn. »Wer hat sie Ihnen denn geschickt?«

»Ich dachte, Sie«, sagte ich und kam mir töricht dabei vor.

»Das Restaurant ist ein Franchise-Unternehmen«, erklärte sie. »Es gehört nicht zu uns. Wir vermieten den Betreibern nur die Räumlichkeiten. Wir haben keine Verbindung zu ihnen. Wenn jemand seine Rechnung im Restaurant liegen lässt, erfahren wir nicht davon. Und außerdem ist das Restaurant öffentlich zugänglich. Das Personal konnte also gar nicht wissen, ob Sie hier gewohnt haben oder nicht. Wir haben Ihre Adresse ganz bestimmt nicht weitergegeben.«

Also hat er *sie mir geschickt. Warum hat er das getan?*

Ich stand einen Moment schweigend da und versuchte zu begreifen, was vor sich ging.

»Ich weiß, das mag seltsam klingen«, sagte ich, »aber dürfte ich vielleicht einen Blick in das Zimmer werfen, in dem ich übernachtet habe, falls es gerade frei ist?«

Sie wirkte leicht überrascht, klickte jedoch mit ihrer Maus irgendetwas auf dem Computer an, der auf dem Schreibtisch stand, und fragte: »In welchem Zimmer waren Sie denn untergebracht?«

»Das weiß ich nicht mehr. Tut mir leid, ich kann mich nicht erinnern.« Ich runzelte die Stirn. »Mein Gedächtnis ist in letzter Zeit richtig schlecht.«

Sie blickte mit besorgtem Gesichtsausdruck auf.

»Das liegt nur an der Arbeit«, erklärte ich. »Ich bin selbstständig und habe momentan eine Menge Stress.«

»Oh, das ist bestimmt hart für Sie.« Sie fragte mich nach meinem Namen und durchsuchte die Datenbank, indem sie nach unten scrollte. »Das Zimmer ist frei, aber ab heute Abend ist jemand eingebucht. Die Gäste kommen allerdings spät an, weil sie erst am Abend in Heathrow landen.« Sie nahm ihren Schlüsselbund. »Kommen Sie, ich bringe Sie hin. Sie waren in Zimmer 912.«

Als sie das sagte, fiel es mir wieder ein. Wir fuhren mit dem Aufzug in die neunte Etage, und als wir ausstiegen, kehrte meine Erinnerung schlagartig zurück.

Hier war ich gestolpert, nicht wahr? Ich erinnerte mich, dass ich die Hand ausgestreckt und das Geländer gepackt hatte. Bei dem Gedanken daran, dass ich mich lächerlich gemacht hatte, errötete ich vor Scham. Dann hörte ich Davids Stimme, wie er lachte und sagte: »Langsam, Schätzchen!«

Schätzchen? *Schätzchen?*

Wir gingen den Korridor entlang zu meinem Zimmer. Erinnerungen kehrten zurück, wenngleich diese von meiner Ankunft am frühen Abend und nicht vom späteren Abend waren. Als wir uns dem Zimmer näherten, fühlte ich mich ausgesprochen unwohl.

Die Hotelmanagerin berührte das Türschild mit ihrer Karte und drehte sich dann, als ein grünes Licht aufleuchtete, zu mir um. »Okay?«

Ich nickte zögerlich.

Sie machte die Tür auf. Ich blieb in der Türöffnung stehen und warf einen Blick ins Zimmer. Die Vorhänge waren halb zugezogen, und es war dunkel und kühl. Sie schaltete das Licht ein, und ich betrat den Raum. Er kam mir bekannt vor. Als ich den Veloursledebezug des Bettgestells sah, zuckte ich zusammen.

»Alles in Ordnung?«

Ich nickte abermals. »Es ist das Bett, das auf dem Foto zu sehen ist.« Bei dem Bett handelte es sich um ein Boxspringbett; es war nicht möglich, dass etwas darunterrollte. Ich ging hin, dann drehte ich mich um und betrachtete den Rest des Zimmers. Die Minibar befand sich unter dem Schreibtisch. »Mir wurden drei Flaschen Wasser berechnet, aber ich bin mir sicher, dass ich mir nur zwei genommen habe.«

»Oh, das tut mir leid. Sie hätten uns das sagen sollen, dann hätten wir Ihre Rechnung geändert.«

»Das meine ich nicht. Ich versuche nur, mir zusammenzureimen, was geschehen ist. Kann bei so etwas ein Fehler passieren?«

»Eigentlich nicht«, entgegnete sie. »Das System ist automatisiert, aber wir lassen das auch noch vom Personal kontrollieren, das die Zimmer reinigt.«

»Ich muss mich getäuscht haben«, sagte ich, wusste jedoch, dass dem nicht so war. Dann drehte ich mich zur Tür. »Danke, dass Sie mir das Zimmer gezeigt haben. Ich weiß das wirklich zu schätzen.« Ich blieb in der Türöffnung stehen und blickte mich noch einmal um.

»Alles okay?«, erkundigte sie sich.

Ganz am Rand meines Bewusstseins war etwas, das meinem Gedächtnis nachhelfen wollte und das sich irgendwie verkehrt anfühlte, doch ich kam nicht darauf, worum es sich handelte. Das Zimmer war sauber, aufgeräumt und neutral, genau wie jedes andere Hotelzimmer. Ich zuckte mit den Schultern und sagte: »Ja, alles okay, danke.« Sie schaltete das Licht aus, und wir gingen.

23

Die Zugfahrt nach Hause kam mir lang vor. Zum Glück blieb der Platz neben mir frei, sodass ich still dasitzen, aus dem Fenster schauen und darüber nachdenken konnte, was seit meinem letzten Besuch in London passiert war. Es hatte gutgetan, mit der Hotelmanagerin zu sprechen, aber jetzt wurde mir wieder bewusst, wie alleine ich war. Wenn ich die Polizei hinzuzog, würde Joe es sofort erfahren. Ich hätte wirklich gern mit Caitlin gesprochen, doch sie war weg, um Ben zu besuchen, und außerdem hätte sie womöglich das Gefühl gehabt, Joe einweihen zu müssen. Und meiner Mutter konnte ich es auch nicht erzählen. Ich schauderte. Wie sie darauf reagieren würde, wollte ich mir lieber nicht vorstellen.

Ich fühlte mich völlig erschöpft, als ich vom Bahnhof nach Hause fuhr. Einerseits wollte ich unbedingt wissen, was David im Schilde führte, andererseits hatte ich Angst davor, es zu erfahren. Ich zog sogar in Betracht, Joe einzuweihen, ihn anzurufen, während er sich in sicherer Entfernung in Irland aufhielt, und ihm einfach alles zu erzählen. Eigentlich erzählte man so etwas nicht am Telefon, aber wie hätte ich es von Angesicht zu Angesicht tun sollen? Meine Kehle brannte, als ich an das Video dachte, in dem ich gesagt hatte, ich hätte ihn nicht geheiratet, wenn ich vorher

Bescheid gewusst hätte. Das durfte ihm auf keinen Fall zu Ohren kommen. Ich schämte mich so sehr. Jeder verliert hin und wieder die Geduld mit seinem Partner, aber unter normalen Umständen hätte ich niemals so über ihn gesprochen.

Als ich endlich zu Hause ankam, machte ich die Eingangstür auf und blieb wie angewurzelt stehen.

Im Haus roch es anders als sonst; ein zitroniger Geruch hing in der Luft, bei dem Joe zu seinem Inhalator gegriffen hätte, wenn er hier gewesen wäre. Und dann sah ich meinen Ersatzschlüssel und eine Rechnung auf der Kommode im Flur liegen und erinnerte mich, dass die Putzfirma da gewesen war.

Ich ging von Zimmer zu Zimmer und öffnete Fenster, um den Geruch loszuwerden, bewunderte dabei jedoch, wie toll es überall aussah. Das Haus war viel gründlicher geputzt und gebohnert worden, als Joe und ich es jemals geschafft hätten. Die Küche war makellos, der Geschirrspüler ausgeräumt. In den Schlafzimmern war in den Schubladen für Ordnung gesorgt worden, und saubere Wäsche war aufgeräumt worden.

Ich wäre den Reinigungskräften am liebsten um den Hals gefallen. Als ich einen Blick auf die Rechnung warf, wurde ich allerdings bleich. Ich hatte darum gebeten, alles Nötige zu erledigen, und dem war Folge geleistet worden, aber das hatte mich einiges gekostet. Als ich mich jedoch in der blitzblanken Küche und dem makellosen Wohnzimmer umblickte und auf den Fensterbrettern die Vasen voller Blumen aus dem Garten sah, wurde mir bewusst, dass sich jeder Penny gelohnt hatte.

Auf meinem Telefon ertönte das Signal einer Nachricht von Joe. Er hatte mir ein Foto geschickt, das sein Bruder gemacht hatte. Es zeigte ihn mit einem Glas Bier und einem riesigen Teller mit Sandwichs auf einem Liegestuhl. Im Hintergrund spielte seine Mutter mit Rory Tennis.

Wie läuft's? Wir vermissen dich. Kann es kaum erwarten, dich wiederzusehen.

Ich konnte es auch kaum erwarten.

Nachdem ich das Haus abgeschlossen und mir einen kleinen Snack zubereitet hatte, ging ich nach oben ins Bett. Es war toll, das Haus so sauber und aufgeräumt zu sehen – als bekäme man ein riesiges Geschenk überreicht. Ich schlüpfte mit dem Vorsatz, früh zu schlafen, unter die frisch gewaschene Bettdecke und rief Joe und Rory an. Rory lag ebenfalls schon im Bett, als er mir erzählte, was er alles unternommen hatte. Es war ein komisches Gefühl, zur selben Zeit schlafen zu gehen wie mein dreijähriger Sohn, doch die Aussicht auf eine lange Nacht war wunderbar. Ich schaltete das Licht ein, obwohl es im Zimmer noch nicht dunkel war, und machte es mir mit meinem Kindle bequem. Dann schickte ich Lucy eine SMS, um ihr mitzuteilen, dass ich am Vormittag arbeiten würde, stellte mir den Wecker auf sieben Uhr und schlief kurz darauf ein.

In den frühen Morgenstunden schreckte ich aus dem Schlaf hoch. Mein Herz hämmerte, und einen Moment lang wusste ich nicht, wo ich mich befand. Ich hatte nicht geträumt; es war, als wäre im Schlaf eine Erinnerung zurückgekehrt.

Mir fiel ein, dass ich im Hotel die Lampen angeschaltet

hatte, bevor ich hinunter in die Bar gegangen war, damit es im Zimmer nicht dunkel wäre, wenn ich zurückkam. Daran konnte ich mich deutlich erinnern. Die Lampen hatten auf den integrierten Nachttischen auf beiden Seiten des Bettes gestanden und eine kleine silberfarbene Kette besessen, an der ich gezogen hatte, um sie anzuschalten. Ich konnte mich sogar an die Bewegung erinnern, als ich den Arm ausgestreckt und an den beiden Ketten gezogen hatte. Eine davon hatte ein bisschen geklemmt, und ich hatte die Lampe festhalten müssen, damit ich fester daran ziehen konnte. Mit dem Lichtschalter neben der Tür hatte sich nur die Deckenlampe ein- und ausschalten lassen. Das war mir am Tag zuvor wieder aufgefallen, als mir das Zimmer gezeigt wurde.

Als ich an jenem Morgen im Juni im Hotelbett aufgewacht war, mit einem furchtbaren Kater und dem schlimmsten Durst, den ich jemals gehabt hatte, waren diese Lampen ausgeschaltet gewesen. Ich hatte sie nicht ausgeschaltet. Auf diese Idee wäre ich niemals gekommen. Das Licht brennen zu lassen war eine Angewohnheit von mir, gegen die ich nichts tun konnte. Ich konnte im Dunkeln einfach nicht schlafen, ganz egal, wo ich mich befand. Joe und Rory hatten sich daran gewöhnen müssen, wobei ich Rory natürlich nie gesagt hatte, warum das so war.

Ich blickte mich in meinem Zimmer um. Die beiden Nachttischlampen brannten, und die Tür zum angrenzenden Bad stand offen; ich ließ dort immer das Licht über dem Spiegel eingeschaltet. Draußen auf dem Treppenabsatz brannte das Licht die ganze Nacht, obwohl ich mit geschlossener Tür schlief, wenn Rory nicht zu Hause war.

So war es immer. So musste es sein.

24

Samstag, 5. August

Am nächsten Morgen in der Arbeit fiel es mir schwer, den Schein zu wahren, dass alles in Ordnung war.

»Sie sehen müde aus«, stellte Rachel sofort nach meinem Eintreffen fest. »War bei Ihrer Mutter alles okay?«

Einen Moment lang fragte ich mich, wovon sie sprach, dann erinnerte ich mich an die Lüge, die ich am Tag zuvor benutzt hatte. »Mir geht's gut, danke. Bei ihr ist auch alles okay.«

Ich sah, wie sie mir von der Seite einen Blick zuwarf, ignorierte sie jedoch und machte mir an meinem Computer zu schaffen. Sie kam zu meinem Schreibtisch, und ich rechnete schon damit, dass sie weitere Fragen stellen würde, doch sie sagte nur: »Könnten Sie Mr. und Mrs. Hudson für einen Besichtigungstermin vormerken? Ich habe ihre Daten ins System eingegeben.«

Ich setzte gerade zu einer Antwort an, als mein Telefon in meiner Handtasche vibrierte, die in der Schreibtischschublade lag. »Entschuldigung«, sagte ich. »Ich muss nachsehen, ob das Joe ist.«

Sie ging zu ihrem Schreibtisch zurück, und ich holte mein Telefon heraus.

Mir rutschte das Herz in die Hose. Auf dem Display war eine Instagram-Nachricht von *WatchingYou* zu sehen. Ich schloss kurz die Augen. Dieser Name war so passend. Ich gab mir Mühe, an irgendetwas anderes zu denken.

Ich warf Rachel einen Blick zu. »Dauert nicht lange.« Dann tippte ich auf die »Zulassen«-Schaltfläche.

Unsere Internet-Verbindung war immer ziemlich langsam, und es schien ewig zu dauern, bis das Foto auf mein Telefon heruntergeladen war. Ich hielt den Atem an. Langsam, beinahe Pixel um Pixel, offenbarte sich das ganze Foto.

Ich lag wieder auf dem Hotelbett, doch dieses Mal war ich völlig nackt. Nicht einmal eine Decke oder ein Laken bedeckte mich. Mein Gesicht war ausdruckslos. Ich blickte weder finster drein noch lächelte ich; ich starrte einfach die Person an, die das Foto machte.

Während ich das Foto ungläubig betrachtete, verschwand es plötzlich, und sofort ging eine weitere Nachricht ein, die das Telefon abermals vibrieren ließ.

Diesmal handelte es sich um einen Screenshot meiner Facebook-Seite, der diese so zeigte, wie sie ausgesehen hatte, als ich sie am Morgen aufgerufen hatte. Binnen weniger Sekunden war auch sie verschwunden.

Ich schleuderte das Telefon in die Schublade.

»Was ist denn los?«, erkundigte sich Brian. Er kam zu meinem Schreibtisch. »Alles in Ordnung mit Ihnen, Gemma?«

Ich konnte nicht antworten. Das Einzige, woran ich denken konnte, war, wie ich mich fühlen würde, wenn jemand dieses Foto von mir auf Facebook posten würde, sodass es alle meine Freunde sehen konnten. Sodass meine Mum und mein Dad es sehen konnten. Sodass Joe es sehen konnte.

»Sie zittern ja«, stellte Rachel fest. »Was ist denn los?«

Ich schüttelte den Kopf. »Schon okay. Es ist nur …«

Sie sahen mich erwartungsvoll an, doch mir hatte es die Sprache verschlagen. Was konnte ich sagen? Und mir fiel ein, dass sie alle auf Facebook mit mir befreundet waren. Ich nahm mein Telefon aus der Schublade. »Geben Sie mir bitte einfach ein paar Minuten, ja?« Ich ging zur Hintertür hinaus auf den Parkplatz, sah auf Facebook nach und stieß einen Seufzer der Erleichterung aus. Das Foto war nicht da. Ich überflog die Benachrichtigungen, entdeckte aber nichts Ungewöhnliches. Anschließend deaktivierte ich mein Profil. Auf dem Weg zurück ins Büro machte ich kehrt, ging wieder nach draußen und deaktivierte auch noch mein Twitter- und mein LinkedIn-Profil. Bei meinem Instagram-Account zögerte ich. Ich war mir nicht sicher, was ich tun sollte – sollte ich diesen ebenfalls löschen, damit er sich einen anderen Weg suchen musste, um mich zu kontaktieren? Ich blickte auf das Display und rang um eine Entscheidung, doch dann rief Brian meinen Namen und erkundigte sich, ob mit mir alles in Ordnung sei, und ich schob mein Telefon wieder in die Tasche. Ich würde mich später entscheiden.

Als ich an meinen Schreibtisch zurückkehrte, ging Rachel zum Kühlschrank, nahm eine Flasche Wasser heraus und reichte sie mir wortlos. Ich war ihr dankbar dafür; schließlich konnte ich ihr nicht erzählen, warum ich so heftig reagiert hatte. Mein Kopf pochte, und mir wurde bewusst, wie dumm es von mir war, mir alles selbst aufzubürden.

»Rachel«, sagte ich unvermittelt, »könnten Sie das Meeting leiten?«

»Ich?« Sie wirkte verdutzt.

»Das wäre eine gute Erfahrung für Sie. Dann könnten Sie in Zukunft immer für mich einspringen, wenn ich nicht in der Arbeit bin.«

Sie errötete, und ich sah, dass sie stolz war. »Ja, natürlich.« Dann rief sie den anderen zu: »Unser Meeting beginnt in zehn Minuten!«

Sie setzte sich zu mir an meinen Schreibtisch, und ich ging die Besichtigungsanfragen mit ihr durch. Ich erklärte ihr, in welcher Reihenfolge wir vorgehen sollten, und schlug vor, wer welche Aufgabe übernehmen sollte. Sie fotokopierte die Unterlagen und notierte sich ein paar Stichpunkte.

»Okay«, sagte ich, nachdem sich alle meine Angestellten um den Tisch versammelt hatten. »Bitte entschuldigen Sie den verspäteten Beginn. Von jetzt an leitet Rachel unsere Meetings. Rachel, ich übergebe an Sie.«

Ich lehnte mich zurück und trank meine Flasche Wasser. Dabei hörte ich Rachel Aktivitäten vom Vortag rekapitulieren und mit den anderen Mitarbeitern Ziele für den Tag formulieren, doch meine Gedanken kreisten währenddessen nur um die Nachrichten, die ich erhalten hatte.

Ich hatte noch niemals zuvor ein solches Foto von mir machen lassen. Frauen, die Männern intime Fotos von sich zukommen ließen, hatte ich immer für verrückt gehalten; diese Fotos konnten noch lange nach dem Ende der Beziehung überall auftauchen. Ich wollte mir nicht einmal vorstellen, wie betrunken ich gewesen sein musste, um das zugelassen zu haben. Bei dem Gedanken, dass das Foto bei Facebook landen könnte, krampfte sich mein Magen vor Angst zusammen. Ich war heilfroh, dass ich meinen Account deaktiviert hatte, obwohl mir bewusst war, einige meiner Freunde würden sich fragen, warum. Ich würde mir irgendeinen Grund einfallen lassen müssen, da ich Facebook seit Jahren nutzte.

Wie es mir gelang, während des Meetings keine Miene zu verziehen, war mir ein Rätsel. Dabei dachte ich die ganze Zeit: *Ich muss zur Polizei gehen.*

Als das Meeting zu Ende war, bedankte ich mich bei Rachel und ging schnell an meinen Schreibtisch zurück. Ich nahm mein Telefon aus der Tasche, um noch einmal nachzusehen. Der Inhalt beider Nachrichten war weg. Hatte sich in Luft aufgelöst. Es waren nur noch der Name *WatchingYou* und zweimal der Hinweis *Foto nicht verfügbar* zu sehen.

Und dann wurde mir mit einem Mal bewusst, dass ich darauf antworten konnte. Das war mir nicht früher eingefallen, weil die Nachrichten verschwunden waren. Ich klickte auf die Nachricht-Schaltfläche und tippte:

Was wollen Sie von mir?

Ich stellte mein Telefon auf volle Lautstärke und legte es in meine Schreibtischschublade. Mein Herz hörte nicht auf zu rasen, während ich versuchte zu arbeiten und dabei den ganzen Vormittag auf einen Signalton wartete.

Keine Antwort.

25

Joe rief später am Nachmittag an. Ich befand mich gerade mitten im Gespräch mit Erstkäufern und musste seinen Anruf ignorieren. Er hinterließ keine Nachricht auf meiner Mailbox, sondern schickte nur eine SMS, in der es hieß: *Alles okay.* Er wusste, dass ich jedes Mal in Panik geriet, wenn er anrief und ich nicht ans Telefon gehen konnte, weil ich glaubte, dass mit Rory womöglich etwas nicht stimmte. Als ich das Büro verließ, setzte ich mich ins Auto und beschloss, ihn anzurufen, anstatt zu warten, bis ich zu Hause war.

»Hey, Schatz«, sagte er, und mir wurde warm ums Herz.

»Ich habe dich wirklich vermisst.« Ich hörte meine Stimme beben.

Er lachte. »Ich habe dich auch vermisst. Aber es war toll, Brendan wiederzusehen. Und hey, du wirst es nicht glauben, er hat vor, wieder hierher zurückzuziehen.«

»Nach Irland? Tatsächlich? Mit Sarah?«

»Natürlich mit Sarah! Die ganze Familie. Sie wollen zurück in die Heimat.«

»Sarah ist doch gar keine Irin.«

»Ich weiß, aber seit ihre Eltern nach ihrer Pensionierung nach Spanien ausgewandert sind, hat sie keine Bindung mehr an England.«

Mir wurde schwer ums Herz. Ich wusste, ich stand jetzt unter Druck. »Also, bei mir ist alles okay«, sagte ich in dem passiv-aggressiven Versuch, die unvermeidliche Diskussion über einen Umzug nach Irland abzuwenden.

»Entschuldige, Gem! Ich habe dich nicht vergessen. Ich wollte dir nur erzählen, was es Neues von Brendan gibt. Was hast du denn so gemacht? Wie geht's dir?«

»Ach, okay. Hier war ziemlich viel los.«

»Du Arme. Sieh zu, dass du früh ins Bett gehst.«

Meine Gedanken huschten zur vergangenen Nacht, als ich um Mitternacht aufgewacht war und mich an die Lampen im Hotelzimmer erinnert hatte.

Anschließend hatte ich kaum noch geschlafen, und meine Gedanken waren um die jüngsten Ereignisse gekreist. »Mache ich«, sagte ich.

»Ist irgendwas Interessantes passiert?«

Ich war einen Moment lang still. Wie in aller Welt konnte ich ihm sagen, dass ich den Verdacht hatte, erpresst zu werden? »Oh, nicht viel«, sagte ich stattdessen und kramte in meinem Gedächtnis nach etwas, von dem ich ihm erzählen konnte. Vergeblich. »Ich habe das Haus auf Vordermann gebracht.«

»Oh, tut mir leid, Schatz. Es war ziemlich unordentlich, bevor ich gefahren bin, oder? Wir waren in Eile.«

Mir war bewusst, dass es hochgradig unfair war, aber ich wollte auf keinen Fall zugeben, dass ich eine Putzfirma engagiert hatte. Zumindest noch nicht. Ich nahm an, das war einige Monate Munition wert.

»Dann kommt ihr also in ein paar Tagen zurück?«, fragte ich.

»Ja. Was ist heute, Samstag? Wir kommen am Mittwoch zurück.«

»Okay. Ich werde euch vermissen.« Ich hörte im Hintergrund jemanden etwas sagen, und dann sagte Joe: »Mum fragt, warum du nicht mehr auf Facebook bist. Sie wollte dir eine Nachricht schicken, aber du bist verschwunden.«

»Oh«, sagte ich, während ich verzweifelt versuchte, mir eine Ausrede einfallen zu lassen. »Ich habe einen Artikel gelesen, in dem es darum ging, dass uns soziale Medien zu viel Zeit kosten, und dachte mir, ich verzichte mal ein paar Wochen lang darauf.«

»Gute Idee. Ich weiß, dass man dort leicht Stunden verschwenden kann. Ich mache jetzt besser Schluss, Schatz.«

»Ruf mich heute Abend an, ja? Falls du Zeit hast. Und ist Rory da?«

»Ist er. Warte kurz, ich rufe ihn. Ich liebe dich.«

Ich hörte ihn Rorys Namen rufen, und dann kam mein Junge ans Telefon, atemlos vor Aufregung über ein Spiel, das er gerade mit seinen Cousins spielte und das Verfolgungsjagden, Wasser und den Hund seiner Großmutter beinhaltete.

Nachdem ich aufgelegt hatte, blieb ich ein paar Minuten im Auto sitzen. Ich wollte mich für die beiden freuen – ich *freute* mich für die beiden –, vermisste sie aber sehr. Gerne wäre ich diejenige gewesen, die mit Rory im Garten herumtobte oder Bier trank und mit ihrer Familie Burger grillte. Vor Selbstmitleid zerfließend, ließ ich den Wagen an.

Und dann piepste mein Telefon, und ich schaltete den Motor wieder aus. In meinem Gmail-Account war eine neue E-Mail eingegangen. Ich öffnete die App und sah eine Nachricht von *WatchingYou*. Mein Magen krampfte sich zusammen. Wie hatte er meine E-Mail-Adresse herausgefunden?

Der Betreff der E-Mail lautete: *Bald.*

Meine Finger zitterten, als ich sie öffnete. Zunächst dachte ich, es handle sich um eine Junk-Mail von der Sorte, die normalerweise automatisch in meinen Spam-Ordner wanderte. Um eine Junk-Mail, in der man einen Link geschickt bekam und aufgefordert wurde, seine Bankverbindung einschließlich Passwort für einen Prinzen in einem fernen Königreich einzugeben. Doch der Link in dieser E-Mail, die sonst nichts enthielt, führte nicht zu einer falschen Bank und verlangte nicht nach einem Passwort oder nach all meinen Ersparnissen. Es war der Link zu einer Website, und die Adresse ließ keine Zweifel aufkommen, dass es sich um eine Website für Voyeure handelte.

Ich traute meinen Augen nicht und lehnte mich zurück. Was hatte das zu bedeuten? Und dann dämmerte es mir. Ich hatte meinen Facebook-Account deaktiviert; hatte er versucht, die Fotos dort zu posten? Und nachdem er festgestellt hatte, dass das nicht möglich war, wollte er die Fotos, die mich nackt zeigten, auf diese Website stellen?

Ich tippte sofort eine Antwort: Was wollen Sie? Ist es Geld?, und wartete zehn Minuten, in denen mein Herz hämmerte und meine Gedanken sich im Kreis drehten, doch die einzige Antwort war natürlich die Mitteilung, dass die fragliche E-Mail-Adresse nicht existierte.

Ich hatte keine andere Wahl. Ich musste mit der Polizei sprechen.

26

Sonntag, 6. August

Ich beschloss, am nächsten Morgen in aller Frühe zur Polizei zu gehen anstatt am Samstagabend. Mir war klar, dass man da keine Zeit haben würde, um mit mir zu sprechen.

Während ich vor dem Polizeirevier wartete und versuchte, meine Nerven zu beruhigen, holte ich mein Telefon aus der Handtasche und sah noch einmal nach. Ich scrollte durch die SMS, die ich Joe geschickt hatte, um ihm mitzuteilen, dass ich mir etwas zu essen aufs Zimmer bestellt hätte. Ich öffnete Instagram und betrachtete die leeren Nachrichten auf dem Display, die alle von derselben Person stammten. Und dann sah ich mir die E-Mail mit der Adresse einer Voyeur-Website an und meine erbärmlichen Versuche, mit dem Absender in Kontakt zu treten. Zweifellos hatte er seinen Account sofort deaktiviert, nachdem er mir geschrieben hatte.

Ich hatte große Schwierigkeiten, meine Wut auf David zu kontrollieren. Wie konnte er es wagen, mir das anzutun? Ganz egal, was an jenem Abend geschehen war, ganz egal, was ich getan hatte, er hatte kein Recht, mir diese Nachrichten zu senden.

Auf dem Revier bat ich darum, mit einer Polizistin

sprechen zu dürfen. Als ich nach meinem Namen gefragt wurde, sagte ich, ich sei Gemma, wolle meinen Nachnamen aber nicht nennen. Außerdem wollte ich dem Mitarbeiter an der Anmeldung nicht sagen, warum ich hier war. Er betrachtete mein Gesicht; ich wusste, man sah mir an, dass ich geweint hatte, und er meinte, das sei in Ordnung, seine Kollegin könne die Einzelheiten aufnehmen. Ich setzte mich, während ich wartete, und hatte allein aufgrund der Tatsache, dass ich hier war, das Gefühl, etwas Falsches getan zu haben.

Nach zehn Minuten kam eine Frau zur Anmeldung und brachte mich in einen kleinen Befragungsraum. Sie war etwas älter als ich und stellte sich als Stella Barclay vor. Ich war schon nervös genug gewesen, bevor ich diesen Raum betreten hatte, doch hier drin glaubte ich, jeden Moment eine Panikattacke zu bekommen. Vermutlich sah sie das, da sie mir ein Glas Wasser holte und mich aufforderte, stillzusitzen und es auszutrinken und erst zu sprechen, wenn ich mich besser fühlte.

»Wie geht es Ihnen?«, erkundigte sie sich. »Sind Sie in der Lage zu sprechen?«

Ich nickte. »Entschuldigung. Ich bin ein bisschen nervös.«

»Das ist schon in Ordnung. Würden Sie mir bitte sagen, weshalb Sie hier sind?« Sie hatte Notizbuch und Stift auf dem Schreibtisch liegen, und irgendwie half es mir, dass sie alles aufschrieb und mich nicht anstarrte, während ich sprach.

»Ich bin Maklerin«, sagte ich. »Ich habe mein eigenes Immobilienbüro.«

»Wie lautet die Adresse?«, fragte sie.

Ich zögerte. »Das würde ich im Moment lieber nicht sagen. Ist das okay? Ich möchte nur einen Rat.«

Sie klappte ihr Notizbuch zu. »In Ordnung. Was bereitet Ihnen denn Probleme?«

Ich nickte. »Vor einiger Zeit, am sechzehnten Juni, kam ein Mann zu mir ins Büro. Er wollte, dass ich ihm ein paar Immobilien zeige.«

»Er ist einfach hereinspaziert gekommen? Ohne Voranmeldung?«

»Nein, er hatte uns wegen einiger Objekte gemailt. Ich checke sämtliche E-Mails und Anrufbeantworter-Nachrichten und teile die Aufgaben zwischen uns auf. Bei dem Betrag, den er auszugeben bereit war, beschloss ich, die Sache nicht an einen Mitarbeiter zu übergeben, sondern mich selbst darum zu kümmern.«

»Und haben Sie diese E-Mail-Adresse?«

Ich nickte. »Ja, aber ich habe ihn seitdem mehrmals unter dieser Adresse angeschrieben, und die E-Mails sind einfach wieder zurückgekommen.«

Sie schnitt eine Grimasse. »Erzählen Sie weiter.«

»Also habe ich ihn ein paar Stunden durch die Gegend gefahren. Er wirkte nett. Sehr gesprächig. Charmant.«

Vermutlich rechnete sie damit, dass ich sagen würde, er sei über mich hergefallen. Sie zeigte sich äußerst mitfühlend. »Was ist dann passiert?«

»Nichts ist passiert. Nicht zu diesem Zeitpunkt. Ich bin zurück ins Büro gefahren, und er ist anschließend irgendwo anders hin.«

»Und dann?«

»Eine Woche später habe ich in London an einem Fortbildungsseminar teilgenommen. Ich habe in einem Hotel in Covent Garden gewohnt und bin am Abend auf einen Drink hinunter in die Bar gegangen. Und dort ist mir derselbe Mann über den Weg gelaufen. Das war reiner Zufall. Wir haben gemeinsam zu Abend gegessen. Uns nett unterhalten.«

»Und dann? Ist dann etwas passiert?«

Ich schüttelte den Kopf. »Das weiß ich nicht. Ich weiß es einfach nicht.« Ich blickte auf und sah der Polizistin in die Augen, in denen ich nichts als Liebenswürdigkeit erkannte. Mir war klar, dass sie daran gewöhnt war, weitaus Schlimmeres zu hören zu bekommen, als ich ihr erzählen würde. »Aber seit jenem Abend bekomme ich Dinge zugesandt. Fotos. Ein Video.«

»Kann ich sie sehen?«

Ich schüttelte erneut den Kopf.

»Ehrlich, Gemma, Sie würden nicht glauben, was wir so alles zu sehen bekommen. Es besteht wirklich kein Grund zur Sorge.«

»Das ist es nicht. Er benutzt Instagram und zieht die Nachrichten anschließend sofort zurück.«

»Dann sind sie jetzt also nicht mehr da? Wie macht er das?«

Ich zeigte ihr Instagram auf meinem Telefon. »Man sieht jetzt nichts mehr außer den Namen, die er benutzt hat, und dass die Nachricht zurückgezogen wurde. Und er hat mir einen Screenshot von meiner Facebook-Seite geschickt. Bei Facebook bin ich inzwischen nicht mehr. Ich habe mein Profil sofort deaktiviert, als er mir den Screenshot geschickt hat. Und gestern habe ich eine E-Mail bekommen. Ich weiß, dass sie von ihm ist.«

»Was stand drin?«

»Nichts. Sie enthielt nur den Link zu einer Voyeur-Website.« Ich öffnete seine E-Mail auf meinem Telefon. »Sehen Sie.« Ich reichte es ihr, und als ich ihren Gesichtsausdruck bemerkte, spürte ich Tränen in meinen Augen prickeln. »Ich glaube, er wird die Fotos von mir auf dieser Seite posten.«

»Haben Sie den Link geöffnet?«

Ich schüttelte den Kopf. »Ich hatte Angst, dass er einen Virus enthält.«

»Es war richtig von Ihnen, keine Anhänge zu öffnen, die er Ihnen schickt«, sagte sie. »Leider ist diese Website echt. Wenn Sie sie sich ansehen möchten, dann sollten Sie die Adresse allerdings manuell eingeben, anstatt den Link anzuklicken, den er Ihnen gegeben hat.«

Ich konnte mir nicht vorstellen, dass ich sie mir würde ansehen wollen, willigte jedoch ein, dass ich es so machen würde.

»Aber wie kann es legal sein, dass auf einer Website solche Fotos gezeigt werden?«

Sie erwiderte geduldig: »Na ja, niemand kann das gesamte Internet kontrollieren. Wenn jemand eine Website in einem anderen Land erstellt, dann muss er sich an die dortigen Gesetze halten, obwohl die Website überall auf der Welt aufgerufen werden kann. Sie können sich vielleicht vorstellen, welche Probleme uns das bereitet. In der Regel können Sie aber ein Foto von einer Website entfernen lassen, wenn Sie sich beschweren. Die meisten Webmaster tun das, weil sie keinen Ärger wollen, und wenn man fragt, kommen sie einem normalerweise entgegen. Sie können auch Google bitten zu verhindern, dass eine Seite in den Suchergebnissen auftaucht, wenn Sie darauf nackt oder bei einem sexuellen Akt zu sehen sind, sodass niemand, der online nach Bildern von Ihnen sucht, die Nacktfotos zu Gesicht bekommen würde. Dem wird entsprochen, solange es sich um etwas Privates gehandelt hat und Sie nicht zugestimmt haben, dass die Fotos öffentlich zugänglich sind.« Es war klar, dass sie es gewohnt war, das alles zu rezitieren. »Das Wichtigste ist jedoch, dass Sie den Webmaster sofort bitten, das Bild von der Website zu entfernen, wenn Sie es entdeckt haben.« Sie musste meinen erschrockenen Gesichtsausdruck bemerkt haben. »Falls Sie es entdecken«, fügte sie hastig hinzu.

»Aber wenn es jemand anders vor mir entdeckt«, sagte ich, »dann ist der Schaden angerichtet, oder?«

Sie nickte mitfühlend. »Wir betreiben so viel Schadensbegrenzung wie möglich. Vergessen Sie nicht, alle Ihre Profile in sozialen Medien zu löschen – bei Twitter, LinkedIn und so weiter. Bieten Sie ihm keine Plattform, um Fotos zu posten, die Ihre Freunde zu Gesicht bekommen könnten.«

»Das habe ich bereits getan, und zwar sofort nachdem er mir den Screenshot meiner Facebook-Seite geschickt hat. Aber was ist mit Instagram? Soll ich meinen Account dort auch löschen?«

»Ich würde es an Ihrer Stelle machen. Ich würde ihm sämtliche Wege abschneiden, wie er Sie erreichen kann.«

Ich tat es umgehend. Sie stellte noch mehr Fragen zu David, und ich erzählte ihr, dass ich die Nummern angerufen hatte, die er mir gegeben hatte, und zu dem Schluss gekommen war, dass er nicht bei Barford's arbeitete und nicht dort wohnte, wo er uns gesagt hatte. Während ich ihr alles erzählte, was ich wusste, nahm meine Erregung immer mehr zu.

»Sehen Sie, er hat Ihnen einen falschen Namen genannt«, sagte sie. »Als er zu Ihnen ins Büro kam, wusste er bereits, dass er irgendetwas tun würde. Ob er genau wusste, was, wer kann das jetzt noch sagen? Aber er hat eine falsche E-Mail-Adresse eingerichtet, um sich von Ihnen einen Termin geben zu lassen, ohne Sie überhaupt gesehen zu haben. Ich glaube nicht, dass er es zu diesem Zeitpunkt schon auf Sie abgesehen hatte. Sie haben einige Mitarbeiterinnen. Jede von ihnen hätte sein Opfer werden können.«

Ich schauderte bei dem Gedanken, dass eine der anderen Frauen im Büro in dieser Lage sein könnte.

»Sie müssen Ihre Vorsichtsmaßnahmen also verschärfen«, erklärte sie. »Und sprechen Sie mit den anderen Maklern in Ihrer Gegend. Keine Hausbesichtigungen ohne Vorzeigen eines Lichtbildausweises. Ich werde unsere für bürgernahe Polizeiarbeit zuständigen Officer darauf ansetzen.« Sie sah mich mitfühlend an. »Und Sie hatten überhaupt keinen Verdacht, dass mit ihm irgendwas nicht stimmen könnte, nachdem Sie mit ihm gegessen hatten? Gab es keine Warnsignale?«

»Nein, mir ist nichts aufgefallen. Er war wirklich nett. Tolle Gesellschaft. Ich habe allerdings viel zu viel getrunken und hatte am nächsten Tag einen fürchterlichen Kater.« Ich schnitt eine Grimasse. »Normalerweise trinke ich nie mehr als ein oder zwei Gläser. Ich habe einen dreijährigen

Sohn und muss meine fünf Sinne beisammenhaben. Aber an jenem Abend war ich weg von zu Hause und habe mehr getrunken, als ich es sonst tue.«

»Erinnern Sie sich daran, wie Sie ins Bett gegangen sind?«

»Ich erinnere mich, dass ich den Korridor zu meinem Zimmer entlanggegangen bin. Ich erinnere mich, dass ich gestolpert bin.« Ich zuckte zusammen. »Ich schäme mich, wenn ich nur daran denke.«

»Und war David da bei Ihnen, erinnern Sie sich noch?«

»Ja. Ja, das war er. Er hat mir wieder auf die Beine geholfen.«

»Und haben Sie ihn in Ihr Zimmer eingeladen?«

»Nein«, entgegnete ich. »So was würde ich nie tun. Ich bin verheiratet. Glücklich verheiratet.«

Während ich darauf beharrte, war der Gedanke allerdings die ganze Zeit da. Wie hatte er mich auf meinem Bett fotografiert? Hatte ich ihn doch hereingebeten?

»Erinnern Sie sich, dass Sie sich an jenem Abend die Zähne geputzt haben? Sich das Gesicht gewaschen haben? Oder beschlossen Sie, sich nicht die Mühe zu machen?«

Ich starrte sie verunsichert an. »Erinnern kann ich mich nicht. Aber ich bin sicher, dass ich es getan habe. Ich tue es immer – das ist doch ein Automatismus, oder?«

»Aber Sie können sich nicht erinnern, dass Sie es getan haben?«

Wie sehr ich mich auch bemühte, mich zu erinnern, es gelang mir einfach nicht. Ich schüttelte den Kopf.

»Denken Sie an die Momente, bevor Sie Ihr Zimmer betraten«, forderte sie mich auf. »Sie gingen den Korridor entlang. Wie haben Sie die Tür zum Hotelzimmer normalerweise geöffnet, erinnern Sie sich? Mit einer Karte?«

»Ja«, sagte ich. »Es war so eine kontaktlose Karte, die man vor eine Metallplatte an der Tür hält. Eine weiße Karte, ohne Beschriftung. Die Zimmernummer stand auf einem kleinen Umschlag.«

»Und als Sie am späten Freitagabend zurück auf Ihr Zimmer gingen ... erinnern Sie sich, da die Tür geöffnet zu haben? Die Karte an die Tür gehalten zu haben?«

Ich schloss die Augen und versuchte, mich zu erinnern, konnte es aber nicht. Ich schüttelte den Kopf, verärgert über mich selbst. »Ich weiß es nicht. Es muss wohl so gewesen sein.«

»Wie sieht's mit Ihrer Bekleidung aus? Was hatten Sie an?«

Ich beschrieb mein grünes Seidenkleid.

»Und als Sie am nächsten Morgen aufwachten, was hatten Sie da an?«

Ich runzelte die Stirn. »Ich trug meine Unterwäsche. BH und Schlüpfer.«

Daraufhin schwieg sie eine Weile, ehe sie fragte: »War die Unterwäsche dieselbe, die Sie am Abend zuvor getragen hatten?«

Ich starrte sie an. »Wie meinen Sie das?«

»Na ja, nachdem Sie im Hotel angekommen waren, haben Sie sich da umgezogen, bevor Sie nach unten gingen?«

Ich nickte. »Es war richtig heiß an dem Tag, also habe ich geduscht und mich umgezogen.«

»Und können Sie sich erinnern, welche Unterwäsche Sie nach dem Duschen angezogen haben?«

Ich dachte angestrengt nach. »Ja, ich kann mich erinnern, dass ich sie mir gekauft habe, als wir letztes Jahr in Italien waren. Sie ist aus schwarzer Seide. Ich trage sie immer unter meinem grünen Kleid.«

Sie beugte sich vor. »Gemma, erinnern Sie sich noch, welche Unterwäsche Sie trugen, als Sie aufwachten? War es dieselbe?«

Ich schloss die Augen, und Panik durchflutete mich.

Sie sprach mit sanfter Stimme, und mir war bewusst, sie war es gewohnt, Frauen in meiner Situation verborgene Wahrheiten zu entlocken. »Was taten Sie unmittelbar nach dem Aufstehen? Gingen Sie ins Badezimmer?«

»Ich ging ins Bad«, sagte ich. »Ich musste mich übergeben. Es lag am Alkohol.«

»Und haben Sie in den Spiegel geschaut? Welche Farbe hatte Ihre Unterwäsche?«

Ich spürte, wie das Blut aus meinem Gesicht wich, als ich mich an mein Spiegelbild im Vorbeieilen zur Toilette erinnerte. Mein Gesicht war blass und verschwitzt gewesen. Der Spiegel war etwa einen mal einen Meter groß gewesen und hatte bis auf Hüfthöhe hinuntergereicht. Vor meinem inneren Auge sah ich mich den Raum durchqueren. Meine Unterwäsche war weiß.

27

Als ich zu Hause ankam, rannte ich sofort nach oben und suchte nach der Unterwäsche, die ich an dem Abend in London getragen hatte, als ich mit David essen gegangen war. Damals hatte ich nach meiner Rückkehr alle meine Kleidungsstücke aus meiner Reisetasche in den Wäschekorb auf dem Treppenabsatz gekippt. Dank der Putzfirma war dieser jetzt leer, und sämtliche Kleidungsstücke darin waren gewaschen und wieder in Schubladen verstaut. Ich suchte im Schlafzimmer nach der Unterwäsche, wusste jedoch, dass ich sie nicht finden würde.

Ich sah in der Waschküche nach, da ich die Hoffnung nicht aufgab, sie dort zu entdecken, aus Versehen im Trockner vergessen, aber nein, alles war makellos, nichts dort, wo es nicht hingehörte.

»Sie sagten, Sie waren auf diesen Fotos nackt«, hatte Stella zu mir gesagt. »Dann trugen Sie also irgendwann keine Unterwäsche. Viele solche Männer behalten gerne etwas. Sozusagen als Trophäe. Mich würde interessieren, ob er sie mitgenommen und Ihnen Ihre andere Unterwäsche angezogen hat, damit Sie es nicht bemerken.«

Oder damit ich es bemerke. Damit ich mich eines Tages daran erinnern würde, später, wenn er weg war.

Ich setzte mich an den Esstisch und versuchte, meine

Atmung unter Kontrolle zu bringen. Ich durfte nicht zulassen, dass ich darüber nachdachte. Unter keinen Umständen.

Plötzlich überkam mich das Bedürfnis, mit Joe zu sprechen. Ich schickte ihm eine SMS, um ihn zu fragen, ob er gerade Zeit hätte, bekam jedoch keine Antwort. Ich hätte natürlich auch zu Hause bei seinen Eltern anrufen können, vermutete aber, seine Mutter würde drangehen, und ich hätte es einfach nicht ertragen, jetzt mit ihr zu sprechen. Sie würde bemerken, dass irgendetwas nicht stimmte, und sie durfte unter keinen Umständen herausfinden, was ich getan hatte.

Doch was *hatte* ich getan? Ich konnte mich an nichts mehr erinnern. Irgendetwas war passiert, und ich wurde dafür bestraft. Ich stellte mir abermals vor, dass die Fotos in sozialen Medien und auf Voyeur-Websites auftauchten, und wäre am liebsten im Boden versunken.

Ich nahm meinen Laptop und öffnete Chrome im Inkognito-Modus. Joe durfte das auf gar keinen Fall zu sehen bekommen. Ich tippte die Adresse der Website. Als ich ihren Inhalt sah, fing ich sofort an zu weinen.

Die gesamte Website war Fotos und Videos von Frauen gewidmet, denen nicht bewusst war, dass sie aufgenommen wurden. Sie wurden unter der Dusche, auf der Straße, schlafend im Bett gezeigt. Man sah ahnungslose Frauen in überfüllten Zügen, die nicht bemerkten, dass ihnen irgendein Widerling eine Kamera unter den Rock hielt. Es wurden sogar Frauen auf der Toilette gezeigt, in völliger Unkenntnis der Tatsache, dass sie gefilmt wurden. Ich klickte einen Link nach dem anderen an, und mit jeder Minute wurde mir übler. Unter den meisten Fotos befand sich eine Flut von Kommentaren, in denen den Mistkerlen, die diese Frauen aufgenommen hatten, gratuliert wurde. Ich fühlte mich schon schmutzig, wenn ich die Kommentare nur las. »Gefällt mir«-Buttons gab es auch; meine ursprüngliche Vermutung, dass es sich bei dieser Art von Websites um einen Nischenmarkt handelte, wurde rasch von der schieren Anzahl von Leuten widerlegt, denen solche Aufnahmen gefielen.

Tränen brannten in meinen Augen, als mir bewusst wurde, dass auch ich dort zur Schau gestellt sein könnte. Wenn ich das nächste Mal nachsah, könnten sich Kommentare unter dem Foto von mir befinden, in denen die Verfasser anderen Männern mitteilten, was sie gerne mit mir machen würden. Und es war kein Trost zu denken, dass die Männer, die ich kannte, diese Website nicht besuchen, sich niemals Fotos ansehen würden, die von einer versteckten Kamera im Badezimmer einer Frau aufgenommen worden waren; ich wusste, solche Dinge kamen immer irgendwie heraus.

Es dauerte nicht lange, bis ich mir ein vollständiges Bild davon gemacht hatte, worum es auf dieser Website ging, und dann suchte ich nach einer E-Mail-Adresse, an die ich schreiben konnte. Seit dem Datum meines Aufenthalts in London waren dort tausende Fotos gepostet worden, und ich konnte mich nicht überwinden, sie mir alle anzusehen. Ich wollte mich bei irgendjemandem erkundigen, was ich tun konnte, falls ich ein Foto von mir entdeckte, doch wie sehr ich mich auch bemühte, ich fand keine Kontaktdaten. Bei einer normalen Website waren die Betreiber vermutlich stark daran interessiert, mit ihr in Verbindung gebracht zu werden, wohingegen sie es in diesem Fall nicht waren. Dann fiel mir auf, dass es neben jedem Foto und Video einen Melde-Button gab. Vielleicht konnte ich auf diese Weise eine Nachricht hinterlassen?

Nach wie vor im Inkognito-Modus, richtete ich eine neue E-Mail-Adresse für mich ein, für die ich einen erfundenen Namen benutzte, dann meldete ich einen der Posts:

> Hi, ich muss mit jemandem bezüglich Privatsphäre sprechen und finde keine E-Mail-Adresse. Jemand droht mir damit, auf dieser Website unzweideutige Fotos von mir zu posten. Ich habe dem natürlich nicht zugestimmt. Wenn ich ein Foto von mir entdecke und es melde, wird es dann entfernt? Danke.

Ich fügte meine neue E-Mail-Adresse an die Nachricht an und klickte auf »senden«. Ich bezweifelte, dass ich eine Antwort erhalten würde, wusste aber nicht, was ich sonst tun konnte.

Stella hatte mich gefragt, ob ich wollte, dass sie der Sache nachgingen, betonte jedoch, ich solle mir keine allzu großen Hoffnungen machen. »Nachdem Prepaid-Handys so billig sind und mehr als ein Monat vergangen ist, seit Sie ihn in London getroffen haben, habe ich große Zweifel, dass wir jetzt noch etwas erreichen werden. Ich möchte aber, dass Sie mit uns in Verbindung bleiben.« Sie gab mir eine Kontaktnummer, die ich auf meinem Telefon speicherte. »Falls Ihnen noch etwas einfällt, geben Sie mir bitte unbedingt Bescheid. Versuchen Sie nicht, diesen Mann zu kontaktieren.«

Ich nickte, doch sie war nicht überzeugt.

»Das meine ich ernst«, sagte sie. »Wenn Sie möchten, dass wir Nachforschungen anstellen, kommen Sie wieder, und ich werde tun, was ich kann. Aber versuchen Sie in der Zwischenzeit nicht, ihn ausfindig zu machen.«

»Gut.«

Wir blieben noch kurz sitzen, während ich mich sammelte, dann sagte sie: »Ich muss Sie noch etwas fragen, möchte Sie aber nicht noch mehr verunsichern. Besteht die Möglichkeit, dass Sie an dem fraglichen Abend Sex hatten?«

»Nein«, erwiderte ich, ohne zu zögern. »Nein, diese Möglichkeit besteht nicht. Das wüsste ich doch, oder?« Sie reagierte nicht, deshalb sagte ich noch einmal: »Nein. Das wüsste ich doch. Ich hätte es mitbekommen.«

28

Montag, 7. August

Am Montagmorgen konnte ich es kaum noch erwarten, dass Joe zurückkam, schon allein deshalb, weil ich mir nach seiner Rückkehr ein paar Tage freinehmen wollte.

»Geht es Ihnen gut?«, erkundigte sich Sophie. Sie erschreckte mich; ich musste gedanklich meilenweit weg gewesen sein, beim Wiedersehen mit Joe und Rory. Ich blickte auf und sah sie mit besorgtem Gesichtsausdruck an meinem Schreibtisch stehen.

»Mir geht's gut, danke.«

»Kann ich Ihnen ein Wasser bringen?«

»Sehr gerne.«

Sie holte eine Flasche Wasser aus dem Kühlschrank und reichte sie mir. Erst als ich später auf die Toilette ging, erkannte ich, weshalb sie sich Sorgen machte: Mein Gesicht war blass und wirkte angespannt, und meinen Augen war anzusehen, wie strapaziös es gewesen war, lange aufzubleiben und die Voyeur-Website nach Nacktfotos von mir zu durchsuchen.

Bei unserem Meeting am Vormittag lehnte ich mich zurück, während Rachel das Heft in die Hand nahm. Sie hatte mich bei früheren Meetings ganz offensichtlich genau beobachtet und hielt denselben Ablauf ein. Inzwischen wirkte sie wesentlich selbstbewusster. Ich hatte ein Notizbuch auf den Knien, um mir Stichpunkte aufzuschreiben, die ich später mit ihr durchgehen wollte, doch ich war zu abgelenkt und besorgt. Während ich so tat, als würde ich ihr zuhören, machte ich mir Notiz um Notiz, was mir angetan worden war und was ich tun musste, um alles wieder ins Lot zu bringen.

Kurz vor Ende des Meetings kam Lucy ins Büro. Ich hatte ihr eine Nachricht geschickt und sie gebeten vorbeizuschauen, nachdem sie ihre Tochter in der Schule abgesetzt hatte. Sie setzte sich zu uns an den Besprechungstisch.

»Da wir jetzt vollzählig sind«, sagte ich, »möchte ich das Thema Sicherheit ansprechen. Ich will nicht, dass sich jemand von Ihnen außerhalb des Büros mit einem Interessenten trifft, ohne dass wir vorher einen Ausweis von ihm vorgelegt bekommen haben. Sehen Sie sich diesen genau an, dann fotokopieren Sie ihn und bewahren ihn bei Ihren anderen Unterlagen im Büro auf. Falls Sie sich unsicher sind, fragen Sie mich.«

»Warum denn?«, wollte Rachel wissen. »Ist irgendetwas passiert?«

»Ich passe nur auf Sie auf«, sagte ich. »Sie haben doch bestimmt damals alle mitbekommen, als Suzy Lamplugh verschwunden ist. Damals musste man nur den Namen eines Interessenten in seinen Terminkalender schreiben. Wir tun mehr, da wir uns Adresse, E-Mail, Telefonnummer und so weiter geben lassen, aber das ist immer noch nicht genug. Wenn wir Interessenten eine Immobilie zeigen, müssen wir uns vergewissern, dass wir dabei kein Risiko eingehen. Und falls Sie bei einem Kunden irgendwelche Zweifel haben – auch nur die geringsten –, dann stellen Sie sicher, dass Sie mit ihm nirgendwo hingehen. Ich kümmere mich selbst um den Betreffenden. Und wenn ich nicht da bin, möchte ich, dass Sie sich zu zweit zusammenschließen. Sollte das nicht möglich sein, komme ich ins Büro oder schicke Joe.«

Alle reagierten verhalten.

»Erinnert sich noch jeder an das Codewort?«

»Anne-Marie Thompson«, sagte Sophie.

»Das ist richtig«, entgegnete ich. Anne-Marie war eine Schulfreundin von mir gewesen, und ich hatte ihren Namen als Codewort gewählt, das als Notsignal fungierte. Wenn es eine von uns am Telefon verwendete, war das ein Signal dafür, dass sie Hilfe benötigte. »Denken Sie dran, es spielt keine Rolle, was Sie sagen, solange Sie diesen Namen nennen. Sie können sagen, dass sie später ins Büro kommt als geplant oder dass Sie sich mit ihr treffen müssen. Ganz egal, was. Rachel, könnten Sie uns daran erinnern, was zu tun ist, wenn Anne-Maries Name fällt?«

»Dann stellen wir Fragen, die sich mit ›ja‹ oder ›nein‹ beantworten lassen«, entgegnete sie prompt. »Wie etwa: ›Sind Sie an dem Ort, der in Ihrem Terminkalender steht?‹ Wenn die Antwort ›nein‹ lautet, verständigen wir den Notruf.«

»Und vergessen Sie nicht, immer Ihren Panikalarm mitzunehmen. Lassen Sie es mich wissen, falls Sie ihn zu Hause vergessen haben. Im Schrank sind noch ein paar in Reserve, aber ich muss wissen, wenn jemand einen rausnimmt. Erinnern Sie sich an die Regel, dass man immer hinter dem Interessenten geht?«

Lucy sagte: »Es ist ziemlich schwierig, sich daran zu halten. Manche Leute bestehen darauf, dass man das Haus als Erster betritt.«

»Falls Sie irgendwie ein ungutes Gefühl haben, weil Sie sich genötigt fühlen, etwas zu tun, das Sie nicht tun möchten, dann betreten Sie das Haus nicht. Haben Sie stets eine Ausrede parat, wie zum Beispiel, dass Sie etwas aus dem Auto holen müssen.«

Inzwischen herrschte ziemlich gedrückte Stimmung.

»Ist irgendwas passiert?«, fragte Sophie. »Sie haben uns all das schon mal gesagt, aber …« Sie blickte zu mir auf, und ihr Gesicht wirkte so jung und verängstigt. »Ich weiß, ich bin die ganze Zeit hier im Büro, aber die Vorstellung, dass jemand eine von Ihnen angreifen könnte, macht mir Angst. Ich möchte auf keinen Fall einen Anruf bekommen, in dem jemand von Anne-Marie spricht.«

Mir fiel auf, dass Rachel ebenfalls blass und verängstigt wirkte, als überlege sie, was sie tun würde, falls ihr jemand Angst einjagen sollte, wenn sie allein war. Lucy wirkte souveräner, sie hatte allerdings auch wesentlich mehr Erfahrung und würde Schwierigkeiten vermutlich eher erkennen. Ich wusste jedoch, wie unvermittelt etwas eintreten und das Selbstempfinden zerstören konnte …

»Nein, es gibt keinen Grund, beunruhigt zu sein«, sagte ich. »Ich habe nur neulich einen Artikel über persönliche Sicherheit gelesen. Eine Frau in Bolton gibt Kurse. Ich werde sie später mal kontaktieren und um Rat fragen.«

Nach dem Meeting setzte ich mich mit Rachel zusammen und ging einige von den Punkten durch, die sie nicht angesprochen hatte.

»Danke, dass Sie das nicht vor den anderen erwähnt haben«, sagte sie. Sie klang ein wenig verlegen und erleichtert. »Das war wirklich nett von Ihnen.«

»Nicht der Rede wert«, entgegnete ich. »Ich weiß noch, wie es war, als ich meine ersten Vormittagsmeetings geleitet habe.«

Sie sah mich neugierig an. »Was, Sie hatten Angst?«

Ich lachte. »Ich hatte panische Angst. Nach dem Studium habe ich zuerst in London gearbeitet. Dort war die Konkurrenz enorm, vor allem in der Immobilienbranche.«

»Ich dachte, das würde Ihnen gefallen. Sie sind doch ziemlich ehrgeizig, oder?«

Ich schüttelte den Kopf. »Eigentlich nicht. Ich wollte mich einfach selbstständig machen. In London wurde ich … na ja, ziemlich abgebrüht. Da wurde mit allen möglichen Tricks gearbeitet. Sie waren zu Hause für Bailey and Harding tätig, richtig? So wie dort möchte ich das hier auch haben.«

Sie nickte. »Während des Studiums habe ich jedes Wochenende dort gearbeitet und danach dann noch ungefähr ein Jahr.«

»Sie haben dort ein tolles Arbeitszeugnis bekommen.«

Sie errötete. »Wie ging es denn Ihrer Mutter, als Sie neulich dort waren?«, erkundigte sie sich. »Ist alles gut gelaufen? Sie war im Arrowe-Park-Krankenhaus, oder?«

»Was?« Ich hatte völlig vergessen, dass ich meinen Mitarbeitern gesagt hatte, ich würde meine Mutter besuchen, während ich in Wirklichkeit nach London gefahren war. »Ach ja, alles in Ordnung, danke. Es war nur eine Vorsorgeuntersuchung.«

Wir blieben noch ein paar Minuten sitzen. Ich hörte Sophie im Backoffice am Kopierer hantieren, und Brian spülte die Tassen von unserem Meeting ab.

»Fahren Sie noch ab und zu dorthin?«, fragte ich Rachel.

Sie zuckte zusammen. »Wohin?«

»Nach Hause.« Ich lächelte. »Ich weiß nicht, warum ich es immer noch so nenne. Ich wohne dort schon nicht mehr, seit ich achtzehn wurde.«

»Ich habe keinen Grund hinzufahren«, sagte sie. »Und ich war froh, von da wegzukommen. Ich habe keine besonders guten Erinnerungen an dort.«

»Ich auch nicht.«

Rachel steckte alle ihre Unterlagen wieder in ihre Mappe und erhob sich. Einen Moment lang sah ich ihre Lippen beben und hatte ein schlechtes Gewissen. Ihre Mutter war erst letztes Jahr gestorben, und die Wunden waren anscheinend noch nicht verheilt. Ich beobachtete, wie sie sich an ihren Computer setzte und einen Schluck Wasser trank. Kurze Zeit später tippte sie bereits sehr schnell, voll auf ihre Arbeit konzentriert, und ich hoffte, dass sie sich wieder fangen würde.

Bevor ich mich erneut in die Arbeit stürzte, schrieb ich der Sicherheitsberaterin eine E-Mail und bat sie, sich bei mir zu melden. Ich bekam sofort eine automatische Antwort, in der es hieß, sie sei bis zum achtzehnten August im Urlaub, werde sich aber melden, deshalb richtete ich eine Erinnerung in meinem Terminkalender ein, um nicht zu vergessen, sie zu kontaktieren, falls ich nichts von ihr hören sollte.

Der Vormittag ging schnell vorbei, und um die Mittagszeit gab es einen plötzlichen Ansturm von Interessenten, sodass wir jegliche Hoffnung auf eine Essenspause aufgeben mussten. Um fünfzehn Uhr wurde es dann wie üblich ruhiger im Büro. Alle machten sich an ihre Routineaufgaben, damit für den nächsten Morgen alles vorbereitet war. Sophie befand sich im Schaufenster und hängte neue Exposés aus, während Brian mit einem Installateur telefonierte, um in einer Mietwohnung ein Leck reparieren zu lassen.

»Sophie, hätten Sie Lust, für uns alle Kuchen kaufen zu gehen?«, fragte ich. »Auf meine Rechnung.«

»Kuchen? Sie haben aber nicht Geburtstag, oder?«

»Nein, ich möchte nur allen etwas Gutes tun. Wir können eine Dosis Zucker gebrauchen.«

Während sich Sophie bester Dinge auf den Weg zum Einkaufen machte, ging ich zu Rachels Schreibtisch. »Ich wollte kurz unter vier Augen mit Ihnen sprechen«, sagte ich. »Wie lange sind Sie jetzt hier? Ein halbes Jahr?«

Rachel nickte mit misstrauischer Miene.

»Sie machen Ihre Arbeit sehr gut. Ich habe dieses Büro nun seit mehr als sieben Jahren, und Sie haben sich schneller zurechtgefunden als alle anderen, die jemals hier gearbeitet haben.«

Sie errötete und senkte den Blick. Ihre Hände spielten mit den Ringen an ihren Fingern. »Sie dürfen nicht vergessen, dass ich davor bei Bailey and Harding gearbeitet habe. Dort habe ich auch eine Menge gelernt.«

»Unterschätzen Sie sich nicht. Sie machen sich hier wirklich gut. Und mir ist bewusst geworden, dass ich jemanden brauche, der für mich einspringen kann. Ich möchte meine

Stunden nämlich ein bisschen reduzieren, damit ich mehr Zeit mit Rory verbringen kann. Also dachte ich mir, ich befördere Sie zur Büroleiterin und suche jemand Neuen für Ihren Posten. Was halten Sie davon?«

Sie blickte überrascht auf. »Aber das können Sie doch nicht machen!«

Ich lachte. »Warum denn nicht?«

»Weil …« Ihr Gesicht war pinkfarben vor Verlegenheit. »Was ist mit Lucy? Ich dachte, sie kommt bald zurück. Sie soll nicht das Gefühl haben, dass ich ihr den Job wegnehme.«

»Lucy ist großartig, wirklich großartig, aber sie möchte in den nächsten Jahren nur sporadisch arbeiten. Und selbst dann lediglich Teilzeit, glaube ich. Jedenfalls biete ich Ihnen eine Beförderung an. Sie sollten nicht sagen, jemand anderer wäre besser geeignet!«

Sie wirkte verlegen, und mir wurde bewusst, wie jung sie noch war. Sie kleidete sich, als wäre sie älter, als sie in Wirklichkeit war, und wirkte immer wie aus dem Ei gepellt, um bei der Arbeit ernst genommen zu werden. Ich wusste, ich hatte mich richtig entschieden; sie verdiente diese Beförderung.

Genau in diesem Moment kam Sophie mit dem Kuchen zurück, und ich stand auf, um zu meinem Schreibtisch zu gehen.

»Würden Sie uns bitte Kaffee kochen, Sophie? Wir haben etwas zu feiern.«

29

Dienstag, 8. August

Bis zu Joes und Rorys Rückkehr war es nur noch ein Tag, und das Haus fühlte sich ohne die beiden einsamer an als je zuvor. Als ich an diesem Abend von der Arbeit nach Hause kam, stellte ich den Hähnchensalat, den ich im Feinkostladen um die Ecke mitgenommen hatte, in den Kühlschrank und ging nach oben, um zu baden. Ich goss Badeöl in die Wanne, während das Wasser einlief, und holte meinen Kindle. Dann schloss ich die Badezimmertür hinter mir ab – was ich nur selten tat, wenn Joe und Rory zu Hause waren – und legte mein Telefon neben die Badewanne. Ich wollte kein Risiko eingehen.

Als ich in der Wanne lag, dachte ich an Rachel und wie stolz sie auf ihre Beförderung war.

Es schien ihr peinlich gewesen zu sein, dass ihre Fähigkeiten bemerkt worden waren. Sie hatte mir kaum noch in die Augen sehen können, nachdem ich es den anderen gesagt hatte. Sophie war genau das Gegenteil: Sie legte großen Wert darauf, mich darauf hinzuweisen, dass sie gute Fortschritte machte, und ich rechnete beinahe damit, dass sie mich fragen würde, ob sie Rachels Job übernehmen könne, obwohl sie außer einem Jahr in der Verwaltung keine Erfahrung besaß, doch glücklicherweise fragte sie nicht.

Ich schickte Joe eine SMS, um ihn zu fragen, wann Rory Zeit zum Telefonieren hätte. Er antwortete sofort und bat mich, in einer Stunde anzurufen. Perfekt. Ich nahm meinen Kindle und fing an zu lesen. Im Raum war es jetzt dampfig, und die Spätsommersonne schien zum Fenster herein, sodass der Bildschirm schlecht zu lesen war. Ich stieg aus der Badewanne, um das Fenster aufzumachen, und ließ mich dann wieder ins warme Wasser sinken, um noch ein bisschen zu lesen.

Als ich gerade dabei war einzudösen, ertönte ein Mitteilungssignal auf meinem Kindle, und ich wachte abrupt auf. Mein Telefon piepste einen Moment später ebenfalls. Ich klickte auf die Benachrichtigung auf meinem Kindle, und mein E-Mail-Programm öffnete sich.

Die Absenderadresse war mir unbekannt. Ich runzelte die Stirn. Handelte es sich um eine Spam-E-Mail? Der Betreff lautete: *Bist du bereit?*

Mein Magen krampfte sich zusammen. Ich wusste, die E-Mail war an mich gerichtet, und öffnete sie. Auf den ersten Blick schien sie keinen Inhalt zu haben, dann sah ich einen Link. Sollte ich ihn anklicken? Ich erinnerte mich daran, dass Stella gesagt hatte, ich solle Anhänge oder Links auf keinen Fall öffnen, doch ich konnte mich nicht beherrschen. Ich berührte den Link ganz leicht und hielt den Atem an.

Ein Bild erschien. Eine GIF-Datei. Es handelte sich um einen Timer, der die Sekunden herunterzählte. Die verbleibende Zeit betrug fünf Stunden und vierzig Minuten. Ich starrte das Bild an, während die Ziffern umschlugen, dann blickte ich zu der Uhr auf dem Badezimmerregal. Es war jetzt zwanzig nach sechs.

Der Timer zählte bis Mitternacht herunter.

Voller Panik kletterte ich aus der Wanne, wickelte mir ein Handtuch um und setzte mich mit meinem Kindle und meinem Telefon auf den Stuhl im Badezimmer. Die gleiche Nachricht befand sich ungeöffnet auf meinem Telefon; es hatte noch nicht erkannt, dass ich sie bereits auf meinem Kindle geöffnet hatte.

Mein Herz schlug heftig. Was würde um Mitternacht passieren? Ich wäre allein zu Hause. Plötzlich bekam ich solche Angst, dass ich nicht wusste, was ich tun sollte.

Ich schloss so leise wie möglich die Badezimmertür auf und spähte ins Schlafzimmer. Alles sah noch genauso aus, wie ich es vor meinem Bad hinterlassen hatte. Ich schob einen Stuhl vor die Schlafzimmertür und zog mich hastig an. Mein Gehirn arbeitete hektisch – was würde passieren? Ich konnte nicht hierbleiben, so viel war klar. Ich musste raus.

Ich ging meine SMS durch, um nachzusehen, was Caitlin gesagt hatte, wann sie wieder nach Hause kommen würde. Es war, wie ich es in Erinnerung gehabt hatte: Sie kam erst in einer Woche zurück, deshalb konnte ich nicht zu ihr. Meine Gedanken rasten, als ich überlegte, wohin ich gehen könnte. Ich dachte an meine anderen Freunde, verwarf diese Idee aber schnell wieder. Meine Freundin Freya hatte ich während meines Mutterschutzurlaubs mit Rory kennengelernt; wir trafen uns noch immer hin und wieder, aber sie hatte ein Jahr nach der

Geburt ihres Sohnes noch Zwillinge bekommen, und ihr Leben war seitdem ziemlich hektisch. Außerdem hatte sie kein Gästezimmer; ich wusste, sie würde mich nicht unterbringen können. Es wäre nur bis morgen gewesen, bis Joe zurückkam, aber ich konnte trotzdem nicht einfach bei ihr auftauchen. Ich hatte sie seit ein paar Monaten nicht mehr gesehen, wenngleich wir auf Facebook in Kontakt geblieben waren. Und meine Freundin Grace war letztes Jahr von ihrem Mann betrogen und dann verlassen worden, nachdem sie ihn zur Rede gestellt hatte. Er hatte sich mit der anderen Frau in allen möglichen Hotels getroffen, deshalb wollte ich ihr nicht erzählen, was ich womöglich getan hatte, damit sie nicht glaubte, ich wäre wie er. Am liebsten wäre mir Caitlin gewesen, doch sie war Joes Schwester – wie konnte ich ihr sagen, dass ich ihren Bruder möglicherweise betrogen hatte? Ich würde sie verlieren. Ich würde ihn verlieren.

Ich spürte Panik in mir aufsteigen. Wenn ich Joe verlor, würde ich Rory vielleicht auch verlieren. Schließlich war Joe derjenige, der sich tagtäglich um ihn kümmerte, und ja, das konnte er nur deshalb tun, weil ich so viel arbeitete, doch das änderte nichts an der Tatsache, dass er Rorys wichtigste Bezugsperson war. Sollte Joe mich verlassen, würde er Rory womöglich mitnehmen. Vielleicht würden die beiden nach Irland ziehen.

Bei diesem Gedanken wurde mir schwindlig. Ich würde meinen Sohn nicht verlieren. Ich würde nichts tun, was mich in diese Lage geraten lassen könnte. Doch was konnte ich tun?

Mir blieb keine andere Wahl. Ich holte eine Reisetasche

unter dem Bett hervor und stopfte etwas Bekleidung und ein paar Hygieneartikel für den nächsten Tag hinein, dann nahm ich meine Handtasche und meine Autoschlüssel und verließ das Haus.

30

Eine Stunde später befand ich mich in einem fünf Meilen von zu Hause entfernten Hotel und telefonierte mit Joe. Erst in der Geborgenheit des Zimmers hatte ich mich daran erinnert, dass ich ausgemacht hatte anzurufen, um mit Rory zu sprechen. Ich hatte beschlossen, nichts zu Joe zu sagen, solange er unterwegs war, und war mir immer noch nicht sicher, ob ich ihm überhaupt etwas sagen sollte.

»Ist Rory da?«

»Tut mir so leid, Gem, er ist schon eingeschlafen. Ich habe ihn gebadet und ihm die Zähne geputzt und bin nach unten gegangen, um ihm ein Glas Wasser zu holen, und als ich wieder nach oben kam, hat er bereits tief und fest geschlafen.«

»Kannst du ein Foto von ihm machen? Ich möchte ihn unbedingt sehen.«

»Okay.« Ich hörte, dass er lächelte, und mir wurde warm ums Herz. Ich wäre gerne in seiner Nähe gewesen, hätte ihn gerne umarmt. Sie beide. Ich hätte sie nicht ohne mich wegfahren lassen dürfen. Ich hörte Joe nach oben gehen, dann hörte ich die Stimme seiner Mutter. Er sagte: »Dauert nicht lange«, und ich wusste nicht, ob er mit ihr sprach oder mit mir, doch ein paar Sekunden später ertönte mein Mitteilungssignal, und Rory erschien auf dem Display. Er lag mit seinen beiden Cousins in einem Doppelbett, sein blondes Haar zerzaust, sein Spider-Man-Pyjama hochgeschoben, sodass sein rundlicher Bauch entblößt war. Alle drei schliefen, eng aneinandergeschmiegt, ihre Gesichter rosafarben und sauber nach ihrem Bad.

Ich vergrößerte das Foto, damit ich Rorys Gesicht besser erkennen konnte. Meine Augen füllten sich mit Tränen, und ich wischte sie fort. »Er ist gewachsen, seit ich ihn das letzte Mal gesehen habe«, sagte ich. »Er sieht jetzt mehr wie ein Junge aus und nicht mehr wie ein Kleinkind.«

»Ach komm, wir sind doch erst seit ein paar Tagen weg!«

»Dann kommt ihr also morgen zurück?«

Er lachte. »Hast du mich vermisst?«

»Sagen wir es mal so: Ohne mich fahrt ihr nicht wieder weg.«

»Was, nie wieder?«

»Nein«, sagte ich. »Ich vermisse euch zu sehr. Ich brauche euch hier.«

»Versprochen. Was macht die Arbeit?«

»Ich habe beschlossen, Rachel zur Büroleiterin zu befördern. Sie wird einige meiner Aufgaben übernehmen, und ich stelle bald noch jemanden ein. Dann kann ich mir auch unter der Woche mal freinehmen.«

Es entstand eine Pause, dann sagte er: »Das war aber eine schnelle Entscheidung.« Er klang gekränkt, normalerweise sprachen wir über Personalfragen. »Wird das nicht teuer?«

»Ist es dir lieber, wenn ich jeden Tag arbeite?«

»Nein, nein, natürlich nicht.« Er ging in die Defensive. »Hör auf, mir Dinge in den Mund zu legen. Du weißt doch, dass ich das nicht gemeint habe.«

»Es gibt keine Alternative.« Ich spürte Wut in mir aufsteigen. Er war im Urlaub, und seine Mutter kümmerte sich um ihn, während ich ohne Hilfe auskommen musste. »Entweder arbeite ich jeden Tag, oder ich stelle noch jemanden ein. Eins von beiden.«

Er schwieg, und ich nahm an, dass er überlegte, ob mein Geschäft sich mehr Personal leisten konnte.

»Ich muss Schluss machen«, sagte ich, obwohl ich in Wirklichkeit nichts zu tun hatte. Ich hatte zur Abwechslung einmal keine Hausaufgaben mitgenommen und nur meinen Kindle zum Zeitvertreib dabei. »Wir sehen uns morgen. Schick mir eine SMS, wenn die Fähre in Holyhead ankommt, dann achte ich darauf, dass ich zu Hause bin, um euch zu empfangen.«

Ich klang unterkühlt, das war mir bewusst, und er hasste das.

»Oh, also gut, wenn es so ist«, sagte er. »Ich richte Rory Grüße von dir aus.« Dann beendete er das Gespräch, und ich war mir sicher, wenn es möglich gewesen wäre, hätte er den Hörer auf die Gabel geknallt.

Anschließend wusste ich nichts mit mir anzufangen. Nach Hause konnte ich nicht. Ich konnte nicht um Mitternacht in meinem Bett liegen und darauf warten, dass etwas passierte. Was wäre, wenn jemand in mein Haus eindringen würde? Allein bei dem Gedanken brach mir der kalte Schweiß aus. Ich schaltete den Fernseher ein und zappte stupide von einem Sender zum nächsten. Ich konnte mich nicht konzentrieren, konnte keinen klaren Gedanken fassen. Was in aller Welt hatte ich alleine in einem Hotel zu suchen? Ich hatte mich aus meinem eigenen Haus verjagen lassen. Ich zog in Erwägung, Stella anzurufen, die Polizistin, doch inzwischen war es zwanzig Uhr, und sie war aller Wahrscheinlichkeit nach nicht mehr im Dienst. Und was hätte ich ihr schon sagen können?

Ich sah mir noch einmal die E-Mail an. Was wäre, wenn Stella sagen würde, dass es sich nur um eine Spam-E-Mail handelte? Ich wusste, dass dem nicht so war, aber wie konnte ich es beweisen?

Ich schrieb eine Antwort:

Warum tun Sie das? Was wollen Sie?

Schon beim Tippen dieser Nachricht fühlte ich mich erbärmlich, was mich allerdings nicht davon abhielt, sie abzusenden. Dreißig Sekunden später kam sie zurück: Die Absenderadresse existierte nicht. Natürlich nicht. Er hatte sie inzwischen gelöscht.

31

Um neun Uhr an diesem Abend ertönte das Mitteilungssignal meines Telefons. Mein Herz machte einen Hüpfer, da ich glaubte, es sei Joe, der sich für unsere Auseinandersetzung von vorhin entschuldigte. Fehlanzeige. Ich hatte als Reaktion auf meine Anfrage eine E-Mail von der Voyeur-Website bekommen.

> Wir arbeiten nach dem Digital Millennium Copyright Act,

hieß es darin über einem Link zu einem Wikipedia-Artikel.

> Wenn jemand Missbrauch meldet, reagieren wir darauf und entfernen den fraglichen Inhalt.

Nun, das war eine Erleichterung. Jetzt brauchte ich nur noch die Fotos zu finden. Ich schaltete mein iPad ein und durchforstete die Website erneut, wobei ich verzweifelt versuchte, irgendwelche Fotos zu finden, die David von mir gemacht hatte. Ich hatte zwar Angst davor, sie zu entdecken, wusste jetzt aber zumindest, dass ich sie von der Website entfernen lassen konnte. Während ich durch Seite um Seite mit Bildern von Frauen scrollte – ausschließlich von Frauen –, die in intimen Situationen fotografiert worden waren, ohne auch nur die leiseste Ahnung zu haben, dass sie auf einer Website wie dieser landen würden, fing ich an zu weinen. Mit was für einem Menschen hatte ich es hier zu tun?

Ich versuchte zu schlafen, konnte aber nicht. Das Hotelbett war bequem, im Zimmer war es warm, und ich fühlte mich sicher, doch ich lag im Bett und zermarterte mir das Gehirn, was ich tun sollte. Ich musste Joe alles beichten, dessen war ich mir bewusst. Ein Teil von mir dachte sich, ich sollte mein Geschäft verkaufen, nach Irland ziehen, wie Joe es wollte, und alle meine Probleme hinter mir lassen. Ich hätte meine E-Mail-Adressen und Telefonnummern ändern, meinen Mädchennamen wieder annehmen und einfach das Weite suchen können. Ein Teil von mir dachte tatsächlich, dass ich das tun sollte, dass es das Einzige war, was ich tun konnte. Doch dann wieder wurde ich wütend, auf David und auf mich selbst. Warum sollte ich das machen? Warum sollte ich mich verstecken müssen, obwohl ich nichts Falsches getan hatte? Selbst wenn ich ihn in London in mein Hotelzimmer eingeladen hätte, selbst wenn ich ihn *gebeten* hätte, diese Fotos zu machen, hatte er kein Recht, mich so zu quälen.

Und dann, um kurz vor dreiundzwanzig Uhr, fiel mir wieder das Countdown-GIF ein. Ich öffnete die E-Mail erneut, und der Timer zählte immer noch herunter. Noch siebzig Minuten. Plötzlich geriet ich in blinde Panik und fragte mich, was wohl passieren würde. Er nahm sicher an, dass ich mich in meinem Haus aufhielt, oder etwa nicht? Was hatte er vor?

Ich sprang aus dem Bett und zog mich an. Falls etwas passierte, musste ich im Bilde sein.

Ich fuhr eine Stunde lang in meiner Umgebung umher. Alles war still: In diesem Teil der Stadt war es das spätabends immer. Ich wusste weder, wonach ich Ausschau hielt, noch was ich tun würde, wenn ich es entdeckte. Als ich an unserem Haus vorbeifuhr, sah ich, wie die Nachbarn das Licht für die Nacht ausschalteten. Auf der Straße war es ruhig; sämtliche geparkten Autos kannte ich.

Kurz vor Mitternacht hielt ich in der Nähe unseres Hauses und holte mein Telefon hervor. Ich öffnete die E-Mail, tippte auf das Timer-GIF und sah zu, wie die Ziffern sich ihrem Ziel näherten. In einem weiteren Browserfenster öffnete ich die Voyeur-Website und tippte hektisch auf die Sektion »Neueste Beute«. Allein der Name verursachte mir Übelkeit. Die letzte Minute bis Mitternacht schien eine Stunde zu dauern; ich hielt den Atem an, während sich die Zeitanzeige veränderte. Was würde passieren? Ich stellte mir vor, dass mein Telefon klingelte, dass online ein Foto erschien, dass sich jemand unserem Haus näherte.

Nichts geschah.

Ich saß da, den Blick auf die Straße gerichtet, während ich mein Telefon umklammerte und fieberhaft das Display aktualisierte. Dabei versicherte ich mir, dass ich es sehen würde, wenn jemand unser Haus betrat, und dass ich es sehen würde, wenn online etwas erschien. Nichts bewegte sich auf der Straße, und das Display blieb voller Fremder. Um halb eins ließ ich den Motor an. Am Straßenrand waren einige Autos geparkt, doch in keinem davon saß jemand. Die Straße war verlassen, die Gassen waren menschenleer, aber ich fuhr trotzdem langsam auf und ab und hielt angestrengt Ausschau, ob irgendjemand da war.

Letzten Endes machte ich mich erschöpft auf den Rückweg zum Hotel. Die Rezeptionistin begrüßte mich und erkundigte sich, ob ich meine Schlüsselkarte hätte. Ich nickte, unfähig etwas zu sagen, und fuhr mit dem Aufzug zu meinem Zimmer, wo ich mich aufs Bett fallen ließ und mich fragte, was zum Teufel es mit alldem auf sich gehabt hatte.

32

Mittwoch, 9. August

Am nächsten Morgen verschlief ich und kam zehn Minuten nach Rachel und Sophie im Büro an, aber da ich Rachel den Zweitschlüssel gegeben hatte, mussten die beiden nicht draußen warten. Als ich das Büro betrat, spürte ich Rachels Blick.

»Was ist los?«, fragte ich.

»Sie sehen müde aus. Alles in Ordnung?«

Ich erwiderte: »Mir geht's gut«, doch als ich auf die Toilette ging, schnitt ich eine Grimasse, da ich erkannte, was sie meinte. Ich war stolz darauf, immer gepflegt auszusehen, aber heute zeigte meine Haut ihre übliche Reaktion auf Stress und war trocken und fleckig, und mein Make-up war völlig verwischt. Meine Augen waren wegen des Schlafmangels gerötet, und ich setzte schnell meine Brille auf, um sie zu verbergen. Ich schloss mich auf der Toilette ein und verbrachte einige Zeit damit, mich zurechtzumachen, trotzdem sah ich, dass mich alle anstarrten, als ich wieder herauskam.

»Wollen wir in fünf Minuten unser Meeting beginnen?«, fragte Rachel, während sie die Mappen auf ihrem Schreibtisch sortierte.

Ich blickte erschrocken auf. Obwohl ich sie gerne befördert hatte, war es ein seltsames Gefühl festzustellen, dass die Verantwortung für diese Aufgabe in Zukunft nicht mehr alleine bei mir lag. »Ja, ich bin gleich so weit.«

»Es ist bereits Viertel nach neun, und da sind ein paar Dinge, die ich besprechen muss«, sagte sie. »Ich war schon früh da, deshalb habe ich eine Liste aller Anfragen erstellt, die über Nacht eingegangen sind.«

Das verwies mich in die Schranken. Ich biss mir auf die Zunge, um mir eine bissige Bemerkung zu verkneifen.

»Okay, fangen wir an«, sagte ich.

Rachel setzte sich an die Stirnseite des Tisches, wo ich vom ersten Tag an immer gesessen hatte, seit ich das Büro vor sieben Jahren eröffnet hatte. Im Grunde machte mir das nichts aus, schließlich wollte ich alles weitergeben, doch es war ein seltsames Gefühl, und ich bemerkte, dass Sophie und Brian sich mit der Situation unwohl fühlten. Die beiden warfen mir immer wieder Blicke zu, während ich auf Rachels ehemaligem Stuhl saß, als rechneten sie damit, dass ich protestieren und Rachel von ihrem Platz vertreiben würde.

Ich griff in meine Handtasche und holte mein iPad heraus, um ein paar Notizen zu unserem Meeting zu machen. Als ich es einschaltete, erschien die Voyeur-Website; ich musste eingeschlafen sein, während sie noch geöffnet gewesen war. Hastig schaltete ich es wieder aus und holte mir Stift und Notizblock vom nächsten Schreibtisch. Mein Gesicht war heiß vor Scham. Hatte jemand einen Blick auf den Bildschirm geworfen? Ich schaute zu den anderen auf. Sophies Gesichtsausdruck war unmissverständlich: Ihr einziger Gedanke war, ob sie ein Stück Kuchen zu ihrem morgendlichen Kaffee essen sollte. Ich sah Brian an – wandte er den Blick ab? Oh, mein Gott, was war, wenn er glaubte, ich würde mir Pornografie ansehen?

Dann wurde mir bewusst, dass Rachel mich fixierte. Sie war diejenige, bei der ich besonders gehofft hatte, dass sie meinen Bildschirm nicht gesehen hatte. Ihr entging nichts, was bei der Arbeit großartig war, doch ich wollte auf gar keinen Fall, dass sie etwas über meine Privatangelegenheiten wusste. Ich schaute sie fragend an, woraufhin sie den Blick abwandte und das Meeting eröffnete.

Wir mussten innerhalb kurzer Zeit etliche Dinge durchgehen, und ich beobachtete Rachel dabei, wie sie alles organisierte, was an diesem Tag erledigt werden musste. Sie war überaus effizient und auch fair, wie ich fand. Ich hatte in der Vergangenheit mit Leuten zusammengearbeitet, die sich nach ihrer Beförderung weigerten, selbst noch irgendwelche langweiligen oder unangenehmen Aufgaben zu übernehmen, doch sie gehörte nicht dazu.

»Sie haben das heute toll gemacht«, sagte ich zu ihr, nachdem das Meeting beendet war.

Sie errötete. »Danke.«

»An den Tagen, an denen ich nicht hier bin, wird es einfacher«, sagte ich. »Dass ich Sie beobachte, ist bestimmt das Letzte, was Sie wollen.«

»Oh, das ist schon in Ordnung«, erwiderte sie, doch ich wusste, dass ich recht hatte.

Um drei Uhr nachmittags schickte mir Joe eine SMS und teilte mir mit, dass sie gerade in Holyhead angekommen seien. Binnen Minuten hatte ich meine Sachen zusammengepackt und war bereit, nach Hause zu fahren.

»Sie haben es aber eilig!«, stellte Sophie fest.

»Ich kann es kaum erwarten, die beiden zu sehen.«

Sie lächelte. »Einen schönen Abend. Bis Freitag.«

In der Mittagspause hatte ich im Supermarkt Lebensmittel eingekauft, um direkt nach Hause flitzen und das Abendessen für Joe und Rory zubereiten zu können. Wenn es keine Staus gab, würden sie von Holyhead nach Hause zwei Stunden brauchen, also hatte ich genug Zeit, um für sie zu kochen. An der Eingangstür nahm ich die Post aus dem Briefkasten und legte sie auf den Tisch im Flur. Nachdem die Reinigungsfirma da gewesen war, sah es überall noch makellos aus, und ich fragte mich, wie lange ich Joe noch würde vormachen können, dass ich selbst geputzt hatte.

Um fünf Uhr nachmittags kamen die beiden schließlich zu Hause an. Ich hörte das Auto in die Einfahrt einbiegen und lief aus dem Haus, um sie zu begrüßen. Rory kreischte vor Freude, als er mich sah, und warf sich mir in die Arme, nachdem ich die Autotür geöffnet hatte. Ich drückte ihn an mich und wiegte ihn wie ein Baby. Dabei atmete ich den süßen Duft seines Shampoos ein und spürte sein T-Shirt nach oben rutschen, während ich ihn umarmte, sodass ich seine Haut spüren konnte, weich und warm und feucht von der Hitze im Auto.

Und dann erschien Joe hinter ihm und legte die Arme um uns beide.

»Wir haben dich vermisst.«

Mir schnürte es die Kehle zu. »Ich habe euch auch vermisst.« Ich dachte daran, wie einsam ich mich gefühlt hatte, seit er weggefahren war, welche Sorgen ich mir gemacht hatte. *Ich erzähle es ihm*, dachte ich. *Ich erzähle es ihm heute Abend. Alles wird gut. Er wird mir helfen, die Sache zu regeln.* Er umarmte mich fester, und in diesem Moment glaubte ich tatsächlich, dass alles wieder gut werden würde. Er war auf meiner Seite.

Im Haus stand das Abendessen für die beiden bereit. Ich nahm den Lammbraten aus dem Ofen und stellte ihn auf die Arbeitsplatte, um ihn aufzuschneiden. Der Kartoffelauflauf war goldfarben und blubberte, und der Geruch von Knoblauch und Rosmarin hing in der Luft. Die Terrassentür stand offen, und der Tisch war zum Abendessen gedeckt, mit Rosen in Langhalsvasen und unseren Gläsern für besondere Anlässe. Auf dem frischen weißen Leinen-Tischtuch funkelte das Besteck.

»Wow, ist es hier sauber!«, stellte Joe fest. Er drehte sich mit schuldbewusstem Gesichtsausdruck zu mir. »Tut mir echt leid, dass hier so eine Unordnung war, als wir losgefahren sind. Wie lange hast du denn gebraucht, um sauberzumachen?«

»Ach, weißt du«, sagte ich. »Das habe ich einfach nebenbei gemacht.«

»Alles sieht aus wie neu!«, stellte Rory fest und leerte prompt seine größte Schachtel Lego auf dem Teppich aus.

»Wie geht's dir?«, fragte Joe. Er nahm mich in die Arme und küsste mich seitlich auf den Hals. »Ist irgendwas passiert, während wir weg waren?«

Ich zögerte. »Es gibt eine Menge zu besprechen. Aber lass uns zuerst Rory was zu essen geben und baden, hm?«

Wir setzten uns an den Tisch und aßen zu Abend. Joe zündete überall im Zimmer Kerzen an, obwohl es noch nicht dunkel war, und schenkte uns beiden ein Glas Wein und Rory einen Becher Saft ein, und dann erzählte er mir, was sie in Irland alles unternommen hatten.

Nach dem Abendessen ließ ich die beiden nach oben vorausgehen, da ich ihre Reaktion auf die Zimmer im Obergeschoss hören wollte. Die Mitarbeiter der Putzfirma mussten Stunden damit zugebracht haben, alles wieder in die Schubladen zu räumen – mein Ehemann und mein Sohn waren extrem unordentlich und bevorzugten den Fußboden. Als sie nach oben gingen, fiel mein Blick auf die Post, die früher am Tag gekommen war. Auf dem Tisch im Flur stand eine Vase mit weißen Rosen, und ein paar Blütenblätter waren auf die Briefumschläge gefallen. Ich nahm die Post und sah sie flüchtig durch. Die Verlängerung unserer Kfz-Versicherung. Der Flyer eines Take-Aways. Ein Brief von einer Kreditkartengesellschaft, von der wir nie Gebrauch gemacht hatten; ich vermutete, dass es sich um Werbepost handelte. Ganz unten in dem Stapel befand sich ein an mich adressierter gepolsterter Umschlag. Ich wollte ihn gerade öffnen, als mich irgendetwas erstarren ließ. Ich wusste, dass ich in letzter Zeit nichts bestellt hatte. Hatte er mir etwas nach Hause geschickt? Aber woher wusste er, wo ich wohnte?

Noch während ich mir diese Frage stellte, wusste ich die Antwort. Mir war klar, dass meine Privatadresse leicht zu finden war, wenn man mich googelte.

Ich hörte Joe staunen, als er sah, wie aufgeräumt und sauber oben alles war, und seine Schritte, als er ans obere

Ende der Treppe trat. Ehe er nach unten kommen konnte, steckte ich den Brief in meine Handtasche und zog den Reißverschluss zu.

»Ja!«, rief ich, während ich zu den beiden nach oben lief. »Ich habe ziemlich geschuftet!«

33

Stunden vergingen, bis ich mir den Umschlag genauer ansehen konnte. Ich hatte meine Handtasche unten bei der Eingangstür stehen lassen, als ich zu Joe und Rory nach oben gegangen war, da ich wusste, ich hätte sie sonst die ganze Zeit angesehen und mir gewünscht, die beiden würden verschwinden, damit ich sie öffnen konnte. Wir blieben den ganzen Abend oben. Rory badete; ich hatte es so sehr vermisst, ihn abends immer zu baden, hatte seinen warmen, süßen Körper vermisst, wenn er in der Wanne aufstand, bereit herauszukommen, seine Haut glitschig vom Schaum. Wie üblich machte er mich nass, als er heraussprang, doch an diesem Abend gab es keine Schuldzuweisungen, nur Dankbarkeit, dass er wieder zu Hause war. Eine kleine Stimme in meinem Hinterkopf sagte immer wieder: *So wäre es, ihn mehrere Tage hintereinander nicht zu sehen*, und die Angst davor lähmte mich, hielt mich davon ab, etwas zu Joe zu sagen. Nachdem ich Rory eine rekordverdächtige Anzahl von Geschichten vorgelesen hatte, schlief er schließlich ein. Ich hatte inzwischen meinen Pyjama angezogen, da ich nach seinem Bad klatschnass gewesen war, und Joe hatte geduscht.

»Sollen wir nach unten gehen?«, fragte er. »Ein bisschen fernsehen?«

Ich stöhnte bei dem Gedanken. »Ich bleibe lieber hier oben, glaube ich.«

»Gute Idee«, sagte er. »Du siehst aus, als könntest du eine Ruhepause gebrauchen. Es war bestimmt ein Haufen Arbeit, das ganze Haus zu putzen.«

Wir legten uns aufs Bett, ich in seinem Arm, und plauderten über seinen Irlandausflug.

»Brendan und Sarah ziehen also tatsächlich dorthin zurück?«

»Ja, sie möchten in den nächsten Monaten umziehen. Ihr Haus hier vermieten sie, um sich alle Optionen offen zu halten. Er versucht, seinen Boss zu überreden, dass er ihn für ein Jahr freistellt, damit sie die Möglichkeit haben, wieder zurückzukommen, wenn sie wollen.«

»Gute Idee. Aber was passiert, wenn einer von ihnen bleiben möchte und der andere zurückwill?« Ich konnte mir nicht vorstellen, dass Sarah es aushalten würde, wenn sich ihre Schwiegereltern so in ihr Leben einmischten, wie sie es gerne taten. »Werden sie in der Nähe deiner Eltern wohnen?«

Er ignorierte die erste Frage, die ich gestellt hatte. »Ja, sie suchen gerade nach einem Haus.«

Mein Mut sank. An der Sehnsucht in seiner Stimme erkannte ich, dass es sich dabei um etwas handelte, was er selbst auch unbedingt tun wollte.

Wir schwiegen, und mir war bewusst, dass er mit mir über die Möglichkeit sprechen wollte, dass wir ebenfalls dorthin umzogen. Ich konnte es kaum erwarten, endlich zu schlafen, wusste aber, er würde ewig wach liegen und grübeln, wenn ich nichts sagte.

»Du weißt doch, dass das nicht geht, oder?«, fragte ich ihn. »Mein Job ist hier. Mein Geschäft. Ich kann nicht einfach zusammenpacken und von hier weggehen und in einem anderen Land neu anfangen.«

Er drückte mich fest an sich. »Nichts ist unmöglich, mein Schatz.«

»Im Ernst, Joe. Das würde nicht funktionieren. Ich habe keinen blassen Schimmer vom Immobilienmarkt in Irland.«

»Ach, du würdest das schon schaffen«, sagte er. »Okay, die Gesetze sind anders, aber im Großen und Ganzen wäre es dasselbe, oder nicht?«

»Hast du schon einen Zeitpunkt im Auge?«, fragte ich. Mein Tonfall war angespannt vor Verärgerung. »Wann möchtest du umziehen?«

Er drückte mich noch fester. Mir war unbegreiflich, wie ihm entgangen sein konnte, dass mein Körper stocksteif war. »Ich dachte mir, vielleicht gegen Ende des Jahres?«

»Was? Ich soll in den nächsten vier Monaten mein Geschäft schließen, einen Verwalter für die Mietwohnungen suchen, dieses Haus verkaufen, nach Irland ziehen, ein anderes Haus kaufen und eine neue Firma gründen?«

»Wir müssten ja nicht alles auf einmal machen. Wir könnten uns einen Geschäftsführer suchen, der deinen Job übernimmt.«

»Einen Geschäftsführer?«, fragte ich. »Ich arbeite sieben Tage in der Woche!«

»Dann vielleicht zwei, die sich die Stelle teilen. Das Haus hier könnten wir auch vermieten. Brian würde schon nach dem Rechten sehen. Und wir müssten drüben ja nicht sofort loslegen. Wir könnten uns erst mal eingewöhnen, und du könntest dich mit der Gegend vertraut machen.«

»Aber wo würden wir wohnen?«

»Wenn wir dieses Haus hier vermieten würden, könnten wir uns drüben ein anderes mieten«, antwortete er. »Zuerst nur mit einem befristeten Mietvertrag, bis wir was finden, wo es uns gefällt.«

Ich schwieg. Mir war nicht bewusst gewesen, dass er schon alles durchgeplant hatte, und ich fragte mich, ob er und sein Bruder sich das Ganze gemeinsam ausgedacht hatten.

»Nichts ist unmöglich«, sagte er noch einmal. »Man muss es nur genug wollen.«

»Aber ich will es *nicht* genug!«, schrie ich, da ich mich nicht mehr beherrschen konnte. »Ich will es überhaupt nicht!«

»Du würdest Sarah öfter sehen«, sagte er. »Du magst sie doch.«

»Und ich würde Caitlin seltener sehen«, erwiderte ich. »Wenn ich Sarah öfter sehen wollte, würde ich es tun. Mein eigener Sohn ist derjenige, den ich öfter sehen will.« Ich hörte meine Stimme beben. »Ich muss mehr Zeit mit ihm verbringen. Ich möchte nicht zurückgelassen werden, während du mit ihm Urlaub machst.« Ich spürte Joes Feindseligkeit; so war er immer, wenn er ein schlechtes Gewissen hatte. »Und vor allem möchte ich dir nicht hinterherräumen, während du Urlaub machst.«

Als ich das sagte, wurde mir bewusst, dass es jetzt kein Zurück mehr gab und ich nie mehr würde zugeben können, die Putzfirma engagiert zu haben. Ich war in diesem

Moment so wütend, als hätte ich das Haus tatsächlich eigenhändig von vorne bis hinten auf Vordermann gebracht.

Wir lagen schweigend da. Mir gingen unzählige Dinge durch den Kopf, die ich gerne ausgesprochen hätte, doch ich war einfach nicht in der Lage dazu. Das war schon immer so gewesen: Ich konnte nur dann sagen, was ich wollte oder was ich brauchte, wenn wir uns stritten, und anschließend, nachdem wir uns wieder versöhnt hatten, dachte Joe immer, das Problem sei gelöst. Ich hasste das; ich hasste es, mich nicht behaupten zu können. Ich lag vor Wut kochend da, dachte daran, was ich hätte sagen sollen, um ihm meinen Standpunkt zu verdeutlichen, und dann wurde mir bewusst, dass sich seine Atmung verlangsamt hatte und er eingeschlafen war.

Ich schlüpfte aus dem Bett und nahm meinen Morgenmantel vom Haken. An der Tür hielt ich inne. Joe bewegte sich nicht; seine Atmung veränderte sich nicht. Ich zog die Tür hinter mir zu und ging nach unten, um mir ein Glas Wasser zu holen.

Wenn Joe sich in eine Idee verrannt hatte, fiel es ihm schwer, sie wieder zu verwerfen. Ihm war natürlich klar gewesen, dass ich nicht nach Irland umsiedeln wollte, doch er hatte anscheinend gedacht, er hätte bessere Chancen, mich zu überreden, wenn sein Bruder und seine Schwägerin hinzogen. Mit Irland an sich hatte ich kein Problem. Eine emotionale Bindung an Chester hatte ich auch nicht. Meine Freunde kannte ich hauptsächlich aus dem Studium, und sie lebten auf der ganzen Welt verstreut. Meine Eltern wohnten noch auf der Wirral-Halbinsel, und ich sah sie alle paar Wochen, doch Flüge nach Irland waren günstig, und da sie beide gerade erst in Rente gegangen waren, waren sie jung genug, um zu reisen.

Das eigentliche Problem war meine Arbeit. Wie hätte ich mich dort drüben selbstständig machen sollen? Irland war ein völlig anderes Land! Bei dem Gedanken an Joes Vorschlag spürte ich Wut in mir aufsteigen. Mir war bewusst, dass ich die Sache mit ihm bei Tageslicht besprechen musste.

Und dann fiel mir der gepolsterte Umschlag ein. Die Auseinandersetzung war mit einem Mal vergessen, und ich setzte mich an den Tisch und öffnete meine Handtasche. Ich nahm den Umschlag heraus und betrachtete ihn. Er war ordentlich bedruckt und an mich adressiert, und er erinnerte mich an den Umschlag, in dem ich das Foto zugesandt bekommen hatte. Plötzlich bekam ich es mit der Angst zu tun. Ich wollte ihn nicht öffnen. Ich wollte nicht sehen, was mir dieser Verrückte noch alles schickte. Doch es blieb mir nichts anderes übrig. Ich musste es wissen. Diesmal hatte er noch eine Schippe draufgelegt, indem er mir etwas nach Hause geschickt hatte.

Meine Hände zitterten, als ich den Umschlag aufriss. Ich gab die Hoffnung nicht auf, dass er nichts von Bedeutung enthielt.

Als ich sah, was sich in dem Umschlag befand, brauchte ich einen Moment, um zu begreifen. Es handelte sich um ein Stück schwarze Seide. Mit pinkfarbenen Rosen bestickte schwarze Seide. Ich kniff die Augen fest zusammen. Das war meine Unterhose. Was zum Teufel tat sie hier?

Von oben war ein Poltern zu hören, und ich sprang von meinem Stuhl auf. War das Joe? Ich stand mit klopfendem

Herzen in der Türöffnung, dann hörte ich ein leises Jammern von Rory. Ich stopfte die Unterhose in die Tasche meines Morgenmantels und steckte den Umschlag wieder in meine Handtasche, dann rannte ich nach oben zu meinem Sohn, der sich vermutlich fragte, wo ich war.

34

Donnerstag, 10. August

Der nächste Tag verlief ziemlich ruhig. Joe schien jede Menge Ausreden zu finden, um mich mit Rory allein zu lassen, was mir gerade recht war. Rory war noch müde von seiner Reise und zufrieden, mit mir herumzuwerkeln. Den Vormittag verbrachten wir mit Gartenarbeit, und am Nachmittag ging ich mit ihm ins Schwimmbad und in den Park. Später grillten wir im Garten und luden einen seiner Freunde aus der Kindertagesstätte dazu ein. Die beiden spielten auf dem Rasen in einem kleinen Zelt, während ich es mir im Liegestuhl bequem machte. Mehr Sommerurlaub als das war für mich nicht drin, und mich überkam jedes Mal eine überwältigende Eifersucht, wenn Joe plante, was er in den nächsten Wochen alles mit Rory unternehmen würde. Bei dem Gedanken, mit Joe abermals diese Diskussion führen zu müssen, fühlte es sich an, als würde sich ein Band um meinen Kopf spannen.

Er hatte zwar nicht mehr davon gesprochen, nach Irland umzuziehen, verhielt sich mir gegenüber aber ziemlich distanziert. Normalerweise konnte er nach einer Reise die Finger nicht von mir lassen, doch jetzt wirkte er vorsichtig und schien auf Zehenspitzen um mich herumzuschleichen.

Das gefiel mir nicht, es lieferte mir jedoch eine Entschuldigung dafür, ihm die Sache mit David nicht zu beichten. Ich wusste nicht, wie der aktuelle Stand war. Seit ich meine Unterwäsche in der Post gefunden hatte, bekam ich Atemnot, wenn ich an David dachte.

Am Abend, nachdem Rorys Freund weg war, ging ich vom Garten ins Haus, um das Badewasser für Rory einlaufen zu lassen, und als ich den Flur betrat, sah ich durch die Buntglasscheiben der Haustür die Silhouette von jemandem. Die Gestalt schien zu zögern, und dann wurde langsam etwas durch den Briefschlitz in der Tür geschoben.

Ich sackte auf der untersten Treppenstufe zusammen, bevor ich verarbeiten konnte, was ich gerade gesehen hatte. Es kam mir vor, als befände ich mich unter Wasser; ich hörte nur noch das summende Geräusch, mit dem mein Blut durch meine Adern strömte. Vor meinen Augen erschienen schwarze Flecken, und alles, was ich ansah, schien sich zu bewegen.

»Gemma? Was ist denn los?« Joe kam aus der Küche in den Flur gelaufen, wo ich saß. »Alles in Ordnung mit dir?«

Ich drehte mich zu ihm, was gefühlt Stunden dauerte, und blickte ihn an. Ich konnte sein Gesicht nicht richtig erkennen; es war unscharf, verschwommen.

»Leg den Kopf zwischen die Knie«, forderte er mich in scharfem Tonfall auf. »Atme langsam ein. Komm schon, Gem, du schaffst das.« Er ging neben mir in die Hocke und legte mir die Hand auf die Schulter.

Ich versuchte, wieder klar zu sehen, zu atmen, doch ich musste wissen, was durch den Briefschlitz geschoben worden war. Wenn es sich um einen weiteren Umschlag handelte, musste ich ihn verschwinden lassen, bevor Joe ihn entdeckte.

Ich stieß ihn weg. »Lass mir ein bisschen Freiraum.«

Er wich zurück, und ich sah ein buntes Stück Papier auf der Fußmatte liegen. Ich bekam weiche Knie vor Erleichterung: Es handelte sich nur um das Flugblatt eines Pizza-Lieferservice.

Langsam beruhigte sich meine Atmung wieder. Joe stand neben mir, sein Gesicht blass und besorgt. »Was ist denn los, Schatz? So habe ich dich schon seit Jahren nicht mehr erlebt. Hat das angefangen, während ich weg war?«

Ich blickte zu ihm auf und fühlte mich in diesem Moment einsamer als jemals zuvor. Wer konnte mir helfen?

»Schon okay«, sagte ich und kämpfte mich auf die Beine. »Ich weiß nicht, was los war. Mir war ein bisschen schwummerig, das ist alles.«

Er half mir nach oben und bestand darauf, dass ich mich auf unser Bett legte, während er wieder nach unten ging, um Rory zu holen.

»Ich kümmere mich um sein Bad«, sagte er. »Bleib einfach liegen und versuch, dich zu entspannen. Und ich denke nicht, dass du morgen zur Arbeit gehen solltest. Oder zumindest nicht am Vormittag. Du musst dich ausruhen. Du hast dich überanstrengt, weil du im Büro warst und das Haus geputzt hast.« Immerhin besaß er den Anstand, dabei beschämt dreinzublicken. Ich wusste, ich hätte ihm die Wahrheit sagen sollen; ich wusste, er hätte es unter normalen Umständen lustig gefunden, aber ich wollte nicht. Ich war der Ansicht, dass er das Haus nicht in einem derart chaotischen Zustand hätte hinterlassen dürfen. Wenn er jetzt ein schlechtes Gewissen hatte, bestand die Chance, dass er sich in Zukunft ein bisschen mehr anstrengen würde.

»Ich muss morgen in die Arbeit. Rachel hat ein paar Tage frei. Sie fliegt mit ein paar Freundinnen übers Wochenende zu einem Junggesellinnenabschied nach Amsterdam und kommt erst am Montagnachmittag zurück. Sie spricht schon seit Monaten davon.« Dass Joe das nicht wusste, zeigte, wie wenig wir in letzter Zeit miteinander gesprochen hatten.

»Was ist mit Lucy?«

Ich schüttelte den Kopf. »Sie kann nur zu Schulzeiten. Ich muss hin, um aufzusperren und zuzuschließen, wenn Rachel nicht da ist.«

»Könnte Brian das nicht übernehmen?«

»Er hat morgen seinen freien Tag. Ich schaffe das schon. Keine Sorge.«

Er setzte sich neben mir aufs Bett. »Ich mache mir aber Sorgen um dich, Gem.« Er wollte den Arm um mich legen, doch ich zuckte zurück. Ich weiß nicht, warum, es handelte sich um einen Reflex, und an seinem Gesichtsausdruck war zu erkennen, dass es ihn kränkte. Er ging aus dem Schlafzimmer und schloss die Tür fest hinter sich. Dann hörte ich ihn Rory zu sich ins Badezimmer rufen.

»Ich möchte, dass Mummy mich badet«, hörte ich Rory sagen.

Ich verstand nicht, was Joe erwiderte, doch einen Augenblick später kreischte Rory vor Lachen. Anscheinend vermisste er mich nicht.

Eine Stunde nachdem Rory in die Badewanne gestiegen war, kam er in ein großes flauschiges Handtuch gewickelt zu mir ins Zimmer gestolpert.

»Du bist bestimmt patschnass«, sagte ich und stieg aus dem Bett, um ihn abzutrocknen. »Ich hole deinen Schlafanzug. Warte einen Moment.«

Als ich seinen Pyjama aus der Kommode in seinem Zimmer holte, rief er: »Darf ich deinen Morgenmantel anziehen, Mummy?«

Ich lachte. »Dann zieh aber erst deinen Schlafanzug an.« Ich half ihm dabei und fragte im Anschluss: »Welcher soll es denn heute Abend sein?«

»Der blaue«, entgegnete er. »Der mit den Blumen drauf.«

Er kletterte auf mein Bett, legte sich meinen chinesischen Morgenmantel um die Schultern und rieb sein Gesicht an der Seide. Ich fragte ihn, aus welchen Büchern ich ihm vorlesen solle, und ging in sein Zimmer, um sie zu holen. Wieder im Schlafzimmer, setzte ich mich neben ihm aufs Bett und schlug eines der Bücher auf. Bevor ich auch nur ein Wort vorlesen konnte, fing er an zu lachen.

»Was ist denn los, Schatz?«, fragte Joe, der in der Tür stand.

Rory lachte. »Mummys Unterhose ist in ihrer Tasche!«

Mein Kopf fuhr herum. »Was?«

Rory hielt meine schwarze Seidenunterhose hoch, die am Tag zuvor mit der Post gekommen war. Ich hatte völlig vergessen, dass ich sie in die Tasche meines Morgenmantels gesteckt hatte. Er wedelte damit in der Luft herum. »Schau!«

Ich riss sie ihm aus der Hand und warf sie in den Wäschekorb auf dem Treppenabsatz.

»Warum hattest du sie in deiner Tasche?« Joe klang neugierig und argwöhnisch zugleich.

Ich zuckte mit den Schultern. »Ich habe sie gestern unten auf dem Fußboden gefunden und in die Tasche gesteckt, damit ich sie in den Wäschekorb werfen kann.«

»Aber gestern lag nichts auf dem Fußboden«, sagte er. »Alles war makellos.« Er versuchte zu scherzen: »Eine Unterhose wäre mir aufgefallen, das kannst du mir glauben!«

Ich zuckte abermals mit den Schultern. »Sie muss aus dem Korb gefallen sein, als ich ihn nach unten getragen habe.« Ich hatte Zweifel, dass ich damit durchkommen würde. »Aber, Gentleman« – ich bohrte Rory den Finger in den Bauch – »man spricht eine Lady niemals auf ihre Unterhose an!« Rory kreischte vor Lachen. Ich sah, dass Joe noch immer verwirrt dreinblickte, sagte aber nur: »Dann lese ich Rory jetzt vor.«

»Okay.« Er blieb noch ein paar Sekunden stehen und musterte mich. Ich schenkte ihm ein strahlendes Lächeln und schlug Rorys Buch auf. Die Tür schloss sich leise hinter Joe, und ich hörte seine Schritte, als er nach unten ging. Ich atmete erleichtert auf. Wie dumm von mir, die Unterhose einfach in meiner Tasche zu lassen! Während ich Rory vorlas, dachte ich die ganze Zeit an Joe und die Lügen, die ich ihm in den vergangenen Wochen aufgetischt hatte.

Ich erkannte mich selbst kaum wieder.

35

Freitag, 11. August

Am nächsten Tag ging es in der Arbeit ruhig zu, da nur Sophie und Lucy anwesend waren. Brian hatte einen Tag Urlaub genommen, und Lucy war für ihn eingesprungen. Rachel war um sieben Uhr morgens nach Amsterdam geflogen; kurz vor dem Start hatte sie Sophie per SMS mitgeteilt, dass eine große Gruppe von Männern auf dem Weg zu einem Junggesellenabschiedswochenende in das Flugzeug gestiegen war, die alle Bier aus Dosen tranken und für allgemeines Chaos sorgten.

Nach dem Mittagessen, als Sophie unterwegs und Lucy mit einem Kunden beschäftigt war, ging auf Brians Leitung ein Anruf ein. Seine Durchwahl war für Vermietungen bestimmt, und ich eilte durchs Büro, um abzuheben.

»Hier spricht Zoe Hodge«, sagte die Anruferin. »Ich bin Mieterin in der Globe Street 50.«

»Ah, ja«, entgegnete ich, nachdem ich schnell in unserer Datenbank nachgesehen hatte. »Sie wohnen in Apartment drei?«

»Ja. Ich habe gekündigt und ziehe dieses Wochenende aus. Brian meinte, er würde vorher noch vorbeikommen, um die Abnahme zu machen.«

Die betreffenden Wohnungen waren zwar nicht möbliert, aber mit Teppichboden ausgelegt und verfügten über eine komplett ausgestattete Küche. Wenn ein Mieter auszog, mussten wir genau kontrollieren, ob für den nächsten Mieter etwas repariert oder ersetzt werden musste. Ich suchte die Wohnung in unserem System; Zoe wohnte dort seit vier Jahren. Dann warf ich einen Blick in Brians Online-Terminkalender und sah, dass er die Abnahme für den morgigen Nachmittag eingetragen hatte.

Als ich Zoe das mitteilte, sagte sie: »Ich wollte mich erkundigen, ob wir es vielleicht auf heute vorverlegen könnten. Mir wäre es lieber, wenn er kommen könnte, während ich zu Hause bin, falls es irgendwelche Fragen gibt.«

»Einen Moment, bitte«, sagte ich. »Ich muss in meinem eigenen Terminkalender nachsehen.« Ich ging zu meinem Schreibtisch. »Bis siebzehn Uhr bin ich beschäftigt, aber dann könnte ich auf dem Nachhauseweg von der Arbeit vorbeikommen, wenn Sie möchten.«

»Das wäre großartig«, erwiderte sie. »Ich transportiere am Nachmittag meine Sachen, aber ich werde versuchen, bis dahin zurück zu sein. Falls Sie vor mir kommen sollten, könnten Sie sich dann einfach selbst aufschließen und schon anfangen?«

»Wenn Sie damit einverstanden sind. Bitte nehmen Sie Ihr Handy mit, damit ich Sie erreichen kann.«

Ich machte einen Eintrag in Brians Terminkalender und anschließend in meinem. Als Lucy ihr Telefongespräch beendet hatte, bat ich sie, gemeinsam mit Sophie abzuschließen, damit ich früher mit der Abnahme beginnen konnte.

»Rachel wohnt doch auch dort, nicht wahr?«, sagte sie. »Sie ist im Erdgeschoss.«

»Ja, Brian hat sie gefragt, ob sie jemanden kennt, der Zoes Wohnung haben möchte, aber sie kennt niemanden. Schade, dass sie nicht da ist, sonst hätte sie mich begleiten und lernen können, wie man eine Abnahme macht.«

»Sie haben die richtige Entscheidung getroffen, sie zu befördern«, sagte Lucy. »Sie macht ihre Arbeit wirklich gut, nicht wahr? Lernt schnell dazu.«

»Und Ruhe strahlt sie auch aus«, stellte ich fest. Wir sahen Sophie zu, als sie über die Straße und ins Büro eilte. Sie hatte ihre Mittagspause um zehn Minuten überzogen. Wir brauchten dazu kein Wort zu sagen.

Die Globe Street war sehr schmal, und parken war nur Anwohnern erlaubt, deshalb stellte ich meinen Wagen auf einem kleinen Parkplatz an der nahe gelegenen Hauptstraße ab und ging um die Ecke zu der Wohnanlage. Am Zugang zu der Straße besserten Arbeiter gerade ein Schlagloch aus, doch außer ihnen war niemand zu sehen. In dem Gebäude befanden sich sechs Wohnungen, zwei auf jeder Etage. Zoe wohnte im ersten Obergeschoss auf derselben Seite des Gebäudes wie Rachel. Ich erinnerte mich, wie Rachel mit Brian ins Büro zurückgekommen war, nachdem er ihr die Wohnung gezeigt hatte, und vor Freude und Erleichterung gestrahlt hatte. An jenem Nachmittag hatte sie einen neuen Job und eine Wohnung ganz in der Nähe ergattert, und sie hatte im Vergleich zu der nervösen jungen Frau, die zum Bewerbungsgespräch erschienen war, wie ein neuer Mensch gewirkt.

»Gefällt sie Ihnen?«, erkundigte ich mich.

»Ich bin total begeistert!«, erwiderte sie. »Ich hatte mit einer Studentenunterkunft gerechnet, aber sie ist toll.«

»Die Vermieterin kümmert sich wirklich gut um dieses Wohnhaus«, sagte ich. »Falls es trotzdem irgendwelche Probleme gibt, dann lassen Sie es Brian wissen, und er schafft sie aus der Welt. Wir machen die Verwaltung, also läuft alles über uns.«

»Und ich kann sofort einziehen?«

»Ja«, sagte Brian. »Die Wohnung steht leer. Ziehen Sie ein, wann immer Sie wollen, dann lassen wir das Mietverhältnis ab diesem Zeitpunkt beginnen. Und falls Sie einmal woanders arbeiten«, fügte er hinzu, »hat das natürlich überhaupt keinen Einfluss auf Ihr Mietverhältnis, wobei Sie sich trotzdem an uns wenden müssten, falls es irgendein Problem geben sollte.«

»Ich hoffe, das wird so schnell nicht passieren!«, sagte ich.

»Ich auch.«

Inzwischen wohnte sie seit einigen Monaten in der Wohnung und schien sich dort wohlzufühlen. Soweit ich wusste, hatte sie sich bislang über nichts beschwert; Brian hätte mir das sonst sicher gesagt. Ihr Wohnzimmer war zum Vorgarten und zur Straße ausgerichtet, und ich sah, dass sie dort auf dem tiefen Fensterbrett gerahmte Fotos und Vasen stehen hatte. An allen Fenstern des Wohnhauses befanden sich Jalousien, und ihre waren halb heruntergelassen.

Ich blieb am Eingang zu dem Gebäude stehen. An der Wand befanden sich neben der Sprechanlage sechs Klingelknöpfe. Ich läutete bei Zoes Wohnung, doch es meldete sich niemand. Vermutlich schaffte sie gerade ihre Sachen in ihre neue Wohnung, deshalb öffnete ich mir mit den Schlüsseln, die ich mitgebracht hatte, selbst. Im Hausflur und im Treppenhaus war ein warmer, langfloriger Teppich verlegt, und der einzige Einrichtungsgegenstand war ein kleiner Tisch, auf dem eine blühende Azalee stand. Die Vermieterin bezahlte für die allwöchentliche Reinigung des Gemeinschaftsbereichs, und in der Luft hing der Geruch von Putzmittel. Allem Anschein nach war die Reinigungsfirma heute da gewesen.

Ich lief nach oben zu Zoes Wohnung und klopfte an die Tür. Als niemand öffnete, schloss ich sie auf. Ich rief: »Hallo?«, für den Fall, dass sie gerade im Bad war, bekam aber keine Antwort. Im Wohnzimmer standen ein paar Koffer und zwei Nachttischlampen, und abgesehen von einigen Kartons in der Küche war sonst nichts mehr da. Sie war zweifellos den ganzen Tag zugange gewesen. Ich schob einen Koffer an die Tür, um diese aufzuhalten, damit Zoe bei ihrer Rückkehr nicht erschrak, wenn sie jemanden in ihrer Wohnung hörte.

Die Inventarliste, die sie unterschrieben hatte, als sie eingezogen war, befand sich auf meinem Klemmbrett, und ich suchte in meiner Handtasche nach einem Stift. Genau in diesem Augenblick hörte ich unten die Haustür aufgehen. Einen Moment lang war das dumpfe Dröhnen des Verkehrs zu hören, dann fiel die Tür ins Schloss, und es kehrte wieder Stille ein. Ich ging hinaus auf den Treppenabsatz und wollte gerade Zoes Namen rufen, als ich ein Husten hörte. Ich beugte mich vor, um durch das Treppengeländer nach unten in den Hausflur zu spähen, und erstarrte.

Ein Mann stand mit mehreren Einkaufstüten in der

Hand vor Rachels Wohnungstür. Er steckte seinen Schlüssel ins Schloss und drückte die Tür auf.

Ich hielt den Atem an.

Ich hörte, wie er die Tüten auf dem Fußboden abstellte, dann ging er noch einmal zur Haustür und öffnete mit einem Schlüssel den Briefkasten.

Genau in diesem Moment läutete unten ein Mobiltelefon. Ich wäre vor Schreck beinahe durch die Decke gefahren. Instinktiv tastete ich in meiner Tasche nach meinem Handy und schaltete es stumm.

»Hey, Baby«, sagte der Mann, und in diesem Moment fing mein Kopf an zu surren. Ich wich einen Schritt von dem Geländer zurück. »Alles okay?« Es herrschte Stille, während er der Anruferin lauschte, dann sagte er: »Ja, ich bin gerade nach Hause gekommen.« Er lachte. »Nein, ich ziehe mich nur schnell um, dann muss ich wieder los.« Abermals Stille. Ich war nicht imstande zu atmen. »Keine Ahnung. Nein, natürlich nicht. Ich treffe mich mit Danny in Liverpool.« Erneut Stille, und dann sagte er: »Warte kurz, lass mich reingehen, dann kannst du es mir erzählen.« Ich hörte ihn in die Wohnung gehen und die Tür zuschlagen.

Einen Moment lang stand ich wie betäubt da und war nicht in der Lage zu glauben, was ich gerade gesehen und gehört hatte.

Was hatte David in Rachels Wohnung zu suchen?

2. Teil

36

Rachel

Freitag, 11. August

Es war toll, mit meinen alten Studienfreundinnen an meinem ersten Nachmittag in Amsterdam in einer Bar zu sitzen. Wir hatten zu Mittag gegessen, und dann hatte es angefangen zu regnen, deshalb suchten wir uns die nächstbeste Cocktailbar und arbeiteten uns stetig durch die Getränkekarte. Im Vergleich zu den anderen war ich allerdings ein Leichtgewicht und musste zwischen Cocktails und Softdrinks abwechseln, um mich nicht zu blamieren.

Ich hatte die anderen seit drei Jahren nicht mehr gesehen, seit Ende des Studiums, wenngleich klar war, dass sie die ganze Zeit miteinander Kontakt gehalten hatten. Sie wohnten jetzt alle in London, hatten ein Aufbaustudium absolviert und verdienten mehr als doppelt so viel wie ich. Ich war nach wie vor auf Facebook mit ihnen befreundet und hielt mich dort über ihr Leben auf dem Laufenden, nutzte aber private Nachrichten, um mit ihnen zu chatten, und postete nie etwas über mich.

Wir waren an diesem Wochenende zu sechst. Ich traf mich mit den anderen am Flughafen; sie waren von Gatwick aus geflogen und hatten gewartet, bis mein Flug aus Liverpool landete. Es mag seltsam klingen, aber als ich sie traf, fühlte ich mich wie ein normaler Mensch. Ich hatte mir mein Haar und meine Nägel machen lassen, da ich mir sicher war, dass sie das ebenfalls getan hatten. Außerdem hatte ich mir für das Wochenende extra Bekleidung und Schuhe und Handtaschen gekauft und ein Vermögen für einen Kabinenkoffer für den Flug ausgegeben. Ich hatte Facebook nach Hinweisen durchforstet, wo die anderen shoppten, und hatte darauf geachtet, ebenfalls dort einzukaufen. Bei meiner Ankunft sah ich genauso aus wie sie, und ich bemerkte, wie sich zwei von ihnen überrascht ansahen. An der Universität war ich eher eine graue Maus gewesen; ich hatte zu Hause so viele Pflichten gehabt, hatte dafür sorgen müssen, dass die Rechnungen bezahlt wurden und dass meine Mutter etwas zu essen bekam und versorgt war, und hatte mich deshalb selbst ein bisschen gehen lassen. Ich hatte keinen Sinn darin gesehen, Make-up und modische Bekleidung zu tragen, wenn ich nichts anderes tat, als in Vorlesungen zu sitzen und anschließend sofort wieder nach Hause zu fahren. Damals war ich deprimiert gewesen – rückblickend erkenne ich das –, und das hatte sich in meinem Aussehen widergespiegelt. Jetzt, wo alles gut lief, sah ich besser aus. Ich verwendete viel Zeit auf meine Kleidung, meine Frisur. Ich ging regelmäßig ins Fitnessstudio. Ich fühlte mich großartig, wirklich großartig.

An der Universität hatte ich mich ihrer Clique nie zugehörig gefühlt; jetzt sah ich zumindest so aus, als gehörte ich dazu. Ich gab mir solche Mühe, an diesem Wochenende dazu zu passen, doch als ich wieder nach Hause kam, tat mir das Gesicht weh, weil ich so viel gelächelt hatte, und mein Kopf pochte wegen der Witze, die ich nicht ganz verstanden hatte, und mir war bewusst, dass ich jetzt genauso wenig dazupasste wie damals. Und ich wusste auch, warum – es waren meine Geheimnisse, die mich ausgrenzten.

Zu Studienzeiten hatte ich den anderen nie etwas von meiner Mutter erzählt, und jetzt erwähnte ich sie auch nicht. Sie hatten keine Ahnung, wie sie gestorben war oder wie sie gelebt hatte. Ich weiß nicht, warum ich nichts erzählte; sie hätten mich ganz bestimmt unterstützt, wären zur Bestattung gekommen, hätten mir mit dem Haus geholfen. Ich wollte aber nicht, dass sie einen Fuß in mein Haus setzten, dass sie sahen, wie es jetzt war. Ich wollte ihnen nicht von meiner Mutter erzählen und weshalb sie so geworden war, wie sie war. Unsere Leben waren so verschieden, und ihr Mitleid wäre zu viel für mich gewesen. Ich kam zu dem Schluss, dass es einfacher war, allein zu sein.

Wenn die anderen damals zu Studienzeiten am Ende des Abends gemeinsam zu einer Hausparty weiterzogen, klinkte ich mich jedes Mal aus und hielt nach einem Taxi Ausschau, das mich durch den Tunnel auf die Wirral-Halbinsel bringen würde – nicht einfach, wenn der Fahrer wusste, er würde für den Rückweg keinen Fahrgast finden. Ich sagte den anderen immer, dass ich müde sei, dass ich nach Hause wolle, und sie verloren das Interesse, wobei ich mich manchmal nicht einmal verabschiedete, wenn ich ging. Ich wurde nervös, wenn ich zu lange von zu Hause weg war; ich musste mich vergewissern, dass mit meiner Mutter alles in Ordnung war, dass sie nicht das Haus in Brand gesteckt oder im Suff irgendwelche Anrufe getätigt hatte.

Wenn ich das Ganze heute objektiv betrachtete, sah ich, dass ich eine gewisse Mitschuld trug. Ich hätte sie dazu zwingen können, zum Arzt zu gehen. Ich hätte wegziehen und sie sich selbst überlassen können. Ich hätte mit meinen Freunden über sie sprechen können. Stattdessen gewöhnte ich mich daran, zwei Leben zu leben: eines in der Öffentlichkeit und ein privates. Im Grunde war das eine gute Vorbereitung auf heute gewesen.

Meine Mutter war immer wach, wenn ich nach Hause kam. Nicht, weil sie auf mich wartete – nichts dergleichen. Wir hatten die Mutter-Tochter-Rollen schon lange getauscht. Sie war wach, weil sie trank. Wie spät es auch war, sie ging jedes Mal hinaus zum Taxi, um für mich zu bezahlen und um den armen Taxifahrer, der nur wieder losfahren wollte, in eine Unterhaltung zu verwickeln. Ich wich ihr dabei nie von der Seite und versuchte immer, sie wieder ins Haus zu lotsen.

»Was für ein elendiger Abend für Sie«, sagte sie oft, und ich hörte den Fahrer erwidern: »Was?«, und mir wurde bewusst, sie war inzwischen in derart schlechter Verfassung, dass niemand mehr verstand, was sie sagte. Und Taxifahrer waren Betrunkene natürlich gewohnt – dass sie kein Wort von dem verstanden, was sie sagte, war ein Zeichen dafür, wie schlimm es um sie stand.

Sie stolperte dann jedes Mal zurück ins Haus, nachdem sie dem Fahrer ein riesiges Trinkgeld gegeben hatte oder einmal auch nur einen Penny, und sah mich an, worauf mein Mut sank. Es gab immer zwei Möglichkeiten, wie es dann weiterging: Entweder weinte sie und sprach über die Vergangenheit, oder sie ging auf mich los.

Ich weiß nicht, was ich mehr hasste.

Doch all das war inzwischen vorbei, und mir war bewusst, dass ich mir keine Gedanken mehr darüber machen sollte. Wie ausgemacht, rief ich am Nachmittag David an und verbrachte zehn Minuten kichernd am Telefon. Ich vermisste ihn so sehr, dass es sich für mich kaum lohnte zu verreisen. Da ich mir das Hotelzimmer mit meiner Freundin Emma teilte, war ich mir nicht sicher, wie lange ich am Abend mit ihm würde sprechen können. Seit dem Tag, an dem wir uns kennengelernt hatten, waren er und ich nie länger voneinander getrennt gewesen. Ich war mir nicht sicher, wie es sich jetzt anfühlen würde, allein zu sein, nachdem ich mit ihm zusammen gewesen war.

Bei diesem Gedanken blickte ich anscheinend unglücklich drein, da Laura, die zukünftige Braut, mich anstupste und flüsterte: »Alles in Ordnung mit dir?«

Ich lächelte sie an. »Ja, mir geht's gut. Ich amüsiere mich prächtig.«

»Ich auch«, entgegnete sie. »Schade, dass du nicht zur Hochzeit kommen kannst.« Das war ein etwas heikles Thema innerhalb der Gruppe gewesen; wir hatten mehr als ein Jahr im Voraus Bescheid gesagt bekommen, doch wie David es formulierte, wollten wir auf gar keinen Fall, dass Fotos von uns beiden in sozialen Medien auftauchten.

»Oh, das finde ich auch!«, sagte ich. »Ich wäre sehr gern gekommen. Aber ich habe den Urlaub bereits bezahlt.«

»Schon okay. Und vielen Dank für das Hochzeitsgeschenk. Es ist letzte Woche angekommen.« Sie wirkte zufrieden, und ihre Verärgerung über meine Absage zur Hochzeit schien gemildert, weil ich eines der teureren

Geschenke gewählt hatte, die sie bei einem erstklassigen Kaufhaus aufgelistet hatte. Sie legte mir die Hand auf den Arm, und die Diamanten auf ihrem Verlobungsring funkelten. »Ich freue mich echt, dich wiederzusehen. Du siehst toll aus und wirkst so viel glücklicher.«

Ich wollte wirklich nicht darüber sprechen, wie es in der Vergangenheit um mich bestellt gewesen war. Wie David immer sagte, es hatte keinen Sinn, jetzt noch darüber nachzudenken. Deshalb lenkte ich die Aufmerksamkeit wieder auf sie.

»Das ist ein toller Ring«, sagte ich. »Wie sieht denn dein Ehering aus?«

Sie machte es sich neben mir gemütlich, und mir wurde eine lange, lange Beschreibung ihrer Ehering-Shoppingtour mit ihrem Verlobten zuteil. Als sie fertig war, drückte sie meinen Arm und sagte: »Du bist auch bald an der Reihe. Vielleicht mit dem Typen, den du gerade angerufen hast?« Sie zwinkerte mir zu. »Denk nicht, mir wäre das nicht aufgefallen.«

Ich lachte. »Vielleicht.«

Ich hatte bislang keiner von ihnen etwas von David erzählt. Keine meiner Freundinnen wusste von ihm, und keiner seiner Freunde wusste von mir.

»Wir sind das bestgehütete Geheimnis der Welt«, sagte er immer.

Er hatte recht: Auf diese Weise war alles viel romantischer.

37
Gemma

Ich blieb noch einen Moment im Treppenhaus stehen, nachdem David in Rachels Wohnung gegangen war, da ich nicht wusste, was ich tun sollte. Die Spätnachmittagssonne schien durch das Flurfenster im Obergeschoss, und ich stand da und schwitzte im Gesicht und am Körper, während ich angestrengt lauschte, ob ich ihn in der Wohnung unten hören konnte. Wenn ich mich über das Geländer beugte, vernahm ich das tiefe Grollen seiner Stimme, während er telefonierte.

Ich ging auf Zehenspitzen in Zoes Wohnung zurück. Im Flur zögerte ich und fragte mich, ob ich die Tür schließen sollte, damit sie ihren Schlüssel benutzen musste, befürchtete jedoch, sie könnte vergessen haben, dass ich kommen würde, und erschrecken. Deshalb ließ ich die Tür angelehnt und ging so leise wie möglich durchs Wohnzimmer in die Küche. Neben dem Küchenfenster blieb ich stehen und blickte hinunter in den Garten. Es war ein heißer Tag gewesen; ich sah, dass die Terrassentür von Rachels Wohnung offen stand, und dachte: *Dann bleibt er also länger.*

Ich warf einen Blick auf die Uhr: Es war zwanzig nach fünf. Er hatte gesagt, er sei am Abend mit einem Freund in

Liverpool zum Ausgehen verabredet. Um dort hinzukommen, würde er ungefähr eine Stunde brauchen. Vermutlich würde er duschen, bevor er sich auf den Weg machte, ich konnte mir allerdings nicht sicher sein. Ich hatte schreckliche Angst davor, ihm beim Verlassen des Gebäudes über den Weg zu laufen; allein der Gedanke daran verursachte mir Herzrasen. Und dann fiel mir ein, dass das Badezimmer in dieser Wohnung über dem von Rachel lag; alle Wohnungen im Haus besaßen identische Grundrisse. Ich ging in Zoes Badezimmer und machte das Fenster ganz auf. Unten im Garten sah ich Dampf aus dem Gully aufsteigen. Er stand unter der Dusche.

Ich schnappte mir mein Klemmbrett und meine Handtasche und ging aus der Wohnung, wobei ich die Tür leise hinter mir abschloss. Dann schlich ich so schnell ich konnte nach unten und verließ das Gebäude. Ich achtete darauf, nicht an Rachels Wohnzimmerfenster vorbeizugehen, für den Fall, dass er gerade hinaussah. Am Ende der Straße blieb ich stehen und schickte Zoe eine kurze Nachricht, dass ich zu einem Notfall gerufen worden sei, aber bei ihr alles gut aussähe. Ich beschloss, Brian die Abnahme machen zu lassen, da ich nicht die Absicht hatte, noch einmal einen Fuß in dieses Gebäude zu setzen.

Als ich die Seitenstraße hinunterging, um zu meinem Wagen zu kommen, versuchte ich zu verarbeiten, was ich gerade gesehen hatte. Rachel war also mit David zusammen. Wann hatte das angefangen? Ich wusste, sie war Single gewesen, als sie ein halbes Jahr zuvor angefangen hatte, bei mir zu arbeiten. Wir hatten über Liverpool gesprochen und wie es inzwischen dort war, und sie hatte mir erzählt, sie habe sich um ihre Mutter gekümmert und wie schwierig es für sie gewesen sei, abends auszugehen. Es hatte geklungen, als hätte sie kein richtiges Leben, und ich hatte wirklich Mitleid mit ihr gehabt. Sie hatte gesagt, sie sei auf der Suche nach einer Wohnung, und ich hatte sie gefragt, ob sie einen Lebensgefährten habe. Sie hatte geantwortet, nein, sie habe keinen und sei mit ihrer Situation zufrieden. Ich hatte mir nichts dabei gedacht, hatte keinen weiteren Gedanken daran verschwendet. Ich wusste, dass sie hier in der Gegend Anschluss gefunden hatte und ins selbe Fitnessstudio ging wie Sophie, aber ich hatte sie nie von einem Freund sprechen hören.

Natürlich hatte ich meinen Mitarbeiterinnen nichts davon erzählt, was mir zwei Monate zuvor in London widerfahren war und was seitdem passiert war. Sie war an jenem Tag im Büro gewesen, als David hereingekommen war, und es hatte keineswegs den Anschein gehabt, als würde sie ihn kennen. Ich erinnerte mich noch, wie sie mit Sophie gekichert hatte, weil er ein gut aussehender Typ war.

Ich runzelte die Stirn. Wir hatten keine Regeln, was Beziehungen mit Kunden anging; dafür hatte nie die Notwendigkeit bestanden, doch wir hatten Regeln, was professionelles Verhalten gegenüber Kunden betraf. Er war Single, und sie war Single. Sie kümmerte sich nicht um seinen Hauskauf; sie war nicht in der Position, um in seinem Auftrag zu verhandeln.

Hatte er sie angerufen? Woher hatte er ihren Namen gewusst? Vielleicht hatte er im Büro vorbeigeschaut, als ich nicht da war, aber warum hätte sie das nicht erwähnen sollen? Vielleicht waren sich die beiden auch abends beim Ausgehen begegnet. Eigentlich gab es keinen Grund, weshalb sie keine Beziehung mit ihm eingehen sollte – aber sie hätte es doch zumindest Sophie erzählt, oder? Ich dachte darüber nach. Sophie konnte ebenfalls nichts davon gewusst haben. Sie wäre niemals in der Lage gewesen, es für sich zu behalten. Rachel und Sophie waren gute Freundinnen. Warum sollte Rachel ihr verschweigen, dass sie einen neuen Freund hatte?

In gewisser Weise fühlte ich mich für Rachel verantwortlich. Sie hatte keine Angehörigen, mit denen sie reden konnte, und sie hatte nie irgendwelche Freunde erwähnt. Ich war überrascht gewesen, als sie übers Wochenende zu dem Junggesellinnenabschied flog; sie war vor diesem Trip enorm aufgeregt gewesen. Ich erinnerte mich, dass sie ständig telefonierte, nachdem sie bei mir angefangen hatte. Mir war nichts anderes übrig geblieben, als sie darauf anzusprechen, und sie hatte gesagt, ihre Bekannten von der Universität würden sich erkundigen, wie es ihr ging.

Dann fiel mir Stella ein, die Polizistin. Mir war bewusst, dass ich sie darüber in Kenntnis setzen sollte, doch ich wollte Rachel zuerst selbst fragen, wollte unter vier Augen mit ihr sprechen und ihr die Chance geben, mir zu sagen, was sie wusste. Die Polizei würde ich anschließend verständigen. Ich war es ihr schuldig, dass ich sie warnte. Ich musste ihr sagen, was ihr Freund mir angetan hatte.

Am nächsten Morgen war ich früh im Büro und legte die Schlüssel zu Zoes Wohnung wieder in den Schlüsseltresor. Als Brian und Sophie kamen, sagte ich ihm als Erstes, dass er sich um die Abnahme der Wohnung kümmern müsse, da ich am Abend zuvor nicht dazu gekommen sei.

»Ich dachte, Sie wollten auf dem Nachhauseweg von der Arbeit vorbeifahren?«, sagte Sophie, die ziemlich mitgenommen aussah, nachdem sie am Freitagabend ausgegangen war.

»Ja, das hatte ich vor, aber Joe hat mich angerufen und daran erinnert, dass er einen Arzttermin hat«, log ich. »Deshalb musste ich nach Hause zu Rory.«

Sophie akzeptierte das, ohne nachzuhaken, schenkte sich Kaffee nach und suchte in ihrer Handtasche nach Schmerztabletten. Doch am Vormittag beobachtete ich sie und fragte mich erneut, was sie wusste. Während sie Exposés kopierte und ins Schaufenster hängte, sah ich ihr zu und fragte mich, ob sie über David und Rachel Bescheid wusste. Wussten es womöglich alle?

Und dann wurde mir bewusst: Wenn Sophie es gewusst hätte, dann hätte sie auch gewusst, dass Rachel nicht wollte, dass ich es herausfand. In diesem Fall hätte sie am Abend zuvor doch ganz bestimmt versucht, mich davon abzubringen, dort hinzufahren, oder etwa nicht?

Als wir am Nachmittag Kaffeepause machten und Brian unterwegs war, um Zoes Wohnung abzunehmen, fragte ich Sophie: »Hatten Sie gestern einen schönen Abend?«

Sie lächelte. »Und ob! Und ich habe heute Abend ein Date.« Sie zückte ihr Telefon und zeigte Lucy und mir ein Foto von einem jungen Mann, der mit gerötetem Gesicht und feuchtem Haar in die Kamera strahlte. Er hielt eine Bierflasche in der Hand, bei der es sich zweifellos nicht um die erste handelte, die er an diesem Abend getrunken hatte.

»Oh, er sieht nett aus!«, sagte ich. »Wo haben Sie ihn kennengelernt?«

Sie nannte einen Club im Zentrum von Chester und erzählte uns, dass er sie aus allen ihren Freundinnen herausgepickt habe und sie sich den ganzen Abend unterhalten hätten.

»Gehen Sie am Wochenende regelmäßig dorthin?«, fragte ich beiläufig.

»Ja, entweder am Freitag oder am Samstag.«

»Geht Rachel normalerweise mit Ihnen hin?«

Sie schüttelte den Kopf. »Nein, sie mag solche Läden nicht. Sie geht lieber ins Fitnessstudio oder verabredet sich zum Mittagessen oder zum Shoppen. Ich gehe mit meinen Schulfreundinnen oder mit meiner Schwester hin.«

Lucy schaltete sich ein. »Vielleicht hat sie ja einen Freund?«

»Nein, hat sie nicht«, erwiderte Sophie. »Wir haben erst neulich Profile auf einer Dating-Website erstellt.« Ein verschlagener Ausdruck huschte über ihr Gesicht. »Natürlich nicht während der Arbeit.«

»Und zu Ihrer Grillparty an Ostern ist sie auch alleine gekommen«, stellte Lucy fest.

Die Grillparty hatte ich ganz vergessen. Das Wetter war an Ostern ausgezeichnet gewesen, deshalb hatte ich am Sonntagabend alle meine Mitarbeiter für ein paar Stunden zu mir nach Hause eingeladen. Lucy und ich hatten Sophie dabei zugesehen, wie sie Rory mit einem kleinen Eimer voll Wasser aus seinem Planschbecken durch den Garten jagte und so tat, als wollte sie ihn damit übergießen. Beide hatten dabei vor Lachen beinahe geweint.

»Sie ist noch ein richtiges Kind, nicht wahr?«, hatte Lucy zu mir gesagt. »Manchmal wirkt sie so glamourös, aber sehen Sie sie sich jetzt an. Das ist die echte Sophie.«

Rachel war später gekommen als die anderen. Sie hatte eine Weile in der Küche gestanden und sich mit Joe unterhalten, und Lucy hatte zu den beiden hinübergeblickt und gesagt: »Sie verstehen sich gut, nicht wahr?« Ich hatte gelacht. Joe verstand sich mit jedem. Ich glaube nicht, dass mir schon einmal jemand begegnet ist, der ein schlechtes Wort über ihn verloren hat. Sein irischer Charme hatte allerdings bei Rachel seine Wirkung gezeigt, wie unschwer zu erkennen gewesen war: Ich hatte sie lachen sehen, ihr Gesicht gerötet und enthusiastisch, während sie sich mit ihm unterhalten hatte.

»Ich glaube, sie hat heute mehr zu Joe gesagt, als sie zu uns gesagt hat, seit wir sie kennen«, hatte Lucy an jenem Tag festgestellt. »Anscheinend hat er sie in seinen Bann geschlagen.«

»Diese Gabe besitzt er«, hatte ich erwidert. »Bei mir wirkt sie auch. Oder hat sie zumindest.«

Lucy hatte mich daraufhin mitfühlend angesehen. »So ist das, wenn man ein kleines Kind hat«, hatte sie gesagt. »Das wird sich bald wieder einpendeln.«

Ich hatte genickt. Das hoffte ich.

»Rachel scheint sich gut eingelebt zu haben, oder?«, sagte Lucy jetzt. »Ich habe bemerkt, dass Sie ihr neuerdings mehr Verantwortung übertragen haben.«

Ich sagte: »Ja, sie hat sich gut gemacht«, war aber zu sehr abgelenkt, um mich zu unterhalten. Ich konnte nicht aufhören, an David zu denken. War er eines Tages vorbeigekommen, als Rachel alleine war? Hatte sie ihm schon gefallen, als er an jenem Tag ins Büro gekommen war und sie das erste Mal gesehen hatte? Wie sehr ich mich auch bemühte, ich konnte mir nicht vorstellen, dass es zwischen den beiden gefunkt hatte. Sie war rot geworden, als sie ihm einen Kaffee gebracht hatte, doch sie war eben manchmal nervös. Sie hasste es, Aufmerksamkeit auf sich zu ziehen. Und als ich ihm in London begegnet war, hatte er sie nicht erwähnt.

Hatte er sie danach ins Visier genommen? Hatte er in ihr eine andere Möglichkeit gesehen, um an mich heranzukommen?

38

Gemma

Um fünf Uhr nachmittags war ich fest entschlossen, zur Polizei zu gehen. Ich musste einfach darauf vertrauen, dass Stella sich alle Mühe gab sicherzustellen, dass Joe nichts erfuhr. Es war beinahe unerträglich für mich, an all die Lügen zu denken, die ich ihm aufgetischt hatte. Inzwischen waren es unzählige – wenn ich nachts nicht schlafen konnte und sie im Geiste durchging, brannte mein Gesicht vor Scham.

Auf dem Parkplatz setzte ich mich in meinen Wagen und überlegte, was ich tun sollte. Auf meinem Telefon ertönte das Mitteilungssignal, und als ich es aus meiner Handtasche holte, um die Nachricht zu lesen, verkrampfte ich mich. Womit musste ich jetzt rechnen? Ich entspannte mich, als ich sah, dass die Nachricht von Joe stammte, doch als ich sie las, geriet ich in Panik.

> Wann kommst du nach Hause? Wir müssen uns unterhalten.

Hatte er etwas zugeschickt bekommen? David kannte zweifellos unsere Adresse, aber kannte er auch Joes Namen?

Und warum hätte er ihm überhaupt etwas schicken sollen? Genügte es ihm nicht, mir das Leben zur Hölle zu machen?

Meine Finger waren feucht auf dem Display, als ich antwortete.

Fahre gerade los. Was gibt's? x

Zunächst erhielt ich keine Antwort. Ich geriet erneut in Panik und musste mich selbst daran hindern, ihm noch eine Nachricht zu senden, die mich belasten würde. Ich hatte gerade den Motor angelassen und war am Tor zum Parkplatz angekommen, als ich eine weitere Nachricht eintreffen hörte.

Komm einfach nach Hause. Ich habe Rory für ein paar Stunden zu Sam gebracht.

Ich begann zu zittern. Was war passiert? Ich schrieb zurück:

Was ist los? Sag mir, warum du wütend bist. Ich will mir nicht auf der ganzen Heimfahrt Sorgen machen.

Dann fuhr ich rückwärts wieder auf meinen Stellplatz und wartete. Ich glaubte, mich vor Anspannung übergeben zu müssen, und selbst wenn ich es gewollt hätte, wäre ich nicht in der Lage gewesen zu fahren. Es schien eine Ewigkeit zu dauern, bis eine weitere Nachricht eintraf:

Ich versuche draufzukommen, warum du in einem Hotel in Chester übernachtet hast, während ich in Irland war.

Mein Herz begann zu rasen. Woher wusste er das? Woher wusste es überhaupt jemand? Ich war kurz vor neunzehn Uhr aus dem Haus gegangen, und ich war mir sicher, dass mich niemand gesehen hatte – davor war ich auf der Hut gewesen. Und ja, ich war um Mitternacht die Straße auf und ab gefahren, um sicherzugehen, dass David nicht versucht hatte, unser Haus niederzubrennen, doch als ich gesehen hatte, dass alles in Ordnung war, war ich sofort ins Hotel zurückgefahren. Niemand war mir gefolgt. Ich war mindestens zwei Meilen gefahren, ohne irgendjemanden hinter mir zu haben. Ich war nie zuvor in diesem Hotel gewesen, hatte es niemandem gegenüber erwähnt.

Und dann dachte ich: *Vielleicht weiß er es, weil er es auf einem Kontoauszug gesehen hat?* Ich griff zu meinem Telefon und rief unsere Online-Banking-Website auf. Dort war zu sehen, dass der letzte Zugriff an diesem Nachmittag erfolgt war, erst vor einer Stunde. Ich scrollte die Liste der Geldeingänge und Abbuchungen nach unten und entdeckte die Abbuchung des Hotels.

Ich hätte vor Erleichterung heulen können. Niemand hatte Joe etwas erzählt; er hatte es sich selbst zusammengereimt.

Doch was konnte ich ihm sagen? Warum sollte ich in ein Hotel gehen, wenn ich in unserem eigenen Haus bleiben konnte? Es musste einen Grund geben. An die Hotelrechnung hatte ich zum damaligen Zeitpunkt keinen Gedanken verschwendet. Ich hatte derart neben mir gestanden, dass ich zum Bezahlen unsere gemeinsame Kreditkarte benutzt hatte, ohne dabei daran zu denken, dass er es sehen würde.

Dann hatte ich einen Geistesblitz und schickte ihm eine weitere Nachricht:

> In der Küche war eine Maus, und ich habe die Vorstellung, zu Hause zu schlafen, einfach nicht ertragen. Warum, glaubst du, habe ich das ganze Haus geputzt? Ich mache mich jetzt auf den Weg.

Ich ließ den Motor an und fühlte mich schrecklich. Wie oft würde ich ihn noch anlügen müssen? Und wie, in aller Welt, war ich die Maus losgeworden?

Joe wartete auf mich, als ich das Haus betrat. Er blickte so schuldbewusst drein, dass ich mich noch schlechter fühlte. Er kam auf mich zu und umarmte mich. Ich legte den Kopf auf seine Schulter, genoss die Geborgenheit, hatte aber ein fürchterlich schlechtes Gewissen, weil ich sie mir durch Vorspiegelung falscher Tatsachen erschlichen hatte.

»Es tut mir wirklich leid«, sagte er. »Ich weiß, wie schlimm du Mäuse findest. Warum hast du mir das nicht gesagt?«

»Du hättest doch von Irland aus nichts tun können«, sagte ich und hasste mich dafür, dass er sich meinetwegen Vorwürfe machte. »Zu diesem Zeitpunkt hätte ich nicht mal drüber sprechen können, ohne hysterisch zu werden.« Ich hatte schon immer ein Problem mit Mäusen gehabt. Caitlin und ich hatten während unserer Studienzeit einmal welche im Haus gehabt, und ich hatte bei meinen Eltern Zuflucht gesucht, bis sich einer der mutigeren Studenten um sie gekümmert hatte. »Ich hatte vor, es dir zu erzählen, wenn du nach Hause kommst, aber dann wollte ich es nicht vor Rory erwähnen. Und als er eingeschlafen war, wollte ich nicht mehr daran denken.«

Ich hatte keine Ahnung gehabt, dass ich so überzeugend klingen konnte.

»Ich hatte mir schon das Schlimmste ausgemalt«, sagte er, sein Mund an meinem Haar. »Mir ist die Unterhose in deiner Bademanteltasche eingefallen, und ich dachte, du hättest jemand anderen kennengelernt.«

Ich wusste, in der Vergangenheit hätte ich über diese Andeutung gelacht. Die Vorstellung, dass ich eine Affäre hatte, wäre völlig abwegig gewesen. Auch jetzt versuchte ich zu lachen und hoffte, dass es nicht gezwungen klang. »Kein Grund zur Sorge.«

Ich hätte gerne gesagt: *Das würde ich dir niemals antun*, aber vielleicht hatte ich es bereits getan. Woher sollte ich das wissen? Je mehr ich über jenen Abend nachdachte, desto weniger wusste ich.

»Wo war die Maus denn?«, fragte er. »Und wie bist du sie losgeworden?« Er hielt inne. »Du bist sie doch losgeworden, oder?«

»Ich habe Neil kommen lassen.« Neil war einer der Handwerker, die wir bei unseren Mietwohnungen beauftragten. »Er hat sich darum gekümmert. Frag mich nicht nach Details; ich weiß bloß, dass sie weg ist. Er hat auch Gift ausgelegt, aber nur unter den Dielen. Du brauchst dir keine Sorgen zu machen, dass Rory drankommt.«

»Dann hast du also deshalb das Haus geputzt? Mein Gott, Gemma, das tut mir echt leid. Ich weiß, hier hat Chaos geherrscht.«

Ich hatte ein schlechtes Gewissen, aber es war immerhin seine Schuld, dass Chaos geherrscht hatte. Er und Rory hausten wie Teenager: Sie amüsierten sich prächtig, und im Haus war es immer unordentlich.

»Vergiss es«, erwiderte ich. »Es war nett, mal im Hotel zu übernachten.«

»Du wirst dich noch dran gewöhnen«, sagte er. »Das war schon das zweite Mal in zwei Monaten, dass du im Hotel übernachtest hast.«

Meine Wangen glühten, und er lachte. »Kein Grund, sich zu schämen. Du hast dir eine Pause verdient. Du arbeitest viel zu hart.«

Ich konnte mich nicht zurückhalten. »Aber Joe, was ist die Alternative?«

»Wie meinst du das?«

»Ich muss hart arbeiten«, sagte ich. »Mir bleibt doch nichts anderes übrig, oder? Ich kann es mir nicht leisten, zusätzliches Personal zu bezahlen, wenn ich die Arbeit selber erledigen kann.«

Er entfernte sich von mir, ging zur Spüle, um den Wasserkocher zu füllen. »Wir waren uns doch einig, dass wir es so machen«, sagte er. »Als du schwanger wurdest, wussten wir, dass wir nicht beide arbeiten können. Und du wolltest das Büro am Laufen halten. Das war dir wichtig, erinnerst du dich noch?«

Ich war nicht in der Lage, etwas zu sagen. Ich wusste, dass ich das gesagt hatte, aber das war vor fast vier Jahren gewesen, vor Rorys Geburt. Woher hätte ich damals wissen sollen, wie ich Jahre später empfinden würde? Ich sah zu Joe hinüber; er kochte in aller Ruhe Tee und wirkte so vernünftig. Es hatte den Anschein, als sei alles meine Schuld, als könne ich mein Versprechen nicht halten. Meine Augen füllten sich mit Tränen. Ich wusste, ich würde nichts mehr sagen. Ich konnte mich ihm gegenüber nie behaupten. Nicht wirklich. Manchmal wurde ich laut und wütend, aber es gelang mir nie, mich mit ihm hinzusetzen und ernsthaft zu diskutieren. Auch jetzt spürte ich, wie ich mich zurückzog.

Ich murmelte, dass ich Rory abholen würde, und ging aus dem Haus. Rory war bei Sam, einem Jungen aus der Kindertagesstätte, der in der Nachbarschaft wohnte, und der Spaziergang dorthin und die Unterhaltung mit seiner Mutter halfen mir dabei, mich etwas zu beruhigen.

Wieder zu Hause, zog ich Shorts und ein T-Shirt an, und wir setzten uns auf die Terrasse, um zu essen, was Joe für uns zubereitet hatte. Rory erzählte mir noch einmal alles über Irland und die tollen Gerichte, die seine Großmutter ihm gekocht hatte, und die Abenteuer, die er mit Grandad und seinen Cousins erlebt hatte. Es klang, als hätte Joe ihn die ganze Woche kaum zu Gesicht bekommen; als hätte er sich wieder in das Kind zurückverwandelt, das er einmal gewesen war. *Kein Wunder, dass er wieder dorthin zurückziehen möchte. Kein Wunder, dass wir bei seinen Eltern wohnen sollen, wenn es nach ihm geht.* Ich stellte mir vor, wie es wäre, wenn wir das täten. Dass ich die Einzige wäre, die jeden Morgen aufstehen würde, um zur Arbeit zu gehen, während Joe, seine pensionierten Eltern und unser Sohn ständig Ferien hätten.

Ich musste diese Gedanken verdrängen. Ich wusste, dass meine Verbitterung unsere Beziehung vergiftete, doch ich brachte nicht den Mut auf, mich für meine Bedürfnisse stark zu machen.

39
Rachel

Sonntag, 13. August

Den Mädels im Büro hatte ich gesagt, ich würde am Montagvormittag zurückkommen, aber in Wirklichkeit flog ich schon am Sonntagabend zurück. David hatte mich zu dieser harmlosen Lüge überredet, damit ich mehr Zeit mit ihm verbringen konnte. Er musste am Montagvormittag nicht in die Arbeit und wollte, dass ich ihm zu Hause Gesellschaft leiste. Das gefiel mir sehr an ihm. Er wollte immer, dass wir einander nah waren, die ganze Zeit.

Also fuhr ich von Liverpool nach Hause und parkte auf unserem Anwohnerparkplatz. Ich schaltete die Innenbeleuchtung des Wagens ein und holte mein Schminktäschchen heraus. Ich sah passabel aus, musste mir nur die Lippen nachziehen. Ich strich mir das Haar glatt, da ich mich von meiner besten Seite zeigen wollte, und sprühte mir Parfüm an den Hals und auf die Handgelenke. Nachdem ich mir ziemlich sicher war, dass ich gut aussah, stieg ich aus dem Wagen. Als ich meine Kabinentasche aus dem Kofferraum holte, sah ich Jennifer hereinfahren, die in der anderen Erdgeschosswohnung wohnte. Ich wartete, bis sie aus ihrem Auto ausgestiegen war, und wir gingen gemeinsam zum Haus.

»Waren Sie verreist?«, fragte sie. »Mir ist aufgefallen, dass am Wochenende niemand da war.«

»Ich komme gerade aus Amsterdam zurück«, sagte ich. »Von einem Junggesellinnenabschiedswochenende.«

»Wow, Sie Glückliche. Und David? War er am Wochenende auf dem Junggesellenabschied?«

»Nein, er war hier.«

Sie sah mich verdutzt an. »Tatsächlich? Letzte Nacht haben zwei Typen an allen Türen geklingelt. Na ja, es war eigentlich schon Morgen. Wie sich rausgestellt hat, wollten sie zu Zoe, aber die ist inzwischen ausgezogen. Ich wollte nicht zu ihnen rausgehen, deshalb habe ich an Ihre Tür geklopft, um David zu bitten, dass er ihnen sagt, sie sollen verschwinden.«

»Dann hat er Sie nicht gehört, sonst wäre er bestimmt zu ihnen rausgegangen«, sagte ich. »Um welche Uhrzeit war das denn?«

»Ach, so um drei. Vielleicht war es auch schon fast vier. Ich war total genervt, weil ich heute früh arbeiten musste. Er muss einen gesunden Schlaf haben, wenn er dabei nicht aufgewacht ist. Am Schluss habe ich sie vom Fenster aus angeschrien. Sie wollten Zoes neue Adresse. Als ob ich ihnen die mitten in der Nacht geben würde!«

Im Hausflur trennten sich unsere Wege, und ich schloss die Tür zu unserer Wohnung auf. Sie war ziemlich klein, aber es handelte sich nur um eine vorübergehende Lösung. Wir schmiedeten alle möglichen Pläne, was wir tun würden, nachdem wir das Haus meiner Mutter verkauft hatten, und manchmal fragte ich mich, wie es sein würde, wenn wir deutlich mehr Platz hätten. Wahrscheinlich wäre das reine Verschwendung, da David immer in meiner Nähe sein wollte.

Meine Mutter hatte mir das Haus und ihr Geld vermacht. Schließlich gab es sonst niemanden, dem sie es hätte vererben können. Ich war wirklich überrascht gewesen, dass sie so viel besessen hatte. Als sie noch am Leben war, hatte sie wirklich nicht viel ausgegeben, wenngleich sie meine Studiengebühren bezahlt hatte, ohne Fragen zu stellen, und in dem Jahr vor ihrem Tod, als ich mich um sie kümmerte, sagte sie immer, ich solle ihre Kreditkarte nehmen, wann immer ich etwas brauchte. Für sich selbst hatte sie allerdings nie etwas gekauft. Außer Alkohol. In den letzten Jahren ging sie überhaupt nicht mehr aus dem Haus, und als ich mich weigerte, Alkohol für sie zu kaufen, ließ sie ihn sich nach Hause liefern.

David war eine große Hilfe für mich, als es darum ging, alles zu regeln. Nach ihrem Tod war ich nicht zu wirklich vielem zu gebrauchen. Einerseits verspürte ich eine gewisse Erleichterung, dass dieser Lebensabschnitt vorbei war, andererseits … nun ja, sie war immerhin meine Mutter, und selbst wenn sie mir keine Priorität eingeräumt hatte, bedeutete das nicht, dass sie mich völlig ignoriert hatte.

Als ich die Tür zu unserer Wohnung öffnete, wartete David auf mich.

»Hey!«, rief er und sprang vom Sofa auf. »Ich habe gerade eine Flasche Wein aufgemacht.« Er küsste mich, und ich bemerkte, dass er schon einen Vorsprung hatte. »Willkommen zu Hause!«

Ich schlang die Arme um ihn. Es tat so gut, zu jemandem nach Hause zu kommen, der mich liebte, und es war so wunderbar anders, eine Wohnung zu betreten, in der Wärme und Freude herrschten. Er hatte im offenen Kamin Kerzen angezündet, und auf dem Couchtisch stand eine Flasche Weißwein, auf der Kondenswasser perlte. Er schenkte mir ein Glas ein, dann ging er in die Küche und kam mit einem Tablett mit Käse, Crackern und prallen, frischen Weintrauben zurück.

»Setz dich, Baby«, sagte er. »Ich habe dich vermisst. Jetzt erzähl mal, was du das ganze Wochenende getrieben hast.«

Wir setzten uns hin und plauderten über Amsterdam. David war mehrmals dort gewesen, doch für mich war es das erste Mal gewesen. Ich war bislang noch nicht oft verreist, aber nachdem ich jetzt das Geld meiner Mutter hatte, war ich entschlossen, das zu ändern. Ich würde das Leben leben, das sie sich für mich gewünscht hätte, wenn sie zurechnungsfähig genug gewesen wäre, um sich dessen bewusst zu sein.

»Du siehst gut aus«, stellte ich fest. »Neues Hemd? Sieht toll aus.«

»Ja, ich war am Freitag in der Mittagspause ein bisschen shoppen«, sagte er. »Habe mir ein paar Sachen gekauft.«

»Und am Freitagabend hast du dich mit Danny getroffen?«, fragte ich. »Wo wart ihr denn?«

Er zählte die Bars in Liverpool auf, die sie besucht hatten – Bars, die wir auch häufig gemeinsam besuchten und in denen er eine Menge Leute kannte.

»Und gestern Abend?«, fragte ich. »Hast du da was unternommen?«

»Nein«, erwiderte er. »Ich hatte noch einen Kater von Freitagabend. Ich habe viel zu viel getrunken.« Er sah mich an und schnitt eine Grimasse. »Du hast mir gefehlt. Ich brauche dich, damit du nüchtern bleibst, wenn ich ausgehe.«

Ich lachte. Das war immer meine Rolle: ein paar Gläser weniger zu trinken als er, damit ich ihn nach Hause bringen konnte, wenn er zu viel intus hatte. Er war nicht wie meine Mutter, wenn er betrunken war; während sie nur über die Vergangenheit geredet hatte, sprach er gerne von der Zukunft: was wir unternehmen würden, wohin wir reisen würden. Es war beglückend zuzuhören, wenn er plante, wie wir mit dem Rucksack durch Peru reisen oder in Neuseeland Bungeespringen würden. Früher wäre mir niemals in den Sinn gekommen, solche Dinge zu tun, und ehrlich gesagt jagte mir der Gedanke daran eine Heidenangst ein, doch die Aussicht, sie gemeinsam mit David zu tun, war verlockend.

»Dann bist du also zu Hause geblieben?«, fragte ich.

Er blickte auf. »Was?«

»Du bist gestern Abend zu Hause geblieben? Du Armer. Das tut mir leid, Baby«, sagte ich. »Ich finde die Vorstellung fürchterlich, dass du am Wochenende zu Hause geblieben bist.«

»Kein Problem«, erwiderte er. »Ich war zu müde, um auszugehen. Ich habe mir ein Take-away geholt und bin früh ins Bett gegangen.«

Ich machte mich auf den körperlichen Schmerz gefasst, den man angeblich spürt, wenn man die Lügen eines geliebten Menschen enttarnt, doch er blieb aus. Dann wurde mir klar, ich hatte schon immer gewusst, dass er mich anlog, dass er mich wahrscheinlich sogar betrog, aber jetzt hatte ich zum ersten Mal auch den Beweis dafür.

Ich nippte an meinem Glas. Ich wusste nicht, was ich tun sollte. Ich konnte ihn nicht noch einmal fragen oder erwähnen, was Jennifer gesagt hatte. Das hätte geklungen, als würde ich ihm nicht trauen, und wäre bei ihm bestimmt nicht gut angekommen. Einen Moment lang stellte ich mir vor, wie sie ihm über den Weg lief und es erwähnte; ich musste einfach hoffen, dass es dazu nicht kommen würde.

»Aber du hast recht«, sagte er. Er nahm mir mein Glas aus der Hand. »Ich habe mich hier einsam gefühlt, so allein. Warum machst du es nicht wieder gut?« Seine Augen leuchteten. »Zahl den Preis für dein Mädelswochenende.«

Ich lächelte und stand auf. »Gute Idee«, sagte ich. »Ich räume nur das Essen weg, dann komme ich zu dir.«

»Super«, entgegnete er. »Ich springe schnell unter die Dusche.« Er zog sein Hemd aus und hinterließ auf dem Weg ins Badezimmer eine Spur von Kleidungsstücken. Ich hob sie schnell auf und warf sie in den Wäschekorb.

Als ich die Dusche angehen hörte, ging ich ins Schlafzimmer und schob leise die Kleiderschranktür auf. Auf seiner Schrankseite hingen zwei neue Anzüge. Die Etiketten befanden sich noch an den Manschetten: Paul Smith und Hugo Boss. Daneben hingen einige neue Hemden, und darunter hatte er zwei Schuhkartons hineingeworfen, als wären sie wertlos. Das waren sie allerdings nicht. In seiner Mittagspause, innerhalb einer Stunde, hatte er beiläufig mehrere tausend Pfund vom Geld meiner Mutter ausgegeben, und er hatte sich dafür in keiner Weise erkenntlich gezeigt.

Ich machte die Schranktür wieder zu und ging zurück ins Wohnzimmer. Das Tablett mit den Gläsern und Tellern stand noch auf dem Couchtisch, und ich nahm es und trug es in die Küche.

Am Donnerstagabend hatte David die Mülltonne hinausgestellt, damit sie am Freitagmorgen geleert werden konnte. Kurz bevor ich nach Amsterdam aufgebrochen war, hatte ich den Müllbeutel aus dem Abfalleimer in der Küche in die Mülltonne geworfen und anschließend den Abfalleimer mit einem neuen Plastikbeutel versehen.

Jetzt hielt ich den Atem an, als ich den Schwingdeckel des Abfalleimers zur Seite drückte. Er war leer. Keine Takeaway-Verpackungen, nichts. Er war vollkommen leer. Ich öffnete leise die Hintertür und hob den Deckel der Mülltonne an, falls er seine Abfälle direkt dort hineingeworfen hatte. Manchmal tat ich das, wenn das Essen sehr stark gewürzt war, David hatte ich das allerdings noch nie tun sehen.

Die Tonne war ebenfalls leer.

Ich schloss die Hintertür wieder ab und lehnte mich mit klopfendem Herzen mit dem Rücken dagegen. Ich hatte es gewusst. Er war am Samstagabend nicht hier gewesen. Ich hatte von dem Augenblick an, als ich mit Jennifer gesprochen hatte, gewusst, dass er nicht hier gewesen war.

Ich gestattete mir nicht, darüber nachzudenken, wo er gewesen sein mochte und in wessen Begleitung.

Ich konnte nicht. Ich konnte es mir nicht erlauben, ihn zu verlieren. Nicht jetzt.

Ich nahm die Weinflasche und machte mein Glas randvoll. Dann trank ich es in einem Zug aus.

Als David aus dem Badezimmer kam, hatte ich bereits die Dessous angezogen, die ihm am besten gefielen, hatte mich mit dem Parfüm eingesprüht, das er für mich ausgesucht hatte, und seine Lieblingsmusik aufgelegt.

»Komm her, Schatz«, sagte ich. Meine Kehle war geschwollen von den Tränen, von denen ich wusste, ich würde sie nicht vergießen können. »Lass es mich wiedergutmachen.«

40
Gemma

Montag, 14. August

Ich fand es wirklich aufreibend, warten zu müssen, bis Rachel wieder zur Arbeit erschien. Mir war klar, dass ich mit ihr reden musste, aber ich wusste nicht, was genau ich zu ihr sagen sollte und wie sie darauf reagieren würde. Was wäre, wenn sie abstreiten würde, ihn zu kennen? Ich hatte kein Recht, ihre Wohnung zu betreten, um zu beweisen, dass er da war. Und ich hatte abgesehen von einer E-Mail, die aussah wie Spam, keine Beweise dafür, dass David tatsächlich etwas getan hatte.

Und ich machte mir Sorgen um sie. Worauf hatte sie sich eingelassen? Sie war noch so jung und hatte keine Angehörigen, die ihr hätten helfen können. Wenn er sie ausnutzte, würde sie dem gewachsen sein?

Ich wusste, wenn ich zur Polizei ging und die Angelegenheit vor Gericht landete, würde sie vermutlich auch in die Medien gelangen. Unsere Stadt war klein genug, dass selbst über unbedeutende Vorkommnisse geschrieben wurde, als handle es sich dabei um globale Ereignisse. Unsere Lokalzeitung berichtete liebend gerne über sexuelles Fehlverhalten; wenn ihre Redakteure erfahren hätten, dass eine verheiratete Geschäftsfrau nackt für einen ihrer Kunden posiert hatte, hätten sie sich auf die Geschichte gestürzt. Und wenn sie in die Zeitungen gelangte, würde Joe davon erfahren. Diese Vorstellung ertrug ich nicht.

Rachel kam nach der Mittagspause wieder ins Büro. Sophie lackierte sich heimlich die Fingernägel, in seliger Unwissenheit, dass der Geruch sie verriet. Brian telefonierte mit einem Installateur, der den Auftrag hatte, in einem Studentenhaus in der Nähe der Universität, das mir gehörte, ein neues Bad einzubauen, und ich saß an meinem Schreibtisch und arbeitete an einer Unkostentabelle für die Steuerberaterin. Alles ging seinen normalen Gang, und als ich Rachel in der Türöffnung stehen sah, wo ein Luftzug ihr Haar leicht anhob, war mir bewusst, dass sie glaubte, niemand würde ihr Geheimnis kennen.

Sie täuschte sich.

Seit ich David bei ihr zu Hause gesehen hatte, fragte ich mich, woher sich die beiden kannten. Und ich machte mir Sorgen um sie. Dieser Mann schien wild entschlossen zu sein, mich zu vernichten. Während sie dastand und so jung und glücklich wirkte, stellte ich mir vor, wie sie sich fühlen würde, wenn ich ihr erzählte, was er mir angetan hatte. Ich schluckte. Sie wäre bestimmt am Boden zerstört.

Am Nachmittag erhielt ich einen Anruf von Bill Campbell, einem der Vermieter, mit denen ich im Lauf der Jahre zu tun gehabt hatte. Er hatte ein paar Wohnungen in einem Gebäude am Hafen gekauft und wollte, dass Brian sie sich ansah, bevor er sie vermietete.

»Brian ist heute Nachmittag auf einer Versteigerung«,

sagte ich. »Aber ich mache das für Sie. Geht es auch ein bisschen später?«

»Könnten Sie um vier Uhr hier sein? Parken Sie am Eingang, ich mache Ihnen auf.«

Er nannte mir die Adresse, und ich schrieb sie mir auf, wobei ich wiederholte, was er sagte. Als ich nach dem Telefonat aufblickte, bemerkte ich, dass Rachel und Sophie mich erwartungsvoll ansahen.

»Fahren Sie zu diesem Neubau unten bei der Pferderennbahn?«, wollte Sophie wissen. »Da bin ich letztes Wochenende vorbeigegangen. Sieht toll aus.«

»Ja, Bill Campbell hat dort drei Wohnungen gekauft. Er hat mir davon erzählt, als ich ihn letzte Woche getroffen habe.«

»Von denen hätte ich gern eine«, sagte Rachel. »Wissen Sie, wie viel die kosten?«

Ich musterte sie. Sie wirkte völlig ruhig und gelassen, das genaue Gegenteil von mir in diesem Moment. Im Handumdrehen war eine Entscheidung gefällt. »Das weiß ich nicht«, sagte ich. »Warum begleiten Sie mich nicht und sehen sie sich an?«

Sophie wandte sich enttäuscht ab. Sie wäre noch enttäuschter gewesen, wenn sie gewusst hätte, was ihr an diesem Nachmittag tatsächlich entging.

Jetzt hatte ich meine Gelegenheit, mit Rachel zu sprechen.

Bill hielt mit seinem Wagen zehn Minuten nach unserem Eintreffen an. Rachel und ich waren mit zwei Autos gekommen, damit wir anschließend beide direkt nach

Hause fahren konnten, und ich tat so, als würde ich telefonieren, damit sie nicht zu mir herkam. Ich musste ständig daran denken, dass sie zu ihm zurückkehren würde, und fragte mich, was sie wohl zu ihm sagen würde. Und was er zu ihr sagen würde.

»Entschuldigung«, sagte Bill, als wir ihn an der Eingangstür zu dem Gebäude trafen. »Ich bin spät dran.«

Er tippte den Code ein, mit dem man ins Gebäude gelangte, und wir tauschten Höflichkeiten aus, als wir mit dem Aufzug in die fünfte Etage fuhren. Als sich die Tür öffnete, führte er uns auf einen Flur mit einer Reihe von Türen, von denen jede zu einer separaten Wohnung führte.

»Also, ich habe gerade erst diese drei hier gekauft.« Er deutete auf die drei Wohnungstüren, die uns am nächsten waren. »Habe sie letzte Woche bei einer Versteigerung erworben. Ich möchte sie vorerst vermieten, dann werde ich schon sehen, wie es läuft.« Wir betraten die erste Wohnung, und er sagte: »Sie können sich doch für mich darum kümmern, oder? Ich möchte sie so bald wie möglich vermieten, könnten Sie also schon morgen eine Annonce schalten? Anfang nächster Woche kommen die Maler. Sonst muss nichts gemacht werden. Die Wohnungen sind in gutem Zustand, soweit ich es beurteilen kann, aber lassen Sie mich wissen, was Sie meinen.« Er nannte mir den Mietpreis, den er im Auge hatte, bat mich aber nachzuprüfen, ob mehr machbar sei. »Ich kann nicht bleiben, ich muss noch zur Kommunalverwaltung, solange sie noch geöffnet hat. Können Sie mir die Schlüssel wieder zukommen lassen?«

»Kein Problem. Ich schicke Brian morgen damit vorbei, und ich sage ihm auch, dass er eine Anzeige schalten soll.«

»Großartig.«

Und damit war er weg. Die Wohnungen waren leer und sauber, sodass sich die Maler an die Arbeit machen konnten, bevor sie vermietet wurden. Rachel und ich maßen die Zimmer aus und notierten, welche Arbeiten noch erledigt werden mussten. Wir nahmen uns eine Wohnung nach der anderen vor, wobei wir genau darauf achteten, nichts zu übersehen.

»Normalerweise würde also Brian das machen?«, erkundigte sich Rachel.

»Ja, aber wenn Sie in meiner Abwesenheit übernehmen, müssen Sie genau wissen, was jede Aufgabe im Büro beinhaltet.« Nicht dass ich auch nur die geringste Absicht gehabt hätte, sie weiterhin zu beschäftigen, geschweige denn zu befördern, wenn sie auch in Zukunft mit David zusammenblieb.

»Die hier hätte ich am liebsten«, sagte Rachel. »Stellen Sie sich mal vor, jeden Tag diese Aussicht zu haben.«

Wir standen in der letzten Wohnung und blickten durch die riesigen Fenster auf die walisischen Hügel. So schön sie auch waren, ich nahm sie kaum zur Kenntnis. Ich konnte an nichts anderes denken, als dass ich jetzt meine Gelegenheit hatte. Niemand sonst war anwesend.

Der Zeitpunkt war gekommen.

Mein Magen krampfte sich zusammen, als ich mich Rachel zuwandte. »Sie wäre aber ein bisschen groß für Sie, oder?«, fragte ich.

Ein Lächeln huschte über ihre Lippen. »Ach, das wäre schon in Ordnung. Ich habe gern viel Platz.«

»Allein hier wohnen?«, sagte ich. »Das ist eine tolle

Wohnung, aber sie ist eher für ein Paar geeignet, finden Sie nicht?«

Ihre Veränderung war minimal, doch sie entging mir nicht. Sie blieb ruhig, blickte zum Fenster hinaus, und nur weil ich selbst unter Strom stand, nahm ich wahr, dass ihre Hände, die das Fensterbrett zuvor nur berührt hatten, es jetzt gepackt hielten.

Ich ging einen Schritt auf sie zu und beobachtete, wie sich die feinen blonden Härchen an ihren Armen aufstellten.

»Ich weiß es«, sagte ich.

Sie zuckte zusammen und drehte sich um. »Was wissen Sie?« Ihre Stimme klang kräftig und tapfer; es gab kein Anzeichen dafür, dass ihr gerade noch die Nerven geflattert hatten. Sie entfernte sich vom Fenster, nahm das Klemmbrett und das Lasermessgerät, das wir mitgebracht hatten, und hielt sich beides an die Brust.

Ich trat näher zu ihr. »Wie lange kennen Sie ihn schon?«

»Wen?« Ihre Stimme klang jetzt unsicher, und sie holte tief Luft, nachdem sie gesprochen hatte.

»Sie wissen schon, wen.«

Sie schwieg. Ich hörte sie atmen, kurze, flache Atemzüge, die ihr Gesicht erröten und feucht werden ließen.

»David Sanderson.«

Sie sah mich an, und ihr Gesichtsausdruck war trotzig. Beinahe cool. »Ich kenne niemanden, der David Sanderson heißt.«

Vermutlich sagte sie die Wahrheit. Mir war schon vor einiger Zeit bewusst geworden, dass er aller Wahrscheinlichkeit nach nicht seinen echten Namen verwendete.

»Ich glaube schon. Ich weiß zwar nicht, wie er wirklich heißt, aber ich weiß, dass Sie ihn kennen.«

Sie hielt sich ganz still und ich mich ebenfalls, da wir uns beide der anderen bewusst waren, uns jeder Bewegung bewusst waren. Ich hatte nicht vor, diejenige zu sein, die das Schweigen brach.

Sie gab nach. »Woher wissen Sie es?«

»Ich habe ihn in Ihre Wohnung gehen sehen.« Die Anspannung übermannte mich, und ich stieß ein tiefes Seufzen aus. »Dachten Sie wirklich, ich würde es nicht herausfinden? Wir verwalten diese Immobilie. Die Wahrscheinlichkeit, dass ich draufkomme, dass Sie ihn kennen, war schon immer hoch.«

Sie machte den Mund auf, um etwas zu sagen, doch es kam nichts heraus. Ich wartete. Das hatte schon einmal funktioniert, und ich wusste, es würde wieder funktionieren.

»Es ist meine Sache, mit wem ich zusammenwohne.«

Mein Magen geriet ins Schlingern. Dann wohnte er also tatsächlich dort. Seit ich ihn gesehen hatte, versuchte ich, mir einzureden, dass sie ihn erst kürzlich kennengelernt und ihm aus irgendeinem Grund ihren Schlüssel gegeben hatte. Selbst jetzt versuchte ich noch, sie mangels Beweisen freizusprechen.

»Ich mache mir wirklich Sorgen um Sie, Rachel.«

Sie sah mich verächtlich an. »Warum?«

»Ich glaube, Ihnen ist nicht bewusst, worauf Sie sich eingelassen haben. Ihr Freund …«

Sie fiel mir ins Wort. »Er ist nicht mein Freund.« Sie sah mir direkt in die Augen, und es war klar zu erkennen, dass er ihr Mut gab. »Er ist mein Ehemann. Wir sind verheiratet.«

41

Rachel

Letztes Jahr

Ich kenne David schon seit Jahren; er war einer der ältesten Freunde meines Bruders, doch ich hatte nicht damit gerechnet, dass er bei der Bestattung meiner Mutter auftauchen würde.

Sie fand Ende Oktober an einem kalten, trüben Tag statt. Meine Mutter hatte sich im Lauf der Jahre von vielen ihrer Freunde distanziert, und ich hatte am Ende nicht den Nerv gehabt, mit ihnen Kontakt aufzunehmen. Wenn ich sage: »hat sich distanziert«, meine ich eigentlich, sie hat sie mitten in der Nacht angerufen und angeschrien, deshalb zögerte ich, sie zu verständigen.

Das Ende ihres Lebens zog sich über ein Jahr hin. Ein Jahr, in dem ich nicht in der Lage war zu arbeiten, nicht in der Lage war, irgendetwas zu tun, außer mich um sie zu kümmern. Dankbar war sie mir dafür allerdings nicht. Ich begleitete sie zu Krankenhausterminen, wo ich Mütter über ihre Töchter sprechen hörte. »Ich könnte mir keine bessere Tochter wünschen«, bekam ich oft zu hören. »Sie ist mir so ein Trost.« Ich saß währenddessen immer mit versteinerter Miene da. Meine Mutter besaß zumindest so viel Anstand, hin und wieder ein Lippenbekenntnis abzulegen. Einmal hörte ich sie sagen, ohne mich wäre sie nicht in der Lage, die Situation zu meistern. Ich war erstaunt, sowohl über ihre Empfindung als auch über ihre Einschätzung, sie würde die Situation meistern.

Ihre Bestattung war deshalb schlecht besucht. Mein Vater war nicht anwesend; das wäre eine Möglichkeit gewesen, um meine Mutter wieder aus dem Grab zu holen. Außer mir waren nur ein paar Nachbarn erschienen, die den Krankenwagen vor unserem Haus hatten halten sehen und die später vorbeigekommen waren, als sie feststellten, dass ich wieder zu Hause war. Sie war im Krankenwagen gestorben, hatte ihren Willen bis ganz zum Schluss durchgesetzt. Sie war fest entschlossen gewesen, nicht ins Krankenhaus oder ins Hospiz zu gehen, sondern wollte zu Hause sterben. Als ich sie eines Morgens bewusstlos aufgefunden hatte, hatte ich den Notarzt gerufen. Ich hatte damit gerechnet, dass sie wütend sein würde, wenn sie aufwachte, doch dazu kam es nicht. Auf der Fahrt zum Arrowe-Park-Krankenhaus gab sie den Kampf nach zehn Minuten endgültig auf.

Ich saß in der Kapelle im Krematorium in der ersten Reihe, und unsere Nachbarn saßen neben mir. Eine betagte Cousine meiner Mutter tauchte auf; sie sah mich mitfühlend an und legte mir die Hand auf den Arm, doch sie war nicht da gewesen, als ich sie gebraucht hätte, sodass es sich um nichts weiter als um eine Höflichkeitsbezeugung handelte.

Der kurze Gottesdienst hatte gerade begonnen, als ich hörte, wie die Tür zur Kapelle aufging. Ich erwartete niemanden mehr, allerdings wusste ich auch nicht, was ich überhaupt erwarten sollte. Auf der einzigen anderen Bestattung, die ich besucht hatte, war es ebenfalls sehr ruhig gewesen. Ich war hin- und hergerissen, ob ich den Priester anschauen oder mich umdrehen sollte, um nachzusehen, wer gekommen war. Der letztere Instinkt setzte sich durch.

In der Türöffnung stand David. Ich erkannte ihn sofort, obwohl ich ihn mehr als zehn Jahre nicht gesehen hatte. Er war größer, als ich ihn in Erinnerung hatte, und auch breitschultriger, während sein Haar noch immer schwarz und gewellt war. Er drehte sich um und machte die Tür zu, dann ging er den Mittelgang entlang auf mich zu. Einen Moment lang war mir schwindlig, weil ich mir einbildete, dass er meinen Bruder an seiner Seite hatte, genau wie früher.

Als er bemerkte, dass ich ihn musterte, zwinkerte er mir zu, was völlig unpassend war, aber bei all der Trauer eine derart willkommene Abwechslung, dass ich sein Zwinkern erwiderte. Als ich mich wieder umdrehte, sah ich, dass der Bestattungsunternehmer es bemerkt hatte und schockiert wirkte. Zu Recht. In diesem Moment war mir das erste Mal seit über einem Jahr nach Lachen zumute.

Nachdem der Gottesdienst zu Ende war, wartete David draußen auf mich. »Arme Coco«, sagte er, und mit einem Mal war alles wie früher. Er war einmal bei uns zu Hause zu Besuch gewesen, als ich klein war. Ich glaube, ich war damals vier Jahre alt, und die Jungs müssen elf oder zwölf gewesen sein. Ich hatte mit den Schminkutensilien meiner Mutter herumgespielt und mich ziemlich verunstaltet. Die beiden hatten sich vor Lachen gebogen, als sie mich sahen, und mich Coco der Clown genannt. Dieser Spitzname war mir geblieben. Mich hatte allerdings seit Jahren niemand mehr so genannt, und als David den Namen sagte, war es, als hätte ich meine Familie zurück. »Du hast eine harte Zeit hinter dir, oder?«

Das erste Mal, seit ich meine Mutter verloren hatte, spürte ich Tränen in meinen Augen prickeln. Ich hatte alles allein erledigt – hatte alle rechtlichen Angelegenheiten geregelt, die Bestattung arrangiert, mich um die Rechnungen gekümmert –, und mir war bewusst gewesen, dass ich nie mehr würde aufhören können, wenn ich anfing zu weinen. Jetzt, bei diesem Hauch von Liebenswürdigkeit von jemandem, der mich kannte, wie ich früher gewesen war, stiegen Tränen in mir auf.

»Jetzt ist alles vorbei«, sagte ich. »Sie hat endlich ihren Frieden gefunden.«

Die Nachbarn verabschiedeten sich, und die Cousine meiner Mutter versprach, mit mir in Kontakt zu bleiben, wobei ich von ihr nicht allzu viel erwartete. Sie küssten mich auf die Wange, sagten mir, ich sei eine gute Tochter gewesen, die allerbeste, und dann waren sie weg.

Ich starrte ihnen hinterher und dachte, ich würde in unser leeres Haus zurückkehren müssen, ohne zu wissen, was ich mit mir anfangen sollte, als David sagte: »Du weißt, was du jetzt tun musst, oder, Coco?«

»Ein Jahr lang schlafen?«

»Du musst dich betrinken«, sagte er.

Ich lachte. »Was?«

»Wir sollten deiner Mutter die letzte Ehre erweisen.«

»Die Totenwache wird normalerweise vor der Bestattung abgehalten.«

Er zuckte mit den Schultern. »Und, gab es eine?«
Ich schüttelte den Kopf.

»Na dann, besser spät als nie.« Er lächelte mich an, und ich konnte nicht widerstehen. »Komm schon«, sagte er. »Ich lade dich ein.«

Also fuhren wir mit dem Zug nach Liverpool, an einem Dienstagvormittag, beide im nüchternen schwarzen Anzug, um meiner Mutter die letzte Ehre zu erweisen. Wir zogen von Bar zu Bar, und bei jedem Getränk stießen wir auf sie an und sagten etwas Nettes über sie. Ich hatte dabei ein wenig zu kämpfen, doch er schlug sich gut. Er hatte die besten Erinnerungen. Und dann ging er zum Tresen, um noch einmal Cocktails zu holen. Als er zurückkam, fragte ich, was für welche es wären.

»Between the Sheets«, sagte er, beugte sich über den kleinen Stehtisch und küsste mich.

Einen Monat später waren wir verheiratet.

42
Rachel

Gegenwart

Gemma starrte mich dermaßen schockiert an, dass ihr die Kinnlade herunterklappte. Sie hatte zweifellos Probleme damit zu verarbeiten, was ich gesagt hatte.

»Sie sind verheiratet?«, fragte sie. »Mit David Sanderson?«

Ich machte den Mund auf, um zu sprechen, um ihr zu sagen, dass das nicht sein echter Name war, biss mir aber gerade noch rechtzeitig auf die Zunge. »Ich bin verheiratet, ja.« Ich spürte, wie ich errötete. Ich hatte noch niemandem gesagt, dass ich verheiratet war, und es fühlte sich seltsam an, als gäbe ich vor, erwachsen zu sein.

»Seit wann?«, fragte sie.

Ich sträubte mich. Was ging sie das an? David und ich hatten vereinbart, dass ich nicht ins Detail gehen würde. *Sie braucht gar nichts zu erfahren*, hatte er gesagt. *Behalt es für dich. Halt im Zweifel einfach den Mund.* Also hielt ich den Mund, doch es hatte den Anschein, dass Gemma den Mund länger halten konnte als ich, da ich mich schließlich sagen hörte: »Seit einer Weile.«

»Und trotzdem haben Sie behauptet, Sie wären Single«,

stellte sie fest. »Als Sie zum Vorstellungsgespräch kamen, habe ich Sie gefragt, und Sie haben ausdrücklich gesagt: ›Ich bin Single. War nie verheiratet. Möchte auch nicht unbedingt heiraten.‹«

Es klang, als würde sie mich nachäffen, und ich sah sie finster an. »Sie haben ein gutes Gedächtnis.«

»Das habe ich allerdings«, entgegnete sie.

Ich musste mir überlegen, wie ich mit der Situation umgehen wollte. Mir war klar gewesen, dass sie es irgendwann herausfinden würde – das war eingeplant –, aber ich hatte geglaubt, uns bliebe mehr Zeit. Ich hatte nicht im Traum damit gerechnet, dass es heute wäre. Ein Blick auf sie verriet mir, dass sie sich nicht von der Stelle rühren würde, bis diese Sache geklärt war.

Tja, dann war es also so weit. Ich war bereit für sie.

»Kannten Sie ihn schon, als er zu uns ins Büro kam?«, fragte sie.

Ich konnte nicht anders. Ich musste lachen bei dem Gedanken an den Tag, an dem ich so tun musste, als würde ich ihn nicht kennen, und ihn fragte, wie er seinen Kaffee gerne hätte.

Gemma wirkte geschockt. »Waren Sie da schon mit ihm *verheiratet*?«

Ich sah sie einfach nur an. Ich würde ihr überhaupt nichts erzählen. Ich hatte mich lange auf diesen Moment vorbereitet. *Belaste dich nicht selbst*, hatte David immer und immer wieder gesagt. *Sag ihr nichts, gib ihr bloß keine Information, mit der sie dich drankriegen kann.* Ich drehte mich weg und zählte bis zehn. *Bleib ruhig*, dachte ich. *Bleib ruhig. Sie hat nichts gegen dich in der Hand.*

»Rachel«, sagte sie, »ich muss Ihnen etwas sagen.«

Ich wappnete mich. »Was?«

»Er bedeutet Ärger. David bedeutet Ärger.«

Ich lachte erneut. »Ich glaube nicht, dass ich mir seinetwegen Sorgen machen muss.«

»Doch!«, entgegnete sie. »Er versucht, mich zu vernichten.«

Ich gab mir Mühe, ruhig zu bleiben, gab mir Mühe, mich an Davids Anweisungen zu erinnern, doch ich konnte es mir nicht verkneifen. Es musste gesagt werden. »Jetzt machen Sie mal einen Punkt, Gemma«, sagte ich. »Sie stellen es so hin, als wären Sie völlig unschuldig.«

Sie blinzelte. »Was? Das bin ich!«

Die Hitze kochte jetzt hoch; ich hatte sie jahrelang köcheln gespürt und die ganze Zeit versucht, sie unter Kontrolle zu halten, einen Deckel auf meine Emotionen zu setzen, aber als ich mit ihrer Unschuldsmiene konfrontiert war, hatte ich mich nicht mehr im Griff. »Die kleine Miss Perfect, die immer das Richtige tut. So stellen Sie sich gern dar, nicht wahr?«

Sie sah mich an, als wäre ich verrückt geworden. »Rachel, ich habe nichts Falsches getan. Überhaupt nichts.«

Ich hörte sie kaum. Ich hatte das Gefühl, es ihr sagen zu müssen, weil ich sonst für nichts mehr hätte garantieren können. »Aber Sie und ich wissen beide, dass das nicht stimmt, oder?«

Sie starrte mich an. Ich wusste, meine Wangen waren gerötet, wusste, sie war argwöhnisch. Ich spürte Erwartung in mir aufsteigen. Ich hatte es so lange unterdrückt, aber jetzt würde ich mich befreien.

»Wir wissen beide genau, was Sie sind«, sagte ich. »Was Sie getan haben. Die Frage ist nur, wer weiß es noch? Weiß es Joe, frage ich mich?«

Sie starrte mich fassungslos an. Dann wich sie einen Schritt zurück, und mir wurde bewusst, dass ich ihr Angst machte. Umso besser.

»Haben Sie es ihm erzählt, Gemma? Erzählen Sie ihm immer alles? Haben Sie ihm erzählt, was in jener Nacht geschehen ist?« Ich bedachte sie mit einem harten, verächtlichen Blick. »Oder haben Sie gelogen, so wie Sie es immer tun?«

Sie sah aus, als hätte man ihr eine Ohrfeige gegeben. »Soll das heißen, es war meine Schuld?«

»Sie und ich kennen beide die Wahrheit. Doch das ertragen Sie nicht, richtig? Sie können sagen, was Sie wollen, aber ich kenne die Wahrheit.«

»Die Wahrheit worüber?«, schrie sie. »Was Ihr perverser Ehemann mir angetan hat?«

Ich zuckte zusammen.

»Sie wissen das alles und besitzen die Dreistigkeit, hier zu stehen und mit mir zu sprechen?«, fragte sie. »Ist Ihnen bewusst, dass ich Gefahr laufe, seinetwegen alles zu verlieren?«

Und dann kam die Hitze in meinem Gesicht an, und ich konnte mich nicht mehr beherrschen. Meine Augen füllten sich mit Tränen, und ich wischte sie wütend fort. »Es wird Zeit, dass Sie erfahren, wie es sich angefühlt hat«, sagte ich. Mein Herz hämmerte so heftig, als würde es gleich zerbersten. »Dass Sie erfahren, wie es sich anfühlt, alles zu verlieren.«

»Glauben Sie etwa, das wüsste ich nicht?«, sagte sie. »Sie wissen nichts über mich!«

Sie war so eine Idiotin. »Doch, das tue ich, Gemma. Ich weiß alles.«

»Dann wissen Sie also, dass Ihr Ehemann – Ihr eigener Ehemann – mich erpresst?«, fragte sie. »Das wissen Sie?«

Ich schüttelte den Kopf. »Das haben Sie verdient«, sagte ich. »Es geschieht Ihnen recht.« Ich richtete mich auf und zog die Schultern nach hinten. »Und er hat sowieso fast nichts gemacht.« Ich wich ein Stück zurück, wobei ich ihr weiterhin direkt in die Augen sah. »Im Gegensatz zu Ihnen.«

»Im Gegensatz zu mir?«, kreischte sie, als habe sie sich nichts zuschulden kommen lassen. »Was habe ich denn getan?«

Inzwischen war mir kalt. Die Hitze war aus meinem Gesicht gewichen. Aus meinem Körper. Ich spürte meine Hände zittern. »Sie haben keine Ahnung, stimmt's?«, sagte ich.

»Was?«

Ich holte tief Luft. »Sie haben keine Ahnung, wer ich bin.«

»Was?«, sagte sie noch einmal, und, um fair zu sein, sie wirkte völlig verwirrt. »Natürlich weiß ich, wer Sie sind!«

»Nein, das wissen Sie nicht«, entgegnete ich. »Ich habe mich immer gefragt, ob Sie es wissen.« Ich straffte die Schultern und blickte ihr direkt in die Augen. »Ich bin Alex' Schwester.«

43

Gemma

Fünfzehn Jahre zuvor

Es ist schon seltsam, was für intensive, lebendige Träume man manchmal hat, und doch verschwinden sie in dem Augenblick, in dem man aufwacht, wie sehr man auch versucht, sich an sie zu klammern. Wie kommt das? Ein andermal verschmelzen sie dann mit der Realität, und man stellt fest, dass man nicht mehr träumt. Man erlebt einen Albtraum.

Als ich in jener Nacht auf der Party erwachte, war mein Körper schwer und erschöpft. Ich hatte das Gesicht tief im Kissen vergraben, und der Wäschegeruch war derart penetrant, dass ich den Kopf heben musste, um frische Luft atmen zu können. Als ich die Augen öffnete, sah ich nur Dunkelheit, und einen betrunkenen Moment lang wusste ich nicht, wo ich mich befand. Dann fiel es mir wieder ein. Das war Alex' Zimmer. Ich war hier eingeschlafen, während unten die Party noch im Gang war.

Ich beschloss, mich auf die Suche nach Lauren zu machen, stellte aber fest, dass ich dazu nicht in der Lage war. Bei der Schwere, die auf meinem Körper lastete, handelte es sich nicht um Erschöpfung. Ich war nicht etwa zu müde, um mich zu bewegen.

Ich *konnte* mich nicht bewegen.

Irgendetwas befand sich auf mir, drückte mich nieder. Etwas Schweres. Ich versuchte, Atem zu holen, konnte aber nicht. Dann waren meine Beine plötzlich weit gespreizt, und in mir bewegte sich etwas mit harten, brutalen Stößen. Ich versuchte, mich umzudrehen, konnte aber nicht. Ich wollte schreien, doch irgendetwas drückte fest auf meine Brust. Ich hatte das Gefühl, in der Matratze begraben zu werden, als wäre sämtliche Luft aus meiner Lunge gepresst worden.

Meine Arme lagen wie tot neben mir. Ich versuchte, sie zu bewegen, konnte aber nicht.

Und dann hörte ich den Atem. Einen kratzenden Atem, der sich heiß anfühlte an meinem Hals, unmittelbar neben meinem Ohr. Ich riss den Kopf weg, und das Gewicht hob sich ein wenig.

Als ich dieses Mal versuchte, mich umzudrehen, ließ der Druck ganz nach, und ich schnappte nach Luft. Ich setzte mich mit Mühe auf, dann wurde eine Decke über mich geworfen, über meinen Kopf. In der völligen Finsternis hörte ich, wie sich jemand bewegte, dann das Geräusch eines Reißverschlusses. Ich versuchte, mich von der Decke zu befreien, doch im nächsten Moment wurde noch eine über mich geworfen, und ich verhedderte mich zwischen ihnen.

Ich war noch immer betrunken, noch immer nicht imstande, einen klaren Gedanken zu fassen. Voller Panik zerrte ich an den Decken, aber es war vollkommen dunkel, und ich fand keinen Ausweg. Und dann hörte ich die Tür aufgehen, und das Licht im Flur fiel kurz ins Zimmer. Ich drehte mich zum Licht und riss mir die Decken vom Kopf. In der Sekunde, die es dauerte, bis die Tür leise wieder zuging, sah ich eine große, dunkelhaarige Person, die ein T-Shirt mit The-Coral-Aufdruck auf dem Rücken trug, aus dem Zimmer huschen.

Ich ließ mich aufs Bett zurückfallen.

Alex.

Nachdem er die Tür geschlossen hatte, war es im Zimmer wieder dunkel. Voller Panik versuchte ich, aus dem Bett zu kommen, um mir zu überlegen, was ich tun sollte. Ich konnte nicht klar denken, ich konnte nichts sehen. Was war geschehen? Warum war Alex im Zimmer gewesen? Ich stolperte im Dunkeln umher, dann erinnerte ich mich, dass im Zimmer eine Lampe gebrannt hatte, als ich mich hinlegte; sie hatte auf dem Nachttisch gestanden. Ich krabbelte übers Bett auf sie zu und tastete nach dem Schalter.

Im Schein der Lampe betrachtete ich mich ungläubig. Mein Kleid war bis zur Taille nach oben geschoben, und meine Unterhose lag neben dem Bett auf dem Fußboden. Ich fühlte mich vom Schlaf und vom Alkohol benommen und konnte keinen klaren Gedanken fassen.

Und dann hörte ich Tom von unten rufen.

»Gemma? Gemma! Das Taxi ist hier!«

Ich kletterte vom Bett und zog meine Unterhose an. Meine neuen Sandalen lagen beim Fenster auf dem Fußboden, und ich schlüpfte schnell hinein. Dann blickte ich mich hektisch um. Ich hatte nichts zurückgelassen.

Ich rannte zur Tür, riss sie auf und lief so schnell ich konnte nach unten, wobei die Riemen meiner Sandalen an meinen mit Blasen bedeckten Füßen rieben.

Tom wartete auf mich. »Lauren sitzt schon im Taxi«, sagte er. »Wo warst du denn?«

Ich schüttelte den Kopf und sagte nichts. Ich wollte einfach nur weg. Im Taxi setzte ich mich auf den Beifahrersitz. Lauren und Tom saßen hinter mir. Die beiden unterhielten sich über die Party und darüber, wie seltsam es wäre, die anderen nicht mehr zu sehen, bis sie an Weihnachten von ihrer jeweiligen Universität zurückkämen, und dass sie sich jedes Wochenende besuchen würden. Ihre Unterhaltung wurde immer wieder von Küssen unterbrochen.

Ich lehnte den Kopf gegen die Fensterscheibe, spürte sie kalt an meiner erhitzten Haut. Ich konnte nicht darüber nachdenken, was mir widerfahren war. Ich konnte nicht darüber sprechen. Was hätte ich sagen sollen? Als Lauren mich ansprach, schloss ich deshalb die Augen, und ich hörte Tom sagen: »Sie schläft.« Lauren lachte und sagte: »Weichei.«

Die Fahrt schien Stunden zu dauern. Mein Gesicht war die ganze Zeit gegen die Glasscheibe gepresst, sodass mich jede Unebenheit im Asphalt bestrafte. Ich weinte nicht. Ich dachte nicht darüber nach, was geschehen war. Ich konnte nicht. Ich fühlte mich nicht sicher genug, um mir das zu gestatten.

Als wir bei Lauren zu Hause ankamen, holte Tom das Geld, das uns ihre Mutter in den Hausflur gelegt hatte, und bezahlte den Taxifahrer. Ich ging geradewegs ins Gästezimmer, in dem ich schon unzählige Male übernachtet hatte. Ich war nicht imstande, mich auszuziehen, da ich mich nicht anschauen wollte. Die Vorhänge waren zugezogen, und im Zimmer war es fast dunkel, wobei allein der schwache Schimmer der Straßenlaterne hereinschien. Ich setzte mich an der Wand auf den Fußboden, legte den Kopf auf die Knie und schlang die Arme fest um die Beine.

Jemand ging ins Badezimmer auf der anderen Seite des Flurs, gegenüber von meinem Zimmer, und schon das Geräusch, mit dem die Tür zuging, genügte, um mich aufspringen zu lassen. Ich stand schwer atmend in der Dunkelheit, bereit zu schreien. Und dann hörte ich Lauren sagen: »Entschuldige!«, und mir wurde bewusst, dass sie offenbar ihre Mutter geweckt hatte. Als sich meine Atmung wieder verlangsamte, wurde mir endgültig klar, dass es sich nur um Lauren handelte. Kein Grund zur Sorge.

Ich setzte mich wieder an die Wand und blieb dort sitzen, bis um sechs Uhr die Sonne aufging. Dann nahm ich meine Handtasche und ging auf Zehenspitzen nach unten, meinen Hausschlüssel fest in der Hand. Sobald ich mich draußen in der kühlen Morgenluft befand, rannte ich die halbe Meile durch die Siedlung zu mir nach Hause, wobei ich mich nur auf die Blasen an meinen Füßen konzentrierte, die bei jedem Schritt an meinen Schuhen rieben, bis sie aufplatzten.

Sicher zu Hause angekommen, riss ich mir sämtliche Kleidungsstücke vom Leib, steckte sie in eine Plastiktüte und vergrub sie ganz unten in der Mülltonne. Ich hatte nicht vor, sie jemals wieder zu tragen. Dann stellte ich mich unter die Dusche, schrubbte meinen Körper, bis er wund war, und wagte es nicht, nach unten auf das Blut zu blicken, welches das Wasser, das strudelnd in den Abfluss strömte, rosa färbte.

Ich weinte noch immer nicht. Wenn ich es getan hätte, wäre vielleicht alles anders gekommen.

44

Gemma

Gegenwart
Montag, 14. August

Ich wich einen Schritt zurück, konnte nicht glauben, was ich gerade gehört hatte.

»Alex' Schwester?«

»Ja, Alex Clarkes Schwester. Sie erinnern sich doch an ihn, oder?«

Ich nickte. »Ja, natürlich erinnere ich mich an ihn.« Wie hätte ich ihn vergessen können? »Aber Sie sehen ihm überhaupt nicht ähnlich. Und Sie heißen mit Nachnamen Thomas. Ist das Ihr Ehename?«

»Das ist der Name meiner Mutter. Ihr Mädchenname. Als sich meine Eltern scheiden ließen, änderten sie und ich unseren Namen. Wir wollten mit meinem Dad nichts mehr zu tun haben.«

»Warum haben Sie mir nicht gesagt, dass Sie seine Schwester sind?«

Sie lachte. »Als ob Sie mir dann den Job gegeben hätten!«

Ich rief mir ihr Bewerbungsschreiben in Erinnerung. Sie

hatte enorm enthusiastisch gewirkt, und ihre Qualifikationen waren hervorragend gewesen. Alex' Adresse hatte sie nicht benutzt, das wusste ich noch. Diese Adresse würde ich niemals vergessen, auch jetzt nicht, fünfzehn Jahre später. »Wussten Sie, wer ich bin, als Sie sich für die Stelle beworben haben?«

»Natürlich wusste ich das.« Sie warf mir einen verächtlichen Blick zu. »Ich bin doch nicht dumm.«

»Aber warum? Warum wollten Sie bei mir arbeiten?«

Sie antwortete nicht, sondern stand nur da und starrte mich an. Ihre Knöchel traten weiß hervor, während sie das Klemmbrett festhielt.

Und dann wurde mir bewusst, was hier vor sich ging. »Machen Sie gemeinsame Sache mit David Sanderson?« Ihr spöttisches Lächeln rief mir in Erinnerung, dass ich seinen Namen nicht kannte. »Oder wie auch immer er wirklich heißt.«

»Jemand musste Ihnen eine Lektion erteilten«, sagte sie.

»Ach ja? Warum? Was habe ich getan?«

»Dachten Sie wirklich …«, begann sie und verstummte. Ich sah Tränen in ihren Augen. Sie setzte noch einmal an. »Dachten Sie wirklich, Sie könnten das Leben meines Bruders ruinieren und würden damit davonkommen?«

»Aber Rachel«, sagte ich. »Ich wurde vergewaltigt. Alex hat mich vergewaltigt.«

Auch wenn es Jahre zurücklag, kostete es mich noch immer Überwindung, diese Worte auszusprechen.

»Unterstehen Sie sich, das zu behaupten! Das hätte er niemals getan.« Ihre Stimme brach. »Sie wissen doch, wie er war – wie konnten Sie nur denken, er hätte jemanden vergewaltigt?«

»Ich war dabei«, erwiderte ich. »Ich war diejenige, der es passiert ist.«

»Nichts ist passiert!«, kreischte sie. »Sie haben die Polizei angelogen, und Alex wurde verhaftet. Und dann wollten Sie nicht vor Gericht aussagen. Nachdem Sie den ganzen Schaden angerichtet hatten! Sie sind schuld, dass Alex tot ist. Sie sind schuld, dass mein Dad uns verlassen hat. Und Ihretwegen ist meine Mum gestorben. Sie sind für alles Schlechte verantwortlich, was meiner Familie widerfahren ist.«

Sie stand vor mir, mit gerötetem Gesicht und triumphierend, doch ich konnte nur an jene Jahre nach der Party denken, in denen ich keine Selbstachtung besessen und mich in heikle Situationen mit fremden Männern manövriert hatte, in dem törichten Irrglauben, die Initiative zu ergreifen würde bedeuten, ich hätte die Kontrolle. Ich hatte einen Therapeuten gebraucht, der mir aufzeigte, dass ich bei ihnen genauso wenig die Kontrolle hatte wie in jener Nacht auf der Party. Wenn ich diese Hilfe nicht gehabt hätte, weiß ich nicht, was mit mir passiert wäre. Und auch jetzt war mir bewusst, dass meine Probleme mit Joe darauf zurückzuführen waren, dass ich mich nicht durchsetzen konnte. Ich hatte es in jener Nacht auf der Party nicht geschafft, und ich hatte es seitdem nicht geschafft.

Meine Mutter war auf meiner Seite gewesen – das war sie vom ersten Tag meines Lebens an gewesen –, doch sie hatte befürchtet, dass man mir nicht glauben würde. Deshalb hatte ich mich geweigert, vor Gericht auszusagen, und jetzt, fünfzehn Jahre später, sah ich, dass sie recht gehabt hatte.

45

Rachel

Letztes Jahr

Am Abend des Tages, an dem meine Mutter beigesetzt wurde, fasste ich den Entschluss, mich an Gemma zu rächen.

Nachdem David mich geküsst hatte, sagte er: »Komm, Coco«, und wir tranken hastig unsere Cocktails aus und verließen die Bar.

Wir befanden uns auf dem Albert Dock in Liverpool, und genau gegenüber gab es ein Hotel. Ich sagte: »Glücklicher Zufall«, und er lachte und küsste mich noch einmal. Binnen Minuten waren wir miteinander im Bett. Als er herausfand, dass es sich um mein erstes Mal handelte, war er unglaublich zärtlich. Unglaublich sanft. Ich hätte mir nie träumen lassen, dass es so sein würde.

Einige Zeit später rief er den Zimmerservice an und bestellte etwas zu trinken, und wir setzten uns auf den Balkon, der zum Fluss hinausging, und sahen zu, wie auf dem Kai die Lichter angingen. Der Himmel wurde langsam dunkel, es wehte eine frische Brise, und obwohl es kühl war und zu regnen drohte, wäre ich nirgendwo lieber gewesen. Mit David zusammen zu sein fühlte sich an, als hätte ich die Chance auf ein neues Leben bekommen, als wäre ich wiedergeboren worden, nicht als neuer Mensch, sondern als das Mädchen, das ich gewesen war, bevor alles schiefging. Bevor ich meine Familie verlor. Jetzt fühlte es sich an, als wäre meine Familie zu mir zurückgekommen. Wenn er mich in die Arme nahm, fühlte ich mich behütet. Beschützt. Dieses Gefühl hatte ich sehr lange Zeit nicht mehr gehabt. Wie bei Verwandten dauerte es nicht lange, bis wir uns erzählt hatten, was wir in den Jahren seit unserer letzten Begegnung getan hatten.

Damals wusste ich, dass er an die Universität von Bristol gegangen war, während Alex in Oxford studiert hatte, und meine Mutter hatte von irgendjemandem gehört, dass er nach seinem Abschluss zum Arbeiten ins Ausland gegangen war. Nach Philadelphia, hatte sie gesagt. Er hatte dort geheiratet. Mir war nicht bewusst gewesen, dass diese Ehe geendet hatte, bis er es mir an jenem Nachmittag erzählte. Damals redete er ein bisschen darüber, wobei er es später nur noch selten erwähnte. Er sagte mir, er habe sie bei ihrer Hochzeit noch nicht gut gekannt und sei in sie verliebt gewesen, bis er sie nach ein paar Monaten Ehe wirklich kennenlernte. Das sei der Zeitpunkt gewesen, als ihm bewusst wurde, dass es vorbei war.

Natürlich hatte ich nicht viel beizutragen, als es um meine Vergangenheit ging. Ich war um einiges jünger als er, doch ich hatte ohnehin fast nichts erlebt.

»Dann musstest du also die ganze Zeit bei deiner Mum sein?«, fragte er ungläubig. »Aber du arbeitest doch?«

»Ich arbeite seit über einem Jahr nicht mehr«, sagte ich.

»Jetzt werde ich mich natürlich nach einem Job umsehen. Als sie krank wurde – na ja, als sie zugab, krank zu sein –, musste ich bei ihr zu Hause bleiben. Wenigstens konnte sie dann nicht so viel trinken.«

»Sie hatte ein Alkoholproblem?« Er runzelte die Stirn. »Daran erinnere ich mich nicht. Alex hat es mir nie erzählt.«

Niemand kann sich vorstellen, wie gut es tat, eine Unterhaltung zu führen, in der Alex' Name fiel, als wäre er noch hier gewesen. Seit seinem Tod hatte ich mir gewünscht, meine Erinnerungen an ihn mit jemandem zu teilen, der ihn ebenfalls gekannt hatte. Meine Mutter hatte unablässig über ihn gesprochen. Wenn ich etwas sagte, sprach sie einfach lauter. Sie wollte, dass ich da war, aber nur als Publikum für ihren Monolog. Wenn ich über ihn sprach, konnte ich vorhersagen, wie lange es dauern würde, bis sie sich eine Flasche suchte, um sich zu trösten. Es war ihr Verlust, das machte sie immer deutlich, nicht meiner. Sie behauptete, ich sei zu jung, um mich richtig an ihn zu erinnern, und dass nur eine Mutter wahre Liebe kennen würde. Freunde vermieden es, über ihn zu sprechen, damit ich mich nicht aufregte, und natürlich verließ uns mein Vater nach ungefähr einem Jahr, sodass niemand da war, bis mir David wieder begegnete, mit dem ich über Alex sprechen konnte. Nicht so sehr über das, was geschehen war, nicht über seinen Tod, sondern nur beiläufige Bemerkungen über ihn, darüber, was er gerne tat, was er gesagt hatte.

»Es fing nach Alex' Tod an. Davor hat sie eigentlich gar nicht so viel getrunken. Zumindest ist es mir nie aufgefallen, aber damals war ich noch jung. Doch danach … da wurde sie zur totalen Alkoholikerin. Innerhalb von ein paar

Jahren konnte ich niemanden mehr zu mir nach Hause einladen. Und ich konnte nie woanders übernachten, weil ich zu große Angst hatte, sie könnte die Treppe runterfallen oder an ihrem Erbrochenen ersticken.«

Er umarmte mich. »Das klingt wirklich heftig.«

»Ich glaube, sie hatte schon seit Jahren gewusst, dass sie krank war. Sie hat es mir gegenüber verschwiegen.« Meine Augen füllten sich mit Tränen. »Ich glaube, sie wollte einfach sterben. Sie hat mir erst im letzten Jahr gesagt, dass etwas nicht stimmt. Mir war aufgefallen, dass sie abgenommen hatte, wenngleich sie schon seit Jahren ziemlich dünn war. Essen interessierte sie nicht.«

»Als Kind habe ich so oft bei euch zu Hause mitgegessen«, sagte David. »Sie war eine tolle Köchin.«

»Damit war es schnell vorbei«, erwiderte ich. »Ich kann mich kaum noch dran erinnern.«

Doch, ich konnte. Wenn ich es zuließ, konnte ich mich daran erinnern, wie ich im letzten Grundschuljahr mit meinen Klassenkameraden nach Hause ging, im Sommer vor Alex' Tod. Am Ende unserer Straße verabschiedete ich mich von den anderen und rannte nach Hause. Ich kam keuchend in der Küche an, mit gerötetem Gesicht und aufgeregt, meine Mutter zu sehen, die Radio hörte, während unser Abendessen im Ofen war. Sie blickte auf, wenn sie mich an der Tür hörte, und ich lief auf sie zu, um sie zu umarmen. Ich konnte mich noch erinnern, wie ich mein Gesicht an ihres drückte, ihre weichen Wangen spürte, ihr Parfüm roch. Ich setzte mich zu ihr, aß einen Keks und trank ein Glas Milch, während wir darauf warteten, dass mein Vater und Alex nach Hause kamen. Und wenn Alex hereinkam, sprang sie auf, um ihn zu begrüßen. Selbst als Kind fiel mir das auf: Ich lief zu ihr, und sie lief zu ihm.

Er schnitt eine Grimasse. »Und dein Dad konnte nicht helfen?«

»Er war da schon weg.« Ich nahm an, ich hatte deutlich gemacht, dass ich nicht mehr über ihn sprechen wollte.

»Das ist schrecklich, Rachel. Wirklich schrecklich.«

»Ich vermisse Alex«, sagte ich. »Jeden Tag.«

»Ich weiß, Baby. Ich vermisse ihn auch.«

»Und weißt du was?«, sagte ich. »Schuld daran ist eine Person.« Ich tippte mit dem Finger auf seine Brust. »Nur. Eine. Person.«

»Deine Mum?«

»Nein«, erwiderte ich verächtlich. »Sie konnte nichts dafür. Sie hatte einfach einen vierzehn Jahre langen Zusammenbruch.«

»Du meinst doch nicht Alex, oder?«

»Nein.« Ich trank noch einen Schluck Wein. Ich hatte bereits viel zu viel getrunken, doch es war einer von jenen Tagen, an denen ich einfach nicht genug haben konnte. »Ich meine Gemma Brogan.«

»Wer? Aber nicht *diese* Gemma?«

Ich sah, wie er sein Glas umklammerte, und wusste, er dachte an sie, an die Frau, die das Leben meines Bruders zerstört hatte.

»Doch, diejenige, die Alex beschuldigt hat.«

»Keine Sorge«, sagte er. »Ich habe sie nicht vergessen. Wie könnte ich? Aber ich dachte, sie heißt Gemma Taylor?«

»So hieß sie. Brogan ist ihr Ehename. Ich habe sie ständig

im Auge behalten. Sie ist jetzt verheiratet, hat einen kleinen Sohn. Sie hat ein Geschäft in Chester und ist ziemlich erfolgreich.« Ich schenkte mir noch ein Glas ein. »Wirklich ziemlich erfolgreich. Aber nicht mehr lange.«

Er sah mich fragend an.

»Ich habe vor, etwas dagegen zu unternehmen«, sagte ich.

Er lachte. »Was denn? Was planst du?«

Ich platzte prahlerisch heraus: »Ich will ihr glückliches kleines Leben zum Stillstand bringen, so wie sie es mit Alex' Leben getan hat.« Ich bemerkte, dass er mich ansah, und hielt beschämt inne. »Entschuldige, du hältst mich bestimmt für verrückt.«

»Soll das ein Scherz sein?«, entgegnete er. »Alex ist wegen ihre Lügen gestorben. Dieses Miststück muss zur Strecke gebracht werden.« Er hob sein Glas und stieß mit mir an. »Ich bin dabei, Coco.«

46
Gemma

Gegenwart

Einen Moment lang sagte keine von uns beiden etwas; ihre Anschuldigungen hingen in der Luft. Ich hörte uns atmen, hoch und schnell in dem leeren Raum. Wir rangen beide nach Atem, waren beide aufgebracht.

Rachel war bleich im Gesicht. Sie starrte mich an, als könne sie nicht glauben, was sie gesagt hatte. Ich hatte noch nie wirklich über die Wirkung nachgedacht, die das auf andere Menschen gehabt hatte. Nur eine Handlung, eine Anschuldigung, und peng, für alle ändert sich das Leben.

»Sie müssen mir verzeihen, dass ich die Dinge anders sehe«, sagte ich. »Es tut mir leid, dass Alex tot ist.« Zum ersten Mal, seit es passiert war, wurde mir bewusst, dass es mir tatsächlich leidtat. Ich fragte mich, ob es sich bei seinem Tod um einen Unfall gehandelt oder er sich wegen seines Handelns schuldig gefühlt hatte. Ob er sich zu sehr geschämt hatte, um weiterleben zu können. »Was auch immer passiert ist, es ist wirklich schlimm, dass es ihm so schlecht ging, dass er sich das Leben genommen hat.«

Sie verzog den Mund, und ich wusste, sie war nicht in

der Lage, etwas zu sagen. Mir wäre es genauso ergangen. Ich nahm eine frische Flasche Wasser aus meiner Handtasche und reichte sie ihr. Sie zögerte, und ich dachte schon, sie würde sie ablehnen, aber dann nahm sie mir die Flasche doch aus der Hand und trank daraus.

»Ich bin mir nicht sicher, ob er es wirklich tun wollte«, sagte sie mühsam, »aber was weiß ich schon? Ich war damals erst elf. Es kam mir vor, als wüsste ich überhaupt nichts mehr. Aber meine Mum … na ja, sie denkt … sie *dachte*, er habe es absichtlich getan.« Sie starrte mich wütend an. »Sie haben ja keine Ahnung, wie es nach seinem Tod für mich war. Sie konnte über nichts anderes reden. Konnte an nichts anderes denken.«

»Das ist verständlich«, sagte ich leise. »Er war schließlich ihr Kind.«

»Und ich ebenfalls! Und ich war am Leben und hätte sie gebraucht. Aber sie hat mir das nicht gegönnt. Hat mich dafür gehasst. Jeden Tag hat sie mich aufs Neue spüren lassen, dass ich nicht er war.«

»So dürfen Sie nicht denken, Rachel«, sagte ich. »Natürlich hat sie Sie nicht gehasst.«

»Was wissen Sie schon? Sie waren schließlich nicht dabei. Ich schon, Tag für Tag, mit allen ihren Erinnerungen.« Sie schnitt eine Grimasse, und ich sah, dass sie sich bemühte, nicht zu weinen. »Was ist mit *meinen* Erinnerungen? Ich habe gelernt, nichts zu sagen. Es hatte keinen Sinn.«

Sie holte Taschentücher aus ihrer Handtasche und wischte sich das Gesicht ab. Normalerweise war Rachels Make-up immer perfekt, ihr Haar immer glänzend und glatt. Jetzt war ihr Gesicht mit Wimperntusche verschmiert und ihr Haar verheddert, wo sie es mit der Hand verknotet hatte. Sie hielt die Taschentücher umklammert und kauerte sich gegen die Wand. Mit einem Mal wirkte sie erschöpft.

»Warum gehen Sie nicht einfach? Lassen Sie die Schlüssel da, dann schließe ich ab«, sagte sie. »Ich brauche ein paar Minuten.«

Ich schüttelte den Kopf, da ich Angst hatte, sie so zurückzulassen. »Ich warte mit Ihnen.«

Sie setzte an, etwas zu sagen, gab jedoch auf. Den Kopf auf die Knie gelegt, fing sie an, hemmungslos zu weinen.

Ich setzte mich neben sie. Lange Zeit sagten wir kein Wort. Nachdem ihre Tränen versiegt waren und sich ihre Atmung wieder normalisiert hatte, sagte ich: »Also sollten mich all diese Dinge, die David getan hat … Sollten mich diese Dinge für Alex' Tod bestrafen?«

»Wenn Sie nicht gelogen hätten«, sagte sie, »wenn Sie nicht behauptet hätten, es sei Alex gewesen, dann wäre er noch am Leben. Er wäre jetzt in den Dreißigern, wie Sie. Wahrscheinlich hätte er Familie. Einen guten Job. Wie Sie.« Sie sah mich an, ihr Gesichtsausdruck eine Mischung aus Wut und Schuldgefühlen. »Warum sollten Sie all das haben, wenn er es nicht hat?«

»Und David? Welcher Mann tut einer Frau, die er nicht einmal kennt, so etwas an?«

»Ein Mann, der seinen Freund verloren hat. Seinen besten Freund. Er ist Alex' bester Freund. War. Wir sind uns letztes Jahr nähergekommen, als meine Mum starb. Bald darauf haben wir geheiratet. Er ist der Einzige, der es versteht.«

Ich runzelte die Stirn. »Ging er mit uns zur Schule? Ich erinnere mich nicht an ihn.«

»Nein, er ging nicht auf dieselbe Schule wie Alex. Er hat ein paar Meilen entfernt gewohnt; die beiden sind immer auf verschiedene Schulen gegangen. Sie haben miteinander Sport gemacht. Hockey. Daher kannten sie sich.«

»Wessen Idee war es denn, dass er all das tut?«

Sie warf mir einen stolzen, trotzigen Blick zu. »Meine. Ich wollte es Ihnen heimzahlen.«

Ich seufzte. Sie würde mir bestimmt nicht zuhören, wenn ich ihr erzählte, wie sich mein Leben wegen Alex verändert hatte. Wie ich mich über Nacht von einem ruhigen, selbstbewussten Mädchen in einen Menschen verwandelt hatte, den ich manchmal selbst nicht erkannte. Ich konnte ihr nicht sagen, wie sehr ich mich danach sehnte, wieder das Mädchen zu sein, das ich einmal war, das Mädchen, das keine Angst vor Schatten hatte und das im Dunkeln schlafen konnte.

»Sie verdienen das Leben nicht, das Sie haben«, sagte sie.

Das war in gewisser Weise richtig. Ich hatte nichts von dem verdient, was sie und David mir angetan hatten.

»Ist Ihnen bewusst, dass Sie sich beide strafbar gemacht haben?«, fragte ich sie. »Ich habe mit der Polizei gesprochen. Dort hat man mir gesagt, gegen welche Gesetze Sie verstoßen haben.«

Sie sah mich verwundert an. »Wir haben gegen gar keine Gesetze verstoßen!«

»Ist das Ihr Ernst? Denken Sie, damit zu drohen, Fotos auf einer Voyeur-Website zu posten, ist legal?«

Sie sah mich an, als sei ich verrückt geworden. »Wovon sprechen Sie? Eine Voyeur-Website? Ich weiß nicht mal, was das ist!«

»Ich wusste es auch nicht, bis Ihr Ehemann mir einen Link geschickt hat. Es ist eine Website, auf der Männer Fotos und Videos von Frauen veröffentlichen, ohne dass diese Frauen es wissen. Fotos, auf denen sie nackt oder schlafend zu sehen sind. Oder intime Dinge tun.« Ich schluckte. »Manche Dinge auf dieser Website sind kaum zu glauben. Ich verstehe nicht, dass sie nicht stillgelegt wird.«

»Fotos?«, fragte sie. »Sie meinen das Foto, wie er Sie vor Ihrem Hotelzimmer küsst?«

Sie wusste also davon. Und dann dämmerte es mir. Ich konnte mich vage erinnern, mich umgedreht zu haben, als ich bei meinem Zimmer ankam, und jemanden am anderen Ende des Korridors stehen gesehen zu haben. »Sie waren dort? Im Hotel?«

Sie war blass, nickte aber. »Das ist nicht verboten.«

»Und waren Sie diejenige, die mich vor meinem Zimmer fotografiert hat?«

Ich erkannte Scham in ihrem Gesicht. »Ich wollte, dass Ihr Ehemann denkt, Sie hätten eine Affäre.«

»Aber Sie haben das Foto mir geschickt.«

Sie sagte nichts, starrte nur vor sich hin, und ich wusste, sie war bereit gewesen, es Joe zu schicken.

»Und dann waren Sie es, Rachel, die mich nackt fotografiert hat?«

Ihr Kopf wirbelte herum. »Was? Wovon sprechen Sie?«

Manchmal hört man jemanden etwas sagen und erkennt den Klang der Wahrheit. Genau das geschah in diesem Moment. Ich wollte ihr nicht glauben, aber ich musste.

»Die Nacktfotos«, sagte ich noch einmal.

»Nackt? Sie hatten ihr grünes Kleid an. Reden Sie doch

keinen Blödsinn, Sie waren im Korridor! Wie hätten Sie da nackt sein können?«

»Das weiß ich nicht«, sagte ich. »Ich kann mich nicht erinnern.«

»Ich glaube Ihnen nicht! Wo sind sie? Zeigen Sie sie mir!«

»Sie waren bei Instagram, aber er hat sie wieder rausgenommen. Ich habe keine Kopie davon, und ich habe meinen Account inzwischen sowieso gelöscht.«

»Das trifft sich ja gut!« Ich konnte förmlich hören, wie es in ihrem Kopf arbeitete. »Wo waren Sie denn, als diese Fotos gemacht wurden?«

»In meinem Hotelzimmer. Auf dem Bett.«

Sie war daraufhin lange Zeit still. Als sie zu mir aufblickte, war ihr Gesicht blass und angespannt. »Warum haben Sie ihn das tun lassen?«

»Was tun?«

»Mit Ihnen in Ihr Hotelzimmer gehen.« Sie zitterte. »Die Fotos machen.«

Ich starrte sie an. »Ich habe ihn gar nichts tun lassen! Ich wusste nichts von den Fotos, bis sie mir zugeschickt wurden. Ich erinnere mich an nichts von jenem Abend, nachdem ich zurück in meinem Zimmer war.«

»Es war nicht ausgemacht, dass er in Ihr Zimmer geht«, sagte sie schließlich. »Ich habe das Foto von Ihnen und ihm vor Ihrer Tür gemacht, dann bin ich in unser Hotel zurück und habe auf ihn gewartet. Er kam nicht viel später als ich dort an, eine halbe Stunde vielleicht. Er hat gesagt, er hätte an der Bar noch was getrunken.«

»Dann wussten Sie also nicht, dass er mir andere Unterwäsche angezogen hat?«

Ihr Kopf schoss nach oben. »Was?«

»Und dass er meine Unterhose mit nach Hause genommen hat?«

Sie wirkte entsetzt.

»Ich bin nicht mit der Unterwäsche aufgewacht, mit der ich ins Bett gegangen bin«, sagte ich. »Die Unterwäsche, die ich an jenem Abend getragen hatte, war weg.«

»Weg?«

»Er hat sie mir vor ein paar Tagen nach Hause geschickt.«

Ich sah, wie ihr Gehirn im Schnelltempo arbeitete, um das Ganze zu begreifen.

»Ich erinnere mich an nichts nach meiner Rückkehr in mein Hotelzimmer«, wiederholte ich. Und dann dämmerte es mir. Endlich. Wie begriffsstutzig ich gewesen war. »Er hat mir ein Betäubungsmittel verabreicht, hab ich recht?«

47

Gemma

»Nein«, sagte Rachel. »Nein. Sie waren betrunken. Richtig, richtig betrunken. Ich habe Sie gesehen, vergessen Sie das nicht. Sie wären fast hingefallen, als Sie im Hotel aus dem Aufzug gestiegen sind.«

Es war, als wäre sie gar nicht da. »Er muss mir ein Betäubungsmittel verabreicht haben«, sagte ich noch einmal. »Und ich habe mich gefragt, warum ich mich an nichts mehr erinnern kann.«

»Gemma, Sie sind zu Ihrem Hotelzimmer *gegangen*. Sie waren nicht betäubt.« Ihre Stimme klang verzweifelt. »Sie haben zwei Flaschen Wein getrunken!«

»Nein, habe ich nicht! Wir haben zwei Flaschen bestellt, aber die habe ich nicht allein getrunken. Dazu wäre ich gar nicht imstande. Ich trinke nicht viel, Rachel. Ich habe seit Jahren nicht mehr so viel getrunken.« Ich konnte sie nicht ansehen. »Am nächsten Morgen habe ich mich schrecklich gefühlt. Und ja, ich weiß, ich hätte mich allein wegen des Alkohols schlecht gefühlt. Ich hatte mit einem Kater gerechnet. Aber ich habe noch nie so viel getrunken, dass ich mich nicht mehr erinnern konnte, was ich am Abend zuvor gemacht habe. Nie.«

»Außer als Sie achtzehn waren«, sagte sie gehässig. »An jenem Abend schon.«

»Glauben Sie wirklich, ich kann mich nicht daran erinnern, was in jener Nacht passiert ist?«

Sie errötete.

»Aber die Nacht, die ich in London verbracht habe … Ich kann mich an nichts mehr erinnern, nachdem ich das Restaurant verlassen habe. Ich habe die Rechnung bezahlt, daran erinnere ich mich noch. David hat gesagt, sein Zimmer wäre in der zehnten Etage. Wir fuhren mit dem Aufzug nach oben, und beim Aussteigen wäre ich beinahe hingefallen. Und ich erinnere mich, dass er mich geküsst hat, als ich an meiner Tür ankam, und dass ich mich weggedreht und jemanden gesehen habe.« Ich hielt inne, dachte nach. »Warum habe ich nicht erkannt, dass Sie es waren?« Ich kannte die Antwort. Ich hatte völlig neben mir gestanden.

»Weil Sie betrunken waren«, sagte sie.

»Ich habe Ihnen doch gesagt: So viel trinke ich nicht. Zumindest nicht mehr, seit ich Anfang zwanzig war. Ich hatte ein paar Jahre, nachdem … nachdem ich mit der Schule fertig war, als ich mich gehasst habe. Damals habe ich getrunken, um zu vergessen. Aber jetzt, jetzt sehe ich keinen Sinn darin. Und ich kann mich an nichts mehr erinnern. Es ist nicht so, dass ich mich erinnern könnte, wie ich mein Zimmer betreten oder mir die Zähne geputzt habe oder so. Ich kann mich an überhaupt nichts erinnern, bis ich am nächsten Morgen aufgewacht bin.«

Wir saßen schweigend da. Ich versuchte, mir ins Gedächtnis zu rufen, was in jener Nacht passiert war. Ein Blick auf Rachel verriet mir, dass sie sich dieselbe Frage stellte.

»Und wann haben Sie die Fotos bekommen?«, fragte sie. »Die anderen.« Sie verzog das Gesicht. »Nicht das eine, das mit der Post kam.«

Ich stand auf und ging zur Tür, um meine Handtasche zu holen, in der sich mein Mobiltelefon befand. Dann setzte ich mich wieder neben Rachel und öffnete meinen E-Mail-Account.

»Letzten Samstag. Hier ist die E-Mail mit der Adresse der Voyeur-Website. Ich öffne den Link.«

Sie schüttelte schnell den Kopf. »Nein.«

Ich ignorierte sie. »Sie müssen wissen, womit Sie es zu tun haben.«

Ich öffnete den Link und drückte ihr mein Telefon in die Hand. Sie scrollte nach unten, vorbei an Video-Standbildern von Frauen unter der Dusche, in der U-Bahn, bei der Arbeit. Sie hielt bei einer Frau inne, die durch die Milchglas-Fensterscheibe ihres Badezimmers zu sehen war, und schaltete das Display mit angewidertem Gesichtsausdruck aus.

»Ich hoffe, Sie denken nicht, ich hätte damit irgendwas zu tun gehabt.«

Ich wusste überhaupt nicht mehr, was ich dachte.

Sie warf einen Blick auf die E-Mail-Adresse, die benutzt worden war, um den Link zu schicken. »Die kenne ich nicht.«

»Ich habe geantwortet«, sagte ich. »Meine E-Mail kam wieder zurück. Anscheinend wurde die Adresse nur eingerichtet, um diesen Link zu schicken. Und ich habe noch eine bekommen, von einer anderen Adresse.« Ich öffnete die E-Mail mit der Timer-GIF-Datei und zeigte sie ihr. Der Zähler war bei 00:00:00 stehen geblieben.

»Das verstehe ich nicht«, sagte sie. »Was ist das?«

»Das ist ein Timer.«

Sie wirkte erschrocken. »Was soll das heißen?«

»Als ich die E-Mail geöffnet habe, lief die Zeit. Der Timer hat bis Mitternacht heruntergezählt.« Langsam dämmerte es ihr. »Was ist um Mitternacht passiert?«, fragte sie im Flüsterton.

»Ich bin nicht geblieben, um es rauszufinden«, sagte ich. »Es war an dem Abend, bevor Joe und Rory wieder zurückgekommen sind, und ich war allein im Haus. Ich hatte Angst, dass jemand einbrechen würde. Deshalb bin ich in ein Hotel gegangen.«

Sie zuckte zusammen. »Ich wusste davon nichts.«

»War er in dieser Nacht bei Ihnen?«

»Normalerweise ist er immer bei mir. In welcher Nacht?«

»Letzten Dienstag.«

Sie nickte. »Da war er mit mir zu Hause.«

»Waren Sie um Mitternacht noch wach? Hat er irgendwas gemacht? Hat er mit seinem Telefon oder seinem iPad herumhantiert?«

Sie wandte den Blick ab. »Nein. Er hat gar nichts gemacht.«

Ein flüchtiger Blick auf sie genügte mir, um genau zu wissen, was er um Mitternacht gemacht hatte. Ich schauderte bei der Vorstellung, dass er Sex mit ihr gehabt hatte, obwohl ihm bewusst gewesen war, dass ich in dem Glauben, mir werde etwas zustoßen, währenddessen Todesängste ausgestanden hatte. Vermutlich hatte ihm das einen Kick verschafft.

»Dann haben Sie David also nach dem Tod Ihrer Mutter wieder getroffen?«

Sie hielt den Blick abgewendet, nickte aber. »Meine Mum hat sich von Alex' Tod nie wieder erholt«, sagte sie. »Sie hatte schon immer unter Depressionen gelitten, doch das hat ihr den Rest gegeben.«

Ich dachte an Rory und stellte mir vor, wie es sich anfühlen würde, ihn zu verlieren. »Das würde mir genauso gehen.«

»Und nichts schien zu helfen. Sie hat Antidepressiva genommen, Schlaftabletten, das volle Programm. Nichts davon hat was gebracht. Das ganze Haus war ein Alex-Schrein. Überall Fotos, Videos liefen, Kerzen brannten. Trost hat ihr das keinen geschenkt. Im Grunde genommen hat sie all diese Jahre mit dem Wunsch zu sterben verbracht, mit dem Wunsch, bei ihm zu sein. Und am Schluss hatte sie dann Brustkrebs. Als sie zum Arzt ging, hatte er bereits auf die Leber gestreut. Anscheinend hatte sie schon Jahre zuvor einen Knoten entdeckt und kein Wort gesagt. Als mir auffiel, dass etwas nicht stimmte, war es bereits zu spät.« Ihre Augen waren tränenfeucht. »Sagen Sie mir nicht, das wäre auch passiert, wenn Alex nicht gestorben wäre.«

»Rachel, es tut mir wirklich leid, dass Alex tot ist. Es tut mir auch leid, dass Sie Ihre Mutter verloren haben. Aber das ändert nichts an der Tatsache, dass er mich vergewaltigt hat.«

»Aber Sie haben die Klage zurückgezogen«, sagte sie. »Warum haben Sie das gemacht, wenn Sie dachten, er hätte es getan?«

»Ich weiß«, entgegnete ich. »Ich habe sie zurückgezogen. Sie wissen ja, wie es damals war. Na ja, vielleicht auch nicht, Sie sind jünger als ich. Ich war auf einer Party gewesen, und ich war betrunken gewesen. Meine Familie fuhr am nächsten Tag in Urlaub; wir freuten uns schon das ganze Jahr darauf. Wir wollten feiern, dass ich es an die Uni geschafft hatte. Meine Eltern waren mächtig stolz auf mich. Ich heulte den ganzen Urlaub, und meine Mum dachte, dass ich einfach nicht von zu Hause wegwollte.« Ich saß ein paar Augenblicke da und dachte an jenen Urlaub, wie ich in der brütenden Hitze im Haus geblieben war und mich immer und immer wieder unter der Dusche abgeschrubbt hatte. »Und dann, als ich zurückkam, erzählte ich es meiner Freundin Lauren, und sie ging mit mir aufs Polizeirevier. Als meine Mum und mein Dad herausfanden, dass ich es der Polizei erzählt hatte, flehten sie mich an, keine weiteren Maßnahmen zu ergreifen. Mein Vater war ein paar Jahre zuvor Geschworener bei einem Vergewaltigungsprozess gewesen, bei dem der Angeklagte für nicht schuldig erklärt worden war. Mein Dad war als einziger Geschworener anderer Ansicht gewesen. Er war entsetzt über die Art und Weise, wie die Frau ins Kreuzverhör genommen wurde, und hatte Angst, dass es mir genauso ergehen würde. Er sagte, Alex' Verteidiger würden mich in Stücke reißen.« Ich sah ihr in die Augen. »Das hätten sie auch getan. Ich wäre vernichtet worden.«

Sie schwieg zunächst und sagte dann: »Ich war elf, als Alex nach Oxford ging. Ich erinnere mich noch an jenes Neujahr, nur ein paar Monate später. Er kam zu Weihnachten nach Hause, wollte aber nicht aus dem Haus gehen. Und als er es dann doch tat, ein paar Tage vor Neujahr, kehrte er weinend zurück. Er hat uns nie erzählt, was passiert ist.«

Ich drehte mich weg. Ich wusste, meine Freundin Lauren hatte ihn gesehen, als sie mit Tom in einem Pub in der Stadt war. Ich hatte sie damals nicht gefragt, was sie zu ihm gesagt hatte, aber ich nahm an, dass es etwas ziemlich Brutales war.

»Am nächsten Tag fuhr er zurück nach Oxford. Das Trimester hatte natürlich noch nicht angefangen, also waren vermutlich nicht viele Leute da.« Sie legte den Kopf auf die Knie und schlang die Arme um sich. Ich konnte sie nur mit Mühe verstehen. »Am Neujahrsabend rief er Mum an und sagte, er werde zum Fluss runtergehen. Dort sei ein Feuerwerk, sagte er. Und am nächsten Tag bekamen wir Besuch von der Polizei. Seine Leiche war frühmorgens im Fluss entdeckt worden.«

Inzwischen weinte sie, und ich konnte nichts tun, um sie zu trösten. Ich hätte ihr gerne gesagt, dass es nicht meine Schuld war, doch zwischen uns stand ein toter Bruder. Was auch immer mir widerfahren war, ich war zumindest nicht gestorben, wenngleich ich mir das manchmal gewünscht hatte. Ich unternahm den Versuch, den Arm um sie zu legen, doch sie entwand sich mir.

»Nein«, sagte sie. »Fassen Sie mich nicht an.«

Eine Veränderung des Lichts im Raum veranlasste mich, einen Blick auf die Uhr zu werfen. »Tut mir leid, Rachel«, sagte ich. »Ich muss gehen. Joe hat heute Abend irgendwas im Laufsportclub.« Ich schickte ihm eine kurze Nachricht, dass ich in fünf Minuten da wäre.

Rachel rappelte sich auf und nahm ihre Handtasche von der Frühstücksbar, dann zögerte sie. »Was werden Sie jetzt tun, Gemma?« Ich antwortete nicht, und sie brach abermals das Schweigen. »Werden Sie es der Polizei sagen?«

»Ich muss. Das wissen Sie.«

»Könnten Sie mir etwas Zeit geben? Er hätte nicht so weit gehen sollen. Es ist nur … Wenn Sie zur Polizei gehen, könnten Sie es mir vorher sagen, damit ich mich vorbereiten kann?«

Ich lachte. »Was, ich soll Ihnen beiden Zeit geben, damit Sie sich Ihre Geschichte zurechtlegen können?«

»Nein! Ich möchte nicht bei ihm sein, wenn er verhaftet wird. Ich weiß, dass ich mit ihnen sprechen muss. Ich weiß, ich hätte diese Dinge nicht tun sollen. Es ist nur … Ich glaube, er könnte Ärger machen, wenn er zur Rede gestellt wird. Da möchte ich nicht dabei sein.«

Die Art und Weise, wie sie das sagte, veranlasste mich zu fragen: »Hat er Sie schon mal geschlagen, Rachel?«

Sie schüttelte den Kopf, aber ich war nicht überzeugt.

»Erwähnen Sie ihm gegenüber nichts davon, ja?«, sagte ich. »Sorgen Sie für Ihre Sicherheit.«

Sie starrte mich mit tränenfeuchten Augen an, drehte sich dann um und eilte mit hängenden Schultern zum Aufzug.

48

Rachel

Nachdem ich das Gebäude verlassen hatte, kontrollierte ich sofort mein Telefon und sah, David hatte mir eine Nachricht geschrieben, dass er später nach Hause kommen würde. Er warte auf den Anruf eines Kunden und könne erst aus dem Büro gehen, wenn er mit ihm gesprochen habe. Ich warf einen Blick auf die Uhrzeit der Nachricht – er hatte sie vor drei Minuten geschickt. Ich schrieb schnell zurück: Werde dich vermissen, Schatz. xx, und stieß einen Seufzer der Erleichterung aus. Er hasste es, wenn ich nicht sofort antwortete. Ein paar Wochen nachdem ich angefangen hatte, bei Gemma zu arbeiten, war ich von ihr verwarnt worden, weil ich mein Mobiltelefon im Büro benutzt hatte. Ich hatte ihm daraufhin sagen müssen, dass ich nicht immer antworten konnte, wenn er wollte. Genau genommen war ihre Verwarnung sogar eine Erleichterung für mich; ich fand es anstrengend, antworten zu müssen, wenn ich eigentlich hätte arbeiten sollen.

»Ich mache mir immer Sorgen, dass dir was passiert sein könnte, Coco!«, sagte er oft. »Ich kann nichts dagegen tun. Ich liebe dich so sehr, und wenn du nicht antwortest, rechne ich gleich mit dem Schlimmsten.«

Das war wirklich romantisch, dessen war ich mir bewusst, aber ich wollte professionell wirken, und in jenem ersten Monat in der Arbeit sah ich mehr als einmal auf, nachdem ich ihm zurückgeschrieben hatte, und bemerkte, wie Kunden Blicke tauschten. Ich ließ mir jedes Mal irgendeine Ausrede einfallen, war mir allerdings darüber im Klaren, dass es erbärmlich klang. Nachdem ich verwarnt worden war, hielt sich David jedoch zurück. Dass ich meinen Job verlor, war das Letzte, was wir beide wollten.

Ich war wirklich froh, dass er später nach Hause kommen würde. Als ich einen Blick in den Rückspiegel warf, wurde mir bewusst, wie schockiert er wäre, wenn er mich so sähe. Meine Augen waren gerötet, und mein Make-up war völlig weg. Meine Haut glänzte, und mein Haar sah feucht und ungepflegt aus. Ich zuckte zusammen. Ich musste schnell nach Hause und unter die Dusche, bevor David kam.

Inzwischen war Rushhour, und auf dem Nachhauseweg staute sich der Verkehr. Meine Gedanken kreisten um all die Dinge, die Gemma mir erzählt hatte. Voyeur-Websites. Ihre Unterwäsche. Nacktfotos.

Ich wollte ihr nicht glauben. Ich hätte sie gerne ausgelacht und ihr gesagt, dass sie verrückt war. Dass David nichts damit zu tun hatte, selbst wenn ihr diese Dinge tatsächlich widerfahren waren – und welche Beweise gab es überhaupt?

Ich konnte nicht.

Nichts von alledem überraschte mich. Nicht wirklich. David hatte eine dunkle Seite, das wusste ich. Ich war noch kein Jahr mit ihm verheiratet, aber ich wusste, wie er war. Er mochte es, die Kontrolle zu haben. Er mochte Geheimnisse.

Er mochte es, die Gedanken anderer Leute zu manipulieren.

Nachdem ich zu Hause war, stellte ich mich sofort unter die Dusche und wusch mir Haare und Gesicht, um die Tatsache zu vertuschen, dass ich mein Make-up fortgeheult hatte. Ich war gerade aus der Dusche gestiegen, als ich David die Wohnung betreten und meinen Namen rufen hörte.

Mein ganzer Körper ging augenblicklich in Alarmbereitschaft. Allein an seinem Tonfall erkannte ich, dass er über irgendetwas nicht glücklich war.

»Hi, David«, rief ich.

Er kam ins Badezimmer, blieb in der Türöffnung stehen und beobachtete mich.

»Wie kommt es, dass du duschst?«, fragte er.

»Es war so heiß heute«, erwiderte ich. »Ich konnte mich bei der Arbeit einfach nicht abkühlen. Und ich stand ewig im Stau.«

Er sagte nichts darauf, und ich wusste, er war nicht überzeugt.

»Und Sophie hatte die Haare heute anders gestylt«, sagte ich. »Ich dachte mir, das probiere ich auch mal aus.«

Mit Sophie war ich bei David immer auf sicherem Terrain. Er empfand sie überhaupt nicht als Bedrohung.

»Ich habe damit gerechnet, dass das Abendessen fertig ist«, sagte er. »Es ist fast sieben Uhr.« Er lächelte mich an, doch sein Lächeln erreichte nicht seine Augen. »Wie lange muss man als Mann hier warten, bis man was zu essen bekommt?«

»Wir haben Hähnchensalat im Kühlschrank«, erwiderte ich. »Du hast gestern Abend gesagt, du hättest heute gern welchen. Ich war deshalb im Supermarkt, erinnerst du dich?«

Er stand da und sah mir zu, wie ich meinen Bademantel anzog, dann ging er hinter mir her in die Küche.

»Alles in Ordnung mit dir?«, fragte er. »Deine Augen sehen rot aus. Hat dich jemand aus der Fassung gebracht?«

Ja, du, hätte ich am liebsten erwidert, sagte jedoch stattdessen: »Nein, ich habe beim Haarewaschen Shampoo reinbekommen.« Ich blickte zu ihm auf und lächelte. »Nach dem Essen schminke ich mich ein bisschen, Schatz. Dann fällt es dir gar nicht mehr auf.«

David gehörte zu den Männern, für die Frauen makellos aussehen mussten. Vermutlich dachte er, das würde ein gutes Licht auf ihn werfen. Nachdem Gemma mit ihm an jenem Tag herumgefahren war, um ihm Immobilien zu zeigen, hatte er den ganzen Abend über sie gelästert, hatte sich über den Zustand ihres Autos ausgelassen – offenbar hatte Rory auf dem Rücksitz seine Spuren hinterlassen – und über die Tatsache, dass sie müde ausgesehen hatte und nicht richtig geschminkt gewesen war. Er hatte immer wieder gesagt, wie unprofessionell sie gewirkt hätte, obwohl sie genauso ausgesehen hatte wie jede andere berufstätige Frau. Ihre Makel provozierten ihn; ich verstand nicht, weshalb.

Am heutigen Abend wirkte er gereizt. Ich fragte mich, ob es ein Problem in der Arbeit gab, wagte es aber nicht, ihn zu fragen. Er hatte sich bereits mit einer Kollegin überworfen, der ein Fehler aufgefallen war, den er gemacht hatte. Offenbar war sie in eine Position befördert worden, für die sie nicht die erforderlichen Fähigkeiten mitbrachte, und würde bald als die Scharlatanin enttarnt werden, die sie war. In den vergangenen Wochen hatte ich eine ganze Menge über sie gehört; ich hätte ihr am liebsten geschrieben und sie gebeten, mir zuliebe zu kündigen.

Wir setzten uns hin und sahen fern – es gab einen Film, den er sich schon seit längerem auf Netflix ansehen wollte –, und ich brachte ihm eine Flasche Bier und dann noch eine. Er bat mich, ihm einen Whisky zu bringen, während ich in der Küche war, und weigerte sich, den Film anzuhalten, sodass ich eine entscheidende Szene verpasste. Ich wusste, dass ihn das auf irgendeine Weise besänftigte, und fragte mich, was ich ihm eigentlich getan hatte. Wenn jemand so ist, versucht man die ganze Zeit vorherzusehen, was er tun oder sagen wird, und das ist wirklich sehr anstrengend. Trotzdem massierte ich ihm den Nacken, als er sich beklagte, dass er ihm vom Autofahren wehtäte, und lachte, als er mir von einem Arbeitskollegen erzählte, der sich zum Narren gemacht hatte. Die ganze Zeit über wusste ich, dass etwas nicht stimmte. Wahrscheinlich würde ich nie erfahren, worum es sich handelte, doch daran war ich gewöhnt.

Um zweiundzwanzig Uhr war ich bettfertig. David sagte, er wolle noch eine Weile aufbleiben; er sah sich irgendetwas auf seinem iPad an und senkte den Kopf, als ich ihm einen Gutenachtkuss gab. Auch das war ich gewohnt, und normalerweise machte ich mir keine Gedanken darüber, was er sich ansah, doch an diesem Abend fiel mir die Website ein, von der mir Gemma erzählt hatte, als ich meine Lippen an seine Wange presste. Und obwohl ich lächelte und gute Nacht sagte, empfand ich nichts als Abscheu. Abscheu vor ihm und Abscheu vor mir, weil ich es mir gefallen ließ.

49

Gemma

Einmal mehr war Joe wütend, als ich nach Hause kam, weil er glaubte, er würde zu spät zu seiner Laufgruppe kommen.

»Du kommst nicht zu spät, wenn du jetzt gleich gehst«, sagte ich, da ich es satthatte, immer die Schuld auf mich zu nehmen. Es gab auch eine Morgengruppe, mit der er hätte laufen können, aber seiner Ansicht nach war die Abendgruppe besser geeignet. Das war sie nicht, und ich hatte keine Lust mehr, das jede Woche zu erklären.

»Was gibt's zum Abendessen, Mummy?«, fragte Rory, nachdem Joe gegangen war.

»Hast du noch nichts gegessen, Schatz? Es ist schon ganz schön spät.«

»Vorher hatte ich keinen Hunger«, sagte er, während er mit hoffnungsvollem Gesichtsausdruck auf der Kücheninsel saß. »Bekomme ich ein Buffet zum Abendessen?«

Ich lachte und umarmte ihn. Wir waren vor einiger Zeit auf eine Hochzeit eingeladen gewesen, und Rory hatte beim Anblick des Buffets sein Glück kaum fassen können. Er hatte den Großteil des Nachmittags damit verbracht, immer wieder mit seinem Teller hinzugehen und sich etwas zu essen auszusuchen. Ich öffnete den Kühlschrank und war froh, dass ich daran gedacht hatte, in einem Online-Supermarkt eine Bestellung aufzugeben, die am Morgen geliefert worden war.

Rasch richtete ich für Rory ein paar Snacks her, und nachdem er gegessen hatte, ließ ich ihn ein Dutzend Partien Schnipp Schnapp gegen mich gewinnen. Meine Gedanken kreisten währenddessen jedoch ständig um das, was Rachel mir erzählt hatte.

Ich hatte ihr geglaubt, als sie gesagt hatte, sie habe nicht gewusst, dass David in jener Nacht in meinem Hotelzimmer gewesen war. Sie war mit ihm verheiratet, also warum sollte sie wollen, dass er das tat? Und wenn sie gewusst hätte, dass mir Betäubungsmittel verabreicht werden sollten, wäre sie dabei gewesen, nur um sich zu vergewissern, was er tat.

Ich schauderte. War sie dabei gewesen? Hatte sie mich in diesem Punkt angelogen? Doch dann erinnerte ich mich an ihren Gesichtsausdruck, als sie die Voyeur-Website gesehen hatte. Eine so gute Schauspielerin war sie nicht; ihre Entrüstung war echt gewesen.

Während Rory in der Badewanne planschte, in seiner ganz eigenen imaginären Welt, saß ich auf dem Badezimmerfußboden und fragte mich, ob sie wohl in der Lage wäre, sich heute Abend normal zu verhalten und so zu tun, als wäre nichts geschehen. Ich wusste, ich wäre dazu nicht imstande gewesen.

Ich dachte darüber nach, was sie getan hatte. Sie hatte angefangen, bei mir zu arbeiten, ohne zu erklären, wer sie war. Das war kein Verbrechen. Womöglich hatte sie David meine Privatadresse gegeben, doch diese war ohnehin im Internet zu finden. Ich fragte mich, was mit den Anrufen bei mir zu Hause war, bei denen am anderen Ende der Leitung nur Stille geherrscht hatte. War er das gewesen? Oder sogar sie? Ich selbst hatte ihm meine Mobilnummer und meine E-Mail-Adresse gegeben, und in der Arbeit hatten alle für Notfälle meine private Festnetznummer. Und dann hatte sie in London ein Foto von mir gemacht, dieses aber nicht weiterverwendet, wenngleich die Tatsache, dass es mir zugeschickt wurde, darauf hindeutete, dass möglicherweise eine Erpressung geplant gewesen war. Ich hatte den Verdacht, Joe hätte eines Tages einen Abzug davon erhalten, doch bislang war das noch nicht geschehen. Was genau hatte sie also getan?

Ich hätte gerne mit Joe darüber gesprochen, befürchtete jedoch, er würde nicht darüber nachdenken, was Rachel getan hatte, sondern darüber, was ich getan hatte. Ich hatte ihn wiederholt angelogen. Spielte es eine Rolle, dass mir etwas in die Schuhe geschoben wurde? Das Einzige, was ihn interessieren würde, wären meine Lügen. Ich dachte an Caitlin und sehnte mich danach, mit ihr zu reden, so wie wir es früher immer getan hatten. Als ich Joe kennengelernt und geheiratet hatte, war ich überglücklich gewesen. Es hatte sich angefühlt, als wäre meine Familie komplett. Mir war allerdings bewusst, dass ihre Loyalität immer ihm gelten würde, wie sehr sie sich auch bemühte, neutral zu sein. In gewisser Weise hatte ich meine beste Freundin verloren, indem ich Joe geheiratet hatte.

Natürlich war es nicht wirklich so. Wenn sie vorbeikam, war es immer genau wie in alten Zeiten, und wir lümmelten auf dem Sofa herum und plauderten, und alles war gut. Großartig sogar. Sie hatte kein Problem damit, wenn ich

Joe kritisierte, solange ich sie dabei zum Lachen brachte, solange es sanft war und ich es mit Liebe sagte. Aber wie konnte ich ihr von dem Mann in meinem Hotelzimmer erzählen und von den Lügen, die ich Joe immer und immer wieder aufgetischt hatte? Erst heute hatte ich eine Nachricht von ihr bekommen, in der es hieß: Igitt, du hattest eine Maus im Haus? Warum hast du mich nicht angerufen?, und ich hatte gedacht: *Tja, weil da keine Maus war*, doch was ich tatsächlich geschrieben hatte, war:

Es war schrecklich. Lass uns nicht drüber reden.

Lügen über Lügen.

Nachdem Rory aus der Badewanne gestiegen war und ich ihm vorgelesen hatte, ging ich nach unten, um etwas zu essen. Ich konnte mich nicht aufraffen, etwas zu kochen, aber ich wusste, Joe würde Heißhunger haben, wenn er vom Laufen zurückkam, deshalb richtete ich einen Teller mit Sandwiches her und machte einen Obstsalat. Anschließend setzte ich mich ins Wohnzimmer, dachte an Rachel und fragte mich, wie dieser Abend bei ihr wohl gelaufen sein mochte. Hatte sie mit David über die Sache gesprochen? Hatte sie die Fassung verloren, weil er zu weit gegangen war? Vielleicht hatte er aber auch eine Veränderung bei ihr bemerkt und nicht lockergelassen, bis er herausgefunden hatte, was ihr zu schaffen machte. Und war sie wirklich unschuldig? Vielleicht war es ein Fehler von mir gewesen, ihr zu glauben, als sie gesagt hatte, sie wüsste nichts von den Fotos und von der Website.

Ich schnappte mir meinen Laptop, ging in den Inkognito-Modus und rief die Voyeur-Website auf. Beim Hinunterscrollen versuchte ich zu entdecken, ob ich irgendwo auftauchte, ohne mir dabei die anderen Frauen anzusehen. Als mein Telefon piepste, erschrak ich. Es war Joe.

Hey, Gem, macht's dir was aus, wenn ich mit den Jungs noch was trinken gehe? xx

Ich schrieb sofort zurück:

Natürlich nicht.

Wenn er noch ausging, konnte ich auf der Voyeur-Website bleiben, ohne befürchten zu müssen, dass er mich dabei ertappte und mich für pervers hielt. Ich fügte hinzu:

Ich wünsche dir einen tollen Abend. xxx

Nach weiteren zehn Minuten auf der Website fühlte ich mich jedoch angeekelt und reaktivierte aus einer Laune heraus meinen Facebook-Account. Um der guten alten Zeiten willen besuchte ich Laurens Seite. Sie und ich waren seit langer Zeit bei Facebook befreundet, aber nach einer Weile hatte ich ihre Benachrichtigungen ausgeblendet. Sie hatte vor ein paar Jahren Zwillinge bekommen und dort stündlich gepostet, um die ganze Welt über deren Errungenschaften auf dem Laufenden zu halten. Doch an diesem Abend dachte ich über die Vergangenheit nach, über Alex und über die Party, deshalb besuchte ich ihre Seite, um nachzusehen, was sie heutzutage tat.

Ihr musste aufgefallen sein, dass ich online war, denn binnen zehn Minuten erhielt ich eine Nachricht.

Hi, Gemma! Wie geht's dir? Es ist Ewigkeiten her, dass wir uns unterhalten haben! x

Ich antwortete:

Hi, Lauren. Toll, von dir zu hören! Ich habe gerade über alte Zeiten nachgedacht.

Oh, ich auch. Vor allem, nachdem ich Jacks Fotos gesehen habe. Ich kann kaum glauben, wie jung wir aussehen!

Jack?

Jack Howard. Erinnerst du dich an ihn? Der langweilige Typ, der in der Schule Betriebswirtschaftslehre gewählt hat. Er ist jetzt ziemlich gut aussehend – ich hätte mich mit ihm verabreden sollen, als ich die Gelegenheit dazu hatte! Er hat Fotos von dem Trip nach London gepostet, den wir gemacht haben, weißt du noch?

Ich kramte in meinem Gedächtnis. Jack Howard. Das war ein Name aus der Vergangenheit. Er hatte für Lauren geschwärmt, doch sie hatte für niemanden Zeit gehabt außer für Tom.

Ich war mit niemandem von der Schule in Kontakt geblieben. Selbst meine Freundschaft mit Lauren war ziemlich schnell verebbt. Ich hatte diesen Teil meines Lebens hinter mir lassen wollen, um neu anzufangen, und damals, bevor die sozialen Medien solche Popularität erlangten, verlor man sich schnell aus den Augen. Als ich Caitlin kennenlernte, ersetzte sie mit Leichtigkeit die Freundschaft, die ich mit Lauren gehabt hatte. Mir war bewusst, dass das unfair war, doch Lauren war vermutlich erleichtert darüber gewesen. Nachdem sie Tom geheiratet hatte und nach Australien gezogen war, beschränkte sich unsere Freundschaft auf Weihnachts- und Geburtstagskarten.

Ich suchte Jack auf Facebook. Sein Profil war geschützt, deshalb schickte ich ihm eine Freundschaftsanfrage und chattete mit Lauren weiter.

Wir kommunizierten eine Weile, was sich jedoch wirklich schwierig gestaltete. Ich kannte sie inzwischen kaum noch. Ich kannte ihre Freunde nicht, hatte ihre Kinder nie kennengelernt. In gewisser Weise führte sie ein Leben, von dem ich zu Beginn meines Studiums geglaubt hatte, dass ich es später einmal führen würde. Ich hatte geglaubt, ich würde auswandern, würde so weit wie möglich von zu Hause fortziehen. Die Vorstellung, für den Rest meines Lebens immer wieder ehemaligen Mitschülern über den Weg zu laufen, hatte mir Angst eingejagt. Auch wenn mein Name nicht in den Medien erschienen war, hatte jeder Bescheid gewusst. Ich wusste, im Lauf der Jahre hatten Klassentreffen stattgefunden, und unter normalen Umständen wäre ich davon begeistert gewesen, wäre liebend gerne hingegangen, um mit alten Freunden in Erinnerungen zu schwelgen, unsere Jugend wieder aufleben zu lassen und neue Erfolge zu feiern. Selbst wenn Alex noch am Leben gewesen wäre, hätte ich das vermutlich nicht tun können, doch seit seinem Tod wurde er vergöttert.

50

Gemma

Ich war bereits ins Bett gegangen, als Jack meine Freundschaftsanfrage auf Facebook akzeptierte. Joe war noch nicht zu Hause. Allem Anschein nach kostete er es voll aus, am Abend Ausgang zu haben.

Als ich feststellte, dass Jack meine Anfrage akzeptiert hatte, machte ich mich sofort daran, mir seine Fotos anzusehen. Er war überraschend gut organisiert, und seine Alben waren klar benannt. Ich öffnete »1. Halbjahr, Schule«, und da waren wir alle. Ich sah Lauren mit ihrem langen blonden Haar neben mir stehen. An jenem Morgen hatten wir beide unser Haar geglättet. Das hatte ewig gedauert, und wir hatten uns dabei beide verbrannt. Wir blickten Tom lachend an. Mein Herz pochte, als ich mich selbst im Alter von sechzehn Jahren sah. Im Gegensatz zu meiner damaligen Selbsteinschätzung sah meine Haut glatt aus, mein Haar glänzte, und ich war viel, viel schlanker, als ich in Erinnerung hatte.

Alex tauchte ebenfalls in diesem ersten Album auf. Im Gegensatz zu Lauren und mir nahm er die Kamera überhaupt nicht zur Kenntnis. Die Fotos zeigten ihn bei seiner Bewerbung zum Klassensprecher, beim Fußballspielen und wie er in der Kantine auf drei Stühlen lag und inmitten hunderter Schüler schlief. Bei einem Foto handelte es sich um eine Nahaufnahme. Er führte darauf im Schullabor ein Experiment durch, und das Foto zeigte ihn, während er das Ergebnis in einem Reagenzglas betrachtete, sein Gesichtsausdruck nachdenklich und klug. Das Foto wurde später für die Schulbroschüre verwendet, und angeblich hatte er damals gesagt, er habe seine Gedanken nicht beim Ergebnis des Experiments gehabt, sondern überlegt, was er zu Mittag essen würde.

Ich legte mich wieder ins Bett und sah mir die Aufnahmen von ihm an. Er hatte auf diesen Fotos nichts Lüsternes an sich, und doch war er in ein Zimmer gekommen, in dem ich schlief, und hatte die Tür geschlossen und das Licht ausgeschaltet, und er hatte mich vergewaltigt, ehe er sich wie ein Dieb wieder davonschlich. Er hatte in jener Nacht tatsächlich etwas gestohlen. Ich war nie wieder dieselbe.

Insgesamt mussten es zwanzig bis dreißig Alben sein. Ich durchforstete gerade die Fotos, um zu sehen, ob ich jemanden erkannte, als ich hörte, wie sich ein Schlüssel in der Eingangstür drehte. Joe war zu Hause.

Er brauchte etwa eine halbe Stunde, um zu duschen, sich ins Bett zu legen und mir von all den aufregenden Dingen zu erzählen, die der Laufsportclub geplant hatte. Da ich viele von den Leuten, von denen er sprach, nicht kannte, hatte ich zeitweise Schwierigkeiten, seinen Ausführungen zu folgen, doch ich ließ ihn reden und reden, bis sich seine Atmung schließlich verlangsamte und ich mir sicher war, dass er schlief. Ich stieg aus dem Bett, um ins Badezimmer zu gehen, und er rührte sich nicht. Er lag auf der Seite, von mir abgewendet, sodass ich mich gegen das Kissen gelehnt aufsetzen und mein iPad wieder einschalten konnte.

Auf Facebook sah ich, dass Jack online war. Ich warf einen Blick auf die Uhr – es war bereits nach Mitternacht. Rasch tippte ich eine Nachricht:

> Hi, tut mir leid, es ist schon spät, ich wollte nur hallo sagen. Ich war mit dir auf der Wirral School – damals hieß ich Gemma Taylor. Ich war Laurens Freundin, erinnerst du dich?

Ich war nervös, was er antworten würde. Er war ein Freund von Alex gewesen – wie würde er jetzt auf mich reagieren, nach allem, was geschehen war? Ein paar Minuten später poppte seine Antwort auf:

> Hi, Gemma! Schön, von dir zu hören.

> Wie geht's?, Ich schaue mir gerade ein paar von den Fotos an, die du gepostet hast. Das hat ganz viele Erinnerungen zurückgebracht.

Während ich auf seine Antwort wartete, sah ich mir noch mehr davon an. Sie zeigten viele Leute, an die ich seit Jahren nicht mehr gedacht hatte.

Er antwortete:

> Es muss hart für dich sein zurückzuschauen,

Ich starrte den Bildschirm an. Bedeutete das, dass er mir glaubte? Ich hatte immer gedacht, alle wären auf Alex' Seite. Facebook hatte es damals zum Glück noch nicht gegeben, doch ich wusste, dass bestimmt viel spekuliert worden war, und vermutete, dass ich dabei nicht gut weggekommen war. Er war in der Schule wesentlich beliebter gewesen als ich. Das war der Grund, weshalb ich in den Jahren nach der Party nur selten nach Hause gefahren war; ich fühlte mich vor Klatsch und Tratsch sicher, wenn ich mich hunderte Meilen von dort entfernt aufhielt.

Jack wartete nicht auf meine Antwort, sondern schickte noch eine Nachricht:

> Die Zeit ist vergangen wie im Flug. Ihr seht toll aus auf den Fotos von euch, du und Lauren. Ich hatte eine Runderneuerung dringend nötig!

Ich lachte, erleichtert. Es hatte den Anschein, als wollte er die Sache genauso wenig diskutieren wie ich.

> Wenn du wüsstest, welchen Aufwand wir jeden Tag betrieben haben.

Ich schickte diese Nachricht ab, dann wappnete ich mich und fragte:

> Jack, hast du auch Fotos von der Party? Von der Party, nachdem wir unsere Ergebnisse bekommen haben?

Ich hielt den Atem an.

Bist du dir sicher, dass du dir die ansehen möchtest? Ich dachte, es ist besser, wenn ich sie nicht hochlade.

Ich zögerte. Mir war klar, was er meinte, und ich wollte mich nicht rechtfertigen.

Schon okay. Ich möchte sie mir ansehen. Es war ein toller Abend, bevor alles schieflief. Ich möchte schauen, woran ich mich noch erinnern kann.

Fünf Minuten lang folgte nichts, und ich dachte, er sei womöglich ins Bett gegangen, ohne sich auszuloggen, doch dann antwortete er:

Ja, ich habe eine ganze Menge Fotos von diesem Abend. Allerdings habe ich nicht die Zeit, sie alle durchzugehen und diejenigen auszusortieren, die dich interessieren könnten. Wenn du möchtest, lade ich sie bei Dropbox hoch.

Ich schrieb schnell zurück:

Das wäre großartig.

Ich war erleichtert, dass ich nicht mit Kommentaren alter Freunde konfrontiert werden würde, die ebenfalls dort gewesen waren.

Vielen Dank.

Ich schickte ihm meine E-Mail-Adresse, und er antwortete:

Danke, bin gerade dabei.

Wie versprochen, erhielt ich kurze Zeit später eine E-Mail, in der es hieß, ich könne mir die Fotos ansehen. Ich musste meinen ganzen Mut zusammennehmen, um das Album zu öffnen, als es geladen war. Ich hatte noch nie Fotos von der Party gesehen. Fotos von anderen Events waren immer am schwarzen Brett im Aufenthaltsraum der Schule aufgehängt worden, doch zum Zeitpunkt der Party waren wir mit der Schule natürlich schon fertig. Außerdem hatte ich in jenen Wochen vor Beginn unseres Studiums mit niemandem außer Lauren gesprochen. Nach einiger Zeit war ich ein paar Monate lang einmal in der Woche zu einem Therapeuten gegangen, aber nachdem ich eine Weile mit Joe zusammen war, hatte ich diesen Lebensabschnitt zu den Akten gelegt. Ich hatte geglaubt, ich wäre damit erfolgreich gewesen, doch als ich das Album öffnete, holte mich die Vergangenheit ein.

Die ersten Fotos zeigten, wie wir alle etwa um sieben Uhr, als die Sonne bereits tief stand, auf der Party eintrafen. Zum Haus führte eine Zufahrt hinauf, mit großen Bäumen auf beiden Seiten; die Straße dahinter wurde vom Haus verdeckt. Es war ein langer, heißer Sommer gewesen, und wir waren nach der Auszeit alle gebräunt. Ich scrollte durch die Fotos und stellte einmal mehr fest, wie jung wir aussahen und wie glücklich und entspannt wir wirkten. Wir hatten alle die vorangegangenen zwei Jahre gemeinsam verbracht, wobei manche von anderen Schulen gekommen waren und andere, wie Lauren und ich, schon seit ganz jungen Jahren befreundet waren. Die meisten von uns kamen zur selben Zeit auf der Party an; als ich mit Lauren und Tom dort eintraf, setzten Dutzende Autos und Taxis Schüler ab. Alle hatten Weinflaschen oder Bierkästen dabei. Eltern sprachen beim Wegfahren noch Warnungen aus, doch niemand dachte, dass der Abend irgendetwas anderes als ein fantastisches Ende unserer Schulzeit werden würde.

Die Fotos verlagerten sich dann ins Haus, wo riesige Punschschalen und unzählige Bierflaschen auf dem Küchentisch und der Arbeitsplatte herumstanden. Manche Fotos zeigten Leute, an die ich seit Jahren nicht mehr gedacht hatte, glücklich und lebhaft, die sich mit Freunden unterhielten und tranken. Alle tranken.

Und dann scrollte ich nach unten und entdeckte ein Foto von mir mit einem riesigen Glas in der Hand, das halb leer war. Ich wusste, dass es Minuten zuvor bestimmt noch voll gewesen war. So hatten wir es damals alle gemacht. Genießen war für uns ein Fremdwort gewesen – wir hatten getrunken, ohne zu schmecken. Das Ziel war, sich volllaufen zu lassen.

Lauren war ebenfalls zu sehen, in ihrem kurzen weißen Kleid mit rosafarbenem Blumenaufdruck. Meines war identisch, wobei die Farben umgekehrt waren, weiße Blumen auf einem dunkelrosafarbenen Hintergrund. Wir sahen aus wie Spiegelbilder und wirkten ziemlich selbstzufrieden. Wir waren an diesem Tag Klamotten kaufen gewesen und hatten uns früh in die Geschäfte gestürzt, damit uns der ganze Nachmittag blieb, um uns hübsch zu machen.

Als ich weiterscrollte, entdeckte ich das erste Foto von Alex auf der Party. Er befand sich in der Küche, und hinter ihm hing eine Uhr: Es war kurz nach acht. Durchs Fenster erkannte man, dass es dämmerte. Alex' Gesicht war gerötet, seine Augen strahlten. Er sah genauso aus wie bei den Gelegenheiten, wenn ich ihn hatte Fußball spielen sehen oder wenn wir ihm in einem Club in der Stadt über den Weg gelaufen waren. Wir kannten ihn nicht oder kannten ihn zumindest nicht so gut, dass wir uns mit ihm unterhalten hätten. Wir hätten nicht behaupten können, dass er ein Freund von uns war, außer an jenem Abend natürlich, an dem wir mit allen befreundet waren. Wir wussten, wir würden die meisten Leute von der Schule zum letzten Mal sehen, und außerdem waren wir betrunken. Doch selbst am Abend der Party sprachen wir nicht mit ihm, wenngleich wir uns gerne zu ihm stellten und ihm zuhörten, wenn er sich mit seinen Freunden unterhielt. In unseren Augen spielte er in einer anderen Liga. Als ich jetzt die Fotos betrachtete, sah ich, wie hart wir mit uns ins Gericht gegangen waren.

Die nächsten Fotos waren draußen aufgenommen worden, wo Lichterketten die Bäume erleuchteten und im Hintergrund Rauch vom Grill aufstieg. Ich konnte mich nicht daran erinnern, an jenem Abend irgendetwas gegessen zu haben, doch noch Jahre später war mir jedes Mal übel geworden, wenn es irgendwo nach Grill roch. Der Geruch war auch in Alex' Zimmer wahrzunehmen gewesen. Als die Nacht dunkler wurde, konnte man an unseren geröteten Wangen und unserem dummen Grinsen ablesen, dass wir immer betrunkener wurden.

Ich hielt inne und schloss die Augen. Es gab nur noch ein paar Alben, die ich mir noch nicht angeschaut hatte. Bald würde ich zu Gesicht bekommen, was sich abspielte, während ich mich im ersten Stock befand. Schlafend.

Ich hörte, wie Joe sich neben mir bewegte, und schob mein iPad unter die Bettdecke. Er rutschte weiter in die Bettmitte und drängte mich Richtung Bettkante. Ich versuchte, ihn zurückzuschieben, doch er stöhnte und drehte sich um. Ich hielt das iPad über die Bettkante und hoffte, dass er nicht aufwachen und es sehen würde, aber der Alkohol sorgte dafür, dass er es nicht zur Kenntnis nahm. Er warf seinen Arm über meinen, sodass ich darunter gefangen war.

Ich schaltete das iPad aus und ließ es sanft zu Boden gleiten. Ein Blick auf die Uhr verriet mir, dass es schon nach ein Uhr war, als ich mich bereitmachte zu schlafen. Ich stöhnte, da ich um sieben Uhr aufstehen musste. Ich kuschelte mich ins Bett, drückte den Rücken gegen Joe. *Oder vielleicht erst um halb acht?* Ich griff nach meinem Telefon, um den Alarm umzustellen, überlegte es mir jedoch anders, als ich eine Nachricht von Rachel sah:

Ich muss mit Ihnen reden. Könnten Sie morgen um acht in der Arbeit sein?

51

Gemma

Dienstag, 15. August

Ich machte mich bei Joe nicht gerade beliebt, als ich am nächsten Morgen um halb acht bereit war, in die Arbeit zu fahren. Kurz bevor ich ging, schüttelte ich ihn wach.

»Rory wird bald aufstehen«, sagte ich. »Ich habe Saft und eine Banane auf meinem Nachttisch deponiert, falls er zu dir ins Bett kommt, aber schlaf nicht wieder ein, ja?«

Er stöhnte. »Es ist noch früh! Warum fährst du denn jetzt schon? Das Büro macht doch erst um neun auf.«

»Ich muss ein paar Dinge erledigen«, erwiderte ich. »Ich bin gestern Abend nicht mehr ins Büro zurück, deshalb muss ich das Meeting vorbereiten.«

Er hatte bereits das Interesse verloren.

Rory kam ins Schlafzimmer gesaust, als ich gerade gehen wollte, und ich umarmte ihn ganz fest. »Hier ist was zu trinken für dich, mein Schatz, und du kannst die Banane da essen, wenn du es nicht bis zum Frühstück aushältst. Dad döst noch. Lass ihn nicht zu lange schlafen, ja?« Ich zwinkerte ihm zu. »Aber quäl ihn nicht!«

Er lachte, und ich sah, dass er sich eine Strafe für seinen schläfrigen Vater überlegte. »Darf ich dein iPad benutzen?«

»Aber nur für eine halbe Stunde«, warnte ich ihn und stellte den Alarm auf dem iPad. »Wenn der Alarm losgeht, ist es Zeit fürs Frühstück.«

Ich schloss Facebook und löschte meinen Verlauf. Das Letzte, was ich gebrauchen konnte, war, dass Rory sich Voyeur-Websites ansah oder Fotos von mir, als ich jung und betrunken war. Er suchte sich das Spiel, das er spielen wollte, dann öffnete er den Saft und verschüttete versehentlich etwas davon auf Joes Rücken.

Als ich um acht Uhr im Büro ankam, wartete Rachel bereits an ihrem Schreibtisch auf mich. Sie war blass im Gesicht, und ich fragte mich, ob sie in der vergangenen Nacht genauso wenig Schlaf gehabt hatte wie ich. Ihre Augen waren rot umrandet, und ihre Hände hielten zitternd ihren Kaffeebecher.

Sie bemerkte, dass ich sie musterte, und errötete. »Ich weiß, ich sehe schrecklich aus.«

»Halb so wild«, entgegnete ich. »Sagen Sie einfach, Sie haben eine Erkältung.«

»Im August?«

»Dann eben Heuschnupfen.« Ich nahm den Kaffee, den sie für mich gemacht hatte, und setzte mich neben sie.

»Ich muss Ihnen was erzählen«, sagte sie. »Gestern Abend.« Sie holte tief Luft. »Gestern Abend habe ich natürlich nichts zu David gesagt.«

Dann hieß er also tatsächlich David.

Ich wartete.

»Wir haben uns auf Netflix einen Film angeschaut, und er hat ein paar Bier getrunken.« Sie schnitt eine Grimasse. »Und zwischendurch ein paar Whiskys.«

»Trinkt er zu viel?«

Sie nickte. »Manchmal schon. Es gibt immer einen Vorwand, wissen Sie? Er feiert irgendwas, oder jemand ist ihm auf die Nerven gegangen …«

Ich fragte mich, welchen Vorwand er fürs Trinken an den Abenden gehabt hatte, an denen er mich terrorisiert hatte. War das ein Grund zum Feiern gewesen?

»Auf jeden Fall war er gestern Abend genervt, weil ich keinen Alkohol trinken wollte. Ich hatte Angst, ich hätte ihm sonst womöglich erzählt, dass ich wusste, was passiert ist, also wollte ich nichts trinken.«

»Gute Idee.«

»Jedenfalls bin ich vor ihm ins Bett gegangen. Ich habe mich geduscht, habe gesagt, ich wäre müde. Er war mit seinem iPad beschäftigt und ist noch eine Weile aufgeblieben. Keine Ahnung, was er gemacht hat.«

Mein Mut sank. *Wahrscheinlich werden wir es in den nächsten ein bis zwei Tagen herausfinden.*

»Jedenfalls habe ich mich ins Bett gelegt und bin ziemlich schnell eingeschlafen.« Sie wandte den Blick von mir ab und hantierte mit einem Stift auf ihrem Schreibtisch herum. »Sind Sie jemals aus dem Schlaf aufgeschreckt, weil Sie etwas gehört haben, dem Sie überhaupt keine Beachtung schenken würden, wenn Sie wach wären?« Ich saß still da und wartete darauf, dass sie fortfuhr. Ich hatte früher einmal einen Wecker besessen, der ein ganz leises Geräusch von sich gegeben hatte – ein leises Klicken –, kurz bevor er läutete. Ich war jedes Mal aufgewacht, wenn ich es hörte.

Ich nickte. »Ja, ich weiß, was Sie meinen.«

»Letzte Nacht bin ich so aufgewacht. Ich bin aus dem Schlaf hochgeschreckt, ohne zu wissen, warum. Es war ziemlich heiß, als ich mich hingelegt habe, und als ich aufgewacht bin, kam David ins Bett. Er zog die Decke über uns; anscheinend hatte ich sie weggestrampelt.« Ihr Gesicht war inzwischen gerötet. »Ich ziehe zum Schlafen immer ein T-Shirt an – eines von David. Es geht bis hier.« Sie deutete auf ihre Oberschenkel. »Als ich aufgewacht bin, war es bis zur Taille hochgeschoben. Ich habe mir nichts dabei gedacht. Wenn es so heiß ist, schlafe ich immer ziemlich schlecht, deshalb dachte ich, ich muss mich herumgewälzt haben.«

Ich saß völlig regungslos da und hatte plötzlich schreckliche Angst davor, was sie sagen würde.

»Die Sache ist die, Gemma …« Sie verstummte, warf einen Blick auf die Uhr, dann setzte sie noch einmal an und sprach diesmal schneller. »Ich überlegte, warum ich aufgewacht war. Ich konnte nicht wieder einschlafen; wenn ich so abrupt aufwache, kann ich das nie. Und während ich dalag, überlegte ich, was mich geweckt hatte. Ich hatte jedenfalls nicht David im Bad gehört; normalerweise wache ich von nichts auf, deshalb hätte es mich nicht einmal gestört, wenn er geduscht hätte.«

»Vielleicht haben Sie die Schlafzimmertür aufgehen hören?«

»Die war nicht zu. Wir machen sie nie zu. Nein, das war es nicht.«

»Die Badezimmertür?«

Sie schüttelte den Kopf. »Das war es auch nicht. Sie fällt nicht ins Schloss. Und wir lassen nachts das Licht im Flur an, also konnte ich auch nicht gehört haben, wie er das ausschaltet.«

Vor dem Fenster hielt ein Bus an, und ich sah Sophie aussteigen, die Straße überqueren und in den Laden an der Ecke gehen. Sie würde jeden Moment hier sein. Ich konnte mich eigentlich nicht darüber beschweren, dass sie früh dran war, doch ich wusste, wir brauchten mehr Zeit.

»Sophie kommt jeden Augenblick«, sagte ich in dringlichem Tonfall. »Was glauben Sie denn, was es war?«

Ihre Augen füllten sich mit Tränen. »Ich glaube, er hat Fotos von mir gemacht«, sagte sie. »Während ich geschlafen habe. Ich habe das Klicken gehört, und das ist es, was mich geweckt hat. Dann kam er ins Bett. Er hat so eine Lampe, mit der man Handys aufladen kann. Er hat sein Telefon eingesteckt, dann hat er mir einen Gutenachtkuss gegeben und ist eingeschlafen.« Sie wirkte todunglücklich. »Ich konnte nicht schlafen.«

»Hat er davor jemals Fotos von Ihnen gemacht?«

Sie schüttelte den Kopf. »Nein, nichts dergleichen.« Es entstand eine Pause, dann sagte sie: »Oder zumindest nicht, dass ich wüsste. Aber woher soll ich es wissen?«

52

Rachel

Dann kam Sophie auf uns zu, und ich musste mich mit den Anrufbeantworter-Nachrichten und den E-Mails befassen und das Vormittagsmeeting vorbereiten. Es fiel mir schwer, mich zu konzentrieren. An Gemmas Gesichtsausdruck erkannte ich, dass es ihr ähnlich ging. Brian war wieder in der Arbeit, und ich bemerkte, dass sie ihm die Schlüssel zu den Wohnungen gab, die wir uns am Tag zuvor angesehen hatten, und ihn bat, sie Bill im Lauf des Tages zu bringen. Mein Gesicht brannte bei der Erinnerung an unser Gespräch.

Ich spürte, dass Gemma mit mir reden wollte. Sie sah immer wieder zu mir herüber und hielt Ausschau nach Sophie, als wolle sie zu mir kommen und mit mir sprechen, sobald sich die Gelegenheit ergab. Ich hielt den Blick abgewendet. Mir war es nicht möglich, mich auf die Arbeit zu konzentrieren, während ich über all das nachgrübelte, worüber wir gesprochen hatten. Ich durfte nicht an Davids Machenschaften vom Abend zuvor denken, doch nachdem ich die Voyeur-Website gesehen hatte, hatte ich schreckliche Angst, dass Fotos von mir dort landen könnten. Ich wollte unbedingt nachsehen, und das war vermutlich der Moment, in dem mir bewusst wurde, wie es für Gemma gewesen sein musste. Sie hatte gesagt, sie sei davon besessen gewesen, die Website jeden Tag aufzurufen, sich die neuen Fotos anzusehen, die dort stündlich erschienen, und herauszufinden, ob sie dabei war. Bei der Vorstellung, dass David das einer von uns beiden antat, wurde mir übel, und ich musste mich zwingen, nett zu ihm zu sein, als er seine routinemäßigen Textnachrichten schrieb.

Letzten Endes schickte mir Gemma eine E-Mail.

Alles in Ordnung mit Ihnen? Möchten Sie nach Hause gehen?

Ich blickte mich im Büro um. Ein junges Paar sah sich die Details zu einigen Erstkäufer-Immobilien an; sonst war nur Sophie anwesend, und sie war mit der Kaffeemaschine beschäftigt.

Nein, ich möchte nicht nach Hause gehen. Er macht heute Homeoffice, und ich würde am Ende bloß noch was zu ihm sagen.

Sophie kam hereingepoltert und brachte Getränke für uns alle und die Keksdose.

»Wie waren denn diese Wohnungen gestern?«, fragte sie mich.

Ich wagte es nicht, Gemma in die Augen zu blicken. »Sie waren toll, ja.«

»Bitten Sie doch Brian, dass er Sie mitnimmt, wenn er

das nächste Mal hinfährt«, sagte Gemma zu ihr. »Sehen Sie sich gründlich um, bevor wir sie vermieten.«

Nachdem Sophie wieder an ihren Schreibtisch zurückgekehrt war, schickte mir Gemma noch eine Nachricht:

Sie müssen etwas sagen. Die Fotos könnten überall sein.

Mein Gesicht wurde umgehend heiß. Ich wusste es.

Die Kunden kamen herüber, um mit Gemma zu sprechen, und dann hörte ich die beiden fragen, ob sie an diesem Abend ein Haus besichtigen könnten. Gemma rief die Verkäufer an, um es zu arrangieren. Nachdem die beiden das Büro verlassen hatten, nahm sie ihr Portemonnaie aus ihrer Handtasche. »Sophie, würden Sie mir einen riesigen Gefallen tun? Lucys Tochter hat nächste Woche Geburtstag. Würden Sie kurz losgehen und ihr eine Karte und ein Geschenk besorgen? Oh, und Geschenkpapier auch noch.«

Sophie wirkte hocherfreut. Für einige Zeit aus dem Büro kommen und mit dem Geld von jemand anderem einkaufen gehen! Sie nahm das Geld entgegen und machte sich auf den Weg, bevor Gemma es sich anders überlegen konnte.

Sobald außer uns niemand mehr im Büro war, schob Gemma einen Stuhl an meinen Schreibtisch.

»Wir müssen zur Polizei gehen.« Sie sprach mit leiser Stimme, obwohl niemand da war. »Er hat Fotos von mir gemacht, und jetzt hat er auch noch welche von Ihnen gemacht. Er könnte sie überallhin schicken. Das ist illegal, das wissen Sie. Wir müssen etwas unternehmen. Wir müssen ihm das Handwerk legen.«

»Ich weiß«, entgegnete ich. »Aber Ihnen ist bewusst, dass das in die Medien kommen wird, oder? Die lieben so was. Vor allem, weil er es bei uns beiden gemacht hat. Vor einiger Zeit habe ich von einer Gerichtsverhandlung gelesen, bei der es darum ging, dass ein Mann seine Frau zu Hause gefilmt hatte, und das stand in sämtlichen Zeitungen. Haben Sie davor denn keine Angst?«

»Natürlich habe ich die. Laut Gesetz dürfen sie unsere Namen nicht abdrucken, das hält die Leute allerdings nicht davon ab zu tratschen. Mein Name wurde schon mal aus der Zeitung rausgehalten, aber einen großen Unterschied hat das nicht gemacht. Bald wusste jeder davon. Das war schrecklich.«

Ich konnte es mir nicht verkneifen, sie anzufahren: »Was glauben Sie denn, wie es für uns war? Sie sind wenigstens noch am Leben.«

Gemma erhob sich, ihr Gesicht blass und angespannt. Sie beugte sich vor und flüsterte: »Denken Sie, ich habe keinen Preis bezahlt? Ich wurde vergewaltigt!« Ihre Stimme bebte. »Und jetzt missbraucht mich Ihr Ehemann.«

Ich beobachtete, wie sie zurück zu ihrem Schreibtisch ging und die Mappen und das Schreibzeug in der Schublade verstaute. Sie schloss die Schublade ab und loggte sich an ihrem Computer aus. Ich konnte den Blick nicht von ihr abwenden; sie sah mich kein einziges Mal mehr an.

Ohne ein weiteres Wort verließ sie das Büro.

53

Gemma

Dienstag, 15. August

Ich fuhr eine Zeit lang ziellos umher, da ich zu aufgewühlt war, um nach Hause zu fahren. Ich stellte meinen Wagen auf dem Parkplatz mit Blick auf den River Dee ab und zahlte für eine Stunde, damit ich im Auto sitzen und in Ruhe nachdenken konnte.

Rachels Worte hatten mir mehr zugesetzt, als sie vermutlich erwartete. Sie hatte ihren Bruder geliebt, ohne Frage, und war bei seinem Tod noch sehr jung gewesen. Wie auch immer ich über ihn dachte, die Vorstellung, dass an Neujahr die Polizei zu ihr nach Hause gekommen war, um die schreckliche Nachricht zu überbringen, war fürchterlich. Ich hatte erst Wochen später davon erfahren. Meine Eltern hatten in der Lokalzeitung davon gelesen, erzählten es mir jedoch nicht. Zu diesem Zeitpunkt, nur wenige Monate nachdem ich mit der Schule fertig geworden war, hatte ich eigentlich zu niemandem mehr Kontakt. Wir besuchten alle verschiedene Universitäten, und es war allzu einfach, sich der Gruppe zu entziehen. Ich hatte mich geweigert, an Weihnachten nach Hause zu kommen, deshalb trafen wir uns stattdessen bei meinen Großeltern in Staffordshire. Von dort fuhr ich direkt nach London zurück.

Ich erinnere mich noch, was für ein Schock es für mich war, als ich von Alex' Tod erfuhr. Ich war zu Laurens neunzehntem Geburtstag bei ihr in Nottingham eingeladen, wo sie Englisch studierte. Sie hatte Ende Januar Geburtstag, und ich hatte sie nicht mehr gesehen, seit wir im September davor mit dem Studium begonnen hatten, also fuhr ich von London mit dem Zug zu ihr, um sie übers Wochenende zu besuchen.

Als ich sie sah, wusste ich sofort, dass irgendetwas passiert war. Ihre Augen waren rot und verquollen, und zunächst dachte ich, sie und Tom hätten sich getrennt. Sie hakte sich bei mir ein, genau wie früher auf dem Weg zur Schule, und wir gingen aus dem Bahnhof hinaus in den kalten Abend. Dann erzählte sie mir, dass Alex tot war.

Meine Reaktion schockte mich selbst. Ich konnte nicht aufhören zu schluchzen, während sie versuchte, mich davon zu überzeugen, dass es nicht mein Schuld sei, und ich wusste, dass sie recht hatte, natürlich hatte sie recht, doch es fühlte sich an wie eine große Last, die noch zu allem anderen hinzukam. Was mir zu schaffen machte, war die Tatsache, dass ich mich plötzlich an ihn als den Jungen erinnerte, der sich für ein Schultheaterstück als Mädchen verkleidet hatte. Darin hatte es einen Moment gegeben, in dem er sich sichtlich amüsierte, und alle hatten gelacht. Ich wusste noch, dass ich mich vorgebeugt hatte, um ihn zu beobachten, und dass mir sein selbstbewusstes Auftreten gefallen hatte und wie sein Gesicht aufgeleuchtet hatte, als das Publikum mit ihm lachte.

Rachel war an jenem Abend vermutlich auch an der Schule gewesen. Es war seltsam, dass wir beide bei diesem Ereignis zugegen gewesen waren, viele Jahre bevor wir uns kennenlernten. Ich stellte sie mir als elfjähriges Mädchen vor, und in diesem Moment fand ich es unerklärlich, dass ich die Ähnlichkeit zwischen ihr und Alex nicht bemerkt hatte. Sie hatten unterschiedliche Haarfarben, und er war knapp eins fünfundachtzig groß und fürs Rugby-Spielfeld gebaut, was sein Schauspieldebüt noch komischer gemacht hatte. Wenn ich jetzt daran dachte, erinnerte ich mich, dass ich während unserer Prüfungen im Sommer gesehen hatte, wie er in Gedanken angestrengt nach einer richtigen Formulierung in einem Essay suchte, und mir wurde bewusst, dass ich den gleichen Ausdruck auch in Rachels Gesicht bei der Arbeit gesehen hatte.

Ich zuckte zusammen. Ich wünschte, ich hätte nicht an diese Ähnlichkeit gedacht. Das würde es nur schwieriger machen, ihr wieder gegenüberzutreten.

Mit einem Mal fühlte ich mich überfordert. Ich durfte nicht so weitermachen und mit einer Person zusammenarbeiten, die mich hasste. Mich von ihrem Ehemann vernichten lassen. Ich griff zu meinem Telefon.

»Mum? Können wir kommen und ein paar Tage bei dir bleiben?«

54
Gemma

Anschließend fuhr ich zurück ins Büro. Zum Glück war Sophie da, sodass ich mich auf die Arbeit konzentrierte und es vermied, alleine mit Rachel zu sprechen. Mir war bewusst, ich würde noch einmal mit ihr über David reden müssen, um sie davon zu überzeugen, zur Polizei zu gehen, doch ich brachte einfach nicht den Mut auf, es auf der Stelle zu tun. Ich schickte beide zehn Minuten vor Büroschluss nach Hause und rief Lucy an, um ihr zu sagen, dass ich mich nicht wohlfühlen und mir einige Zeit freinehmen würde. Sie reagierte großartig und bot mir an, in der folgenden Woche jeden Tag zu arbeiten.

»Ich werde meine Mutter bitten, Maisie zur Schule zu bringen und wieder abzuholen«, sagte sie. »Das macht ihr bestimmt nichts aus. Ich kann von neun bis fünf arbeiten.«

»Ich bringe Ihnen auf dem Nachhauseweg die Schlüssel vorbei«, sagte ich. »Meine Termine stehen alle im Kalender. Aber, Lucy, Sie haben das Sagen, okay?«

»Nicht Rachel? Sie wollten sie doch befördern.«

»Sie haben das Sagen«, wiederholte ich. »Ich lasse es die anderen wissen.«

Sie schwieg einen Moment und fragte dann: »Stimmt irgendetwas nicht?«

Meine Augen füllten sich mit Tränen, und ich setzte an, etwas zu sagen, brachte aber nichts heraus.

»Schon gut«, sagte sie. »Erzählen Sie es mir, wenn Sie wieder da sind. Und machen Sie sich keine Sorgen – ich kümmere mich um alles. Ich bin wirklich froh, arbeiten zu können, und falls Sie ein bisschen länger wegbleiben möchten, dann ist das auch in Ordnung.«

Ein paar Stunden später war ich mit Rory im Auto unterwegs zu meinen Eltern. Joe hatte keine Lust gehabt mitzukommen und angeboten, in unserer Abwesenheit einige Arbeiten im Wohnzimmer und in der Küche zu erledigen.

»Es hat keinen Sinn, dass wir alle fahren«, sagte er. »Ich habe dort doch nichts zu tun. Da bleibe ich besser hier und erledige ein paar Dinge im Haus. Wenn Rory da ist, ist das nämlich unmöglich. Ich könnte die Küche streichen, wenn du möchtest. Sie ein bisschen auffrischen.«

Einerseits wollte ich, dass er mich begleitet, andererseits wusste ich, dass ich mit meiner Mutter nicht richtig würde reden können, wenn er dabei war. Und ich musste mit ihr reden. Ich hatte momentan einfach zu viel um die Ohren.

Meine Mutter wohnte nur etwa dreißig Meilen von uns entfernt, doch meistens trafen wir uns in Chester, um ein bisschen zu shoppen, und anschließend kam sie dann zum Abendessen zu uns, anstatt dass wir meine Eltern besuchten. So war es, seit ich mit achtzehn von zu Hause ausgezogen war. Meine Eltern waren einmal im Monat für einen

Tag nach London gekommen. Mein Zimmer dort war so klein gewesen, dass wir uns nicht gemeinsam darin aufhalten konnten, weshalb wir meilenlange Spaziergänge machten und uns währenddessen über mein Studium und meine neuen Freunde unterhielten. Meine Eltern erzählten von ihrer Arbeit und von den Urlauben, die sie geplant hatten. Wir sprachen nie über das, was geschehen war.

Als ich an diesem Tag in Begleitung von Rory mit dem Auto zu meinen Eltern fuhr, stellte ich fest, dass ich mich danach sehnte, wieder zu Hause zu sein, als das ich es trotz allem noch immer betrachtete.

Rory war begeistert gewesen, sie gemeinsam mit mir zu besuchen.

»Nur du und ich, Mum?«, hatte er gefragt. »Ohne Dad?«

»Daddy bleibt zu Hause und malert.«

Rory hatte amüsiert dreingeblickt. Vermutlich hatte er gedacht, Joe würde seine Wasserfarben verwenden.

Wir hatten unsere Taschen gepackt und unsere kleine Reise angetreten. Rory war aufgeregt, weil er in meinem ehemaligen Kinderzimmer schlafen würde, quasselte auf der Fahrt ununterbrochen und erzählte mir, was er mit seinen Großeltern unternehmen wollte. Ich bekam dabei ein schlechtes Gewissen, dass er sie nicht häufiger sah; sie waren ebenfalls in heller Aufregung wegen unseres Besuchs, aber ich wusste, dass meine Mutter besorgt gewesen war, als ich sie angerufen hatte.

»Ist bei Joe und dir alles in Ordnung?«, hatte sie sich nervös erkundigt. »Du würdest es mir doch erzählen, wenn es ein Problem gibt, oder?«

Ich stellte mir vor, wie ich ihr alles erzählte, was geschehen war. Sie hätte einen Herzinfarkt bekommen, bevor ich fertig gewesen wäre.

»Alles ist gut«, sagte ich stattdessen, doch sie schien nicht überzeugt zu sein.

Wir parkten in ihrer Einfahrt, und Rory sprang aus dem Wagen, da er es kaum erwarten konnte, bei meinen Eltern zu läuten. Dabei handelte es sich um ein Spiel, bei dem sie immer so tun mussten, als wären sie erstaunt, uns zu sehen.

Sobald meine Mutter die Tür aufmachte und rief: »Grandad, wir haben Überraschungsbesuch!«, rannte Rory durchs Haus, um ihn zu suchen. Ich musste wirklich mitgenommen ausgesehen haben, da meine Mutter einen Blick auf mich warf und mich dann fest umarmte.

Wir gingen ins Haus, um meinen Vater zu suchen. Das Spiel lief so ab, dass er sich versteckte und Rory ihn finden musste. Obwohl mein Vater über eins achtzig groß war, dauerte das länger, als man meinen mochte.

Als er ihn schließlich im Gartenschuppen entdeckte, wo er unser Eintreffen tatsächlich nicht bemerkt hatte, setzten Rory und ich uns an den Tisch auf der Terrasse, während meine Mutter uns etwas zu essen brachte und mein Vater sich um Getränke kümmerte.

Mit meinen Eltern dazusitzen war unsagbar friedlich. Der Garten war umzäunt und nicht einsehbar und vermittelte ein Gefühl von Schutz und Sicherheit, das ich dringend benötigte. Rory redete wie ein Wasserfall und erzählte meinen Eltern haarklein, was er und Joe in Irland gemacht hatten, sodass ich mich zurücklehnen und entspannen konnte.

»Du arbeitest zu hart«, sagte meine Mutter zu mir. »Bleibt ihr für ein paar Tage?«

»Ich habe eine Woche freigenommen«, antwortete ich. »Und ich möchte mit Lucy eine Vereinbarung treffen.« Diese Idee kam mir erst jetzt. »Ich werde sie bitten, in nächster Zeit an jedem Wochentag zu arbeiten, nur für ein paar Stunden, damit ich aussetzen kann.«

»Wann hast du es das letzte Mal geschafft, dir einen Tag freizunehmen?«

»Als Joe und Rory aus Irland zurückgekommen sind, hatte ich einen Tag frei.«

»Und davor?«

»Als Rory krank war.«

»Das ist nicht richtig, Gemma«, sagte meine Mutter leise. »Und es ist auch nicht fair, dass du die ganze Last schulterst. Ich dachte, Joe würde bald wieder arbeiten gehen … Du musst dir mal Gedanken darüber machen, wie du dein Leben leben möchtest. Es ist nicht fair, dass nur du die ganze Zeit schuftest.«

Ich war froh, dass Joe nicht dabei war; sie hätte dasselbe auch in seiner Gegenwart gesagt. Es führte immer zu Unstimmigkeiten, wenn sie kritisierte, wie wir lebten.

»Ich weiß schon«, entgegnete ich. »Ich muss mir was überlegen. Aber Joe möchte, dass wir nach Irland ziehen. Sein Bruder Brendan zieht hin.«

»Was will er denn da drüben machen? Gibt es dort Arbeit?«

»Anscheinend denkt er, ich könnte mich dort auch wieder selbstständig machen.«

»Und er bleibt zu Hause bei Rory?« Sie presste die Lippen aufeinander. »Aber du könntest doch bestimmt nicht in einem anderen Land einfach so von vorne anfangen?«

Zum Glück unterbrach uns Rory, um zu fragen, ob er baden dürfe. Meine Eltern hatten bei der Renovierung ihres Badezimmers im Jahr zuvor einen Whirlpool einbauen lassen, und dieser war für ihn immer das Highlight des Tages. Die Aufmerksamkeit meiner Mutter galt von da an ihm; sie ging mit ihm nach oben, während mein Vater den Tisch abdeckte und in der Küche aufräumte.

»Nein, bleib sitzen«, sagte er, als ich ihm helfen wollte. »Ruh dich aus.«

Ich schloss die Augen und versuchte abzuschalten, aber es gelang mir nicht. Mir gingen so viele Dinge durch den Kopf. Joe war momentan mein geringstes Problem, wobei meine größte Sorge natürlich war, wie ich ihn daran hindern konnte herauszufinden, was geschehen war. Mir war bewusst, dass ich zur Polizei gehen sollte. Ich wusste, wo David wohnte, und sofern Rachel ihn nicht gewarnt hatte, wäre es für die Polizisten ein Leichtes, ihn zu verhören. Es machte mich wütend, dass er glaubte, er würde damit davonkommen, aber ich hatte auch schreckliche Angst davor, was er als Nächstes tun würde. Mir war klar, ich musste handeln, bevor er noch etwas tun konnte.

Um sieben Uhr hörte ich im Wohnzimmer mein Telefon in meiner Handtasche piepsen. Mein Vater reichte mir meine Tasche. »Vielleicht ist es Joe«, sagte er. Ich wusste, er dachte, ich wäre da, weil wir uns gestritten hatten.

Es war eine Nachricht von Rachel.

Tut mir wirklich leid. Ich hätte Sie nicht anschreien sollen.

Erleichterung durchfuhr mich.

Ich antwortete:

> Schon okay. Er war schließlich Ihr Bruder. Ich weiß, dass Sie ihn geliebt haben.

Ich blieb noch kurz in der Sonne sitzen, dann schickte ich ihr eine weitere Nachricht:

> Sie wissen, dass Sie diese Nachrichten löschen müssen?

Sie schrieb umgehend zurück:

> Mache ich. Ich lösche sie sofort.

Ich musste sie einfach fragen:

> Was werden Sie tun?

Für diese Antwort brauchte sie länger.

> Ich muss von ihm weg. Vielleicht gehe ich ins Ausland und lasse alles hinter mir. Ich dachte mir, ich warne Sie lieber vor, wegen der Arbeit.

> Machen Sie sich deshalb keine Sorgen. Hauptsache, Sie sind in Sicherheit.

Sie erkundigte sich:

Was haben Sie vor? Sie sollten es jetzt der Polizei sagen. Aber bitte geben Sie mir Bescheid, bevor Sie es tun.

Sie hatte mit beidem recht. Sie musste weg. Ich musste zur Polizei gehen.

Eine Sekunde später schickte sie noch eine Nachricht:

Wir sollten gemeinsam zur Polizei gehen.

Ich schrieb:

Aber Rachel, wenn ich mit der Polizei spreche, dann sind Sie verwickelt.

Ich weiß. Ich werde alles zugeben. Ich kann nicht glauben, wie ich mich verhalten habe. Ich habe David gesagt, ich hätte gehört, wie Sie am Telefon sagten, Sie würden in Erwägung ziehen, zur Polizei zu gehen, und dass er sich deshalb eine Zeit lang zurückhalten sollte. Ich habe ihm erzählt, Sie würden mir nicht sagen, was los ist.

Dann erschien eine weitere Nachricht:

Er ist wieder da.

55

Gemma

Meine Mutter saß oben im Badezimmer auf einem Stuhl und passte auf Rory in der Wanne auf. Dabei handelte es sich um einen riesigen Eck-Whirlpool, und er konnte mit all seinen Spielzeugfischen und -delfinen Stunden darin verbringen, ohne sich zu langweilen. Ich blieb in der Türöffnung stehen und beobachtete meine Mutter, wie sie sich mit ihm unterhielt. Ihr Gesichtsausdruck war sanft und glücklich, und sie lächelte, als sie mich bemerkte.

»Es ist, als würde ich dich noch mal als Kind sehen«, sagte sie. »Einfach wunderbar, wie ein Blick in die Vergangenheit.«

Ich kniete mich neben der Badewanne hin und schaufelte etwas Wasser über Rorys Haar. Er lachte und spritzte mich an, bis ich durchnässt war.

»Erzählst du mir, was dir Kummer macht, mein Schatz?«, flüsterte meine Mutter. »Was liegt dir auf der Seele?«

Rory spitzte die Ohren. »Was liegt dir auf der Seele, Mum?«

Ich warf meiner Mutter einen verärgerten Blick zu.

»Sie versucht zu erraten, was es zum Abendessen gibt.«

Sie erhob sich und holte ein warmes, weiches Handtuch. »Errätst du, was es gibt?«

Rory stand so abrupt auf, dass er beinahe ausrutschte. Dann kletterte er aus der Wanne und ließ sich von meiner Mutter in das Handtuch einwickeln. »Und wickle mir noch eins um den Kopf«, sagte er. »Wie im Spa.«

Meine Mutter sah mich an und zog eine Augenbraue hoch.

»Wir spielen manchmal Spa«, gab ich zu. »Er legt sich Gurkenscheiben auf die Augen, und ich muss ihm die Zehennägel lackieren.«

»Und macht Daddy das auch?«, fragte sie Rory.

»Nein, aber wir haben es mal mit ihm gemacht, als er auf dem Sofa geschlafen hat.« Er lachte. »Zeig ihr die Fotos, Mum.« Er umarmte mich, und für einen Moment vergaß ich alle meine Sorgen.

Später, als Rory im Bett war und mein Vater bei einem Quizabend im Pub in der Nähe, saß ich mit meiner Mutter auf der Terrasse. Meine Eltern besaßen eine Feuerstelle, die mein Vater angezündet hatte, bevor er gegangen war, um dem Abend etwas von seiner Kälte zu nehmen. Sie hatte mir einen Gin Tonic eingeschenkt; vermutlich wollte sie mich dazu bringen, dass ich mich ihr gegenüber öffnete.

»Stimmt zu Hause irgendetwas nicht? Hast du dich mit Joe gestritten?«

»Nein. Na ja, in gewisser Weise. Er hat sich in die Idee reingesteigert, dass wir nach Irland ziehen könnten. Aber ich kann das nicht. Ich habe das Büro, und ich könnte dort drüben nicht arbeiten. Wie du gesagt hast, ich kenne mich in der Gegend nicht aus, und mir fehlt die Qualifikation, um in einem anderen Land zu arbeiten. Das ist nur so ein Hirngespinst von ihm.«

»Akzeptiert er das?«

Ich seufzte. »Er und Brendan denken anscheinend, dass es funktionieren könnte.«

»Tja, warum sucht er sich nicht drüben Arbeit, damit du ein paar Jahre aussetzen und dich um Rory kümmern und anschließend die Qualifikation nachholen kannst? Du könntest das Büro hier behalten und einen Geschäftsführer einstellen. Das wäre doch machbar, oder? Du könntest auch einmal im Monat herkommen. Flüge von Liverpool nach Irland sind billig.«

Ich schwieg. Ich konnte ihr nicht sagen, dass Joe nicht die Absicht hatte, sich wieder Arbeit zu suchen. Ich wusste, was meine Mutter davon hielt. Seit er seinen Job aufgegeben hatte, um sich um Rory zu kümmern, war sie argwöhnisch.

»Das ist aber nicht das Problem«, sagte ich. »Mit ihm komme ich schon zurecht.« Ich hätte ihr gerne gesagt, was das Problem war, doch wie konnte ich? Und dann dachte ich, wenn ich mit ihr nicht darüber sprechen konnte, konnte ich mit niemandem darüber sprechen, deshalb sagte ich zögerlich: »Du erinnerst dich doch, was mir mit achtzehn passiert ist? Auf der Party?«

Sie versteifte sich. »Natürlich erinnere ich mich, mein Schatz.«

»Ich habe nachgedacht. Ich hätte die Polizei die Sache vor Gericht bringen lassen sollen. Was ich getan habe, war nicht fair.«

»Was *du* getan hast, war nicht fair?«

»Nein. Alex wurde verhaftet, aber dann ohne Anklage wieder freigelassen, und alle hielten ihn für schuldig, nur weil er verhaftet wurde.«

»Aber er *war* schuldig, Gemma! Du darfst dich deshalb nicht schlecht fühlen.«

»Ich weiß, aber er hatte keine Gelegenheit, seine Argumente vorzubringen, oder? Vor Gericht zu erscheinen wäre schrecklich gewesen, aber er wäre wenigstens zu Wort gekommen.«

»Was hätte er schon sagen können?«, fragte sie verärgert. »Entweder hätte er gesagt, dass du einverstanden warst – und wie hättest du beweisen können, dass du es nicht warst? –, oder, dass er nichts getan hätte. Zu diesem Zeitpunkt gab es keine Beweise. Wenn du gleich zur Polizei gegangen wärst, wäre es etwas anderes gewesen, aber erst zwei Wochen danach? Denkst du, er hätte es einfach zugegeben?«

»Ich hatte keine andere Wahl«, sagte ich und versuchte, mich zu beherrschen. »Wir sind am nächsten Tag in den Urlaub gefahren. Als ich bereit gewesen wäre, zur Polizei zu gehen, war ich in einem anderen Land.«

»Ich weiß, mein Schatz«, sagte sie. »Tut mir leid. Ich wollte dir keinen Vorwurf machen. Ich habe damit nur gemeint, dass es nach zwei Wochen keine Beweise mehr gab. Seine Anwälte hätten es dir richtig schwer gemacht.«

»Ich weiß«, sagte ich. »Ich weiß. Aber ... keine Ahnung. Ich finde nur, er hätte zu Wort kommen sollen. Dann hätte er vielleicht nicht ... Na ja, vielleicht wäre er dann noch am Leben.«

»Es ist schrecklich, was mit ihm passiert ist«, sagte sie. »Wirklich. Aber es ist nicht deine Schuld, Gemma. Und sein Tod kann auch durchaus ein Unfall gewesen sein. Es sprach nichts dafür, dass er es absichtlich getan hat.«

Ich wusste jedoch, es war Absicht gewesen. Auch wenn wir nicht befreundet gewesen waren, hatte ich ihn zwei Jahre lang fast jeden Tag gesehen und mir ein Bild machen können, was für ein Mensch er war. Er war stolz und ehrgeizig gewesen; als er verhaftet worden war, hatte er seinen guten Ruf und seine Träume verloren. Es konnte sich nicht um einen Zufall handeln, dass er nur vier Monate später an Neujahr ertrunken war.

»Er wollte immer in Oxford studieren, weißt du?«, sagte ich nach einer Pause. »Ich erinnere mich, dass wir an unserem Einführungstag, als wir sechzehn waren, sagen sollten, was wir bis zum Ende unserer Schulausbildung erreichen wollten. An der Art und Weise, wie er sprach, erkannte ich, dass er es schaffen würde.«

Meine Mutter sagte nichts, presste die Lippen aufeinander.

»Und ich glaube nicht, dass die Verhaftung ihn daran gehindert hätte, als Anwalt tätig zu sein«, fuhr ich fort. »Ich habe vor ein paar Jahren bei der Anwaltskammer angerufen, um mich zu erkundigen.«

Sie sah mich scharf an. »Wozu hast du das gemacht?«

»Ich musste es wissen. Ich habe, lange nachdem ich von seinem Tod erfahren hatte, angerufen. Jahre. Natürlich dachte ich, dass er sich umgebracht hat, und dann meinte Caitlin, er habe es vielleicht aus dem Grund getan, weil ihm die Zukunft verwehrt war, die er sich gewünscht hatte.«

Meine Mutter gab darauf einen Laut von sich, einen *Tja, das hätte er sich vorher überlegen sollen*-Laut.

»Aber als ich dort anrief, hieß es, er hätte als Anwalt tätig sein können, da die Anklage fallen gelassen wurde. Er hätte die Anklage bekannt geben müssen, aber sie meinten, es wäre in Ordnung gegangen.«

»Und du denkst, es wäre besser für dich gewesen, wenn du vor Gericht gezogen wärst, um ihn zu Wort kommen zu lassen? Gemma, mein Schatz, du hast das Richtige getan. Das einzig Richtige«, sagte meine Mutter. »Was hätte das mit dir gemacht? Und sie hätten die besten Anwälte bezahlen können, das weißt du doch.« Ihre Stimme zitterte, und ich sah, dass sie mit den Tränen kämpfte. »Überleg dir, wie du dich gefühlt hättest, wenn sie ihn für unschuldig befunden hätten.«

Ich wusste, ich wäre am Boden zerstört gewesen, aber ich wusste auch, dass ich ganz genauso empfinden würde, wenn ich angeklagt wäre und mich nicht zu Wort melden könnte.

Und ich dachte an die Nachwirkungen jener Augustnacht, die für Alex und für mich alles veränderte und auch für unsere Familien. Wir litten alle unter den Folgen jener Nacht. Den Schmerz spürte nicht nur ich.

Ich sprach, ohne nachzudenken. »Ich habe neulich seine Schwester getroffen.«

»Alex' Schwester? Ich wusste gar nicht, dass du sie kennst.«

»Bis vor kurzem wusste ich nicht mal, dass er eine Schwester hat«, erwiderte ich. »Ich wusste gar nichts über ihn.«

»Ich wusste es nur, weil Laurens Mum es mir erzählt hat«, sagte meine Mutter. »Sie kam mich besuchen, nachdem ihr weggezogen wart, du und Lauren.« Sie schnitt eine Grimasse. »Ich glaube, sie wollte darüber tratschen. Ich musste ihr eine Zeit lang aus dem Weg gehen.«

Ich wusste, wie sie sich gefühlt hatte. Nachdem ich die Vergewaltigung angezeigt hatte, wollten ein paar Mädchen von der Schule mit mir reden, und für mich hatte ihr Interesse beinahe etwas Anstößiges an sich. Nach einer Weile machte ich ihnen die Tür nicht mehr auf, und wenn sie anriefen, holte ich meinen Bruder, damit er ihnen sagte, ich wäre nicht zu Hause.

»Ihre Mutter ist letztes Jahr gestorben«, sagte ich.

Meine Mutter schwieg und sagte dann: »Sie muss noch recht jung gewesen sein. Was war denn mit ihr?«

»Sie hatte Krebs.«

»Die arme Frau. Das noch obendrein zu allem anderen.«

Ich hätte ihr gerne erzählt, was Rachel mir gesagt hatte, wie sehr ihre Mutter von ihr abhängig gewesen war und dass sie hatte sterben wollen, war dazu aber nicht in der Lage. Auch wenn mich keine Schuld traf, war ich zumindest involviert gewesen. Ich hätte alles dafür gegeben, wenn dem nicht so gewesen wäre. Meine Mutter brauchte jedoch nicht involviert zu sein. Sie hatte es nicht verdient, diese Dinge zu hören.

»Wie hast du sie denn kennengelernt?«

In diesem Moment kam mein Vater zurück und bewahrte mich davor, die Frage beantworten zu müssen. Wir unterhielten uns über das Quiz und das Siegerteam und sprachen nicht noch einmal über Rachel und ihre Familie, obwohl mir meine Mutter den ganzen Abend Blicke zuwarf, und ich wusste, dass ihr die Frage keine Ruhe ließ.

56

Gemma

Mittwoch, 16. August

Am nächsten Morgen wartete ich, bis das Büro geöffnet war, dann schickte ich Rachel eine E-Mail über unser internes Netzwerk. Es war das einzig sichere Kommunikationsmittel, da David die Nachricht auf keinen Fall abfangen konnte.

War gestern Abend alles in Ordnung?

Sie musste alleine an ihrem Schreibtisch sitzen, da sie ziemlich schnell antwortete:

Ich glaube schon, bin mir aber nicht sicher. Wer weiß?

Ich zuckte zusammen. Sie hätte auf jeden Fall in der Lage sein sollen, sich schlafen zu legen, ohne befürchten zu müssen, dass jemand kompromittierende Fotos von ihr machte. Und dann dachte ich an mich selbst, in meinem Hotelzimmer in London, und geriet in Rage. Ich fing an, eine weitere E-Mail zu tippen:

Sobald ich wieder in Chester bin, gehe ich zur Polizei. Sie können mitkommen, wenn Sie möchten, aber ich gehe so oder so.

Bevor ich auf »senden« klickte, hielt ich inne. David war ihr Ehemann. Würde sie wirklich warten, bis die Polizei vor der Tür stand? Sie würde es ihm doch bestimmt sagen – oder er würde es vermuten. Letzteres wäre schlimmer. Viel schlimmer. Ich schauderte. Was würde er wohl tun, wenn er herausfand, dass sie es wusste und ihm nichts gesagt hatte?

Ich löschte meine Nachricht. Stattdessen schrieb ich:

Sie sollten nicht so leben müssen.

Und sie antwortete:

Ich weiß.

An dieser Stelle endete unser Dialog. Ich brach mit meinen Eltern auf, um mit Rory mit der Fähre nach Liverpool zu fahren und den Tag mit Museumsbesuchen zu verbringen. Später gingen wir zum Nachmittagstee in ein Hotel, ehe wir mit der U-Bahn zurück zu unserem Auto fuhren. Das beeindruckte Rory am meisten; er war noch nie zuvor mit einer U-Bahn gefahren und war völlig außer sich. Die Tatsache, dass er eine Schachtel mit Gebäck aus dem Hotel bei sich hatte, trug noch zu seiner Glückseligkeit bei.

Als wir später am Nachmittag wieder zu Hause bei meinen Eltern waren, liehen wir uns das Planschbecken der unmittelbaren Nachbarin aus, die netterweise ihre kleine

Tochter Evie zum Spielen mitschickte. Ich weiß nicht, was mit Rory los ist, aber wenn man ihn bei Laune halten möchte, braucht man ihm nur etwas Wasser zu geben, und er ist stundenlang glücklich. Also setzte ich mich draußen hin, um auf die Kinder aufzupassen, während meine Mutter und mein Vater ein Nickerchen auf ihren Gartenstühlen machten. Der Tag hatte sie sichtlich ermüdet.

Ich holte mein iPad hervor und sah mir noch einmal die Fotos an, die Jack bei Facebook gepostet hatte, die Fotos von uns aus den zwei Jahren, die wir gemeinsam verbracht hatten. Ich hatte mir eigentlich vorgenommen, Rachel zu sagen, sie solle Jack eine Freundschaftsanfrage schicken, damit sie sich die Fotos ebenfalls ansehen konnte, war mir aber nicht sicher, ob sie das nicht zu sehr mitnehmen würde. An den Kommentaren unter den Fotos war zu erkennen, dass Jack sie erst kürzlich hochgeladen hatte. Name um Name von ehemaligen Schulfreunden tauchte auf, und alle amüsierten sich über uns. Ich fragte mich, ob sich irgendjemand von ihnen erinnerte, wie jenes Sommersemester geendet hatte, wenngleich sie es damals natürlich gewusst hatten.

»Wer war denn dieses Mädchen da …«, hörte ich sie in meiner Fantasie sagen. »Diese ungepflegte kleine Rothaarige … Ist ihr nicht etwas zugestoßen? Mir fällt gerade nicht ein, was es war … Ist sie nicht gestorben oder so?«

Ich schloss fest die Augen, um meine Tränen am Hinuntertropfen zu hindern.

Und dann nahm ich all meinen Mut zusammen und sah mir die Fotos von der Party an, die Jack bei Dropbox hochgeladen hatte.

Ich drehte das iPad aus der Sonne. Ich sah, welche Alben ich mir schon angeschaut hatte, und klickte das nächste an. Es war deutlich zu erkennen, dass Jack die Puste ausgegangen war oder vielleicht auch nur der Film, da es sich bei dem Fotoapparat, den er damals benutzt hatte, natürlich nicht um eine Digitalkamera gehandelt hatte. Die etwa fünfzig letzten Fotos wirkten, als seien sie völlig willkürlich entstanden, anstatt jeweils mehrere an einem Schauplatz. Es gab eine Aufnahme von einer Gruppe von Mädchen, die Karaoke sangen, dann ein Foto von der Feuerstelle, um die alle Raucher saßen, jeder eine Bierflasche in der Hand. Da war Lauren, die mit Tom in einer Hängematte saß. Bei diesem Foto hielt ich inne und erinnerte mich, dass ich zu diesem Zeitpunkt bereits nach Hause wollte, doch Lauren war meinem Blick ständig ausgewichen. Ich konnte mit Mühe den Knutschfleck an ihrem Hals erkennen; auf den ersten Blick sah er aus wie eine der pinkfarbenen Blumen auf ihrem Kleid.

Ich wappnete mich. Als Nächstes würde ich zu sehen bekommen, was sich zugetragen hatte, während ich mich im Obergeschoss aufgehalten hatte. Mehrere Leute tanzten auf der Terrasse, wobei ich vermutete, dass sie sich nur einen Spaß gemacht hatten. Das hoffte ich zumindest. Beim nächsten Schauplatz handelte es sich um die Küche. Jack musste sich wieder ins Haus begeben haben. Lauren hielt sich jetzt dort auf.

Ich erinnerte mich, dass sie mir auf dem Nachhauseweg im Taxi gesagt hatte, jemand habe sie aus der Hängematte geschubst und sie habe Dreck an ihr Kleid bekommen. Ich hatte darauf nichts erwidert, hatte kein Wort gesagt, hatte so getan, als würde ich schlafen.

Auf dem ersten Foto stand sie am Spülbecken und spritzte sich Wasser ins Gesicht. Tom hielt ihr Haar hoch, und für einen Augenblick sah ich, wie sehr Jack sie gemocht hatte. Die Wassertropfen flogen ihr ins Gesicht, und ihr Haar wurde emporgehoben, was ihr eine Anmut verlieh, die der Knutschfleck völlig zerstörte.

Auf dem nächsten Foto saß sie auf Toms Knie, den Arm lässig um seinen Hals gelegt. Wie sehr hatte es Jack geschmerzt, dieses Foto zu machen? Und hinter ihr war ein junger Mann zu sehen, der gerade im Begriff war, durch die Küchentür auf den Flur hinauszugehen. Kein Junge. Man konnte ihn auf keinen Fall als Jungen bezeichnen.

Dieser Mann trug Jeans und ein The-Coral-T-Shirt. Es handelte sich um das T-Shirt, das in jenem Sommer in Glastonbury verkauft worden war. Um das gleiche T-Shirt, das Alex den ganzen Abend getragen hatte.

Allerdings war es nicht Alex, der von der Menge unbemerkt den Raum verließ.

Es war David.

57

Gemma

Meine Reaktion war so körperlich, als hätte mir jemand gegen die Brust geschlagen. Ein oder zwei Sekunden war ich nicht in der Lage zu atmen, wie weit ich den Mund auch öffnete. Ich steckte den Kopf zwischen die Beine und versuchte zu atmen, genau wie ich es in den Tagen und sogar Monaten nach jener Party getan hatte. Meine Eltern schliefen auf der Terrasse auf ihren Stühlen, und im Hintergrund hörte ich Rory und seine kleine Freundin planschen.

Und dann hatte es den Anschein, als würde die Luft aus mir herausplatzen, und mit einem heftigen Keuchen fing ich an zu hyperventilieren.

»Mum!« Rory kam zu mir gerannt und schüttelte meinen Arm. »Mum! Was ist los?«, schrie er. »Granny! Granny!«

Ich hörte meine Mutter nach Luft schnappen und dann den Namen meines Vaters rufen. Sie kam auf mich zugelaufen, doch ich sah sie nur verschwommen.

»Was ist, Gemma? Was ist los?«

Ich rang erneut um Atem. Meine Brust war zugeschnürt und fühlte sich an wie ein Ballon, der kurz davor war zu platzen, aber ich schaffte es einfach nicht auszuatmen.

Ich hörte meinen Vater in der Küche unterdrückt fluchend Schubladen aufziehen, und dann öffnete er meine geballten Fäuste, und ich spürte das raue Kratzen einer Papiertüte in meinen Händen. Er kniete sich vor mich hin, fixierte mich mit seinem Blick.

»Atme ein, mein Schatz«, sagte er, und dann erinnerte ich mich, dass er das auch schon vor all den Jahren gesagt hatte, und mir liefen Tränen über die Wangen. »Atme ein und lass uns zählen. Eins, zwei, drei, vier. So ist es gut. Und jetzt atme aus. Komm schon, fest pusten. So fest du kannst. Und sieh mich an. Sieh mich an!« Er zählte noch einmal, und ich fixierte sein Gesicht mit meinem Blick. »Du schaffst das. Komm schon, lass uns noch mal zählen.«

Meine Mutter schwirrte im Hintergrund umher und versicherte Rory und Evie, dass mit mir alles in Ordnung war. Sie forderte Rory auf, im Planschbecken den Stöpsel zu ziehen, und stellte ihm ein Bad im Whirlpool in Aussicht, wenn er jetzt brav war; dann schickte sie ihn los, damit er die Keksdose für sie beide holte.

»Ich wusste, wir hätten nicht darüber sprechen sollen«, sagte sie immer wieder. »Es ist meine Schuld. Über so was kommt man nie hinweg. Ich hätte ihr keine Fragen stellen sollen.«

Ich sah, dass mein Vater nicht wusste, wovon sie sprach, doch dann fiel ihm offenbar ein, was er in der Vergangenheit getan hatte, um mir beim Atmen zu helfen, damit ich mit dem Geschehenen fertigwurde. In seinem Blick lag Wut, nicht auf meine Mutter oder mich, sondern weil das, was mir, seiner einzigen Tochter, zugestoßen war, mich auch fünfzehn Jahre danach noch quälte.

Während ich meinem Vater fest in die Augen sah, normalisierte sich meine Atmung langsam wieder. Meine Mutter befand sich mit Rory inzwischen im Haus, nachdem sie Evie nach Hause geschickt hatte. Als meine Panikattacke schließlich vorbei war, erhob sich mein Vater und zog einen Stuhl zu meinem her.

»Wir sprechen darüber, Gem«, sagte er, »aber nicht jetzt. Ruh dich aus, wir bringen Rory ins Bett. Und wenn du heute Abend nicht in der Lage bist, macht es auch nichts. Du bleibst ja noch ein paar Tage hier. Wir haben genug Zeit.«

Mein iPad hatte sich in meiner Abwesenheit selbst ausgeschaltet. Ich ertrug die Vorstellung nicht, jenes Foto noch einmal zu Gesicht zu bekommen, aber gleichzeitig hatte ich Angst, dass ich es womöglich verlieren würde. Ich bat meinen Vater, nach Rory zu sehen, und während der wenigen Minuten, die er weg war, schickte ich mir das Foto an meine private E-Mail-Adresse.

Als mein E-Mail-Signal ertönte, wusste ich, dass es gesichert war.

An diesem Abend ging ich früh ins Bett, da ich vom Tag erschöpft war. Die Müdigkeit, die ich spürte, schien die Folge davon zu sein, dass ich mich fünfzehn Jahre lang zurückgehalten hatte.

Ich konnte es nicht riskieren, mir das Foto noch einmal anzusehen. Rachel war die Einzige, mit der ich darüber sprechen konnte, und sie hatte im Moment selbst einen Spießrutenlauf zu bewältigen. Ich hörte meine Mutter im Erdgeschoss mit Joe am Telefon sprechen. Sie sagte ihm, dass ich früh zu Bett gegangen sei, aber ich hatte ihr das

Versprechen abgenommen, ihm nichts von meiner Panikattacke zu erzählen.

Warum war David auf der Party gewesen? Diese Frage schwirrte mir stundenlang im Kopf herum. Was hatte er dort zu suchen gehabt? Rachel hatte gesagt, Alex und er seien beste Freunde gewesen, aber die Party war nur für Leute von der Schule. Ich erinnerte mich, dass ich Alex das hatte sagen hören, als ein Mädchen ihn fragte, ob sie eine Freundin mitbringen dürfe.

»Die Party ist nur für uns«, hatte er gesagt. »Ich möchte sonst niemanden dahaben, nur unsere Gruppe. Es ist das letzte Mal, dass wir alle zusammenkommen.«

Ich war von Anfang an da gewesen, und ich hatte David nicht bemerkt. Er wäre mir schon allein deshalb aufgefallen, weil ich ihn noch nie zuvor gesehen hatte. Wohin ich an jenem Abend auch blickte, waren Leute, die ich seit zwei Jahren kannte. Selbst diejenigen, die völlig andere Fächer gewählt hatten, hatte ich irgendwann in der Kantine, in der Bibliothek oder im Schulbus gesehen. Und noch dazu war er ein gut aussehender Mann, doch das war es gerade: Alle anderen Schüler wirkten auf mich eher wie Jungen. Wir bezeichneten sie auch als Jungen und nicht als Männer. David sah älter aus als wir und stach heraus.

Ich nahm mein Telefon, schickte Jack Howard, der die Fotos gemacht hatte, eine Facebook-Nachricht und bat ihn, mich anzurufen, wann immer er Zeit hatte, damit wir uns ein bisschen unterhalten könnten. Nach ein paar Minuten klingelte mein Telefon.

»Hi«, sagte ich. »Tut mir leid, es ist schon spät.«

»Kein Problem«, entgegnete er. »Was gibt's?« Seine

Stimme war tiefer, als ich in Erinnerung hatte, aber ich erkannte sie trotzdem. Er klang nett, und mir wurde wieder bewusst, wie sehr ich mich von meinen alten Schulfreunden abgekapselt hatte.

»Danke, dass du mir die Fotos geschickt hast«, sagte ich. »Zu einem davon wollte ich dich etwas fragen. Es geht um ein Foto von Lauren.«

»Welches denn?«, fragte er trocken. »Ich habe Unmengen von ihr gemacht.«

Ich lachte. »Du mochtest sie, nicht wahr?«

»Ich war verrückt nach ihr. Habe eine Weile gebraucht, um über sie hinwegzukommen. Aber das ist lange her.«

Mir fiel sein Status bei Facebook ein. »Du bist inzwischen verheiratet?«

»Ja, wir bekommen in ein paar Monaten ein Baby.«

»Oh, das ist ja toll«, sagte ich. »Glückwunsch.«

»Danke. Also das Foto – welches meinst du denn?«

»Das von Lauren in der Küche, auf dem sie auf Toms Knie sitzt.«

»Einen Moment. Ich sehe es mir auf meinem Laptop an.« Ich wartete ein paar Sekunden, dann sagte er: »Ach, das. Ja, ich war ein ziemlicher Masochist, nicht wahr?«

»Siehst du den Typen im Hintergrund? Kennst du ihn?«

»Das ist komisch. Mir ist nie aufgefallen, dass er dort steht. Er war nicht bei uns auf der Schule, oder?«

»Nein, war er nicht.«

»Was hatte er dort zu suchen?«, fragte Jack. »Wir sollten doch unter uns sein, oder nicht? Ich erinnere mich, ich musste ein paar Typen sagen, dass sie ihre Freundinnen nicht mitbringen konnte, weil sie nicht von der Wirral

School waren. Alex' Eltern waren ziemlich streng, was das anbelangt.«

»Ich habe das Alex auch zu jemandem sagen hören«, erklärte ich.

»Er kommt mir aber bekannt vor. Er sieht älter aus als der Rest von uns, oder?« Er schwieg eine Weile, dann sagte er: »Ach ja, ich weiß, wer er ist.«

Ich hielt den Atem an.

»Ich bin ihm ein oder zwei Mal begegnet, als er für die All Saints School Hockey gespielt hat. Gegen die sind wir damals ab und zu angetreten. Alex ist auf die All Saints gegangen, bis er sechzehn wurde. Bevor er auf die Wirral School kam.« Es entstand eine Pause. »Jetzt erinnere ich mich. Er war mit Alex auf dem Glastonbury-Festival.«

»Bist du sicher?«

»Ja, nur die beiden sind dorthin. Der Rest von uns konnte es sich nicht leisten. Ich habe alles darüber erfahren, als Alex zurückkam. Er fand es dort ganz toll.«

»Weißt du, wie er heißt?«, erkundigte ich mich.

»Keine Ahnung. Damals wusste ich es bestimmt. Ich sage dir Bescheid, wenn es mir wieder einfällt.«

»Danke. Du hast mir sehr geholfen.«

»Gemma, hat das etwas damit zu tun, was in jener Nacht passiert ist?«, fragte er.

»Das weiß ich nicht«, sagte ich. »Ich weiß es wirklich nicht.«

»Ich konnte einfach nicht glauben, dass Alex das getan hat. Ich dachte, ich würde ihn ziemlich gut kennen.« Ich erwiderte nichts, und er fuhr fort: »Ich will damit nicht sagen, dass du gelogen hast. Ganz bestimmt nicht. Es ist nur … na ja, er war einer der Letzten, denen ich eine Vergewaltigung zugetraut hätte.«

Ich beendete das Gespräch ohne ein weiteres Wort und stellte fest, dass mein Gesicht tränenüberströmt war. Ich sehnte mich nach Joe. Ich sehnte mich danach, von ihm in den Arm genommen zu werden und gesagt zu bekommen, dass alles gut werden würde. Ich wusste, dass er mit Mike unterwegs war, schickte ihm aber trotzdem eine Nachricht:

> Ich liebe dich, Joe, und ich vermisse dich. Ich komme bald wieder nach Hause. xx

Unmittelbar darauf piepste mein Telefon.

> Ich vermisse dich auch, Schatz. Es ist nicht dasselbe hier ohne dich. Ich liebe dich, und ich rufe dich morgen an. xx

Ich lächelte und schickte ihm ein Foto, das meine Mutter im Garten gemacht hatte. Ich hatte die Arme um Rory gelegt, und mein Gesicht war neben seinem.

Als ich einen Augenblick später mein Telefon erneut piepsen hörte, rechnete ich mit einer schnellen Antwort von Joe, doch es handelte sich um eine Nachricht von Jack.

> Tut mir leid, dass ich dich aus der Fassung gebracht habe,

schrieb er.

> Das ist mir furchtbar unangenehm. Aber Alex war nun mal einer meiner besten Freunde. Was diesen Typen anbetrifft: Ich habe gerade meinen alten Hockey-Spielplan gefunden. Er heißt David Henderson.

Ich spürte einen Anflug von Triumph, weil ich Davids wirklichen Namen herausgefunden hatte, und antwortete umgehend:

> Hast du ihn auf der Party gesehen? Ich weiß, er ist auf dem Foto, aber ist er dir dort aufgefallen?

> Nein, er ist mir nicht aufgefallen, sonst hätte ich mich gefragt, warum er da ist, und was zu Alex gesagt.

Wenn er das getan hätte, wäre womöglich nichts von alledem geschehen.

Ich wollte unbedingt mit Rachel sprechen, wusste aber, dass sie zu Hause keinen Anruf von mir entgegennehmen konnte, deshalb schrieb ich ihr eine E-Mail, die sie am nächsten Tag in der Arbeit würde lesen können.

> Rachel, ich muss mit Ihnen reden. Würden Sie mich bitte anrufen, sobald Sie das hier lesen? Vergewissern Sie sich, dass niemand mithört.

58

Gemma

Donnerstag, 17. August

Ich schlief überhaupt nicht in dieser Nacht. Wie hätte ich auch schlafen sollen? Ich nahm ein langes Bad, um mich zu beruhigen, doch Stunden später klopfte mein Herz immer noch heftig.

Am nächsten Morgen stand ich erst um neun Uhr auf. Ich rechnete damit, dass Rachel mich anrufen würde, doch mein Telefon blieb still. Als ich kurz unter die Dusche hüpfte, nahm ich mein Telefon mit ins Bad, aber sie rief immer noch nicht an. Ich versuchte, es vernünftig zu begründen: Sie würde anrufen, wenn Ruhe eingekehrt war. Nach dem Morgenmeeting würde sie sagen, sie müsse zu einer Immobilienbesichtigung fahren, und dann würde sie mich vom Auto aus anrufen, das wusste ich.

Ich sah an diesem Morgen schrecklich aus, und meine Mutter wollte mich überreden, im Bett zu bleiben, doch dazu war ich zu aufgewühlt. Stattdessen bot sie an, gemeinsam mit meinem Vater etwas mit Rory zu unternehmen.

»Es sei denn, du möchtest, dass wir bei dir bleiben?«,

fragte sie. »Vielleicht sollte einer von uns das tun. Was meinst du?«

Ich musste ungestört mit Rachel reden, deshalb lehnte ich ab.

»Schon okay. Ich komme zurecht. Ich sehe mir eine DVD an oder so und bleibe den ganzen Tag auf dem Sofa.«

Als sie endlich losfuhren, warfen sie mir aus dem Auto sorgenvolle Blicke zu. Ich stieß einen Seufzer der Erleichterung aus. Nachdem ihr Wagen außer Sichtweite war, rief ich sofort im Büro an.

»Hey, Gemma«, sagte Lucy. »Wie geht's Ihnen?«

»Gut, danke. Es ist schön, mal wieder bei meinen Eltern zu sein.«

»Kann ich mir vorstellen. Eine Pause tut Ihnen bestimmt gut. Aber Sie verpassen hier was«, sagte sie. »Der Postbote – Sie wissen schon, der Surfertyp – war gerade hier und hat Sophie um ein Date gebeten.«

Ich konnte mir ein Lachen nicht verkneifen. »Oh, ich wünschte, ich wäre dabei gewesen. Ich wette, sie ist vor Freude fast geplatzt, oder?«

»Sie kann von nichts anderem mehr reden«, sagte sie. »Er hat sie erst vor einer halben Stunde gefragt, aber mir brummt jetzt schon der Schädel.« Sie senkte die Stimme. »Alles in Ordnung mit Ihnen? Sie haben neulich nicht gut geklungen.«

»Mir geht's gut, danke. Ich war nur völlig erschöpft und dachte mir, ich fahre zu meiner Mum und lasse mich ein bisschen verwöhnen.«

Sie lachte. »Ich wette, sie ist überglücklich, Sie bei sich zu haben.«

»Ja, das ist sie. Lucy, ich muss mit Rachel sprechen. Ist sie da?«

»Sie kümmert sich gerade um ein Finanzierungsangebot für Mrs. Davies, aber ich sage ihr, dass sie Sie zurückrufen soll, sobald sie Zeit hat.«

Es dauerte eine halbe Stunde, bis Rachel zurückrief. Sie klang gedämpft. Ich hörte Verkehrsgeräusche im Hintergrund und vermutete, dass sie vom Parkplatz telefonierte, wo sie vom Büro aus nicht zu sehen war.

»Ich bin's«, sagte sie. »Ist alles in Ordnung?«

»Ich muss mit Ihnen reden. Haben Sie kurz Zeit?«

»Eigentlich nicht«, erwiderte sie. »Mrs. Johnson kommt in zehn Minuten vorbei, und ich muss vorher noch einen Anruf tätigen.«

Ich konnte es ihr nicht sagen. Ich konnte einfach nicht. Ich zauderte, da ich nicht wusste, was ich tun sollte. Sie musste erfahren, dass David auf der Party gewesen war, aber wie sollte ich es ihr sagen, wenn sie entweder in der Arbeit oder mit ihm zu Hause war?

»Ist bei Ihnen alles in Ordnung?«, fragte ich.

»Ich habe beschlossen, das Haus meiner Mum zu verkaufen. Ich kann es allerdings nicht über unser Büro verkaufen. Ich hoffe, Sie verstehen das.«

»Selbstverständlich. Das geht natürlich nicht. Kommt nicht in Frage. Mir war nicht bewusst, dass Sie es noch nicht verkauft haben.« Ich zögerte. »Wie lange steht es schon leer?«

»Ungefähr zehn Monate. Meine Mum ist letztes Jahr im Oktober gestorben. Ich war seitdem nicht mehr dort. Nach ihrem Tod bin ich mit David für einen Monat nach Frankreich – das war unsere Hochzeitsreise –, und anschließend bin ich nach Chester umgezogen.«

»Das wird bestimmt ein Haufen Arbeit, alles auszusortieren, oder? Wir können Ihnen dabei helfen, Rachel«, bot ich an. »Ich und die Mädels im Büro. Sie müssen das nicht alles alleine schultern.«

Sie flüsterte ein ersticktes »Danke«, dann sagte sie: »Ich muss Schluss machen«, und das Gespräch war zu Ende.

Später am Vormittag bekam ich eine E-Mail von Rachel.

> Tut mir leid, Mrs. Johnson kam auf mich zu, deshalb musste ich auflegen.

Ich antwortete sofort:

> Ich muss mit Ihnen reden. Es gibt Neuigkeiten. Es ist wirklich wichtig.

Keine zehn Minuten später läutete mein Telefon.

»Ich bin's, Rachel. Ich mache früh Mittagspause. Was ist passiert?«

»Sie sollten vielleicht besser nach draußen gehen, wenn wir das besprechen«, sagte ich. »Ist das möglich?«

»Schon okay«, entgegnete sie. »Ich sitze im Auto und parke an einer ruhigen Stelle. Was ist los?«

»Eigentlich sollte ich Ihnen das besser persönlich erzählen, Rachel. Tut mir leid.«

»Was?«, sagte sie. »Was ist denn los? Sie machen mir Angst.«

»David war auf der Party.«

Es herrschte Stille, dann fragte sie: »Was haben Sie gesagt?«

»Die Party. Wo …«

»Ja, ich weiß, welche Party. Aber er war nicht dort. Sie war nur für Leute von Alex' Schule. David war auf der All Saints.«

»Ich weiß, dass es so gedacht war, aber er *war* da. Ich habe ein Foto von ihm. Einen Moment.« Ich zog mein iPad zu mir her und schickte ihr das Foto. »Schauen Sie in Ihre Nachrichten.«

Es herrschte Stille, während sie meine Nachricht öffnete, dann schnappte sie nach Luft.

»Aber woher wissen Sie, dass es diese Party war?«

»Sehen Sie das Mädchen vor ihm? Sie war meine beste Freundin.« Ich nannte Laurens Namen nicht, damit Rachel nicht bewusst wurde, dass sie diejenige war, die Alex im Pub angeschrien hatte, diejenige, wegen der er ein paar Tage vor seinem Tod nach Oxford zurückgekehrt war. »Wir sind gemeinsam zu der Party gegangen. Dieses Kleid hat sie am selben Tag gekauft. Ich war dabei, als sie es gekauft hat.«

»Ja, aber …« Sie erging sich in wilden Spekulationen. »Aber es könnte doch ein anderer Abend gewesen sein.«

»Fand danach noch eine Party bei Ihnen zu Hause statt?«

Stille.

»Er hat mir nie gesagt, dass er da war. Und sein Name stand nicht auf der Gästeliste. Alex musste sie für die Polizei erstellen. Er hat an der Schule nach einer Liste aller Schüler in seinem Jahrgang gefragt und sich an dieser orientiert.«

Ihr stockte die Stimme. »Ich habe sie gesehen. Sie befindet sich immer noch im Haus meiner Mutter. Davids Name steht nicht darauf.«

»Vielleicht hatte er von der Party erfahren und ist einfach aufgetaucht. Wer weiß? Aber er war da, Rachel.«

»Alex wusste nicht, dass er da war«, sagte sie und klang verwirrt. »Er kann es nicht gewusst haben.«

»Vielleicht war er gerade im Garten, als David ankam. Viele Leute waren draußen. Es war eine richtig heiße Nacht.« Ich hielt inne; ich musste ihr etwas sagen und hatte Angst, es auszusprechen. »Sie wissen ja, dass ich Alex anhand seines T-Shirts identifiziert habe.«

»Ja, das Glastonbury-T-Shirt. The Coral.«

Ich sagte nichts, sondern schloss die Augen und wartete, bis es ihr dämmerte.

Als es so weit war, bebte ihre Stimme. »David trägt auf dem Foto ein The-Coral-T-Shirt.«

Ich wartete noch einmal, bis sie die Verbindung herstellte.

»Bedeutet … Oh, Gott. Bedeutet das, es war vielleicht David, der …« Ich hörte die Tränen und die Wut in ihrer Stimme. »Wollen Sie mir jetzt etwa sagen, dass David derjenige war, der Sie vergewaltigt hat?«

59

Gemma

Ich brachte kein Wort heraus. Was hätte ich auch sagen können? Ich hatte ihren Bruder der Vergewaltigung bezichtigt. Meine Anschuldigung hatte seinen Tod zur Folge gehabt, und ihre Mutter war gestorben, weil sie ihren Sohn verloren hatte. Jetzt behauptete ich, ihr Ehemann sei es gewesen.

»Dann haben Sie also gelogen?«, schrie sie. »Wenn Sie sich nicht sicher waren, warum haben Sie es nicht gesagt?«

Ich war nicht imstande zu antworten. Ich saß mit gesenktem Kopf da, das Telefon ans Ohr gepresst, und lauschte ihrem Wutausbruch.

»Sagen Sie irgendwas!«, schrie sie. »Das ist alles nur Ihretwegen passiert!«

Und plötzlich hatte ich es satt. Ich hatte es satt, den Kopf für etwas hinhalten zu müssen, was mir vor vielen Jahren angetan worden war. »Es ist nicht meinetwegen passiert!«, schrie ich zurück. »Ich habe in Alex' Bett geschlafen, und jemand hat mich vergewaltigt. Ich habe den Kopf gehoben und jemanden mit Alex' Größe, Alex' Statur und Alex' T-Shirt das Zimmer verlassen sehen. Was hätte ich denn denken sollen?«

»Das weiß ich nicht. Ich weiß es nicht.«

Wir saßen eine Weile schweigend da, beide zu aufgebracht, um zu sprechen. Ich hörte sie weinen, dann putzte sie sich die Nase. Sie fragte: »Woher haben Sie dieses Foto?«

»Von Jack Howard. Er ist ein ehemaliger Mitschüler und war an jenem Abend auch da.«

»Ich kenne ihn von früher. Er war mit Alex befreundet«, sagte sie. »Die beiden spielten gemeinsam Hockey. Wir haben ihn manchmal im Auto zu Spielen mitgenommen.«

»Er ist derjenige, der das Foto gemacht hat«, erklärte ich. »Er hat an dem Abend hunderte Fotos gemacht, aber David ist nur auf diesem einen zu sehen. Er kennt David. Na ja, er ist ihm ein paar Mal begegnet. Er hat ein Foto von meiner Freundin gemacht – er war verrückt nach ihr –, und er hat niemanden im Hintergrund bemerkt. Aber ich habe gestern Abend mit ihm gesprochen. Ich habe ihn gefragt, ob er die Person hinter ihr erkennt, und er sagte, es sei David.« Ich zögerte. »David Henderson. Ist das sein Name?«

»Ja, so heißt er.« Sie war ein paar Sekunden lang still, dann sagte sie: »Ich erinnere mich, dass Alex und David gemeinsam nach Glastonbury gefahren sind. Sie waren große Fans von The Coral. David hört ihre Musik heute noch. Ich mag sie nicht; sie erinnert mich an den Sommer, in dem Alex sie immer gespielt und mit mir dazu getanzt hat.« Sie fing an zu lachen, aber ich hörte ihre Tränen heraus. »Und Sie sind sicher, dass das am Abend der Party ist? Absolut sicher?«

»Ja. Daran besteht kein Zweifel, Rachel.«

»Dann hat Alex es also *nicht* getan«, sagte sie. »Ich wusste, er war es nicht.«

Wir schwiegen eine Weile. Ich betrachtete das Foto auf meinem iPad und wusste, dass sie es ebenfalls betrachtete.

»Ich denke, wir sollten zur Polizei gehen«, sagte ich. »Wir sollten beide gemeinsam zur Polizei gehen.«

»Das dachte ich mir auch«, sagte sie. »Aber wissen Sie, was, Gemma?«

»Was denn?«

»Ich finde, wir sollten ihn selber zur Rede stellen.«

Ich wollte widersprechen: »Das können wir nicht machen«, doch die Leitung war tot.

60

Gemma

Nach meinem Gespräch mit Rachel war ich erschöpft. Ich wollte einfach zur Polizei gehen und alles erzählen, doch mir war bewusst, dass ich sie zu ihrem eigenen Wohl davon überzeugen musste zuzustimmen. Sie war schon so lange machtlos; sie musste endlich etwas Kontrolle erlangen.

Während ich darauf wartete, dass Rory und meine Eltern wieder nach Hause kamen, sah ich mir noch einmal die restlichen Fotos von der Party an. David war auf keinem davon zu sehen und Alex außer auf ein paar frühen auch nicht. Es gab ein Foto von Lauren allein; offenbar hatte Jack eine letzte Aufnahme von ihr machen wollen, bevor sie ging. Sie stand darauf im Hausflur am Fuß der Treppe und wirkte ungeduldig, und mir wurde bewusst, dass sie vermutlich meinen Namen gerufen hatte. Mir wurde übel bei dem Gedanken, was mir unmittelbar davor zugestoßen war. Die Eingangstür stand weit offen, und ich fragte mich, ob David hinausgerannt war, kurz bevor Lauren dort ankam, oder ob er oben gewartet hatte, bis er mich hatte gehen hören.

Ich zwang mich, die Alben noch einmal durchzusehen, und speicherte ein Foto nach dem anderen in einem neuen Album, das ich auf meinem iPad anlegte. Es waren hunderte, und ich wusste, dass ich sie nicht alle brauchen würde, speicherte sie aber trotzdem. Ich konnte nicht riskieren, dass Jack sie wieder entfernte oder, noch schlimmer, sie löschte. Warum er das tun sollte, wusste ich nicht, aber die Vorstellung ließ mich in Panik geraten.

Als meine Eltern endlich mit Rory zurückkamen, sehnte ich mich bereits nach ihm. Ich wollte nicht, dass sie noch einmal mit ihm wegfuhren; ich wollte selbst Zeit mit ihm verbringen. Aber ich war mir auch darüber im Klaren, dass ich diese Sache regeln musste und dass das beinhaltete, von ihm getrennt zu sein. Ich nahm mir fest vor, dass anschließend alles anders werden würde.

Während ich mit Rory spielte und ihm sein Abendessen zubereitete und mir von ihm erzählen ließ, was er am Tag alles erlebt hatte, ging mir nur ein Gedanke durch den Kopf: Was hatte Rachel gemeint, als sie gesagt hatte, wir sollten David selber zur Rede stellen? Als ich mir sicher war, dass im Büro Ruhe herrschte, schickte ich ihr eine E-Mail.

Was meinten Sie damit?

Sie antwortete blitzschnell:

Ich denke, wir sollten zuerst mit ihm reden. Mal sehen, was er zu sagen hat. Ihn unvorbereitet erwischen.

Ich schrieb zurück:

Er würde es einfach leugnen.

Eine Minute später schickte sie mir eine weitere E-Mail mit einem Link zu einer Website. Ich klickte ihn an, und als sich die Seite öffnete, starrte ich ungläubig auf das Display. Es handelte sich um eine Website, auf der verborgene Aufnahmegeräte verkauft wurden. Mein Display zeigte einen Knopf mit integrierter Kamera – einen Knopf, den man an ein Hemd oder eine Jacke nähen konnte. Er sah aus wie ein ganz normaler Hemdknopf, und zum Lieferumfang gehörten weitere, optisch identische Knöpfe, damit der Kameraknopf nicht auffiel. Ich sah mir Letzteren genau an. Die Kamera war nicht zu erkennen.

Ich schrieb zurück:

Was ist das?

Den hatte er beim Abendessen mit Ihnen an seinem Hemd.

Woher wissen Sie das? Hat er Ihnen das gesagt?

Es dauerte einige Zeit, bis sie zurückschrieb, und als ich ihre Antwort las, vermutete ich, dass sie am liebsten gar nicht geantwortet hätte.

Ich habe ihn angenäht. Es tut mir so leid, Gemma.

Ich spürte Wut in mir aufsteigen, dass sie mir das angetan hatten. Und dass sie davon gewusst hatte. Ich hatte an jenem Abend geredet und geredet, und er hatte mich dabei die ganze Zeit gefilmt. Und in meinem Zimmer war er natürlich auch gewesen, und was dort geschehen war, hatte er bestimmt auch alles aufgenommen.

Ich fragte:

War noch irgendwas?

Ich weiß nicht. Ich glaube nicht.

Ich muss Schluss machen,

schrieb ich und schaltete mein Telefon aus. Ich ertrug es in diesem Moment nicht, mit ihr zu kommunizieren.

61

Gemma

Am Abend, nachdem Rory ins Bett gegangen war, sah ich mir mit meinen Eltern einen Spielfilm im Fernsehen an. Ich bemerkte, wie sie mich vorsichtig beobachteten. Sie wussten ganz offensichtlich, dass ich etwas auf dem Herzen hatte. Als der Film zu Ende war, kam es zu einer unbehaglichen Pause, in der mein Vater den Mund aufmachte, um etwas zu sagen, und meine Mutter den Kopf schüttelte. Ich tat so, als hätte ich es nicht bemerkt, stand auf, gähnte und sagte, dass ich bereit sei, ins Bett zu gehen.

Vom Bett aus rief ich Joe an, doch als er ans Telefon ging, hörte ich nur Hintergrundgeräusche.

»Entschuldige, Schatz«, sagte er, als er mich ein paar Minuten später zurückrief. »Ich habe im Crown Fußball geschaut. Ich vermisse dich, Gem. Es ist einsam hier ohne dich und Rory.«

»Einsam im Pub?«, stichelte ich. »Klingt so, als hättest du eine Menge Spaß.«

»Das war der erste Abend«, erklärte er. »Es war toll. Ich bin es nicht gewohnt, allein zu Hause zu sein.«

Daran hatte ich nicht gedacht. Er hatte viele Gelegenheiten auszugehen, zum Laufen, zum Fußball und mit

Freunden, aber wenn er zu Hause war, hatte er immer Rory um sich.

»Gefällt es dir?«

Er lachte. »Gestern Abend war es echt komisch. Tagsüber lief es gut. Ich habe die Küche fertig gemacht, und das war viel einfacher, als wenn Rory da ist. Aber … es hat mich ins Grübeln gebracht, wie anders mein Leben jetzt im Vergleich zu früher ist. Und es war schön auszugehen, wann ich wollte, und lange wegzubleiben. Aber wenn ich heimkomme, ist es so still im Haus. Das gefällt mir nicht.«

»Ich weiß. Mir hat es auch nicht gefallen, als ihr weg wart.« Er schwieg, und ich bekam sofort ein schlechtes Gewissen. »Entschuldige«, sagte ich. »Ich will keinen Wettbewerb daraus machen.«

»Ich auch nicht. Aber ich dachte, es würde dir gefallen.«

»Die Vorstellung gefällt mir besser als die Wirklichkeit.«

»Mir auch«, sagte er. »Wann kommst du zurück?«

»Bald«, antwortete ich. »In ein paar Tagen.« Und dann fand ich plötzlich den Mut, ehrlich zu ihm zu sein. »Aber, Joe, wir müssen reden. Ich bin mit der momentanen Situation nicht glücklich.«

Es entstand eine spannungsreiche Pause. »Du bist nicht glücklich mit uns?«

»Doch, natürlich. Es ist nur die Arbeit. So, wie es ist, funktioniert es nicht. Zumindest nicht für mich. Ich schaffe das nicht mehr lange.«

»Was? Du kannst nicht mehr arbeiten?«

»Doch. Natürlich kann ich. Aber ich möchte so nicht leben.« Ich hatte Mühe, ruhig zu bleiben. »Ich vermisse Rory. Ich bin … ich bin eifersüchtig auf dich.« Ich hörte, dass er etwas sagen wollte, und redete schnell weiter. »Ich komme mir vor, als würde ich nicht zur Familie gehören. Als wäre ich nur da, um Geld nach Hause zu bringen.«

»Ach, jetzt …«

»Nein. Lass mich ausreden. Manchmal habe ich das Gefühl, als wärt ihr beiden die Familie. So erscheint es mir zumindest. Er wendet sich zuerst dir zu. Du weißt immer, was am besten für ihn ist. Manchmal bekomme ich ihn die ganze Woche kaum zu Gesicht. Ich bin oft vor ihm auf, und ich muss an den meisten Abenden länger arbeiten, als er wach ist. Ich bin so müde.« Ich konnte die Tränen nicht zurückhalten. »Und ich finde es toll, wie du mit ihm bist. Einfach großartig. Aber ich verbringe auch verdammt gern Zeit mit ihm. Ich möchte auch für ihn sorgen.«

»Aber das tust du doch! Er freut sich den ganzen Tag darauf, dass du nach Hause kommst.«

»Aber wenn er weint, geht er zu dir. Ich bin seine Mum! Er sollte eigentlich zu mir kommen!«

»Gemma, Schatz, sei nicht albern. Wir sind beide seine Eltern.«

»Ich weiß. Ich sage nur, dass sich was ändern muss. Ich will nicht ständig arbeiten. Ich möchte ein Teil seines Lebens sein. Die Arbeit macht mir Spaß, aber …« Er schwieg. Ich hatte keine Ahnung, was in mich fuhr, doch dann platzte ich heraus: »Warum bist du immer zu Hause, während ich arbeite? Warum kann ich nicht auch manchmal zu Hause sein? Warum kannst du nicht auch arbeiten gehen?« Mir war bewusst, dass ihn das verletzen würde. Mir war bewusst, dass er sich von mir kritisiert fühlen würde. Doch nachdem die Schleusen geöffnet waren, konnte ich mich nicht mehr bremsen. »Manchmal tust du so, als würde ich mein eigenes Kind nicht kennen! Ich fühle mich wie das fünfte Rad am Wagen.«

Und dann ließ ich meinen Tränen freien Lauf. Ich hörte ein Klopfen an der Tür, und meine Mutter warf einen Blick ins Zimmer.

Ich nahm ein paar Taschentücher aus der Schachtel auf dem Nachttisch. »Ich telefoniere gerade mit Joe«, sagte ich.

Sie nickte verständnisvoll und machte die Tür leise wieder zu. Und dann wurde mir bewusst, dass sie dachte, ich würde mit ihm über den Abend sprechen, an dem die Party stattgefunden hatte, und das ließ mich noch heftiger weinen, weil ich darüber mit ihm nicht sprechen konnte. Nicht jetzt. Das konnte ich nur von Angesicht zu Angesicht.

»Kleinen Moment, ich muss mal auf die Toilette«, sagte ich zu Joe.

»Ich warte.«

Im Badezimmer versuchte ich, mich zu beruhigen. Ich befeuchtete einen Waschlappen mit kaltem Wasser und presste ihn mir auf meine brennenden Augen. Ich war froh, dass ich es ihm gesagt hatte. Er musste es wissen.

Als ich wieder in meinem Zimmer war, sagte Joe: »Gem, wir müssen das besprechen. Richtig besprechen. Ich habe gemerkt, dass du erschöpft bist. Es tut mir wirklich leid, dass ich es übergangen habe.« Er verstummte und sagte dann: »Du musst mich hassen.«

»Das tue ich natürlich nicht. Ich liebe dich. Ich habe dich schon immer geliebt.« Ich legte mich hin, und es fühlte sich an, als läge er neben mir. »Von dem Moment an, als ich dich zum ersten Mal gesehen habe. Du hast mich gerettet.«

»Ich liebe dich auch.« Ich konnte beinahe hören, wie es in seinem Kopf arbeitete. Ich wusste, er würde über das nachdenken, was ich gesagt hatte. Ich hätte es schon früher sagen sollen. »Und es tut mir leid. Es tut mir wirklich leid. Ich hätte merken müssen, dass du nicht glücklich bist. Wir finden eine Lösung.«

Das glaubte ich auch, aber da gab es noch eine andere Geschichte, von der er nichts wusste und die ich ihm beichten musste. Dazu war ich an diesem Abend allerdings nicht in der Lage. Ich konnte einfach nicht. Ich wusste, der Zeitpunkt würde kommen, wenn ich ihm alles erzählen würde. Ich hoffte nur, er würde mir verzeihen können.

62
Gemma

Freitag, 18. August

Am nächsten Morgen wachte ich spät auf und fand Rory und meinen Vater beim Frühstücken im Garten.

»Das ist schon mein zweites Frühstück«, sagte Rory. »Ich hatte eins mit Granny, als sie aufgestanden ist, und eins mit Grandad, als er aufgestanden ist.«

Er kam zu mir, setzte sich auf meinen Schoß und lehnte sich zurück, bis sein Körper sich an meinen schmiegte. Er streichelte meinen Arm, während er meinen Eltern ausführlich erzählte, was er für den Tag geplant hatte. Dann wand er sich zu mir herum und flüsterte mir ins Ohr: »Kommst du mit uns mit, Mum?«

Ich flüsterte zurück: »Möchtest du, dass ich mitkomme?«

Er nickte energisch.

»Natürlich komme ich mit.«

Als wir uns für den Tag fertig machten, der vor uns lag, und ein Picknick und Wechselbekleidung für Rory einpackten, dachte ich an Rachel und wie sie wohl den gestrigen Abend mit David in ihrer Wohnung verbracht hatte.

Hatte sie ihn zur Rede gestellt? War sie in Sicherheit? Ich hatte trotz allem das Bedürfnis, sie zu kontaktieren, wusste aber nicht, ob David bei ihr war. Ich durfte sowohl ihretwegen als auch um meiner selbst willen kein Risiko eingehen.

Und während wir im Auto saßen und mit Rory Lieder sangen, und als wir am Strand spazieren gingen und eine Sandburg mit ihm bauten und zu den Wellen hinunterrannten und ein Eis aßen und den Möwen hinterherliefen, dachte ich wieder an sie. Sie hatte David in dem Glauben geheiratet, wieder eine Familie zu haben, und doch war sie nach wie vor allein. Ich wusste nicht, ob sie Cousins und Cousinen hatte oder andere Verwandte, die ihr dabei helfen konnten, all das durchzustehen, aber es hatte den Anschein, als stünde sie ziemlich alleine da, nachdem sie ihre Mutter selbst gepflegt hatte.

Als meine Eltern vorschlugen, mit Rory einen langen Strandspaziergang zu machen, stimmte ich sofort zu. Ich setzte mich in den Sand und dachte über die Ereignisse nach. Falls David mich in jener Nacht vergewaltigt hatte, dann war Alex seinetwegen gestorben. Aber er war auch meinetwegen gestorben.

Warum hatte ich geglaubt, es sei Alex gewesen? Als ich mich an die Gestalt erinnerte, die ich in jener Nacht aus dem Zimmer eilen sah, wurde mir klar, weshalb ich ihn für den Schuldigen gehalten hatte. Die beiden waren gleich groß und hatten eine ähnliche Statur. Was mich jedoch überzeugt hatte, war das T-Shirt.

Das Glastonbury-Festival hatte nach unserer letzten Prüfung stattgefunden. Ich hatte gewusst, dass er hinfuhr.

Ich konnte mich nicht mehr erinnern, wer es mir erzählt hatte, aber wahrscheinlich war es Lauren gewesen.

Am Tag der Party hatten wir am Morgen unsere Prüfungsergebnisse abgeholt, und Alex hatte bei dieser Gelegenheit das T-Shirt getragen. Ich hatte in der Schlange hinter ihm gestanden und ihn darüber sprechen hören, über The Coral und wie großartig die Band sei. Etwa zehn Minuten lang hatte ich seinen Rücken nur wenige Zentimeter vor mir gehabt und mir den Aufdruck so gut einprägen können, dass ich ihn sofort wiedererkannte, als ich ihn später auf dem Rücken der Person sah, die Alex' Zimmer verließ.

Ich hatte David auf der Party nicht gesehen. Jemand im gleichen T-Shirt wäre mir bestimmt aufgefallen. Die Fotos, die Jack gemacht hatte, waren ziemlich vollständig. Mir fiel niemand ein, den er vergessen hatte. Und David war nur auf einem davon zu sehen, auf einem, das, unmittelbar bevor ich nach oben ging, entstanden war. Ich war die Fotos immer und immer wieder durchgegangen, hatte ihn aber auf keinem anderen entdeckt.

Rachel hatte mir von der Liste erzählt, die Alex erstellt hatte: eine Liste mit allen Partygästen. Davids Namen hatte er nicht aufgeschrieben. Offenbar hatte er ihn nicht gesehen.

Jack kannte David und hatte ihn dort ebenfalls nicht bemerkt. Ich fragte mich, ob das Davids Absicht gewesen war, und erinnerte mich, was meine Therapeutin in London über Vergewaltigung gesagt hatte: dass es dabei nicht um das Verlangen nach Sex geht, sondern um Beherrschen. Um Kontrolle. Der Auslöser sei Wut, hatte sie gesagt. Wut und

Hass. Das hatte mich völlig verwirrt, da ich diese Emotionen einfach nicht mit dem Alex in Verbindung bringen konnte, den ich aus der Schule kannte.

Mein Telefon piepste und erschreckte mich. Es handelte sich um eine SMS von Rachel.

Es tut mir so leid, dass ich Ihnen das alles angetan habe.

63

Gemma

Als ich Rachels Nachricht las, verflog meine Wut auf sie sofort. Wir mussten uns beide auf die Person konzentrieren, die uns das angetan hatte, und nicht aufeinander. Ich wollte gerade im Büro anrufen, um zu sehen, ob sie da war, als sie mich anrief.

»Rachel«, sagte ich schnell. »Mir tut es auch leid.«

»Es ist nicht Ihre Schuld«, entgegnete sie. »Keine von uns beiden hat sich etwas vorzuwerfen.«

»Ich weiß«, sagte ich. »Aber ist bei Ihnen alles in Ordnung? Was war gestern Abend?«

»Alles okay«, sagte sie. »Es ist nichts passiert. Wir haben uns nur zwei Filme angesehen und sind früh ins Bett gegangen. Er musste heute nach Newcastle zu einer Besprechung, deshalb ist er heute Morgen schon gegen fünf aus dem Haus gegangen.«

»Wo arbeitet er denn?«

»Andrews and Fitch«, antwortete sie. »Die sind in Warrington, eine große Maschinenbaufirma.«

»Arbeitet er dort im Vertrieb?«

»Nein, er ist in der Rechtsabteilung.«

Also war alles, was er mir erzählt hatte, gelogen gewesen.

Natürlich war es das. Und dann dachte ich darüber nach. »Er hat an der Uni Jura studiert?«

»Ja«, antwortete sie. »In Bristol. Warum?«

Sie wollte noch etwas sagen, doch ich unterbrach sie. »Hat er sich in Oxford beworben?«

Sie verstummte. »Ja, das hat er. Er wurde aber nicht genommen. Ihm hat ein A in einem Fach gefehlt.« Sie hielt inne. »Warum? Warum spielt es eine Rolle, wo er studiert hat?«

Ich zuckte mit den Schultern. »Er hat mir gesagt, er hätte in London studiert. Mathematik.« Sie schwieg, und ich vermutete, dass sie bereits wusste, was er mir erzählt hatte. Ich schüttelte den Kopf. Ich musste darüber hinwegkommen, dass sie in die Sache involviert war. Er hatte mich also angelogen, als er mir erzählt hatte, er habe in London studiert. Vermutlich hatte er es so dargestellt, um eine Gemeinsamkeit zwischen uns zu inszenieren. »Es hat ihn doch bestimmt wütend gemacht, dass Alex in Oxford angenommen wurde und er nicht.«

»Daran habe ich noch nie gedacht«, entgegnete sie langsam. »Er war bestimmt auch wütend auf sich selbst. Er hat sehr hohe Ansprüche an sich. Eigentlich kann ich mir nicht vorstellen, dass er in der Lage gewesen wäre, die Freundschaft mit Alex auf Dauer aufrechtzuerhalten. Das hätte ihn immer an sein eigenes Scheitern erinnert.«

Ich stellte mir vor, wie David auf der Party aufgetaucht war, wütend und eifersüchtig. In meinem Jahrgang waren sechs oder sieben Leute in Oxford genommen worden, und ich fragte mich, wie er sich gefühlt haben musste, als er neben anderen Partygästen herumgestanden hatte, die sich voller Vorfreude über eine Zukunft unterhielten, die ihm verwehrt blieb. Ich fragte mich, ob ihn das nach oben zu mir geführt hatte, sein Verlangen danach, jemanden zu bestrafen. Rache zu üben.

Was hatte er bei Alex' Verhaftung empfunden? War das der Zeitpunkt gewesen, als er begonnen hatte, seinen eigenen Erfolg zu feiern?

»Ich weiß, ich habe gesagt, ich möchte ihn zur Rede stellen«, sagte Rachel, »aber ich habe schreckliche Angst.«

»Ich auch.« Allein die Vorstellung, im selben Raum zu sein wie er, löste Herzklopfen bei mir aus. »Ich bin dazu nicht in der Lage. Ich habe zu große Angst vor ihm.«

In der Ferne sah ich meine Eltern mit Rory. Sie hielten ihn beide jeweils an einer Hand, und er schaukelte zwischen ihnen. Als er bemerkte, dass ich ihn ansah, kam er auf mich zugelaufen. Rachel tat mir schrecklich leid, aber ich konnte jetzt einfach nicht mit ihr reden. Mir blieb gerade noch genug Zeit, um zu sagen: »Entschuldigung, ich muss Schluss machen, rufen Sie mich später noch mal an«, ehe Rory auf mich sprang und mich mit Umarmungen und Küssen auf dem Boden festnagelte. Ich schlang die Arme um ihn und atmete die Sommergerüche von Sonnenmilch und Eiscreme ein, doch mein Puls raste noch immer bei dem Gedanken daran, was wir zu tun hatten.

Rachel rief später noch einmal an. Wir waren alle draußen im Garten, als mein Telefon läutete.

»Ist das Joe?«, fragte meine Mutter. An ihrem Gesichtsausdruck erkannte ich, dass sie sich Sorgen um meine Ehe machte und befürchtete, diese werde womöglich in Tränen enden.

»Es ist beruflich.«

»Du sollst doch eine Arbeitspause machen!«

Ich hörte, wie mein Vater sie aufforderte, still zu sein, als ich mit dem Telefon nach oben in mein Zimmer ging.

»Ich glaube, es ist besser, wenn wir ihn doch nicht selber zur Rede stellen«, sagte Rachel, sofort nachdem ich ungestört sprechen konnte. »Sollen wir morgen früh zur Polizei gehen, wenn er weg ist? Ich erwarte ihn nicht vor morgen Abend zurück.«

»Ja. So machen wir es.« Ich verspürte große Erleichterung, dass alles bald vorbei sein würde. »Wenn ich früh losfahre, bin ich um acht Uhr bei dem Polizeirevier in der Nähe vom Büro.«

»Ich komme hin«, sagte sie. »Ich fahre heute Abend nach der Arbeit zum Haus meiner Mum. Dort sind noch ein paar Dinge, die David nicht in die Finger bekommen soll. Unterlagen, finanzielle Dokumente. Könnten Sie die für mich aufbewahren, bis alles vorbei ist?«

»Ja, natürlich. Sie können sie im Büro in den Safe legen, wenn Sie möchten.«

Sie zögerte. »Gemma, Sie würden mich nicht begleiten, oder?«

»Wohin, zum Haus Ihrer Mutter?«

»Nur für ein paar Minuten.« Ihre Stimme klang angespannt. »Ich will dort nicht alleine sein.«

»Nein!«, sagte ich, entsetzt über die Vorstellung, mich wieder in dieses Haus zu begeben. »Tut mir leid, Rachel, das geht nicht.«

»Schon okay.« Sie klang resigniert. »Ich dachte mir schon, dass Sie nicht wollen.«

»Warum möchten Sie denn jetzt hin und nicht erst, nachdem Sie es der Polizei gesagt haben?«

»Ich muss mich vergewissern, dass alles in Sicherheit ist«, erklärte sie. »Falls ich schnell das Weite suchen muss.«

»Warum haben Sie denn nicht alle Dokumente Ihrer Mutter mit in Ihre Wohnung genommen, als Sie umgezogen sind?«

»Ich weiß es nicht«, sagte sie langsam. »Ich glaube, ich hatte schon früh das Gefühl, dass er nicht alles über die Finanzen meiner Mum zu wissen braucht. Sie hatte wesentlich mehr Geld, als mir bewusst war, und seit wir verheiratet sind, denkt er anscheinend, es stünde ihm zu, und das gefällt mir nicht. Ich habe ihm nichts von ihren Aktien und Wertpapieren erzählt, obwohl er mehrmals gefragt hat, ob sie welche besaß. Wenn ich sie jetzt nicht hole, stellt er bei Gelegenheit bestimmt das ganze Haus auf den Kopf.« Ihr versagte die Stimme. »Ich will einfach nicht allein da reingehen.«

Ich stellte mir vor, wie sie das Haus ihrer Mutter betrat, nach allem, was dort geschehen war. Sie hatte mit so vielem fertigwerden müssen. Ich nahm all meinen Mut zusammen. »Und Sie brauchen bestimmt nur ein paar Minuten?«

Sie seufzte erleichtert. »Ich weiß genau, wo sich die Unterlagen befinden. Mehr möchte ich nicht tun: nur schnell reingehen, sie holen und wieder verschwinden.«

Ich sah zum Fenster hinaus und betrachtete Rory. Er blickte auf und winkte mir zu. »Ich habe Rory versprochen, den ganzen Tag mit ihm zu verbringen«, sagte ich. »Wenn Sie wollen, könnte ich um sieben da sein.«

»Vielen Dank. Ich weiß, ich habe das nicht verdient, nach allem, was ich getan habe.«

»Vergessen Sie es«, sagte ich. »Bringen wir es einfach hinter uns.«

»Ich schicke Ihnen die Adresse per SMS.«

»Nicht nötig.« Selbst fünfzehn Jahre später konnte ich mich noch genau an ihr Elternhaus erinnern.

Meine Eltern erklärten sich bereit, Rory am Abend ins Bett zu bringen. Ich brauchte eine Weile, um mich fertig zu machen, und als ich nach unten ging, wartete meine Mutter auf mich.

»Du siehst gut aus«, stellte sie fest. »Neues Oberteil?« Sie deutete auf mein blaues Baumwolltop.

»Das habe ich gestern gekauft. Es war in dem Paket, das heute Nachmittag mit der Post kam.«

»Ja, ich habe gesehen, dass ein paar Pakete für dich gekommen sind. Was hast du noch gekauft?«

Ich streckte ihr mein Handgelenk hin, und sie roch mein Parfüm.

»Oh, das riecht toll. Aber ist es nicht so ähnlich wie das Parfüm, das du zu Weihnachten bekommen hast?«

Ich ignorierte sie und warf einen Blick auf die Uhr. »Ich fahre jetzt besser los. Ich komme nicht spät zurück.« Ich befestigte ihren Hausschlüssel an meinem Schlüsselbund. »Bleibt wegen mir nicht auf.«

Sie blieb trotzdem im Flur stehen. »Du triffst dich also nur mit einer Freundin? Kenne ich sie?«

Darauf war ich vorbereitet. »Sie heißt Helen«, sagte ich. »Ich habe mit ihr studiert. Sie ist beruflich in Liverpool und hat mich gefragt, ob ich mit ihr was trinken gehen möchte.«

»Helen«, sagte sie grüblerisch. »Kenne ich sie?«

»Nein, ich glaube nicht. Sie hat Sprachen studiert. Französisch und Spanisch, soweit ich weiß.«

»Oh, aha.« Meine Mutter klang nicht überzeugt. »Ich kann mich nicht erinnern, dass du sie erwähnt hast.«

Ich erwiderte nichts, sondern machte meine Schultertasche auf und vergewisserte mich, dass ich mein Telefon und mein Portemonnaie eingepackt hatte. Sobald ich das Haus verlassen hatte, stieß ich einen Seufzer der Erleichterung aus. Ich mochte meine Mutter sehr, aber sie hatte ihre wahre Berufung verfehlt; sie hätte eine fantastische Detektivin abgegeben. Wenn sie auch nur die leiseste Ahnung gehabt hätte, wohin ich an diesem Abend fuhr, wäre sie nicht mit einem Lächeln und einem Winken zurück ins Haus gegangen.

Ich brauchte eine halbe Stunde, um vom Haus meiner Eltern zu dem von Rachels Mutter zu fahren. Auf dem Weg dorthin kam ich an Laurens ehemaligem Zuhause vorbei. Inzwischen wohnte dort eine andere Familie; sie war schon vor Jahren eingezogen. In einem der Zimmer auf der Vorderseite des Hauses brannte Licht, und meine Gedanken kehrten zu dem letzten Abend zurück, an dem ich dort gewesen war: dem Abend der Party.

Am heutigen Abend nahm ich dieselbe Route wie vor fünfzehn Jahren der Taxifahrer. Im Gegensatz zu damals lief im Auto keine Musik, lag keine Vorfreude in der Luft und wehte kein Fahrtwind durch mein Haar. Ich wurde nicht von meiner Freundin begleitet und freute mich nicht auf den Abend, der vor mir lag. Während ich mich damals frei gefühlt hatte, als würde mein Leben gerade erst beginnen, fürchtete ich mich heute davor, das Haus wieder zu betreten.

Ich fuhr langsamer, als ich mich Rachels Haus näherte. Es war viel einfacher, das Haus als ihres zu betrachten und nicht als das von Alex. Der Vorgarten war von einer hohen Hecke umgeben, und ich fing an zu zittern, als ich daran vorbeifuhr. Ich wollte eigentlich in ihrer Einfahrt parken, doch ich schwitzte an den Handflächen und verpasste es, rechtzeitig abzubiegen. Stattdessen parkte ich ein Stück weiter die Straße hinunter, unmittelbar nach einer Kurve. Dort befand sich ein Laden mit einem kleinen Kundenparkplatz, und ich fuhr in eine freie Lücke. Allein die Vorstellung, das Haus zu betreten, sorgte dafür, dass mir vor Anspannung schwindlig wurde.

Am Armaturenbrett piepste mein Telefon. Es war Rachel.

Habe Sie gerade vorbeifahren sehen. Ich bin jetzt da.

Ich stellte sie mir im Haus ihrer Mutter vor, einem Haus, das in all den Jahren nichts als Traurigkeit gesehen hatte. Sie schien keine Freunde zu haben, schien einsam zu sein, und allein mein Mitleid mit ihr hatte mich veranlasst, mich dort mit ihr zu treffen.

Ich stieg aus dem Auto, nahm dann mein Telefon aus meiner Handtasche und ließ diese im abgeschlossenen

Kofferraum. Sie wäre mir bloß im Weg, wenn ich Kisten mit Dokumenten tragen musste. Ich steckte mein Telefon in eine Tasche meiner Jeans und meinen Schlüsselbund ganz tief in die andere.

Ich musste meinen ganzen Mut aufbringen, um zum Haus zu gehen. Rachels Wagen war auf der Kieseinfahrt geparkt, und sie wartete an der Eingangstür auf mich. Als ich mich ihr näherte, winkte sie, drehte sich dann um und drückte die Tür weit auf.

»Hi, kommen Sie rein«, sagte sie, und ich erinnerte mich, dass Alex genau das Gleiche gesagt hatte, als wir an jenem Abend auf der Party angekommen waren.

64
Gemma

Im Hausflur gab ich mir Mühe, die Panik, die in mir aufstieg, unter Kontrolle zu halten. Ich war seit jenem Abend vor fünfzehn Jahren nicht mehr hier gewesen, erinnerte mich aber noch gut an das Haus. Damals hatte es allerdings gepflegt und geliebt gewirkt. Der Eichenfußboden war poliert gewesen und hatte geglänzt; der dicke Perserteppich in der Mitte des großen Flurs mit seinen satten, lebendigen Farben hatte einen teuren Eindruck gemacht. Ich erinnerte mich, dass Lauren und ich uns nach unserer Ankunft umgesehen hatten und dass sie geflüstert hatte: »Genauso hatte ich mir Alex' Haus vorgestellt.«

Jetzt wirkte es düster und ungepflegt, obwohl sich im Inneren nichts verändert hatte. Auf dem Teppich waren Flecken, auf dem Fußboden Kratzer. Es war offensichtlich, dass hier niemand renoviert hatte, seit ich das letzte Mal da gewesen war. Die Vorhänge hingen schwer, staubig und leblos herab, und ich sah, dass sich Spinnweben über den Kronleuchter spannten, der unbeleuchtet von der Decke hing. Alles war trostlos, und mir wurde bewusst, dass nach Alex' Tod das Licht ihres Lebens erloschen war.

Ich schauderte.

Als ich bemerkte, dass Rachel mich beobachtete, brannte mein Gesicht. Schließlich handelte es sich um ihr Haus.

»Es muss schwer für Sie sein, hier zu sein«, stellte sie fest. »Danke, dass Sie gekommen sind.«

»Ist schon okay.« Ich fühlte mich allerdings alles andere als okay. Mein Magen war vor nervlicher Anspannung zusammengekrampft, und ich wurde den Gedanken nicht los, wie dumm es von mir gewesen war herzukommen. Rachel wirkte jedoch so erwartungsvoll, so arglos und so jung, dass ich sie anlächelte, um sie zu beruhigen. »Wo sind denn die Dokumente?«

»Im Zimmer meiner Mutter«, sagte sie. »Könnten Sie mir helfen?«

Ich zögerte.

»Was ist?«, fragte sie.

»Ich möchte nicht nach oben gehen.«

»Alleine kann ich sie nicht tragen«, sagte sie. »Zu zweit müssen wir nur einmal gehen.«

Ich holte tief Luft. »Also gut.«

Sie nahm meinen Arm, und wir gingen nach oben. Ich klammerte mich am Treppengeländer fest, wünschte mir, ich wäre nicht hergekommen, wünschte mir, ich wäre zu Hause bei Joe. Warum hatte ich es ihm nicht erzählt? Er hätte mich begleiten können, hätte uns helfen können.

Mein Herz pochte, als wir am oberen Ende der Treppe angelangten. Vor uns befand sich das Badezimmer, genau wie ich es in Erinnerung hatte. Die Tür stand offen, und ich erkannte das schwarz-weiße Rautenmuster der Bodenfliesen. Wenngleich ich in all den Jahren nicht mehr daran gedacht hatte, rief mir ein Blick wieder ins Gedächtnis, wie ich an jenem Abend ein Handtuch weggekickt hatte, das auf dem Fußboden lag, weil ich so betrunken war, dass ich hingefallen wäre und mich verletzt hätte, wenn ich mich gebückt hätte, um es aufzuheben. Jetzt wünschte ich, ich hätte mich verletzt, hätte um Hilfe gerufen und wäre nach Hause gegangen. Dann wäre nichts von alledem passiert.

Wir blieben am oberen Ende der Treppe stehen. Ich warf einen Blick nach rechts. Die Tür zu Alex' Zimmer war angelehnt. Ich wandte den Blick sofort ab.

»Mums Zimmer ist hier«, sagte Rachel. Sie führte mich an Alex' Tür vorbei zu einem Zimmer im vorderen Bereich des Hauses. Die Fenster gingen zum Vorgarten hinaus, und überall im Zimmer hingen Fotos von Alex. Man wäre gar nicht auf die Idee gekommen, dass sie noch ein zweites Kind hatte. Am Fuß ihres Bettes befand sich ein großer Flachbildfernseher, und darunter stand ein DVD-Player. Beides schien nicht zum Rest des Zimmers zu passen, das altmodisch und trist wirkte.

»Sie hat alle unsere alten Familienvideos auf DVD überspielen lassen«, erklärte Rachel. Sie vermied es, mir in die Augen zu blicken, und ich fragte mich, ob sie verlegen war oder sich schämte. »Sie hat sie sich ständig angesehen.« Sie zuckte zusammen. »Ununterbrochen. Egal, wo im Haus ich mich aufhielt, ich hörte es. Und sie hat immer auf Schnellvorlauf gedrückt, wenn ich zu sehen war oder mein Dad. Die Szenen mit Alex hat sie sich immer und immer wieder angeschaut. Alle seine früheren Rugby-Spiele. Sämtliche Preisverleihungen, wenn er etwas gewonnen hatte. Jede Party und jeden Urlaub.«

Ich stellte mir vor, wie Rachel dort mit der Endlosreportage über das Leben ihres Bruders gewohnt hatte, während sie die Chance auf ein eigenes Leben für die Pflege ihrer Mutter aufgegeben hatte. Sie musste nach deren Tod ziemlich gemischte Gefühle gehabt haben.

Rachel stellte ihre Schultertasche auf dem Fußboden ab und ging in die Hocke, um einen Blick unters Bett zu werfen. »Oh, Gott sei Dank, sie sind noch da.« Sie streckte den Arm aus und zog mehrere Aktenordner heraus, auf denen sich Aufkleber befanden: *Mathematik*, *Englisch*, *Französisch*, *Psychologie*.

»Die sehen aus wie alte Schulordner.«

»Ich wollte, dass sie so aussehen«, sagte sie, »falls er sie zu Gesicht bekommt.«

Ich konnte es kaum erwarten, das Haus wieder zu verlassen. »Sollen wir das alles einpacken, wo wir schon hier sind?« Ich nahm einen Stapel ihrer DVDs mit Familienfilmen und blickte mich nach etwas um, worin ich sie einpacken konnte. »Haben Sie vielleicht eine Schachtel? Oder einen Koffer?«

»Bis vor kurzem wollte ich nichts mehr davon sehen«, sagte sie. »Und jetzt … jetzt weiß ich nicht, was ich tun soll.« Sie drehte sich weg, aber ich sah noch, dass ihre Wangen gerötet waren. Nach ein paar Sekunden sagte sie: »Gemma, Sie können sich gar nicht vorstellen, wie es war.«

Mir fiel ein Foto von Alex ins Auge, auf dem er den Arm um seine Mutter legte. Dem Anschein nach handelte es sich um ein Urlaubsfoto: Hinter den beiden befand sich ein leuchtend blauer Swimmingpool, und auf einer Sonnenliege lag ein weißes Handtuch. Alex war auf dem Foto etwa sechzehn, gebräunt, sein dunkles Haar gewellt und nass. Seine Mutter stand neben ihm und wirkte unglaublich stolz. Sie war einige Zentimeter kleiner als ihr Sohn; schon in diesem Alter hatte er sie überragt.

Ich wendete mich ab. Ich konnte ihn nicht ansehen. Ich empfand eine komplizierte Mischung aus Scham, Mitleid und Wut.

»Hier sind ja überhaupt keine Fotos von Ihnen, Rachel.«

Sie versuchte zu lachen, es gelang ihr aber nicht ganz. »Tja, nein. Er war eben etwas Besonderes, nicht wahr? Das war er immer.«

Ich fühlte mit ihr. »Was heißt ›immer‹? Auch schon vor seinem Tod?«

Sie zuckte mit den Schultern. »Sehen Sie sich ihr Zimmer an, Gemma. Entscheiden Sie selbst.«

»Und trotzdem haben Sie sich so gut mit ihm verstanden.«

»Oh, ich habe ihn geliebt«, sagte sie. »Ich habe ihn sehr geliebt. Meine Mum sagte immer: ›Er war das Licht meines Lebens‹, und ich würde ihr zustimmen. Er war auch das Licht meines Lebens. Aber er war nicht mehr da, und es waren nur noch sie und ich übrig.«

Ich schloss die Augen, während ich darüber nachdachte, dass die beiden den Menschen verloren hatten, der ihnen mehr bedeutet hatte als irgendjemand anderer. Wie hatten sie überhaupt weitermachen können?

Dann veränderte sich die Atmosphäre im Raum. Ich bemerkte es sogar mit geschlossenen Augen und drehte mich zu Rachel. Sie stand am Fenster und sah zur Einfahrt hinunter.

»Oh, nein«, sagte sie. »Er ist hier.«

»Was?« Für einen wilden Augenblick dachte ich, sie würde Alex meinen. »Wer?«

»David. Er ist hier!«

Ich ließ die DVDs auf das Bett ihrer Mutter fallen und presste mich mit dem Rücken gegen die Wand. Mein Herz hämmerte in meiner Brust. »David?« Bei der Vorstellung, ihn zu sehen, wurde mir schwindlig. »Was hat er hier zu suchen?«

Rachels Gesicht war weiß vor Schock. »Ich weiß es nicht! Was soll ich tun?«

»Lassen Sie ihn nicht rein. Tun Sie so, als wären Sie nicht hier.«

»Aber mein Auto steht in der Einfahrt. Ich muss runtergehen.«

»Wimmeln Sie ihn ab. Falls Sie mit ihm gehen müssen, machen Sie sich keine Sorgen um mich. Versuchen Sie, ihn von hier wegzulotsen.«

»Okay, okay«, flüsterte sie. »Aber Sie müssen sich verstecken.« Sie wich vom Fenster zurück und schob die Aktenordner schnell wieder unter das Bett ihrer Mutter. »Haben Sie Ihr Telefon bei sich? Schalten Sie es sicherheitshalber stumm.«

Ich leistete ihrer Aufforderung rasch Folge, dann schlug seine Autotür zu, und wir zuckten beide zusammen. Rachel packte mich am Arm und bugsierte mich aus dem Zimmer. Ich war gewillt zu gehen; am liebsten wäre ich aus dem Haus gerannt. »Bleiben Sie nicht hier drin!«, zischte sie. »Womöglich kommt er rein.« Sie zog mich den Flur entlang und stieß die Tür zu Alex' Zimmer auf. »Warten Sie da drin. Schnell!«

Sie schubste mich ins Zimmer und zog dann die Tür zu, bis sie nur noch einen Spaltbreit geöffnet war. »Geben Sie keinen Laut von sich«, flüsterte sie.

Ich stand hinter der Tür und starrte in ein Zimmer, das ich fünfzehn Jahre zuvor das letzte Mal betreten hatte.

Alles sah noch genauso aus wie damals. Sein Bett war gemacht, die Bettdecke und die Kissen waren dieselben. Auf einem Stuhl am Fenster lagen zwei gefaltete Decken; ich erinnerte mich, dass er mir beim Verlassen des Raums Decken über den Kopf geworfen hatte. Ich hatte deshalb jahrelang Albträume gehabt, in denen ich den Kampf, mich von ihnen zu befreien, noch einmal erlebte. In einer Ecke standen sein Schlagzeug und seine Gitarre, neben mir eine große Kommode. Sein Schreibtisch stand mit Blick zum hinteren Garten, und auf ihm türmten sich Bücher und Papphefter. Ich schluckte. Er war nach einem Trimester in Oxford gestorben. Ich stellte mir vor, wie seine Mutter – wahrscheinlich gemeinsam mit Rachel – dort hingefahren war, um seine Sachen abzuholen, und mir war klar, dass sie am Boden zerstört gewesen sein mussten.

Und dann hörte ich die Türglocke läuten und David Rachels Namen rufen. Mein Herz hämmerte. Er war hier, in Reichweite.

65
Rachel

Ich hatte noch nie in meinem Leben solche Angst gehabt wie in dem Moment, als ich nach unten ging, um David ins Haus zu lassen.

»Hey«, sagte er, als ich ihm die Tür öffnete. Er betrat das Haus und umarmte mich. Ich legte ebenfalls die Arme um ihn, drückte ihn fest und küsste ihn auf die Wange. Er durfte auf keinen Fall irgendeine Veränderung an mir feststellen.

»Was machst du denn hier?«, fragte ich. »Ich dachte, du wärst in Newcastle?«

»Ja, die letzte Besprechung wurde abgesagt, und ich hatte keine Lust zu warten, bis die anderen mit der Arbeit fertig sind«, sagte er. »Ich treffe mich mit ihnen, wenn ich das nächste Mal oben bin.«

»Woher wusstest du, dass ich hier bin?«

»Oh, ich bin durch Liverpool gefahren und dachte mir, ich schau mal, was du so treibst. Find My Phone hat angezeigt, dass du hier bist, also dachte ich mir, ich schaue vorbei und überrasche dich.« Er sagte das, als wäre dieses Verhalten völlig normal. Ich kannte niemanden, dem sein Partner so nachspürte, doch er sagte immer, er wüsste gerne, wo ich bin. Kaum zu glauben, dass ich das am Anfang romantisch gefunden hatte.

»Ich hatte nichts zu tun, deshalb dachte ich mir, ich fahre mal her und sehe nach dem Rechten«, sagte ich.

Er ging im Flur umher, drückte die Türen zur Küche und zum Wohnzimmer auf und warf einen Blick hinein. »Scheint alles in Ordnung zu sein, oder?«

»Ja, alles okay. Ich wollte eigentlich auch gerade gehen«, sagte ich. »Ich bin am Verhungern. Wollen wir uns irgendwo was mitnehmen? Chinesisch?«

Ich gab mir wirklich Mühe, normal zu klingen. David bemerkte jede Veränderung an mir aus einer Meile Entfernung. Bei der Vorstellung, dass ihm jetzt etwas auffiel, fing mein Herz an zu rasen.

»Alles in Ordnung mit dir, Schatz?«, erkundigte er sich. »Bist du müde?«

»Alles okay«, erwiderte ich. »Ich bin einfach total ungern hier. Das ist ein ganz komisches Gefühl.« Ich legte meine Hand in seine, und er küsste meine Knöchel. »Ich möchte nach Hause.«

»Dann komm«, sagte er. »Dumm, dass wir mit zwei Autos hier sind. Sollen wir stattdessen irgendwo hier in der Nähe was essen gehen?«

»Wenn du möchtest.« Es war wichtig, dass ich immer ihm die Wahl ließ, immer ihn die Entscheidungen treffen ließ. »Obwohl ich gerne ein heißes Bad nehmen und ein Glas Wein trinken würde.«

Er lachte leise und sagte: »Ich werde dir Gesellschaft leisten.« Meine Haut kribbelte vor Abscheu. »Hast du deine Schlüssel?«

Mir fiel siedend heiß ein, dass sich meine Handtasche noch im Zimmer meiner Mutter befand. Ich verfluchte mich, dass ich mich nicht einfach von ihm in seinem Wagen hatte nach Hause fahren lassen.

»Meine Handtasche ist noch oben«, sagte ich. »Bin gleich wieder da. Geh du schon mal zum Auto.«

»Lass nur«, sagte er. »Ich hole sie.«

Er nahm zwei Treppenstufen auf einmal, und ich eilte hinter ihm her.

»Sie ist im Zimmer meiner Mum«, sagte ich.

»Soll ich irgendwas mitnehmen? Hast du dich schon entschieden, was du aufheben möchtest?«

Ich dachte an die Schachteln voller Unterlagen unter dem Bett und hoffte, er würde sie nicht bemerken. Er würde mir niemals glauben, dass ich nichts davon gewusst hatte. »Ganz ehrlich?«, sagte ich. »Ich will nie wieder was davon sehen.«

»Ach, Schatz.«

Wir betraten das Zimmer meiner Mutter. Am liebsten hätte ich die Tür zugemacht, um Gemma die Gelegenheit zur Flucht zu verschaffen, doch mir fehlte der Mut. Er hätte sofort gemerkt, dass irgendetwas nicht stimmt, wenn ich es getan hätte. Und dann hätte er sie durchs Fenster gesehen. Bei der Vorstellung, wie er sie verfolgte, brach ich beinahe zusammen.

Ich nahm meine Handtasche. »Komm«, sagte ich. »Gehen wir. Ich rufe morgen bei ein paar Wohltätigkeitsorganisationen an und bitte sie, alles mitzunehmen. Sie können verkaufen, was sie wollen, und den Rest entsorgen.«

»Aber es sind doch bestimmt Dinge dabei, die du gerne

hättest?« Er blieb in der Türöffnung stehen. »Was ist mit dem Fernseher? Der ist doch ziemlich neu, oder? Wir könnten ihn bei uns ins Schlafzimmer stellen.«

»Nein«, erwiderte ich. »Ich will ihn nicht. Sie können alles mitnehmen.«

Ich war drauf und dran zu sagen, dass ich mir einen neuen Fernseher leisten konnte, wenn ich einen haben wollte. Ich konnte mir auch ein neues Haus leisten, um den neuen Fernseher hineinzustellen, falls es dazu kommen sollte, und dann wurde mir bewusst, dass er der Ansicht war, das Geld gehöre ihm – nicht uns beiden, sondern allein ihm. Wenn ich mir etwas kaufen wollte, ob es sich um einen Fernseher oder um ein Haus handelte, brauchte ich seine Zustimmung, und wenn er nein sagte, würde es nicht dazu kommen. Die Wut, die in mir kochte, seit mir bewusst geworden war, was er getan hatte, überwältigte mich beinahe: Er hatte meinen Bruder in den Selbstmord getrieben und war schuld am frühen Tod meiner Mutter, und trotzdem glaubte er, das Geld gehöre ihm.

Und dann fand ich plötzlich den Mut, etwas zu sagen. Ich wusste, dass Gemma in Alex' Zimmer war und alles hören würde, was ich sagte, und ich hoffte, dass sie ihr Telefon griffbereit hatte, um die Polizei zu rufen, falls es scheußlich wurde. Bevor ich über den schieren Irrsinn meines Handelns auch nur nachdenken konnte, blieb ich im Flur genau vor Alex' Zimmer wie angewurzelt stehen.

»Ich bin froh, dass du hier bist«, sagte ich. »Ich wollte mich nämlich mit dir über Alex' Party unterhalten.«

66

Rachel

Ich fühlte mich, als wäre meine Lunge nur halb voll Luft. Meine Stimme klang völlig fremd. Heller. Atemlos.

Er starrte mich ein paar Sekunden lang an. Ich spürte, wie sich meine Brust hob und senkte. Er blickte zu Boden und dann mir in die Augen. Er klang verwirrt. »Was? Worüber denn?«

»Mir war gar nicht bewusst, dass du damals da warst«, sagte ich. Ich gab mir Mühe, sachlich zu klingen, doch mein Herz raste. »Du hast nicht auf Alex' Gästeliste gestanden. Ich habe sie nach seinem Tod gesehen. Meine Mum ist alle Namen durchgegangen. Sie hat jeden, der draufstand, mehrmals angerufen, hat wieder und wieder nachgeprüft. Na ja, das weißt du ja. Ich habe es dir oft genug erzählt. Aber dich hat sie nicht angerufen, oder?«

»Warum sollte sie?«, sagte er langsam. »Ich war nicht da. Ich war nicht eingeladen. Die Party war nur für seine Schulfreunde.«

Nachdem ich angefangen hatte, musste ich auch weitermachen, obwohl ich mir vorkam wie ein Lemming, der auf den Abgrund zuläuft. »Na ja, das war der Plan. Das musste er meinen Eltern versprechen. Aber du warst trotzdem da.

Und Alex wusste nichts davon.« Ich wich ein Stück zurück. »Warum nicht?«

»Ich war nicht auf der Party«, sagte er noch einmal, dieses Mal lauter. Er klang selbstsicher. Ich hätte ihm geglaubt, wenn ich es nicht besser gewusst hätte. »Ich weiß nicht, wovon du sprichst.« Es herrschte Schweigen, dann fuhr er fort: »Sieh mal, es ist bestimmt schlimm für dich, wieder hier zu sein. Ich wünschte, du hättest mich das am Wochenende regeln lassen. Wir hätten das Haus gemeinsam leerräumen können.«

»Es ist gar nicht schlimm«, sagte ich. Es war, als käme meine Stimme von irgendwo anders her. Ich dachte an Gemma hinter der Tür und hoffte bei Gott, dass sie gerade dabei war, per SMS Hilfe zu holen. »Zu erfahren, dass mein Bruder Selbstmord begangen hat, war schlimm. Im Krankenwagen neben meiner Mutter zu sitzen, als sie starb, war schlimm. Das hier ist im Vergleich dazu gar nichts.«

Über sein Gesicht huschte Verärgerung. »Ich weiß, Baby«, sagte er. »Du hast wirklich eine Menge durchgemacht. Los, komm, bringen wir dich nach Hause.« Er streckte die Hände aus, um mich zu umarmen. »Du musst dich mal richtig ausschlafen.«

Und dann konnte ich mich nicht mehr beherrschen. Ich lachte, obwohl nichts an alledem lustig war. »Das glaube ich nicht.« Ich wagte es nicht, ihn anzusehen. Er stand zwischen mir und der Treppe, und mir wurde zu spät bewusst, dass es keinen anderen Weg nach draußen gab. Die Stille war schwer und beängstigend, und ich konnte mir nicht verkneifen, sie zu durchbrechen. »Denkst du wirklich, ich würde in meinem Bett gut schlafen? Mit dir neben mir?«

»Was?«

Die Erinnerung an jene Nacht tauchte vor meinem inneren Auge auf, und ich schrie: »Mit dir, wenn du im Dunkeln mit deinem Telefon Fotos machst? Du hältst mich anscheinend für dumm!«

»Ich weiß nicht, wovon du sprichst«, sagte er noch einmal. »Komm schon, Schatz, lass uns nach Hause fahren.« Die Dielen knarrten, als er einen Schritt auf mich zu machte. Ich wich einen Schritt zurück und prallte gegen die Wand neben Alex' Tür. »Du bist nur durcheinander, weil du wieder hier bist.«

»Bin ich nicht. Ich hasse es, hier zu sein, aber das hat damit nichts zu tun.« Er streckte die Hände aus und legte die Arme um mich. »David, du warst auf der Party und …« Seine Hände waren jetzt überall auf meinem Körper und streichelten mich, als würde ich ihm gehören. Als könnte er mit mir machen, was immer er wollte. »Lass mich los! Halt dich von mir fern!«

Jetzt veränderte sich seine Stimme. Er klang mit einem Mal zögerlich. Verwirrt. »Du trägst kein Parfüm, oder?«

Mein Magen geriet in Schräglage. »Was?«

»Als du mir die Tür aufgemacht hast, hast du mich geküsst«, sagte er. »Und als ich dich umarmt habe, ist mir aufgefallen, dass du kein Parfüm dran hast. Du weißt doch, wie gern ich es mag, wenn du eins benutzt.« Er starrte mich an, als würde er mich nicht kennen, und klang verwirrt, als versuche er, sich einen Reim auf etwas zu machen. »Aber als ich mit dir nach oben gegangen bin, habe ich mir eingebildet, dass ich Parfüm rieche. Jetzt rieche ich es auch.« Er trat einen Schritt zurück. »Und ich glaube, ich erkenne es.«

67

Gemma

Es herrschte so lange angespannte Stille, dass ich glaubte, ich würde kollabieren. Als Rachel sprach, klang ihre Stimme weiter entfernt und schien aus der Nähe des Zimmers ihrer Mutter zu kommen.

»Meine Mum hatte Parfüm in ihrem Zimmer. Ich habe was davon versprüht. Es erinnert mich an sie.« Sie war eine gute Lügnerin. Sehr überzeugend. Aber sie hatte ja auch mir monatelang überzeugend vorgemacht, dass sie nicht wusste, wer ich war.

David hatte sich nicht von der Stelle bewegt und stand immer noch neben dem Bad, vor Alex' Zimmer. Nur wenige Zentimeter von mir entfernt. »Das glaube ich nicht.« Ich wagte es nicht zu atmen. »Ich glaube, du lügst mich an, Rachel«, sagte er. »Warum solltest du das gemacht haben?«

Verängstigt lehnte ich mich gegen die Wand und stieß mit der Hüfte gegen etwas. Etwas Hartes. Ich schob eine Hand hinter meinen Rücken und tastete danach.

Es handelte sich um einen Hockeyschläger. Alex' Hockeyschläger.

Und ich erinnerte mich an das einzige Mal, als ich in der Schule mit Alex gesprochen hatte, gleich zu Beginn des ersten Jahres, als wir sechzehn waren. Er hatte gerade in einen Bus steigen wollen, um zu einem Auswärtsspiel zu fahren, und hatte so viel Gepäck dabeigehabt, dass ihm sein Hockeyschläger runtergefallen war. Ich hatte ihn ihm gereicht, und er hatte gelächelt und gesagt: »Danke, Gemma.« Mir war nicht bewusst gewesen, dass er meinen Namen kannte.

Jetzt, als meine Finger den Schläger umschlossen, kam es mir vor, als hätte er ihn mir gereicht, genau in dem Moment, in dem ich ihn brauchte.

Und dann ging die Tür zu Alex' Zimmer auf, und David kam herein, den Rücken mir zugewendet. Er ging zum Fenster, vorbei an der Lampe, die er in jener Nacht vor vielen Jahren ausgeschaltet hatte, vorbei an dem Bett, auf dem er mich vergewaltigt hatte, und den Decken, die er über mich geworfen hatte, damit ich ihn nicht sehen konnte. Ich hörte, wie er die muffige Luft einatmete. Mein Körper war gespannt wie eine Feder.

Dann drehte er sich um, und ich bekam weiche Knie.

»Sieh an, sieh an«, sagte er. »Sieh an, wen wir hier haben.«

Er stand in dem inzwischen halb dunklen Zimmer und sah mir in die Augen. Ich erkannte, dass er geschockt war, aber Vertrauen in seine Kraft hatte. Ich stellte jetzt genauso wenig eine Bedrohung für ihn dar wie damals.

Ich stand regungslos da, die Hände hinter dem Rücken, und packte Alex' Hockeyschläger so fest, dass sich meine Haut wund anfühlte. Ich sah David fest an, um mir meine Furcht nicht anmerken zu lassen. Mein Magen war jedoch durchgesackt. Ich war verängstigt, und während ich ihn anstarrte, wurde mir bewusst, dass er es mir ansah. Eine Bewegung hinter mir verriet mir, dass Rachel in der Türöffnung stand. Die geöffnete Tür befand sich zwischen uns.

»Was geht hier vor?«, fragte er. Er warf Rachel einen Blick zu. »Was hat sie hier zu suchen?«

»Gemma und ich haben uns unterhalten«, sagte Rachel. Sie gab sich Mühe, stark zu klingen, doch ich hörte ein leichtes Beben in ihrer Stimme und hatte keinen Zweifel daran, dass er es ebenfalls bemerkt hatte. Er wertete es bestimmt als Schwäche. Ich war mir sicher, dass er gut darin war, Schwächen zu entdecken. »Wir haben uns über die Party unterhalten.«

»Worüber denn?«, fragte er. »Du hast dich schon zigmal darüber unterhalten. Ich habe dir doch gesagt, ich war nicht da.«

Ich holte tief Luft. »Doch, Sie *waren* da.« Meine Stimme bebte. »Sie *waren* auf der Party.«

»Oh, und woher wollen Sie das wissen?«, fragte er.

»Es gibt ein Foto von diesem Abend von Ihnen in der Küche.« Seine schmaler werdenden Lippen verrieten mir, dass er damit nicht gerechnet hatte. »Sie hatten ein The-Coral-T-Shirt an.«

»The Coral? So ein T-Shirt besitze ich nicht. Sie verwechseln mich mit jemand anderem. Mit Alex.«

»Du hast eins«, sagte Rachel. »Oder hattest eins. Alex hatte Fotos von euch beiden vom Glastonbury-Festival in jenem Sommer, auf denen ihr beide das gleiche T-Shirt anhabt. Ich habe sie gesehen.«

»Ja, damals hatte ich eins. Es ist dort an dem Abend zerrissen, an dem sie aufgetreten sind, und ich habe es dagelassen.«

Er war ein guter Lügner. Seine Stimme klang sicher. Vernünftig. Wenn ich das Foto nicht gesehen hätte, wenn ich ihn nicht in besagtem T-Shirt gesehen hätte, dann hätte ich ihm wahrscheinlich geglaubt.

»Das stimmt nicht.« Rachel war jetzt in Rage. »Du warst auf der Party, und du hattest das T-Shirt an. Dafür gibt es Beweise.« Sie stieß ein höhnisches Lachen aus, das jeden wütend gemacht hätte. »Du machst dich nur lächerlich, wenn du es abstreitest.«

Er starrte sie daraufhin eine Ewigkeit an, während es ihm dämmerte, dass sie auf meiner Seite war, nicht auf seiner. Dann sah er wieder mich an.

Meine Beine begannen zu zittern. Er war derselbe Mann, dem ich in Chester Immobilien gezeigt hatte, derselbe Mann, der mich beim Abendessen im Hotel in London mit seinem Charme in seinen Bann gezogen hatte. Er war noch genauso groß, so dunkel, so gut aussehend wie damals, doch irgendetwas hatte sich verändert. Jetzt fühlte er sich bedroht. Sein Körper war angespannt, kampfbereit, und ich hatte keinen Zweifel daran, dass er alles tun würde, um zu gewinnen.

»Ihr beiden steckt also unter einer Decke?«, sagte er. »Interessant.« Es kehrte Stille ein, und weder Rachel noch ich wagten, sie zu brechen. »Nach allem, was du über sie gesagt hast, Rachel. Ich bin überrascht.«

Ihr Gesicht war hochrot.

»All die Nächte, in denen du mir erzählt hast, wie sehr du es ihr heimzahlen möchtest, dass sie dein Leben ruiniert hat, dass dein Bruder tot ist … hast du also gelogen? Du hast gelogen, als du mir gesagt hast, wie sehr du sie hasst?«

»Das war, bevor ich erfahren habe, was wirklich passiert ist.«

»Du *weißt*, was passiert ist, Baby. Ich habe es dir doch gesagt. Ich war nicht dort. Du hast dich getäuscht.« Sein Tonfall wurde sanft. »Ich war immer ehrlich zu dir, Coco.«

Coco?, dachte ich. Ich sah Rachel zögern und vermutete, dass es sich um einen Kosenamen handelte, den er für sie verwendete. Mein Magen krampfte sich zusammen. Würde sie darauf hereinfallen? Und wenn ja, was würde das für mich bedeuten?

»Erinnerst du dich, was du über ihren Mann und ihren Sohn gesagt hast?« Er ahmte sie erneut nach. »Warum sollte sie eine glückliche Ehe führen? Warum sollte sie einen guten Job haben? Alex hatte keins von beidem.«

»Hatte er nicht«, sagte sie. »Und ich frage mich jetzt, warum.«

Er fuhr fort und sprach, als wäre er sie, mit heller, atemloser Stimme. »Und der arme Sohn. Er wird von seinem Vater großgezogen. Ich wette, er würde seine Mutter gar nicht erkennen!«

»Sei still!«, schrie sie. »Ignorieren Sie ihn, Gemma! Das habe ich nicht gesagt.«

Doch, hatte sie. Ich wusste, dass sie es gesagt hatte. Ich dachte an Rory in seinem Schlafanzug am Abend, frisch gebadet und noch leicht feucht. Er hatte mich umarmt, bevor ich ging, sich seinen Spielzeughasen ins Gesicht gehalten und ihn an seiner Wange gerieben, wie er es immer tat, wenn er müde war. Meine Augen kribbelten. Er war mein Beweggrund, so hart zu arbeiten, und ich verbrachte einfach nicht genug Zeit mit ihm. Die Vorstellung, dass jemand Kritik an meiner Beziehung zu meinem Sohn übte, verwandelte meine Angst in Stärke.

»Warum reden Sie davon, was sie gesagt hat, anstatt davon, was Sie getan haben?«, fragte ich leise. »Am Abend der Party sind Sie hier reingekommen und haben mich vergewaltigt.«

»Was habe ich?« Er klang so schockiert, dass ich ihm beinahe glaubte.

»Sie haben mich vergewaltigt.«

68

Gemma

Sein Blick huschte zu Rachel. »Wovon redet sie?«

Als sie antwortete, hörte ich, dass sie weinte. »Du hast es getan, David. Und du hast die Schuld auf Alex geschoben.«

Er zuckte zusammen. »Was? Das habe ich nicht! So was würde ich nie tun!«

Ich wollte nur noch raus. Er würde es auch weiterhin abstreiten, und ich ertrug es nicht, ihm dabei zuzuhören. Doch Rachel versperrte die Türöffnung, und sie schrie.

»Du hast es getan! Ich *wusste*, Alex war es nicht! Und du hast …« Sie erstickte beinahe an ihren Tränen. »Du hast die Schuld auf ihn geschoben, und dann hat er sich umgebracht. Und du bist Abend für Abend vorbeigekommen und hast Mitleid mit meiner Mum vorgetäuscht, dabei warst du derjenige, der es getan hat!«

»Ich war nicht hier«, beharrte er. »Ich habe es dir doch gesagt!«

Und dann drehte sich Rachel zu mir und sagte: »Gemma, haben Sie am Abend der Party einen Haargummi getragen?«

Ich starrte sie an, weil mich der Themawechsel verwirrte. »Was?«

Ihre Stimme klang seltsam. Es hatte den Anschein, als ginge ihr ein bestimmter Gedanke durch den Kopf, den sie nicht wirklich glauben konnte. »Können Sie sich noch erinnern?«

»Ich kann mich an alles erinnern«, sagte ich. »Und, nein, ich habe keinen Haargummi getragen.«

Ich hörte David ein oder zwei Schritte zurückweichen und sah ihn an: Sein Blick war auf Rachel gerichtet, und er hielt sich ganz still.

»Und was ist mit Lipgloss?«, fragte sie. »Als Sie auf der Party waren, mit achtzehn, haben Sie da Lipgloss getragen?«

»Was zum Teufel redest du da?«, fragte David.

»Ja, ich habe Lipgloss getragen«, antwortete ich. »Warum?«

»Haben Sie welchen auf die Party mitgenommen?«

Ich nickte.

»Haben Sie ihn wieder mit nach Hause genommen?«

Ich starrte sie an. »Nein, habe ich nicht. Ich muss ihn verloren haben.«

Sie war blass im Gesicht, und ihr Haar war strähnig vor Schweiß. »Hatte er Himbeergeschmack? Oder Brombeergeschmack? Oder vielleicht Vanille?«

Während sie sprach, nahm bei mir ein Kaleidoskop von Erinnerungen Gestalt an. Ich erinnerte mich, wie ich einen Finger in den kleinen Topf Himbeer-Lipgloss getaucht hatte, als sich unser Taxi Alex' Haus näherte. Lauren hatte ebenfalls einen Finger hineingetaucht, und wir hatten uns die Lippen eingerieben und gekichert, bevor wir auf die Party gingen. Ich hatte den Topf in die Tasche gesteckt und von jenem Tag bis heute nicht mehr an ihn gedacht.

»Es war Himbeergeschmack«, flüsterte ich. »Woher wussten Sie das?«

»Ich habe ihn gefunden, nicht wahr?«, sagte sie im Plauderton zu David. »In einer alten Tasche von dir war ein Haufen Zeug. Man hätte denken können, es wäre alles Müll. So hast du es mir gegenüber auch bezeichnet. Du hast gesagt, eine Exfreundin von dir hätte sich deine Tasche ausgeliehen und die Sachen dringelassen. Du hast gesagt, du würdest sie wegwerfen, aber das hast du nicht gemacht, stimmt's? Hast du etwa gedacht, ich würde nicht nachsehen?« Ihr Gesicht war vor Anspannung gerötet, aber sie sah ihm direkt in die Augen.

David atmete schwer und schnell und starrte sie so wütend an, dass ich einen Schritt zurückwich. Ich rechnete damit, dass jeden Moment etwas passieren würde.

»Du hast das schon öfter getan, habe ich recht?«, sagte sie. »Diese Sachen … was ist das, etwas von jeder Frau?«

Ein Muskel an seinem Kiefer bewegte sich. Ich war jetzt in höchster Alarmbereitschaft.

»Die Sachen sahen aus wie Abfall, aber für dich waren sie wertvoll, nicht wahr? Sie waren von Bedeutung. Hast du sie aufbewahrt, um dich durch sie an deine Opfer zu erinnern?«

»Du bist wahnsinnig«, sagte er. »Ich weiß nicht, wovon du sprichst.«

»Komisch«, sagte sie. »Du hast nämlich einen ziemlichen Aufwand betrieben, als du sie das zweite Mal versteckt hast.« Er starrte sie an, und sie fuhr fort: »Du solltest es dir wirklich zweimal überlegen, bevor du deiner Frau dein Auto leihst. Gestern Abend hast du es mir geliehen, ohne auch nur nachzudenken. Du warst so scharf darauf, dass ich dir Whisky besorge, dass du voll drauf reingefallen bist, als ich dir gesagt habe, bei meinem Auto wäre kein Benzin mehr im Tank.«

Seine Lippen waren schmal, sein Blick starr auf sie gerichtet.

»Dachtest du wirklich, ich würde nicht in den Kofferraum schauen?« Es folgte angespannte Stille, dann sagte sie: »Unter dem Reserverad? Merkwürdiger Platz, um Dinge aufzubewahren, die einem nichts bedeuten.« Sie warf mir einen Blick zu. »Gemma, da war eine *Menge* von den Sachen.«

Und dann platzte ihm der Kragen. Er bäumte sich auf und wirkte plötzlich größer. Breiter. Ich wappnete mich und stellte mich ihm entgegen.

Jetzt kommt es. Jetzt kommt es.

»Du blöde Schlampe«, sagte er zu Rachel. »Sie war nicht mal wach. So ein Theater zu machen und die Polizei zu rufen, wenn sie die ganze Zeit geschlafen hat.«

Ich nickte, einmal, und bewegte mich in sein Blickfeld. »Und woher wissen Sie das?«

»Sie«, höhnte er. Ich wappnete mich. »Sie waren total betrunken. Lagen da, mit ihrem Rock bis zur Taille hochgeschoben. Jeder hätte Sie haben können. Wenn Sie es nicht wollten, hätten Sie sich nicht so zur Schau stellen sollen.«

Und da war es: Die letzten fünfzehn Jahre meines Lebens waren eine Lüge gewesen.

69

Rachel

Einen Moment lang verschlug es Gemma und mir die Sprache. Sein Eingeständnis, dass er es getan hatte, hallte in der Luft nach, und für diesen Moment war alles still. Und dann antwortete mein Körper.

Ich stieß die Tür weit auf.

David stand da, in der Mitte des Zimmers, bereit, sich zu verteidigen. Er starrte Gemma an, die er offenbar für die größere Bedrohung hielt.

Er irrte sich.

Ich sprang in die Luft und schlug ihm fest ins Gesicht. Er fluchte und drehte sich von mir weg. Er hatte den Blick von Gemma gelöst, und ich sah, dass sie regungslos dastand und ihn anstarrte.

Dann drehte er sich wieder zu ihr.

Schwerer Fehler.

Ich schlug ihn noch einmal. Das laute Klatschen hallte im Zimmer wider. Gleichzeitig schrie Gemma: »Du Mistkerl!«

Unsere Blicke trafen sich, und in diesem Moment waren wir vereinigt. Seine Herrschaft über uns stand kurz davor zu enden. Ich wusste nicht, wie, und sie wusste es vermutlich auch nicht, doch der Blick, den wir tauschten, entschied es.

Wir hatten genug.

»Das ist so lange her, Rachel«, sagte er und versuchte es mit einem flehenden Blick. Er streckte die Hand nach mir aus. Ich hatte den Eindruck, er wollte mich streicheln. »Es hat nichts bedeutet.«

Ich entspannte mich, und er bemerkte es und lächelte. Dann sprang ich auf Alex' Bett und benutzte den Holzrahmen als Sprungbrett, um mich wieder abzudrücken, genau wie früher, als Alex und ich Kinder waren und Piraten spielten – ein Spiel, bei dem man den Fußboden nicht berühren durfte. Offenbar hatte sich mein Körper diesen Bewegungsablauf, den Alex mir vor all den Jahren beigebracht hatte, nur für diesen Moment eingeprägt: Ich trat zu und wirbelte herum und warf mich gegen David, so fest ich konnte.

Er taumelte, und als er sich wieder aufrichten wollte, trat ich noch einmal zu, wobei ich ihn an der Schulter erwischte. Er fiel zu Boden, und ich sprang auf ihn und schlug immer und immer wieder auf ihn ein.

Dabei drehten sich meine Gedanken um Alex und meine Mutter und darum, wie mein Vater uns verlassen hatte, ohne sich auch nur zu verabschieden. Und um das Haus, das voller Erinnerungen an sie alle war. Doch in Zukunft würde eine andere Erinnerung alles überlagern: Mein eigener Ehemann hatte Gemma vergewaltigt und alle glauben gemacht, sein Freund – mein Bruder – hätte es getan.

Und für einen kurzen Moment dachte ich an das Mädchen, das ich früher gewesen war, an das Mädchen, das mit

Alex im Haus Fangen gespielt und ihm Tanzen beigebracht hatte. An das Mädchen, das Nacht für Nacht neben seinem Bett auf dem Fußboden gelegen und seinem Weinen gelauscht hatte, nachdem er wegen Vergewaltigung angeklagt worden war.

Ich dachte an all diese Dinge und an mehr, als ich aus dem Augenwinkel Davids Faust auf mein Gesicht zukommen sah.

70

Gemma

Rachel landete krachend auf dem Fußboden wie eine Zeichentrickfigur. Ich blinzelte in der Hoffnung, sie würde wieder auf die Beine kommen, doch sie blieb regungslos liegen, ihr Kopf neben einem der Beine des hölzernen Bettgestells. Beinahe sofort bildete sich an ihrer Schläfe eine Schwellung von der Größe eines Eis, und für einen verrückten Moment dachte ich, sie wäre tot.

»So«, sagte David schwer atmend. Er schenkte seiner auf dem Fußboden liegenden Frau keine Beachtung, als er über sie stieg und sich mir einen Schritt näherte. »Jetzt sind wir unter uns, Gemma.«

Ich stolperte rückwärts und prallte gegen die Tür. Ich spürte mein Telefon in der Tasche meiner Jeans und wünschte mir sehnlichst, es herausnehmen und Hilfe holen zu können. Ich musste aus dem Zimmer, musste vor ihm weglaufen.

Es bestand kein Zweifel daran, dass er wusste, was ich vorhatte. Er streckte die Hand aus, wobei sie beinahe mein Gesicht streifte, und ich wich zurück. Dann berührte er mein Haar, was sich anfühlte wie eine Tätlichkeit. Mein Blick traf seinen; ich sah Erregung in seinen Augen. Er nahm die Hand aus meinem Haar und griff hinter mich, um die Tür zuzuwerfen.

Ich zuckte zusammen.

Er grinste mich an. »Nicht ganz, womit du gerechnet hast?«

Ich brachte kein Wort heraus. Es war, wie mit einem Tier in einem Raum zu sein, mit einem Tier, von dem man den Blick nicht lösen konnte. Mit einem Tier, vor dem man panische Angst hatte.

»Na, wer hätte gedacht, dass wir uns hier wieder begegnen?«, sagte er. »Hier hat alles mit uns angefangen, nicht wahr?«

Ich erstarrte.

»Erinnerst du dich an das Bett?«, fragte er mit sanfter, beinahe liebevoller Stimme. »An wie viel erinnerst du dich noch? Das wüsste ich wirklich gerne. Wann hast du mich wahrgenommen, Gemma? Was hat dich geweckt? Erinnerst du dich noch an die erste Berührung? Das habe ich mich immer gefragt.« Seine Zunge schoss hervor und leckte über seine Lippen. »Ich habe anschließend gern darüber nachgedacht.«

In meinem Rachen stieg Magensäure auf. Ich zwang mich, ihm nicht zuzuhören und stattdessen zu planen, was ich tun sollte. Ich spürte Alex' Hockeyschläger hinter mir und wünschte mir inständig, er würde mir Kraft verleihen.

»Du warst immer was Besonderes für mich«, sagte er. Seine Augen leuchteten, und ich sah an seinen Mundwinkeln Speichelkügelchen schäumen. Ich war nicht in der Lage, den Blick von ihm zu lösen. »Du warst nämlich die Erste, weißt du?« Für einen Moment wirkte er stolz. »Das habe ich ziemlich gut hingekriegt, oder? Du hast fünfzehn Jahre gebraucht, um draufzukommen, dass ich es war. In gewisser Weise wäre mir eine größere Herausforderung lieber gewesen, aber weißt du, wenn du ein bisschen schlauer gewesen wärst, hätte ich die anderen nicht haben können. Und nicht alle von ihnen waren so fügsam wie du, Gemma. Das hätte ich mir auf gar keinen Fall entgehen lassen wollen. Also sollte ich mich eigentlich bei dir bedanken.« Seine Augen funkelten. »Du hast mich auf die Idee gebracht und mir die Gelegenheit geboten. Du hast mir alles gegeben.« Er lächelte mich an. »Du hast mich zu dem gemacht, was ich bin.«

Ich schauderte. Sein Blick lastete schwer auf mir, und während ich in Gedanken verzweifelt nach Fluchtrouten suchte, war mir bewusst, dass ich ihn ablenken musste.

»In Amerika lief es also nicht gut für Sie?«, stellte ich fest.

»Sagen wir einfach, meine Zeit dort war abgelaufen«, entgegnete er und lächelte.

Ich war mir sicher, dass Rachel recht gehabt hatte, was die anderen Frauen anbelangte. Bei dem Gedanken daran, was er getan hatte, zitterte ich am ganzen Körper, und ich musste meine gesamte Kraft aufbringen, um mit ihm zu sprechen, während ich eigentlich wegrennen wollte, so schnell ich konnte.

»Lustig, dass Sie bei der Bestattung aufgetaucht sind«, sagte ich. »Sie wollten ihr Respekt zollen, oder?«

Er zuckte mit den Schultern. »Na ja, in gewisser Weise könnte man das so sagen. Sie war immer nett zu mir.«

Und wie er sich dafür revanchiert hatte.

»Und dann haben Sie sich in Rachel verliebt. Ziemlich praktisch, nicht wahr?«

Er lachte. »Sie nannte es einen glücklichen Zufall. Um ehrlich zu sein, hatte ich sie ganz vergessen gehabt, bis ich sie heulend am Sarg stehen sah. Schon erstaunlich, dass ein bisschen Geld jemanden so viel attraktiver machen kann.«

»Als sie Ihnen erzählt hat, dass sie sich rächen möchte«, sagte ich beiläufig, »haben Sie sich also einfach dazu entschlossen mitzumachen? Sie fanden das spannend, oder?« Aus dem Augenwinkel sah ich, dass sich hinter ihm etwas bewegte. Rachels Hand hob sich, nur ein paar Zentimeter. Mein Magen krampfte sich zusammen. Ich musste ihn von ihr ablenken. »Oder war es von Anfang an Ihre Idee?«

»Nein«, sagte er. »Es war ihre Idee.« Er lachte erneut. »Eine von ihren besseren Ideen. Und ich habe es ihr natürlich nicht ausgeredet. Es hat Spaß gemacht, dich beim zweiten Mal ein bisschen besser kennenzulernen.«

In meinem Bauch loderte Wut auf. »Schade, dass Sie mir dazu Drogen einflößen mussten.«

Er zuckte mit den Schultern. »Manchmal mache ich es mir gern leicht. Ich konnte doch nicht riskieren, dass du mir in letzter Sekunde eine Abfuhr erteilst, oder? Na ja, vielleicht schon …« Er grinste mich an, und ich wusste, dass ihm diese Herausforderung gefallen hätte. »Aber Rachel hat in unserem Hotel auf mich gewartet, und viel habe ich dir sowieso nicht verabreicht.« Seine Augen funkelten. »Den Rest habe ich für sie aufgehoben.«

Ich gab mir alle Mühe, meine Abscheu für mich zu behalten. »Wieso, damit Sie Fotos von ihr machen konnten, ohne dass sie es merkt? Genauso wie Sie es bei mir gemacht haben?«

»Tja, ich mag eben Souvenirs.«

Ich wusste, die Frage war dumm, aber ich musste sie einfach stellen: »Was haben Sie mit den Fotos gemacht?«

Er grinste. Ihm war bewusst, dass es sich dabei um meinen wunden Punkt handelte, um die Sache, die mir noch jahrelang Kopfzerbrechen bereiten würde. »Das wirst du nie erfahren, Schätzchen.« Er warf einen Blick auf Rachel. »Und sie genauso wenig.« Er kam einen Schritt näher. Ich wich zurück, und der Hockeyschläger rieb an mir. Mir war bewusst, dass ich ihn aus dieser Position nicht schwingen konnte, und ich wollte nicht, dass er umfiel. David hatte ihn ganz offensichtlich nicht bemerkt. Ich musste ihn dazu bringen, sich zu entfernen. Meine Gehirnzellen arbeiteten auf Hochtouren, als er hinzufügte: »Apropos, das Foto von dem Abend, als wir uns begegnet sind …«

Ich runzelte die Stirn, da ich zunächst nicht verstand, was er meinte. »Was, in London?«

»Nein.« Er lachte. »Der Abend der Party.«

»Wir sind uns nicht begegnet! Sie haben mich im Schlaf vergewaltigt.«

Er zuckte mit den Schultern. »Läuft doch aufs Gleiche hinaus. Wo ist dieses Foto? Ich möchte es sehen.«

»Jack Howard hat es«, entgegnete ich.

»Wer?«

»Ein Freund von Alex.«

»Wie hast du es dann zu Gesicht bekommen?«

»Er hat es mir gezeigt.«

»Und du hast es Rachel gezeigt?«

Ich zögerte.

»Eine von euch hat eine Kopie davon. Komm schon, Gemma. Ich möchte es nur sehen.« Er zwinkerte mir zu. »Und es zu meiner Sammlung hinzufügen. Wo ist es?«

»Mein Telefon ist in meiner Handtasche«, log ich. »Unten in der Küche. Das Foto ist in einer E-Mail an Rachel.« Ich musste ihn aus dem Zimmer bekommen, um die Polizei verständigen zu können.

Ich sah ihm an, dass er hin und her überlegte. Allein konnte er mich nicht nach unten gehen lassen. Er warf einen Blick auf Rachel. Sie lag noch immer mit geschlossenen Augen auf dem Fußboden. Auf einer Seite ihres Gesichts blühten violette Blutergüsse.

Er blickte sich im Zimmer um. Neben Alex' Schreibtisch, am Fenster, stand ein Holzstuhl. »Setz dich da hin«, forderte er mich auf.

Ich versuchte, Zeit zu gewinnen. »Was?«

Er packte mich am Arm und schob mich zu dem Stuhl hinüber. Auf ihm lagen Mappen, die ich noch aus Schulzeiten kannte. Sie enthielten Alex' Arbeiten, die Arbeiten, die ihm einen Studienplatz in Oxford eingebracht hatten. David kippte den Stuhl und verstreute die Mappen auf dem Fußboden. Er kickte ein paar davon aus dem Weg, dann öffnete er den Schrank. Auf der Innenseite der Tür hingen Alex' Schulkrawatten. Mit einer Mühelosigkeit, die mir verriet, dass er das nicht zum ersten Mal tat, nahm er eine davon und fesselte mich an den Stuhl. Rachel lag auf dem Fußboden; er kehrte ihr den Rücken zu, während er mir die Arme auf den Rücken drehte. Ihre Augenlider flatterten, nur ein Mal. Ich musste sie auf mich aufmerksam machen, und ich musste jegliche Geräusche übertönen, die sie verursachte.

Also fing ich an zu schreien. Es war zu erkennen, dass ich ihn damit überrumpelte. Er schlug mir so fest ins Gesicht, dass es meinen Kopf zur Seite riss, doch ich schrie weiter. Er holte noch eine Krawatte aus dem Schrank, stellte sich vor mich und versuchte, sie mir vor den Mund zu binden. Ich wand mich und kreischte, und in dem ganzen Tumult hörte er sie nicht.

Aber ich hörte sie.

71

Rachel

Ich hatte niemals auch nur für einen Moment geglaubt, dass Gemma so schreien könnte. Sie legte sich wirklich ins Zeug und schrie, kreischte und fluchte. Es war das Beste, was sie tun konnte.

David versuchte verzweifelt, sie zu fesseln und gleichzeitig mundtot zu machen. Er war passivere Opfer gewohnt. Er war mich gewohnt.

Mich hatte er nie als Bedrohung empfunden, eher als Gelegenheit. Im Jahr zuvor war er in die Kapelle des Krematoriums marschiert und hatte mir zugezwinkert – wer zwinkert einer trauernden Tochter während einer Bestattung zu? Und als ich zurückgezwinkert hatte, war ihm klar gewesen, dass ich Wachs in seinen Händen war.

Nun, wie heißt es so schön? Hochmut kommt vor dem Fall.

Ich brauchte nicht leise zu sein, da Gemma genug Lärm machte, um mich zu decken, aber ich zog die Beine trotzdem langsam an und wartete kurz.

Er schlug sie noch einmal – diesmal versetzte er ihr einen Hieb gegen den Kiefer –, und mir war klar, sie würde bald genauso viele Blutergüsse haben wie ich. Sie schrie, als würde sie ermordet werden, und ich empfand Bewunderung für sie.

Und dann wusste ich, dass ich das sowohl für Alex als auch für sie tun würde.

Im Handumdrehen stand ich. David bekam nichts davon mit, Gemma allerdings schon. Sie beugte sich vor, packte sein Haar mit den Zähnen und zog so fest daran, dass er sich nicht umdrehen und in meine Richtung schauen konnte. Er schrie inzwischen ebenfalls und beschimpfte sie, dass mir übel wurde. Mit zwei Schritten war ich bei der Tür und schnappte mir Alex' Hockeyschläger. Bevor er nach Oxford gegangen war, hatten wir diesen gemeinsam mit neuem Gewebeband umwickelt, damit er ihn besser greifen konnte, und seine Initialen, *A. C.*, auf das Band geschrieben. Er hatte in Oxford kein einziges Mal Hockey gespielt; das Band war makellos.

Den Schläger mit beiden Händen haltend, stand ich jetzt hinter David. Gemma blickte auf, und ich sagte in Lippensprache: *Lassen Sie los.*

Sie zog noch einmal so brutal, dass er aufschrie, dann spuckte sie Haare auf den Fußboden.

Ich sagte: »David?«, im süßesten Tonfall, den ich zustande brachte.

In dem Sekundenbruchteil zwischen dem Moment, in dem er mich hörte, und dem Moment, in dem er sich umdrehte, ließ er Gemma los, und ich ließ den Hockeyschläger mit aller Kraft auf seinen Kopf hinabsausen.

Er brach zusammen, fassungslos. Ich schlug immer und immer wieder zu, und in der Stille zwischen den Hieben hörte ich das Geräusch brechender Knochen.

Gemma schrie: »Rachel!«

Ich drehte mich um und dachte, sie würde mich auffordern aufzuhören, doch sie sagte: »Schnell, binden Sie mich los!«

Ich drehte ihren Stuhl von David weg. »Behalten Sie ihn im Auge«, flüsterte ich, während ich mit den Knoten kämpfte. Irgendwann gab ich auf, öffnete die Schublade von Alex' Schreibtisch und nahm die Schere heraus, die schon immer darin gelegen hatte. Ich schnitt die Fesseln auf und steckte die Schere in meine Gesäßtasche, falls ich sie später noch einmal brauchen sollte. Gemma erhob sich und rieb sich die Beine.

Dann bewegte sich David.

Wir standen beide wie angewurzelt da und beobachteten, wie er sich hinkniete, um anschließend aufzustehen. Als er sich umdrehte und uns ansah, geriet ich in Panik.

Gemma allerdings blieb ruhig. Sie hob den Hockeyschläger auf und reckte ihn in die Höhe. Dann ließ sie ihn mit grimmigem Gesichtsausdruck krachend auf Davids Rücken herabsausen.

Er fluchte, kippte nach hinten und landete hart auf der Schulter. Ich hielt den Atem an, doch er fing abermals an, sich aufzurichten.

Gemma atmete schwer, und ihre Knöchel waren weiß, so fest umklammerte sie den Schläger. Sie wirkte geschockt. Das war ich ebenfalls, aber vor allem war ich wie berauscht.

»So«, sagte ich. Ich stellte mich hinter sie und legte die Arme um sie, meine Brust an ihrem Rücken. Ich spürte, wie sie am ganzen Körper zitterte und ich genauso. Dann griff ich nach dem Schläger, sodass wir ihn beide festhielten. Alex hatte mit mir so dagestanden, als er mir im Sommer vor seinem Tod im Garten Hockeyspielen beigebracht hatte.

David war kurz davor aufzustehen, als ich spürte, wie Gemma die Arme hob. Ich presste mich an sie, mein Körper auf Tuchfühlung mit ihrem, meine Hände unmittelbar neben ihren am Hockeyschläger. Und es fühlte sich an, als wäre Alex auch bei uns, als stünde er hinter mir und würde mich leiten, mich beschützen. Als wären wir drei eins.

Davids Blick huschte zwischen mir und ihr hin und her. Anscheinend konnte er nicht glauben, dass wir uns behaupteten.

»Das ist für dich, *Baby*«, sagte ich zu ihm.

Wir hoben die Arme noch höher, und Gemma schrie: »Das ist von uns allen, du Mistkerl!«

Und dann ließen wir den Hockeyschläger mit vereinter Kraft auf Davids Kopf hinuntersausen.

Dieses Mal blieb er regungslos liegen.

72

Gemma

Samstag, 19. August

Joe wartete im Empfangsbereich des Polizeireviers auf mich, als ich endlich gehen durfte. Inzwischen war es nach zwei Uhr morgens. Er sah so erschöpft aus, wie ich mich fühlte, und drückte mich so lange an sich, dass ich dachte, ich würde in seinen Armen einschlafen.

»Wo ist Rachel?«, fragte er. »Kommt sie mit uns mit?«

»Sie haben sie ins Krankenhaus gebracht«, sagte ich. »Dort soll sie über Nacht bleiben, weil sie bewusstlos war.«

Er zuckte zusammen. »Ist mit dir alles in Ordnung, Schatz?« Er legte abermals die Arme um mich und drückte mich an sich. »Ich habe mir solche Sorgen gemacht.«

»Mir geht's gut«, sagte ich. »Lass uns einfach von hier verschwinden.« Armer Joe. Er hatte stundenlang herumgesessen und auf mich gewartet. Die Polizei hatte ihm nur gesagt, ich würde im Zusammenhang mit einem Vorfall befragt werden, der sich in Rachels Haus ereignet hatte – mehr wusste er bislang noch nicht. »Es hatte was mit Rachels Ehemann zu tun. Lange, lange Geschichte.«

Er zog daraufhin die Augenbrauen hoch, da er natürlich nicht gewusst hatte, dass sie verheiratet war. Bis vor kurzem hatte ich es nicht einmal selbst gewusst. Es tat gut, ihn neben mir sitzen zu haben, mit einer Hand auf meinem Bein, während er fuhr. Ich sagte ihm, ich würde ihm alles erzählen, wenn wir bei meinen Eltern ankamen, und obwohl ich die Augen schloss und so tat, als würde ich schlafen, wusste ich, dass er sich nicht täuschen ließ.

»Meine Mum macht sich bestimmt Sorgen«, sagte ich, als Joe den Wagen parkte.

»Ich habe sie angerufen und ihr gesagt, dass ich bei dir bin und dass es spät wird.«

»Du hast ihr nichts erzählt?«

»Ich *wusste* ja nichts«, erwiderte er. »Ich habe gesagt, dass wir am Morgen mit ihnen reden.«

Ich konnte nur ahnen, welche Selbstbeherrschung meiner Mutter abverlangt worden war. Mein Vater hatte bestimmt alle Hände voll damit zu tun gehabt, sie zu beruhigen, doch als wir das Haus betraten, war aus ihrem Schlafzimmer nichts zu hören.

Sobald wir im Wohnzimmer waren, öffnete Joe den Mund, um etwas zu sagen, doch ich fiel ihm ins Wort: »Ich muss erst mal duschen.« Dann rannte ich nach oben ins Badezimmer und machte die Tür hinter mir zu.

Ich duschte mit geschlossenen Augen. Dabei konnte ich an nichts anderes denken als daran, dass David gesagt hatte: *Du hast mich zu dem gemacht, was ich bin.* Ich schrubbte meine Haut, und die Hitze des Wassers und die Tränen auf meinem Gesicht erinnerten mich daran, wie ich nach der Party geduscht und versucht hatte, meine Scham wegzuwaschen.

Fünfzehn Jahre später war es endlich vorbei.

Anschließend setzte ich mich in meinem Bademantel ins Wohnzimmer, während Joe eine Kanne Tee kochte und ein paar Toastbrote herrichtete. Obwohl ich mir nicht hatte vorstellen können, etwas zu essen, stellte ich fest, dass ich Heißhunger hatte, und setzte mich an den Küchentisch, während Joe noch mehr Brot toastete. Er setzte sich schweigend zu mir, während ich aß. Ich wusste, dass er vor Neugier platzte, doch er sagte kein Wort.

Als ich mit dem Essen fertig war, räumte er die Teller und Tassen weg, und wir setzten uns aufs Sofa, ich in seinen Armen, eine Decke auf uns.

»Ich will, dass du mir alles erzählst«, sagte er. »Lass nichts aus. Nimm keine Rücksicht auf meine Gefühle und denk nicht, du würdest mir einen Gefallen tun, wenn du mir etwas verschweigst.« Er streichelte mein Gesicht und küsste mich. »Ich liebe dich, Gemma. Ich werde dich auch in Zukunft lieben, ganz egal, was du mir erzählst. Aber bitte lüg mich nicht an.«

Also erzählte ich ihm alles.

Es dauerte eine Stunde, bis ich fertig war. Er war die ganze Zeit still, wenngleich er mich gelegentlich ermunterte.

»Und dann rannten wir aus dem Zimmer, und Rachel erinnerte sich, dass es für die Tür einen Schlüssel gab. Seit Alex' Tod hatte ihn niemand mehr benutzt. Er hing neben der Haustür an einem Haken. Ich hielt die Tür zu, und sie lief nach unten, um ihn zu holen. Nachdem sie David eingesperrt hatte, rief ich die Polizei, und wir warteten draußen in der Einfahrt. Sie war innerhalb von Minuten da.«

Joe war blass und wirkte erschöpft, als ich fertig war. »Ein und derselbe Mann«, sagte er schließlich. »Ich hasse ihn schon so lange, Gem, das weißt du ja. Wenn ich daran denke, was er dir vor all den Jahren angetan hat, würde ich ihn am liebsten umbringen. Aber jetzt ... was er dir seitdem angetan hat ...« Er umarmte mich und vergrub den Kopf an meinem Hals. »Du musst schreckliche Angst gehabt haben.«

»Während Rachel unten war und ich die Tür zuhielt ... Es war eine alte Türklinke, und wenn er in normaler Verfassung gewesen wäre, wäre er problemlos da rausgekommen.« Ich schauderte. »Ich wusste, dass er nicht in der Lage war aufzustehen und dass wir mindestens ein paar Minuten hatten. Aber die Vorstellung, dass er die Tür aufziehen könnte ... Ich hatte panische Angst.«

»Ich wünschte, du hättest mir gesagt, dass du hinfährst. Ich wünschte, ich hätte dir helfen können.«

»Wir hatten ja nicht damit gerechnet, dass er auftaucht«, sagte ich. »Ich hätte nur einige Dokumente mit ihr abholen sollen. Sie wollte nicht, dass er sie findet.«

»Trotzdem«, sagte er. »Ich hasse die Vorstellung, was du durchgemacht hast.« Wir schwiegen eine Weile. »Und was ist jetzt mit ihm passiert?«

»Ich bin mir nicht sicher. Anscheinend kam er gerade wieder zu sich, als die Polizei eintraf. Sie haben ihn ins Krankenhaus gebracht, und er wird jetzt bewacht.« Ich zuckte zusammen. »Wir haben ziemlich hart zugeschlagen.«

Joe zuckte mit den Schultern. »Geschieht ihm recht. Aber als die Polizei eintraf und ihn bewusstlos und in ein Zimmer gesperrt vorfand, haben sie euch da einfach geglaubt, was ihr gesagt habt? Ihr hattet ja beide eindeutig was damit zu tun.«

»Sie haben uns aufs Polizeirevier mitgenommen.« Wir waren froh darüber gewesen. Wir hatten sogar darum *gebeten*. Dort waren wir wenigstens in Sicherheit. »Und ich habe ihnen meine Bluse gegeben.«

»Was? Warum das denn?«

»An dem Abend in London hat David mich während unseres Abendessens gefilmt. Er hatte alles geplant, hatte gewusst, wie er vorgehen würde.«

»Er hat dich mit seinem Telefon gefilmt? Ist dir das nicht aufgefallen?«

»Nein, er hatte einen Knopf mit eingebauter Videokamera, den Rachel ihm ans Hemd genäht hatte«, erklärte ich.

»Einen Knopf?«

»Ich weiß. Ich konnte es auch nicht glauben. Rachel hat es mir erst vor kurzem erzählt und mir einen Link geschickt. Ich dachte mir: Wie du mir, so ich dir, also habe ich mir eine Bluse bestellt und die gleiche Videokamera, wie er sie hatte, und habe die Knöpfe angenäht, bevor ich mich auf den Weg gemacht habe. Alles, was gestern Abend in ihrem Haus passiert ist, wurde aufgenommen.«

Er sah mich an, als wäre mir ein zweiter Kopf gewachsen. »Mit Ton?«

Ich nickte. »Glasklar. Man konnte sogar hören, dass wir ihm einen Knochen gebrochen haben, als wir auf ihn einschlugen.« Ich holte tief Luft, als ich mich erinnerte, wie deutlich auf seinem Video zu hören gewesen war, wie ich

Joe kritisiert hatte. Das war das Einzige, was ich ihm nicht erzählt hatte. Ich hoffte, er würde es niemals erfahren.

Er zuckte zusammen. »Aber warum hattest du die Bluse an? Du dachtest doch, du würdest nur Rachel helfen, oder?«

»Ich wollte sie testen«, sagte ich. »Ich wusste, dass Rachel die Knöpfe von Davids Hemd kannte, sie hatte sie ja selber angenäht. Ich wollte wissen, ob sie ihr auffallen. Wenn nicht, würden sie ihm auch nicht auffallen, dachte ich. Bevor ich die Gelegenheit hatte, es ihr zu sagen, ist er aufgetaucht. Die Polizei hat den Knopf nicht angerührt, weil es sich um ein Beweisstück handelt, aber ich habe ihnen das Login für die Website gegeben, auf der die Aufnahmen gespeichert sind, und sie konnten sich alles ansehen.«

Joe saß still da und drückte mich an sich. Ich wusste, er würde lange brauchen, um zu begreifen, was in den letzten zwei Monaten passiert war. »Ich verstehe nur nicht, warum du nicht sofort zur Polizei gegangen bist, als du ihn Rachels Wohnung hast betreten sehen.«

»Ich wollte zuerst mit ihr reden«, sagte ich. »Ich habe mir Sorgen um sie gemacht. Ich wusste, wenn ich zur Polizei gehe, bevor ich mit ihr gesprochen habe, werde ich nie erfahren, warum sie überhaupt mit ihm zusammen ist. Und als ich dann mit ihr sprach, bat sie mich, noch ein bisschen zu warten. Zuerst schlug sie vor, dass wir ihn gemeinsam zur Rede stellen, doch dazu fehlte uns der Mut. Wir wollten am nächsten Tag – heute, jetzt – zur Polizei gehen und eine Aussage machen. Und dann ist er uns zuvorgekommen.«

»Was, denkst du, wird sie jetzt tun?«

»Wahrscheinlich wird sie ins Ausland gehen. Sie muss

das alles hinter sich lassen.« Wir schwiegen eine Zeit lang. Joes Hände umschlossen meine, als würde er mich nie wieder loslassen.

Als er schließlich sprach, klang er unsagbar traurig und verwirrt. »Ich wünschte nur, du hättest es mir gleich am Anfang erzählt, als du aus London zurückgekommen bist. Wenn du es mir damals erzählt hättest, wäre nichts von alledem passiert.«

»Ich glaube schon, nur auf andere Art und Weise. Sie war wild entschlossen, sich zu rächen, und ihm gefiel es natürlich, machen zu können, was er wollte. Und wie hätte ich Wochen später zu dir sagen können: ›Oh, erinnerst du dich noch an das Seminar, das ich vor einem Monat besucht habe? Erinnerst du dich noch, dass ich dir gesagt habe, ich hätte in meinem Zimmer zu Abend gegessen und wäre früh ins Bett gegangen? Tja, so war es nicht. Ich habe gelogen. Und erinnert du dich, dass ich dir eine SMS geschrieben habe, dass ich im Bett liege und jeden Moment einschlafen werde? Das war auch nicht so. In Wirklichkeit saß ich mit einem Kunden beim Abendessen im Restaurant, und wir haben uns betrunken, und ich glaube, er hat mich geküsst, aber ich erinnere mich nicht mehr. Sonst ist allerdings nichts passiert. Ich kann mich zwar nicht mehr erinnern, aber ich weiß, dass nichts passiert ist.‹«

Er verzog das Gesicht. »Ich hätte dir nicht geglaubt, das weiß ich. Und es ist auch meine Schuld. Du hast schrecklich ausgesehen, als ich dich vom Zug aus London abgeholt habe, und ich bin trotzdem ausgegangen. Ich wusste, du wolltest, dass ich zu Hause bleibe, aber das habe ich nicht gemacht. Es tut mir so leid, Gem.« Er blickte mich zögerlich an. »Denkst du, du wirst jetzt nach seiner Verhaftung ein bisschen zur Ruhe kommen?«

Ich dachte eine Zeit lang darüber nach, was geschehen war und wie Rachel und ich ihn mit vereinten Kräften überwältigt hatten. »Ich denke schon«, sagte ich. »Ich hoffe es. Für Rachel wird es allerdings schwieriger. Sie hat alles verloren.«

»Nicht alles«, sagte er leise. »Du warst ihr eine wirklich gute Freundin.«

»Und sie mir.«

Wir saßen eine Weile schweigend da, dann sagte er: »Was deinen Job anbelangt: Was hältst du davon, noch jemanden einzustellen?«

Ich schloss erschöpft die Augen. »Ich habe schon inseriert. Das habe ich dir doch erzählt.«

»Nein«, sagte er. »Wie wär's denn, wenn ich bei dir einsteige? Ich könnte mich für Brians Aufgabenbereich ausbilden lassen und die Vermietungen übernehmen, wenn er in den Ruhestand geht. Wir könnten es uns so einrichten, dass immer einer von uns beiden zu Hause bei Rory ist.«

»Das würdest du tun? Du wolltest doch bislang nie bei mir arbeiten.«

»All das«, sagte er, »nicht David, sondern alles andere … Du arbeitest dauernd, und ich weiß, du möchtest mehr Zeit mit Rory verbringen. Du hast so erfolgreich dein Geschäft aufgebaut, und jetzt hat es den Anschein, als würdest du dafür bestraft werden. Ich möchte, dass dein Geschäft floriert. Und ich möchte meinen Teil dazu beitragen, Gemma. Ich möchte, dass wir gemeinsame Sache machen.«

Ich wagte es kaum zu fragen: »Und was ist mit Irland?«

»Können wir das einfach als Option für die Zukunft betrachten?«, fragte er. »In ein paar Jahren vielleicht?«

»Was, nicht bis Weihnachten?«

Er lachte. »Tut mir leid. Ich war ein Idiot.«

Ich war erschöpft. »Lass uns morgen darüber reden«, sagte ich. »Ich muss jetzt ins Bett.«

Draußen war der Himmel noch dunkel. Uns blieben ein paar Stunden, bis Rory aufwachen würde. Er lag mitten in meinem Bett; bevor ich am Abend zuvor aus dem Haus gegangen war, hatte ich ihm versprochen, dass er in dieser Nacht bei mir schlafen dürfe. Jetzt lag er auf dem Rücken, Arme und Beine weit ausgestreckt, Buffy an seinen Hals geschmiegt. Vorsichtig kletterten Joe und ich links und rechts von ihm ins Bett, und Joe streckte die Arme aus, um sie um mich zu legen. Rory lag zwischen uns, und seine Brust hob und senkte sich langsam. Er schien im Schlaf zu spüren, dass wir bei ihm waren, und kuschelte sich an uns.

Alles war überstanden.

Ich drückte Rory und Joe fest an mich. Die beiden waren meine Zukunft, doch sie waren nicht die Einzigen, an die ich denken musste.

Ich stellte mir Rachel in ihrem Krankenhausbett vor und hoffte, dass sie schlief und nicht über den Mann nachgrübelte, der sie geheiratet hatte, nachdem er ihre Familie zerstört hatte. Ich hoffte, sie würde die Tragödie ihrer Kindheit hinter sich lassen können, da ich wusste, dass sie die schlimmsten Dinge überwunden hatte, mit denen das Leben sie konfrontieren konnte. Ich war mir sicher, sie würde immer ein Teil meines Lebens sein, wie sie es schon seit so vielen Jahren war, ohne dass ich mir dessen bewusst gewesen war.

Und Alex ebenfalls. Ich dachte an den Jungen, der er früher einmal gewesen war, und wie er rehabilitiert worden war. Als ich in seinem Zimmer gestanden hatte, hatte ich mich plötzlich mit ihm verbunden gefühlt. Ich hatte seine Gegenwart gespürt, nicht nur weil sein Hockeyschläger hinter mir gestanden hatte, als habe er fünfzehn Jahre darauf gewartet, wieder von mir in die Hand genommen zu werden, sondern auch, weil seine Schwester und ich David mit vereinten Kräften außer Gefecht gesetzt hatten. Alex war in diesem Moment bei uns gewesen, hatte uns angefeuert, hatte uns Kraft gegeben.

Rachel und ich mussten unser Leben jetzt für ihn leben.

Dank

Herzlichen Dank an Toby Jones bei Headline und an Danielle Perez bei Berkley für ihren unschätzbar wertvollen redaktionellen Rat und ihre Unterstützung. Es war ein großes Vergnügen, mit Ihnen beiden zusammenzuarbeiten.

Mein Dank gilt auch meinen Autoren-Freunden Fiona Collins und Sam Gough, die dafür gesorgt haben, dass ich beim Schreiben dieses Romans eine Menge Spaß hatte. Ich bin euch sehr dankbar für eure Unterstützung und euer Feingefühl, wenn ich vom rechten Weg abkam!

Bedanken möchte ich mich außerdem bei Anne-Marie Thomson, die mir den Alltag einer Immobilienmaklerin nähergebracht hat und so freundlich war, mir alle meine Fragen zu beantworten.

Vielen Dank auch an Graham Bartlett, Autor und ehemaliger Chief Superintendent von Brighton und Hove, für seinen Rat und seine detaillierte Schilderung, wie es einer Frau in Gemmas Situation ergehen würde.

Zu guter Letzt möchte ich mich ganz herzlich bei Daisy Ambrose für ihren Rat zum Thema soziale Medien bedanken.